CONTACT

接触

CARL SAGAN

[美] 卡尔·萨根 著　虞北冥 译

上海科学技术文献出版社
Shanghai Scientific and Technological Literature Press

果麦文化 出品

献给亚历珊德拉[1]，

千禧年恰逢她的豆蔻年华。

愿我们留给你的世界，

比我们的更美好。

1.亚历珊德拉：卡尔·萨根的女儿。

目录

第一部分
信息

第二部分
机器

第三部分
银河

C O N T A C T

第 一 部 分

信息

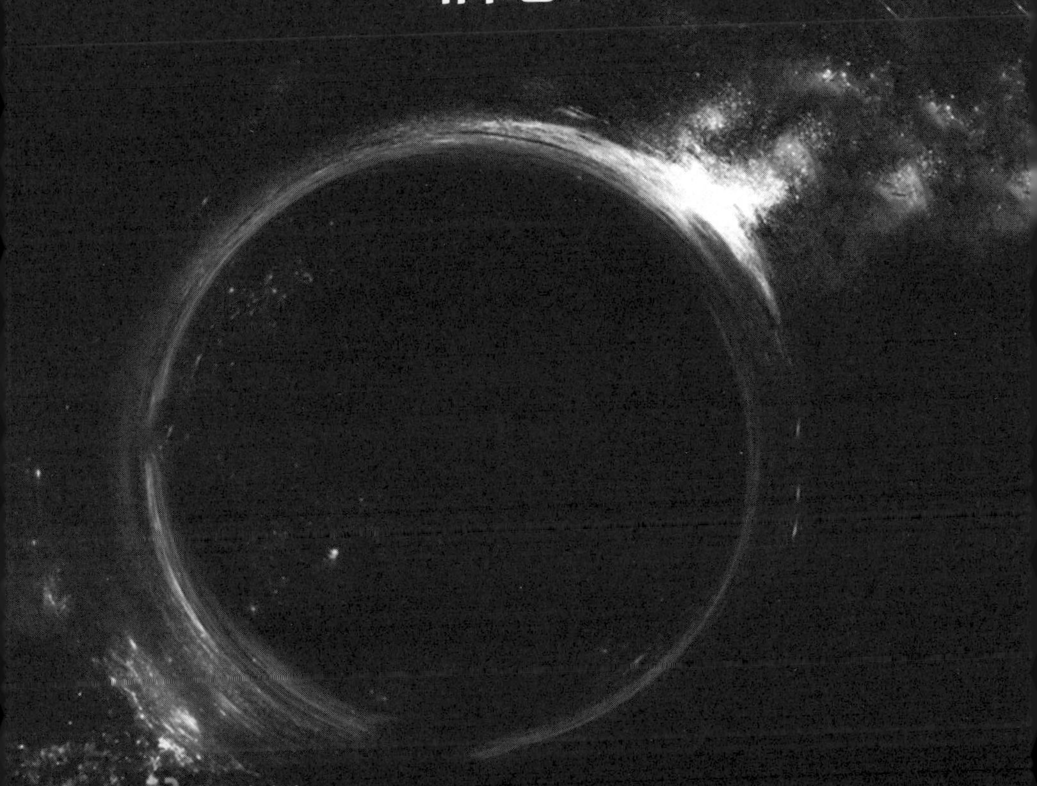

我心颤抖，如风中残叶。
群星旋转，在我的梦中。
它们压在我的窗上，
我辗转在我的床上。
这张床，是我温暖的星球。

——马文·墨瑟，153小学，五年级，纽约州，纽约，哈勒姆区（1981）

1.

超越数[1]

小苍蝇，
你夏天的游戏
给我的手
无心地抹去。

我岂不像你
是一只苍蝇？
你岂不像我
是一个人？

因为我跳舞，
又饮又唱，
直到一只盲手
抹掉我的翅膀。

——威廉·布莱克，《苍蝇》的1–3小段，出自《经验之歌》（1795）[2]

1.超越数：在数论中，超越数是指任何一个不是代数的无理数，即小数点后的数字无穷无尽。最著名的超越数是 e 和π。

2.这里采用了梁宗岱（1903—1983）的译本。

按照人类的标准，它太大了。大到像是一整个世界，大到人工根本无法完成。但它的形状如此奇特复杂，无疑带了某些难以捉摸的目的，只可能是被有意识地设计出来的；它绕着那颗硕大的蓝白色恒星的极轨而行，像某种庞大的、形状不甚完美的多面体，表面覆盖了数以百万计的碗状物体。这些“碗”，各自面朝不同方位的深空，没有一个星座不在它们的面向范围之内。看样子，这个多面体的神秘工作已经进行了无数年，它有着无尽的耐心，能够等待至永世。

她被他们拉出来时，完全没有哭喊，只是皱起小小的眉毛，然后睁开了眼。她看到明亮的光、白绿相间的医护服，还有她身下手术台上的女人。对新生儿来说，她露出的表情并不多见——也许能称之为“困惑”。

她两岁时，喜欢把手举过头，咿呀地喊：“爸爸，抱。”爸爸的朋友们都很惊讶，这么小的孩子竟然懂得礼貌。“这不是礼貌。”他解释道，“以前她要人抱时只会哭叫。后来我告诉她‘艾莉，不用叫，你只要说“爸爸，抱”就好了。’小孩子其实聪明得很，是吧，宝贝儿？”

现在她正高兴地坐在爸爸肩头。她在这个高度有些眩晕，便牢牢地抓着爸爸日渐稀疏的头发。待在这儿，远比穿过腿脚组成的森林更舒服更安全。在那片森林里，你也许会被人踩到，也许会迷失方向。想到这儿，她的小手扯得更紧了。

离开猴子，他们转过拐角，看到了另一头野兽。它有着细瘦的腿，长长的脖子，身上斑纹点点，脑袋顶还有两根小角凸出。“它们的脖子太长了，所以发不出声音。”爸爸说。她对这头可怜的野兽感到同情，但与此同时，这些如同奇迹般的生物真的存在，又让她喜悦非常。

“来吧，艾莉。”妈妈温柔地鼓励，熟悉的嗓音里带着一丝轻快。“读读看。”妈妈说。她的姨妈不相信只有三岁的小艾莉识得字，一直认为小姑娘只是背下了大人讲给她的故事。这是三月里晴朗的一天，他们正沿着合众国大街散步。在经过某个商店的橱窗时，几人停下了脚步。一颗紫红色的宝石，隔着玻璃在阳光下闪闪发光。

“珠宝商。”艾莉一个音节接一个音节，慢慢读道。

她怀着忐忑的心情溜进储物室。和记忆里的一样，那台旧摩托罗拉收音机就搁在架子上。那东西又大又沉，几乎从她怀中滑落。收音机的后面写着“危险，不要打开”。不过她清楚，只要不接电源，它就毫无危险。她一边舔着嘴唇，一边拧松螺丝，打开盖板。和她预料的一样，机器里并没有时刻待命的小人播音员或者小人乐队，在大人摁下“开始”按钮后立刻开始演奏乐曲。与此相反，她看到许多漂亮的玻璃管，有点像灯泡。其中一些像她在图书中见过的莫斯科教堂，由插脚稳稳地接在下方的凹槽中。她把收音机开关拨至“开始”，然后把插头插进附近墙上的插座。如果她不去碰它，离它远远的，是不是就不会受到伤害？

过了一小会儿，那些玻璃管开始发热，但什么声音也没有发出。收音机“坏了”。好多年以前，它就被丢到这儿，让位给了更新式的设备。她注意到有根玻璃管没发光，于是先拔下插头，接着撬出了那根不干活的玻璃管。管内有个金属片，连着一些金属丝。她猜电流就是沿着这些丝线流动的，但前提是它能进入管子。玻璃管底座下的其中一根针脚歪了，她微微使劲，掰直针脚，接着把管子插回槽内，重新接通电源。只见管内出现了光芒，与此同时，嘈杂如海浪的白噪音响起。她紧张地瞟了眼房门，降低收音机音量，然后转了转标有“调频”字样的旋钮，一个亢奋的人声传了出来——她听得似懂非懂，那声音讲的好像是天上有个俄罗斯的机器，它正绕着地球永不停歇地转动。永不停歇，她回味了一番这个词，再度转动旋钮，寻找其他电台信号。没过多久，她担心起自己会被爸妈发现，于是拔下插头，松松地拧上收音机后盖板，把它吃力地抱起，接着放回架子。

她刚刚离开储物间，妈妈就走了过来。她本来就有些上气不接下气，这下呼吸更重了。

“你还好吗，艾莉？”

“嗯，妈。”

她装出一副什么事也没发生的样子，但心脏怦怦直跳，掌心也出了汗。走进屋后的小院子，她在自己最喜欢的位置坐了下来，下巴搁在膝盖上，满脑子都是收音机。那些玻璃管真是必需的吗？如果一个个取下它们会怎么样？爸爸以前管它们叫真空管，那真空管里发生了什么？真的没有空气吗？乐器和播音员的声音，是怎么进入收音机的？他们说“空中传播”，所以电波是通过空气传播的？换电台的时候，收音机内部发生了什么样的变化？“调频”是什么？为什么机器要通上电才能工作？你能用线路图画出电流是怎么在收音机里流转的吗？你能在不伤到自己的前提下，把它分离出来吗？你能把它再装回去吗？

“艾莉，怎么了？”妈妈抱着洗好的衣服，走向晒衣绳。

“没事，妈。我只是在想点事情。”

十岁的夏天，她被带去密歇根州北部半岛的湖边木屋，和她特别讨厌的两个表兄一道过假期。她始终没搞懂，既然家住威斯康星州的一个湖旁，干吗还要驱车五个钟头去密歇根州的另一个湖边度假，更别提得跟两个粗野又幼稚的男孩待在一起了。这两个表兄弟一个才十岁，一个十一岁，都是货真价实的混球。爸爸在她的其他事上一直很敏感，为什么这次偏偏不明白了呢？她怎么能和两个笨蛋玩到一起？整个暑假，她都在想方设法躲开他们。

一个不见月亮的湿热夜晚，她用过晚餐，独自走到木码头上。一艘摩托艇划过，激起层层碎浪。她叔叔拴在码头的划艇随波摇摆，湖面上满是星光。若非遥远的蝉鸣和若有若无的水声，这几乎是一幅静止的画。她抬头望向灿烂的星空，意识到自己正心跳加速。

就这么仰着头，张着手臂向前走，她来到一片柔软的草地上，决定在这里躺下。成千上万的星辰布满天空。它们中的多数在不停眨眼，不过也有一些更亮的始终散发着恒定的光。如果仔细观察，你会发现星星的颜色有着微小的差异。看那颗最亮的，它难道不是蓝色的吗？

她感受着身下的大地。它是那么坚实、牢靠……令人安心。她小心翼翼地坐起身，目光由左及右、从上到下审视着湖区。纵目远眺，她还能看到湖对岸。世界似乎是平的，她想，但实际上却是圆的。这个大球悬挂在空中……一天转一圈。她想象着地球转动的情景：数以亿计的人类，操着不同的语言，穿着千奇百怪的衣服，全黏在这个球上。就这一个球。

她伸出手，试着感受地球的旋转，好像感觉到了那么一点儿力道。湖对面，一颗明星在树梢间闪亮。如果眯缝起眼睛，那明亮的星芒就会化作道道起舞的光束；眯得更紧一些，光就会进一步改变长度跟形状。等等，这是她的错觉吗？还是说……那颗星星已经爬到了树的上面？几分钟之前，它还在树梢间时隐时现呢。就在转念之间，它升得更高了。这就是他们讲的“明星冉冉升起”，但实际上因为地球在往反方向旋转。群星从地平线的一边冒出来，那里，被叫作“东方”。而天空的彼端，也就是她身后的小屋的方向，星星们在逐次落山。人们称那里为“西方”。每一天，地球都会完整地旋转一圈，而同样的星辰，总是会在同样的位置再度升起。

可是地球这么大，每天转一圈，速度一定非常惊人。她认识的每个人，其实都在以难以置信的速度打着旋。想到这里，她似乎真的感觉到了地球的旋转——不是脑海里的幻想，而是肠胃不安分起来，就像在快速下降的电梯里那样。现在，她把头探得更高点，直到视野之中不再有任何地球上的事物残存，只剩下了黑色的天空与灿烂的星河。此时，一阵令人欣喜的眩晕感袭来，她下意识地紧紧抓住了身旁的绿草，仿佛松开手，她渺小的躯壳就会离开身下巨大的黑暗球体，翻滚着坠入星海。

终于，她控制不住叫出了声。虽然马上拿手腕堵住了嘴，可还是被她的两个表兄弟听到了。他们走下斜坡，看到她露出既尴尬又惊讶的表情。这两个家伙一直想给艾莉爸妈打小报告，这下可算逮到机会了。

书比电影要来得有趣。文字描写远比银幕展示出来的更充实，更何况改编的电影经常和原著相去甚远。但无论是书还是电影中，匹诺曹就是匹诺曹，都是穿着吊带衫，关节上有铁钉，奇迹般地获得了生命的木偶。杰佩托先生刚刚把匹诺曹制作完成，一个转身没留神，便被淘气的木偶踢了一脚，在地上摔了个四仰八叉。而这时候他朋友刚好过来串门，问他趴在地上干什么。“我在教学呢。”杰佩托先生郑重其事地回答，“我在教蚂蚁们识字。”

艾莉被杰佩托先生的话逗得乐不可支，还把这个桥段讲给朋友们听。不过每当说起这件事时，总有一个问题会萦绕在她的意识边缘：你真的能教蚂蚁识字吗？你真的想教它们识字吗？你不担心成百上千只匐地而行的虫子爬上你的皮肤，甚至咬你几口吗？再说了，蚂蚁懂什么？

半夜起床去洗手间时，她偶尔会撞上爸爸。这个时间的爸爸总是穿着睡裤、昂着脑袋，上唇还留着剃须膏，但骄傲得像个皇族。“嘿，宝。”他会说。“宝”是“宝贝”的简称，艾莉喜欢爸爸这么叫她。他干吗要这个点刮胡子呢？半夜三更，没人会在意他的胡茬。“因为——”他微笑着说，“你妈会介意。”几年后，她才似乎明白这句话里的真意。那说明他和妈妈十分相爱。

下课以后，她骑车去了湖畔小公园。从挂包里拿出《无线电爱好者手册》跟《康州美国佬大闹亚瑟王朝》两本书，思考一番后，决定读后面那本。马克·吐温笔下的主角脑袋上挨了一记，等到从昏迷中醒来，居然穿越到了亚瑟王时代的英格兰。他所遭遇的一切，没准都是妄想和幻觉，但也没准是真的。穿越时间，回到过去真的可能吗？

她下巴搁在膝盖上，翻到书里最喜欢的段落：一个穿铠甲的人把主角当成了从精神病院逃出来的疯子，将他抓住。两人登上丘陵，一座城市出现在了他们眼前：

“‘布里奇波特[1]？’我问道。

‘卡美洛[2]。’他说。”

艾莉望着蓝色的湖水，试着想象出一个既能被看作 19 世纪的布里奇波特，又像 6 世纪卡美洛的城市。这时，妈妈急匆匆地跑了过来。

“我在到处找你，你就不能待在我找得到的地方吗？哦，艾莉……”她低声说，“发生了可怕的事情。”

1.布里奇波特：美国康涅狄格州西南部的城市。

2.卡美洛：亚瑟王传说中的王国。

她升到七年级，开始在课堂上学习“π”。这个希腊字母看着像英格兰巨石阵的石块：两根直立的柱子，上面的那一画像是……横梁？如果想算出圆周率π的值，你就得量出圆形的周长，再除以它的直径。

艾莉回到家里，取来蛋黄酱罐头盖，在它周围缠上一圈线，然后把线扯直，拿尺子去量它的长度。接下来，她又量了量瓶盖的直径。前者除以后者，最后得到的数字是3.21。这好像不是什么难事。

第二天课上，韦斯布罗德先生说，标准答案近似于22/7，或者3.1416。但实际上，那个小数是无穷的，你可以一直不带重样地写下去，直到永远。

永远。艾莉思考着这个词的词义。这是新学年的开始，她还从来没在这个新班级里向老师提过问。

“怎么可能有人知道这个小数没有尽头？”

“因为它就是这样的。”老师有些粗鲁地回答。

“可是为什么？你怎么知道的？你不可能一直数下去啊。”

“艾罗维小姐——”他翻了翻班级名册，“这个问题太蠢了。你在浪费大家的时间。”

从来没人说过艾莉愚蠢，她的眼泪一下子涌了出来。同桌的比利·霍斯特曼轻轻地按住她的手。据说比利的爸爸最近被人指控卖二手车时篡改里程表，所以他对公开场合被羞辱这件事十分敏感。艾莉哭着跑出了教室。

等到放学，艾莉骑车去了大学边上的图书馆找数学书。从她能理解的段落来看，她的问题一点儿也不蠢。按照圣经里的写法，古代希伯来人无疑认为π等于3。希腊和罗马人尽管有很深的数学造诣，也没想到π的小数无穷无尽。直到250年前，答案才尘埃落定。如果不提问，她怎么可能知道这些呢？不过韦斯布罗德先生说得也没错，π不是3.21。这可能是她的蛋黄酱瓶盖有点瘪，不是个完美的圆，也可能她在量线长短的时候过于粗心了。但她哪怕再小心，恐怕计算出的答案，也不会是无穷尽的小数。

然而还有另一种算法，可以让她得到精确的答案。你只要懂得一种叫微积分的东西，就可以推导出 π 的值，想精准到什么程度，就精确到什么程度。书中列出了 π/4 的计算公式，其中有些部分她读不懂，另一些部分，看得她眼花缭乱。

π/4，书里是这么写的，等于 1–1/3+1/5–1/7……这些分数可以永远这么排列组合下去。她照着书里写的，不断加上和减去那些分数。她得出的答案总是在大于 π/4 跟小于 π/4 之间变动，不过算式越长，就离正解越近。虽然你永远没法得到完美的答案，然而只要够耐心，你就能无限趋近于它。现在艾莉看到，世界上每一个圆都和这一系列分数有关，无愧于一种奇迹。圆是怎么和分数联系起来的？她决定学习微积分。

书里面还说，π 是“超越数”。普通的方程式无法计算出 π 的值，除非这个方程式本身就长到没有尽头。艾莉自学过一点儿代数，理解这意味着什么。π 还不是唯一的超越数。实际上，超越数多得数之不尽。从很多方面来看，π 都跟无限联系在了一起。

至此，艾莉已经窥见了一些宏伟壮丽之物。无穷无尽的超越数，就躲在所有普通数字之后。但你不深究数学，永远也不会了解它们。这些数字就像 π，偶尔会突兀地闯进日常生活。不过它们中的绝大多数——多到无穷无尽，艾莉提醒自己——都不声不响地隐藏了起来，韦斯布罗德先生这样毛躁的人肯定留心不到。

她一眼就看穿了约翰·斯托顿是个什么货色，完全不理解妈妈怎么会想嫁给他——更别说现在爸爸去世才不到两年。这人长得倒是不赖，也会假装出一副真切关心你的模样，可他实际上刻薄得很。周末的时候，他会让学生来他们的新房子锄草、打理花园，却在他们离开后大肆讥笑。他告诉艾莉，她才上高中，别忙着对他那些看起来聪明帅气的学生产生兴趣。

这人是个自大狂，活在自己的世界里。艾莉敢打赌，斯托顿暗暗鄙视她过世的老爸，因为他当上了副教授，而爸爸只是个开店的。斯托顿还讲明过，喜欢广播和无线电对女孩儿不合适，她这样下去会找不到老公的，再说了，学好物理对她来说本来就不切实际。用他的说法是“痴心妄想”，艾莉不可能有这方面的天赋，最好早点认清现实。他说这都是为了艾莉好，她迟早会感谢他的。毕竟，他才是物理学副教授，知道那是怎么回事。每次听到这种说教，艾莉都会火冒三丈。其实她以前倒是从没想过——尽管斯托顿不愿相信——投身科学事业。

他跟爸爸不一样，既不温柔，也没有一丁点幽默细胞。每当有人认为艾莉是斯托顿的女儿时，她都会生气。妈妈和继父从没建议她改姓氏，他们很清楚她会怎么回应。

不过这男人偶尔也能展现一些人情味。扁桃体切除手术那天，她待在病房里。斯托顿前来探访，还给她带了一只异常美丽的万花筒。

“他们什么时候动手术啊？”艾莉睡意蒙胧。

“已经动完了。”斯托顿说，“你会好起来的。”艾莉这才意识到一段时间在不知不觉间被人偷走了，她感到一阵焦躁，心里下意识地怪罪斯托顿。尽管她也清楚这十分幼稚。

妈妈能爱上斯托顿真是难以置信。她一定是太寂寞了，需要有个人来照顾。艾莉暗暗发誓，她永远不依赖任何人。爸爸去世了，她和妈妈之间也越来越远，还不得不住在一个独裁者的家里。再也没有人叫她“宝”了。

她渴望逃离这一切。

“‘布里奇波特？’我问道。

‘卡美洛。’他说。”

2.

相干光

从第一次使用理性思维至今，我始终求知若渴。无论他人的责难……还是自我的反省……都不曾改变这上帝赐予我的天性。他一定有自己的考量；他也一定知道，我曾经祈求过他收回这智慧之光，只要留下一小部分，让我得以遵循他的律法即可。照一些人的看法，对女人来说，除此之外的一切都是逾越，甚至会带来危害。

—— 胡安娜·伊内斯·德·拉·克鲁斯[1] 给普埃布拉主教的回信（1691）。后者抨击她作为女性，不应专研学术

我想为广受读者们赞同的想法提供这样一条建议，但我同时又担心，它会显得荒诞不经，甚至颠覆传统。这个建议是：当一种假说得不到任何证据的支撑时，你就不该去相信它。我得承认，如果这种见解得以流行，我们的社会生活和政治体系会遭到根本性的改变；由于从目前来看，两者都运行得很完美，我们必须对此加以权衡。

—— 伯特兰·罗素，《怀疑论集I》（1928）

1.胡安娜·伊内斯·德·拉·克鲁斯（1648—1695）：墨西哥女诗人、科学家，另一个身份是圣约瑟夫修道院的修女。由于她的努力，该地区一度成为新西班牙地区的科技中心。

蓝白色恒星的赤道面上，有个巨大的星环。它由各式各样的碎屑组成——岩石、冰块、金属和有机物。星环的外侧微红，内侧淡蓝。只见那个星球大小的多面体一头扎进环带，然后从另一边冒了出来。当它位于环带中时，不时被庞大的冰块和翻滚的巨岩遮挡，但现在，它正向着恒星极点上方的某处移动。恒星照耀下，它外壁上数百万个碗状附着物闪闪发光。如果你够仔细，也许能看到它们中的一个微微修正了朝向。但你看不到一束无线电波从那里迸发而出，刺入深空。

对地球上从古至今的人类而言，星空是他们的良伴与灵感之源。群星能够安慰人类的心灵，它们似乎在证明，天堂是为了人类福祉和教益而创造的。这种可悲的自负遍及地球上的各个文明。有些人在星空中感受到宗教的启示，更多的人因宇宙的宏大而感受到敬畏与谦卑之心，还有那么一批人，被群星激发灵感，创造出了最自由烂漫的神话。

但直到理解宇宙真实尺度的那一刻，人类才意识到，即使是他们最狂野的幻想，比起位于宇宙一隅的小小银河来也显得相形见绌。而人类在历史长河中所做的事，使他们的子孙后代离群星越来越远：百万年来，人们在日常生活中点滴积累起了对天穹的知识；几千年前，他们开始建造房屋，逐渐移居城市；到了最近几十年，大多数人干脆放弃了农耕生活。科技的发展和城市的污染，让夜空中的星星变得越来越难于观察。新一代的人类对于那个震撼了他们祖先，又刺激了科技发展的星空一无所知。天文学进入黄金时代之时，绝大多数人居然已经和星空完全割裂开来。直到太空探索曙光乍现，这种宇宙孤立主义才宣告终结。

金星在艾莉的想象里，是个类似地球的世界——充满了植物、动物，拥有发达的文明，当然，它们看起来肯定和地球上的截然不同。现在太阳刚刚落山，她正在市郊仰望夜空寻找那个稳定的亮点。金星附近的云层，也就是她脑袋顶上的那些，还染着一丝橙黄的余晖。她踮起脚尖，望着那颗星球浮想联翩。那幻象栩栩如生，她几乎要说服自己一切都是真的了：看，一团黄色烟雾突然散去，露出了珠宝般闪耀的巨大城市。飞行车在水晶尖塔间穿梭，她向着其中一辆投去匆匆一瞥；还有一个年轻的金星人，同样踮着脚，望着天空中一个蓝色的光点，幻想着地球上的奇景。啊，一个充满智慧生物的湿热星球就在我们隔壁，这个念头真是让人难以抗拒。

艾莉对死记硬背的教法并不反对，但她很清楚这种方法出来的成绩就算再好，依旧只是表面文章。所以她尽量用最少的力气，在各个学科中取得最好的成绩，然后把主要精力都投入到其他的事情里。她的课余时间大多都耗在了“工厂”里，那其实是一家肮脏拥挤的小作坊。工厂建立那会儿，学校远比今天更推崇“职业教育”。所谓“职业教育”，就是要你亲力亲为。工厂里有车床，有钻机，还有其他好些不让她碰的设备。不管多么有能力，她始终只是个“女孩儿”，好在虽然不情不愿，他们依然允许了艾莉在工厂里捣鼓自己的电子设备。就这样，艾莉从零开始，一点点做出了自己的无线电设备，然后投身更有趣的事情。

她做了一台加密机。那东西样式简陋，但效果不错。简单的密文替换后，你往里头输入的英文就会变成莫名其妙的字句。相比之下，做一个破译器——前提是你不知道文字的加密方式——要困难得多。你的机器必须测试所有可能的解（把 A 替换成 B，或者 C，或者 D……）才行，而其中的关键，在于英文中某些字母的应用频率，要高于其他字母。想了解哪种字母用得多，哪种用得少，你可以去隔壁的铅字印刷厂，看看每种字母存放格的大小。“EATOIN SHRDU”，印厂里那些男孩们说的，基本上就是英文中最常用的 12 个字母。在解码大段的密文时，最常见的字母，很可能就是 E。

她发现辅音倾向于彼此相连，元音更加随机。还有，英文中最常见的三字母单词是“the”，如果密文里出现了三字词，中间那个字母在破译的 T 跟 E 之间，那它很可能就是 H。假如这样没能破译成功，你不妨猜它是 R 或者另外某个元音。艾莉花了好多时间在计算教科书里不同字母出现的频率上，后来才发现，类似的表格早就已经被人编制出来公之于众了。她研究加密机和破译器只是为了自娱自乐，从没用那机器给朋友传达过什么秘密信息。实际上，她根本不知道自己对电子设备和加密算法的喜好该跟谁去分享。听她说过这些事的男孩子们不是紧张不安，就是瞎起哄，女孩子们则会用奇怪的眼神盯着她看。

美利坚合众国的士兵们在一个叫作越南的遥远地方作战，似乎每个月都有更多的年轻人离开他们所居住的街道和农场，投入那场战争。对战争起源了解越多，国家领导人的公开声明听得越多，艾莉就越生气。总统和国会在欺瞒和杀戮，她想，而几乎所有人都对此保持了沉默。她的继父相信了条约义务、多米诺骨牌和共产党侵略等官方说辞，这更激起她的逆反心理。她开始参加附近大学的社团和集会。那里的人比她笨拙平庸的高中同学更聪明、更友善，也更活跃。约翰·斯托顿先是告诫，后是禁止艾莉参加此类活动，不许她跟大学生“瞎胡混”。她是得不到那些人的尊重的，他说，那些人只是想占她的便宜。至于艾莉，她再怎么假装，也变不成成年人。他还说她最近连穿衣打扮都变得离经叛道起来。女孩子并不适合穿工兵服，这身打扮充满了嘲弄的意味，只有那些反对美国出兵干涉东南亚的家伙才会穿。

除了努力劝艾莉和斯托顿“别打起来”外，妈妈不太参与他们的讨论，不过她私底下会求艾莉听话，对她的继父“友善一点”。现在，艾莉开始怀疑斯托顿跟妈妈结婚只是为了拿到爸爸的保险金了——还能有什么原因？斯托顿并没有显示出爱她的迹象，也没有要表现得“友善一点”的迹象。有天在一次争吵后，妈妈问她能不能为了大家去参加圣经班。爸爸对天启宗教向来持怀疑态度，他活着的时候，家里从来没有提到过圣经班的事。妈妈怎么可以嫁给斯托顿？她百思不得其解。圣经班，妈妈继续说道，有助于培养传统美德。然而更重要的是，这么做能向斯托顿表明，艾莉愿意做出一些让步。出于对妈妈的同情和爱，艾莉默默同意了。

所以那一整个学年里，艾莉每逢周六都会去附近的教堂参加圣经讨论班。她加入的正统新教教派受人尊敬，没遭过福音派那些乱糟糟教义的污染。班里有几个高中生，一堆成年人，主要是中年妇女，主持人是牧师的妻子。艾莉之前没认真读过圣经，她相信爸爸的看法，虽然那观点多少有些偏颇：“圣经里一半是荒蛮时代的历史，一半是童话。”所以头一次参加讨论班前的那个周末，艾莉把《旧约》里似乎比较重要的部分都读了一遍，告诉自己要放宽心态。不过她立刻就意识到，《创世纪》的前两章记载了两个彼此矛盾的创世故事。她弄不清太阳出现以前，哪里来的光和白天，也搞不清楚该隐到底跟谁结了婚。罗得和他的女儿们、埃及的亚伯拉罕和夏甲、底拿的婚事，还有以扫和雅各的故事更让她困惑。她知道现实里人们也可能犯下这些罪——老人遭到子嗣的欺诈，怯懦的男人默许国王引诱他的妻子，甚至强奸他的女儿。问题是这些罪行在圣书里没遭到半点批评，相反得到了允许，甚至还受到了褒扬。

经书里这些部分令人困扰。头几节课时，艾莉很希望有人能跟她进行讨论。她想知道上帝到底要通过它们传达什么启示，至少弄清楚经书的作者，或写福音书的圣人们，为什么不去谴责那些罪行。但她很失望。对于她的问题，牧师的妻子每次都敷衍了事。后来的讨论里，也没有人再提起过。当艾莉提问说，法老女儿的女仆怎么看了一眼蒲草框里的婴儿，就推断出他是希伯来人的时候，他们的主持人涨红了脸，要求艾莉别再提这些不体面的问题了（不过那一刻，艾莉也悟出了答案）。

等到开始研读新约，艾莉的困惑越来越多。马太和路加把耶稣的血统追溯到了大卫王那里，问题是马太说大卫王和耶稣之间隔了二十八代人，路加却说是四十三代。他们列出的两份族谱里，连相同的名字都找不到几个。马太和路加，怎么可能都在传达神的话语呢？在艾莉看来，两份自相矛盾的族谱更像是为了贴合以赛亚的预言而编造的——在科学实验室的术语里，人们管这个叫“炮制数据”。登山宝训倒是让她深受感动，可是她在“恺撒的归恺撒”那部分章节又感到了深深的失望。她问过两回“我来并不是叫地上太平，乃是叫地上动刀兵”究竟什么意思，可是主持人始终对此避而不答，到最后甚至急得她哭了起来。艾莉在班上的表现，让妈妈失望透顶。不过艾莉说她已经尽了全力，任谁也休想把她拖去另一个圣经讨论班了。

一个炎热的夏夜，她在床上辗转反侧，听猫王唱“与你共度一夜，这是我的乞求”。她高中里那帮男生幼稚到令人厌烦，但在继父的看管跟宵禁下，她又很难和社团里认识的大学男生建立关系。尽管不愿意承认，艾莉也知道约翰·斯托顿至少说对了一件事：那些年轻的男生无一例外，满脑子想的都是跟人滥交，而情感上又比她预想得更脆弱。可能就是前者导致了后者，后者又反过来强化了前者吧。

艾莉已经下决心要离开这个家，可又不太想去大学。然而换成别的地方，斯托顿是绝对不会为她付钱的。妈妈试过调解两人的关系，可惜无功而返。后来会考成绩下来，艾莉的得分令人刮目相看。她惊讶地从老师那儿得知，一些知名大学愿意向她提供奖学金。艾莉认为自己有好几道多选择题都是蒙的，取得这样的成绩纯属侥幸：如果每道题你能锁定两个最可能的答案，那么连续做对 10 道题的概率差不多是千分之一，而做对 20 道的概率就是百万分之一，全国考生加起来差不多上百万，总有人会成为幸运儿。

马萨诸塞州的剑桥似乎是个不错的选择，那边远得足够摆脱斯托顿的掌控，又近得能让她趁假期回来探望妈妈——对一直夹在“放弃女儿”和“激怒丈夫”两难选择之间的妈妈来说，就算不情愿，这多少也是个折中的办法。不过她最后选放弃了剑桥和麻省理工，选择了哈佛，个中原因，她自己也说不清。

在哈佛上学前班的艾莉，已经是一个漂亮的年轻姑娘了，她黑发，中等身材，喜欢歪着嘴笑，如饥似渴地学习着能接触到的一切。除了数学、物理和工程这些她最感兴趣的内容外，她还选修了许多门不同的课。然而很快艾莉就发现，自己在最喜欢的课程上反而遇到了问题。学这些课的绝大多数是男生，他们不愿意跟艾莉讨论物理学，更别说展开辩论了。每当她想加入讨论时，男生们往往会暂时停那么一下，然后继续先前的讨论，对她视而不见。另外一些时候，他们也会同意她的观点，甚至小小赞赏一下，可接下来，他们又会恢复先前的对话。

艾莉相信自己并不愚，她不愿遭人忽视，也不愿被人屈尊纡贵地称赞。她知道，这其中有一部分——仅仅是一小部分——原因在于她的语气太温柔了。所以她开始改用更硬朗的语气说话：吐词清晰、干练，比普通的对话高出几个分贝。只是这样一来，你就不能随意开口，而得挑准时机。不过用这种口吻说话久了，艾莉总想笑，所以她提高了语速，有时候还生硬地插话。等到成功引起其他人的注意以后，再恢复常态跟人聊上几句。每次想融入一个新团体，或者是参与别人的讨论时，她都不得不再用上这个办法，而男生们似乎完全意识不到她的努力。

参加实验课或者研讨班时，她的老师常常会说“各位先生，让我们继续”，然后才意识到艾莉在场，继而道歉说：“不好意思，艾罗维小姐。我刚把你当成男生中的一员了。”是的，他们能给她的最高赞誉，就是不把她当女性看。

她得尽量保持克制，才不至于让自己变得过分好斗，或者走向另一个极端变得忧郁厌世。对了，她提醒自己。“厌世”是讨厌人类全体，还不单是男性。

对女性的讨厌，有个专门的词，叫“厌女症”，然而那些编词典的男人却没有创造一个用来形容讨厌男性的词。编词典的肯定几乎都是男的，艾莉想，他们想象不出需要用到那种词的场合。

许多人都有家规，但艾莉受到的困扰特别重。她新近获得的自由——不管是智力上的、社交上的，还有性上的——令她愉悦。当时，她的许多同龄人已经穿起了那些样式宽松，模糊性征的服装，而她宁愿保持住优雅和简约。只是这样一来她的生活费就拮据了不少。表达政治意见的方式有好多种，她想。她在大学里找到几个亲密的朋友，也无意间树立了一些敌人。她的衣着、她的政见、她的宗教观点，乃至她捍卫自己观点时的强硬态度，都可能讨人厌。而她在科学上的建树和天赋，也被不少在其他方面表现突出的女生非议。好在也有些人，把她看成了存在性定理的好例子——她证明了女性一样可以成为出类拔萃的科学家——甚至把她当作了榜样。

性革命发展到高潮那阵子，艾莉也试过让自己更加开放，可她随后发现，那些本来有希望和她发展出情人关系的男性，都对她有些敬而远之。他们之间的关系最多维持不过个把月。要改变这局面，她只要乖乖闭嘴，隐瞒内心的想法就行，可她从高中起就完全拒绝了这种妥协。妈妈受了禁锢却浑然不觉的身影，始终在艾莉心头徘徊不去。到后来，艾莉甚至对那些不了解科学、没搞过学术的男性通通产生了怀疑。

有些女性似乎从来没有任何心机，不动脑子就向人献出真情。另外一些女人，则把怎么“俘虏”男人当成打仗，她们出击时总是要准备各种预选方案，一击不成也能跟上后手。她们常常说自己的男友“不错”，可实际上，“不错”离“满意”差得远了，充其量是后者的备用品而已，换句话说，她们更在乎别人的眼光。只要别人觉得她们的对象合适就行了。当然了，大多数女人没那么极端，她们在一时的激情和长远的利益之间寻找着平衡点。尽管爱情和自利也不全然矛盾，然而一想到谈情说爱还得精心算计，艾莉就会不寒而栗。在这件事上，艾莉宁愿顺其自然。也就是在那段时间，她遇上了杰西。

当时艾莉的约会对象带着她去了肯莫尔广场边的地下酒吧，杰西也在那里。他握了柄吉他，弹唱着节奏布鲁斯。他的歌声、他的动作深深打动了艾莉的心。第二天晚上，艾莉独自重返酒吧，找了张离杰西最近的桌子，盯着他的眼睛看，而杰西也回望着她。两个月以后，两人就住到了一起。

只有在他照着合约去哈特福德或者班戈演出时，艾莉才能静下心来，完成课业。那段时间里，她会和同学一道度过白天：她的那些男同学，大概是会把计算尺像奖牌那样挂在腰带上的最后一代人；这些人胸前的衣袋上装着塑料铅笔夹，动作僵硬，笑声神经质；他们受过大量的科学训练，探索起自然的奥秘来游刃有余，然而一旦要处理日常事务便会显得愚笨无知。可能追求科学的确是件苦差事，让这些人无暇他顾；也可能正是由于缺乏社交能力，他们才会钻进象牙塔捣鼓学问。总之，除了科学本身，艾莉在学校里找不到什么好伴侣。

到了晚上，她有永远充满生气勃勃的杰西。艾莉回忆不出他们黏在一起的那一年，有哪天晚上是杰西先提出建议说应该歇息了的。对于物理和数学，杰西可以说一无所知，但他明白生命的本质。那段时间，艾莉也是如此。

她梦想着把两人的世界融合到一起，梦想着数学和音乐能组成曼妙的协奏曲。但梦境再美，终有醒来的那一刻。

那天，杰西对艾莉说他想要个孩子。他说他是认真的，他要安顿下来，找个固定工作，甚至跟她结婚。

“要个小孩？”她问他，“我几年后才能毕业。可如果我怀了小孩，就很难回学校了。”

“嗯。”他说，“但我们应该要个小孩。再说了，离开学校以后，你会获得别的东西。”

“老天啊，我一定得上学。”艾莉告诉他。

杰西耸耸肩，但艾莉感觉得到，他们的未来从肩上悄悄溜走了。两人的关系又维持了个把月，可是那场对话过后，一切已成定局。最后，他们相互吻别，杰西远走加利福尼亚，而艾莉再也没有听说过他的音讯。

20 世纪 60 年代后期，苏联的探测器成功地降落在金星表面，它是人类历史上首个在另一颗行星上工作的机器。十多年以前，美国的射电天文学家就已经在地球上确认过，金星是个非常强大的射电源。最流行的假说认为，金星厚厚的大气层俘获了巨大的热量，产生了剧烈的温室效应。这个说法属实，金星表面肯定热得令人窒息，水晶城市和金星人不大可能存在。艾莉不愿接受这残酷的事实，她思考了很久，但始终找不到能让射电源位于金星大气层之外的办法。哈佛跟麻省理工的一些天文学家做了类似的研究，得出的结论也一样：除了金星本身就热到沸腾之外，没其他假说能解释那些射电数据。即使如此，艾莉依然觉得那种温室效应强得不现实。现在，苏联探测器终于落到了金星表面，它检测的结果表明，金星的地表温度真的可以融化锡和铅。艾莉的想象中，水晶城市不断液化（其实金星没热到那个份上），而大地上到处是硅酸盐冲刷过的痕迹，犹如道道泪痕。她就是如此浪漫的人。好多年以前，她就知道了。

这些事让她意识到了射电天文学的强大。天文学家只要坐在家里调整一下射电望远镜的朝向，测出来的金星地表温度，居然就能跟13年以后探测器实地检测到的一样精确。从记事之日起她就喜欢摆弄电子设备，但对射电天文学产生兴趣，这还是头一遭。安安心心地待在自己的星球上，把带着电子仪器的望远镜对准另一个世界，它们的信息就会通过仪器不断显现，这真是个奇迹。

艾莉开始一次次拜访位于马萨诸塞州哈佛大学附近最先进的射电望远镜天文台，终于获得了参与天文观察和分析数据的许可。再后来，她搞到了一份夏天去国立射电天文台当助手的工作。那个地方位于西弗吉尼亚的格林班克，她刚到那儿就看到了格罗特·里伯的原型射电望远镜，心中不由得生出一阵狂喜。那机器是里伯1938年在伊利诺伊州慧顿他家后院造的，后来被搬到这儿。它在提醒人们，就算是业余天文爱好者，同样能取得巨大的成就。里伯在几十年前就能用它观察来自银河系的无线电波了。当然，前提是附近没人发动汽车引擎，或者街道那头的透热电疗机[1]没在使用。银核心中心区域的能量当然大得难以置信，不过透热电疗机靠得更近。

艾莉喜欢天文台。这里的工作人员富有耐心，她还能时不时地了解到最新的天文发现。 当时，那些人正研究怎么在观察更遥远的深空时分析出射电源的数量。艾莉也加入到了其中。等到以优异的成绩从哈佛毕业以后，她去了这个国家另一端的加州理工学院，继续从事这方面的研究。

1.透热电疗机：利用微波作用使人体内部受热，常用于需要放松肌肉的治疗上。1907年由德国医学家卡尔·弗兰兹·纳格施密特发明。

艾莉在戴夫·德拉姆林手下当了一整年徒弟。德拉姆林闻名于世原因有二，第一，他聪明绝顶；第二，他对蠢货向来不留一点情面。不过，凡是他这样的行业顶尖人物心里总有个疙瘩，就是担心哪个地方冒出来个比他们还聪明的人。德拉姆林教给了艾莉许多天文学核心知识，特别是跟理论基础相关的那些。有意思的是，坊间传说德拉姆林背了一身风流债，艾莉却发现，这人一门心思全扑在了他真正喜好的事情上。如果让德拉姆林评判艾莉，他一定会说她太罗曼蒂克了。宇宙的运行，全然按照它颠扑不变的自然铁则，与美好的幻想沾不上边。

天文学的关键在于像宇宙那样去思考，而不是给它平添浪漫的色彩，包括少女的白日梦，他又一次说。任何不违背自然法则的事物——他引用了系里某个同事的话——都必然存在。但是，他继续说道，不违背自然法则的东西根本就没有几样。德拉姆林讲这些话的时候，艾莉盯着他看，想把组成这个怪人的元素分拆开来。总的来说，德拉姆林是个身体非常健康的男性：他早早地有了白发，笑容看起来更像是讥讽，鼻梁上架着一副半月形的老花眼镜，方下巴，戴领结，讲起话来还有一丝蒙大拿鼻音。

德拉姆林心目中最快乐的时光，大概是请他的研究生和初级教员去他家共赴晚宴（这和艾莉的继父大不相同，后者喜欢被学生簇拥其中，但又觉得请他们吃饭过于浪费）。他热衷于展现智商，总把话题带往自己擅长的方向，顺带驳斥各种与之相左的观点。晚餐过后，他喜欢拖着人群去看幻灯片，内容总是“D 博士[1]的水肺深潜”，地点在科苏梅尔、多巴哥和大堡礁之间变来变去。他喜欢对着镜头挥手微笑，在水下也一样。幻灯片的背景里，有时还会出现他同事赫尔加·博克的潜艇（德拉姆林的妻子总是劝他别放那些幻灯片了，毕竟大多数人已经在之前的晚宴上见识过了。其实吧，是所有人都看过了。每逢这种情况，德拉姆林就会转而赞美起博克

1.D博士即德拉姆林博士。

博士的好身材来，闹得他的妻子有些不好意思）。有些学生会走到幻灯片前，试着在脑珊瑚和多刺海胆之间寻找他们之前没注意到过的新细节，另外一些会坐在位置上尴尬而不失礼貌地笑，还有一些，则干脆把所有心思都放在美味的牛油果酱上。

有些懒洋洋的午后，德拉姆林会拉上两三个研究生，让他们开车载他去太平洋帕利塞德区附近的悬崖。一旦准备好了滑翔翼，他就从几百英尺高的悬崖上一跃而下，飞向平静的海面。研究生们接下来的工作，就是沿着海岸公路行驶去接他。当然这不算难，因为德拉姆林总是兴高采烈地从他们头顶上俯冲下来。德拉姆林也邀请过他的学生参与进这项极限运动，不过应者寥寥。意识到没人能跟他比，德拉姆林只会更加开心。从某些方面来看，这就像是一场大家都心知肚明的表演。在别人眼里，研究生代表了未来，是成为新一代的智慧火炬手。然而德拉姆林，艾莉想，完全不这么看。那些学生在他眼里就是西部枪手，他们之中随时可能站出来一个人，要挑战他“西部最快”的称号。德拉姆林必须镇住这群小兔崽子，要他们知道自己的斤两。到目前为止，德拉姆林还没让她吃过苦头，不过艾莉敢打赌那不过是迟早的事。

她在加州理工学院的第二年，彼得·瓦莱里安结束了他为期一年的公休，从海外返回学校。瓦莱里安待人温和、相貌平平，没有人——包括他自己——觉得他特别聪明，然而他确实在射电天文学方面取得了好些重要的成就。接受采访时，他尴尬地解释说这不过是因为他“坚持了下来”。他的学术履历里只有一个小地方不太光彩：他坚信地球之外存在智慧生命。好在学校允许教员有点个人的独特爱好：德拉姆林有滑翔翼、瓦莱里安笃信外星人，其他教员的爱好则包括了从裸体酒吧到肉食植物，还有被叫作超验冥想的各色玩意儿。瓦莱里安对地外智慧生物——它们的缩写是ETI——的迷恋，比其他人的小兴趣历时更长，也更加坚定，很多情况下，也可以说更为谨慎。随着艾莉对他的了解一步步加深，她意识到 ETI 是瓦莱里安单调乏味生活里的那份浪漫和幻想。他对地外生命的思考不像工作般死板，倒更像是一种娱乐。只有通过 ETI，他才能放飞自己的想象力。

艾莉喜欢听瓦莱里安讲外星生命。那种感觉就像进入了仙境或者翡翠国，实际上还要更美好一些，因为归根结底，外星生命真的可能存在。也许某一天，她想，不是在幻想里，而是在现实中，哪台超级射电望远镜会收到来自外星人的消息。但换个角度来说，情况也并不那么乐观。瓦莱里安和正经时候的德拉姆林一样，一再重申任何假说都必须经过严谨的逻辑推演，绝不能违背任何物理定律。这种思辨就像一张严密的滤网，能从海量的信息里遴选出为数不多的合理推测。外星人和他们的科技，同样得恪守自然规律，这一点让许多迷人的幻想化为乌有。不过，凡是能通过筛选，最苛刻的物理学和天文学也无法否定的那些部分，就有可能是真的了。当然了，你还是没法下定论。你在考虑问题时，可能漏掉什么关键信息，只能留待将来比你更聪明的人去查证。

瓦莱里安强调说，我们人类被自己的历史、文化和生物学特征所限，难以想象那些与我们的截然不同的生命和文明。外星生物从居住环境、演化方式到文明发展，一定和我们大不相同。没理由认为我们和外星人之间会有什么共同点。外星人的科技发达程度，可能是我们做梦也想不到的——这一点几乎板上钉钉——他们大概能掌握新的物理定律。认为咱们这一代人类发现了所有重大的物理定律，完全是鼠目寸光。说这些话的时候，瓦莱里安正在一系列灰泥拱门间穿行。那些门仿佛是从德·基里科的画里蹦出来的。我们还会有 21 世纪的物理学，22 世纪的物理学，甚至 40 世纪的物理学，他说。胡猜与我们非常不同的技术文明用什么方式交流，结果可能会让人笑掉大牙。

不过瓦莱里安又保证说，地外文明能了解到我们的落后。因为我们的科技要是更发达一些，他们早该发现我们了。跟他们相比，我们刚学会用两条腿走路，上周三总算掌握了用火，昨天才发现了牛顿力学、麦克斯韦方程、射电望远镜和超统一理论的蛛丝马迹。瓦莱里安坚信外星人的讯息如果存在，绝对不会复杂。毕竟要和低级文明的白痴交流，不自降身段用点简单的方式，对方是无法理解的。瓦莱里安之所以这么有信心，大概是因为他自己也没什么天赋，清楚该怎么跟寻常人交流。

得到导师的同意以后，艾莉选了“射电望远镜高灵敏度接收器的改进”作为博士论文的主题。这篇论文让艾莉能施展自己在电子设备上的天赋，同时从德拉姆林的纯理论研究中脱身而出，还能继续与瓦莱里安的讨论——当然她不会真把地外生命写进论文，那些内容太飘忽了，只会给她的学术生涯带去危险。她继父早就说她的各种兴趣爱好不切实际，毫无意义。而从小道消息听说到她的论文题目以后（如今艾莉已经彻底不跟斯托顿联系了），他又说它平凡无奇，不值一书。

艾莉研究的是红宝石微波激射器。红宝石的主要成分是氧化铝，几乎完全透明。至于它的红色，来自于氧化铝晶体内的铬杂质。红宝石被置于强磁场中时，其中铬原子的能量会得到提升，或者用物理学家的说法，处于激发态。小小的铬原子们发出剧烈的光与热，它们只为一个目标而努力——把微弱的射电信号扩大。

艾莉喜欢这种想象。磁场越强大，铬原子的反应越剧烈。到这一步后，可以调节激射器，使它专门作用于特定频率的电波。她找到了一种办法，让红宝石里除了铬之外又新增了镧元素。这样一来，激射器就能调整到更窄的波段，增强了放大微弱无线电信号的能力。另外，她的新发明必须浸泡在液氦里才能用。加州理工学院在欧文斯山谷有几台射电望远镜，艾莉的新装置被安到了其中一台上，开始以全新的频率观测宇宙微波背景——

我们的宇宙在大爆炸中诞生，而大爆炸所残留下来的无线电波，就被天文学家叫作宇宙微波背景辐射。

“来看看我干得怎么样。”艾莉会对自己说，“我从空气中析出了一种惰性气体，把它液化以后，又加上了添加额外杂质的红宝石。我要做的，就是检测它在强磁场的作用下会迸发出什么样的光与热。”

然后，艾莉又会摇摇头。在那些对基础物理学一无所知的人看来，她的所作所为无异于疯狂的巫术。千年以前的科学家明白什么是空气、红宝石和天然磁石，但液氦、激发态和超导磁通泵？算了吧。对了，她提醒自己，他们对无线电波连一丁点最模糊的概念都没有。除了彩虹引起的那点遐思，也和光谱沾不上边，更别说知道光是一种波了。我们怎么能指望一个千年前的文明理解当代的科技？

因为红宝石的质量达标率不高，他们得进行大批量生产，从中遴选出能用的那些。说是宝石，但那些人造结晶体大多小得可怜，能勉强算成珠宝的没几颗。艾莉从废弃品中挑了些还算大的拿来当作自己的饰品。她平时就喜欢穿深色的衣物，看起来很是般配。不过，即使得到了小心翼翼的切割，你还是能注意到那些缀在指环和胸针上的宝石有些异样：举例来说，从某些特定的角度，它们内部的断面会反光；或者在纯净的酒红色中，多出了一抹奇怪的桃红。有些不懂科学的朋友问艾莉怎么回事，她就解释说这是她喜欢红宝石，但买不起高档品的缘故。怎么说呢，这就像首先发现了绿植光合作用的科学家，喜欢在翻领上固定松针或者欧芹枝一样，算是种无伤大雅的癖好，她的同事们完全能够理解。

要说世界上最强大的射电望远镜为什么建在人迹罕至的偏远之地，道理其实和保罗·高更远航至塔希提岛一样：想要好好干活，你就得远离文明。随着军用和民用的无线电通讯量大增，射电望远镜得藏到别的地方去——

比如波多黎各的深山老林，或者新墨西哥和哈萨克斯坦的广袤沙漠。以后哪天恐怕还得在地球以外的地方造。那些天文台如同孤岛，为它们工作的科学家也显得孤僻而固执。他们常常被配偶抛弃，也管教不住自己的孩子，但他们依旧坚持了下来。其实这些人里梦想家很少，实干家反而居多。他们精通天线设计和数据分析，反而鲜少关心类星体和脉冲星。这些人童年并不憧憬星空；那会儿他们还在忙着修自家汽车的化油器呢！

拿上博士学位后，艾莉谋得了阿雷西博天文台的研究助理一职。阿雷西博像个直径 305 米的巨碗，安放在波多黎各西北部喀斯特地貌的山麓中。来到这个世界上最大的射电天文台[1]，艾莉迫不及待地想用自己的微波激射器来观察群星——附近的恒星和行星也好，银河系的核心也好，脉冲星和类星体也好，她什么都想看。由于许许多多的研究项目都需要这台射电望远镜，阿雷西博算得上炙手可热，而天文台为常驻人员保留的大块观测时间，自然显得弥足珍贵。对很多天文学家来说，光这一点就足以让阿雷西博成为圣地，即使长居于此亦不足惜。

除了正常的观测活动，艾莉还希望能检测一些不太远的恒星，寻找智慧生物存在的迹象。有了新的探测器，她完全可以监听几光年之外类地行星所发出的电波。如果某个发达的文明有意和我们联系，他们向深空发射的电波强度，无疑会比人类现有的更为强大。既然阿雷西博能把一兆瓦的电波信号射向深空某处，那么某个比我们先进一点点的文明，发射一百兆瓦的电波应该一点问题也没有。换言之，只要他们用阿雷西博大小的装置，向着地球方向输出那种功率的电波，不管他们在银河系的哪个角落，都能被我们测知。这件事艾莉越想越觉得惊讶。在寻找外星智慧生物这方面，我们能做的事情那么多，但做出的却那么少。艾莉想象不出还有哪个科学

1. 目前世界上最大的单口径射电望远镜是中国贵州的FAST。

问题能比它更重要，但实际情况是分配给地外生命研究的资源少得可怜。

当地人管阿雷西博叫“那个雷达”。他们不清楚天文台的具体功用，但明白它带来了上百个急需的就业岗位。不过来阿雷西博工作的男天文学家和当地姑娘没什么接触，他们中有一些人，不分白天黑夜地绕着“大碗”的环状轨道跑步发泄精力。正因为如此，艾莉刚来到天文台就受到众人的瞩目。受人欢迎是好事，但她的研究也多少受到了影响。

阿雷西博很美。黄昏时分从控制室窗户望出去，艾莉能看到暴雨云聚拢在山谷的另一边，高悬于一座巨大的电缆塔上方。这样的电缆塔天文台共有三个，馈电器和她的激射器就安装在其中。每座塔的塔顶都装了红灯，以此警告飞机不要误撞，不过在这种偏远的角落本来就不大可能有飞机航经。到了凌晨4点左右，艾莉会走到室外去呼吸新鲜空气，听成千上万只“考齐”的合唱。“考齐”是波多黎各特有的青蛙，得名于它们恸哭似的蛙鸣。

有些天文学家定居在天文台附近，但他们不通西班牙语，又缺少跟其他文化沟通的经验，只能带着老婆过近乎与世隔绝的日子。还有一些人住在雷米空军基地，那里有附近唯一所英语学校，但从基地到天文台得开车90分钟，孤独感也少不到哪儿去。另外，波多黎各分离主义者固执地认为天文台有隐秘的军事作用，局面正越来越难以控制。

几个月的时光转眼就过去了，这天，瓦莱里安拜访了天文台。他名义上是来做演讲的，不过艾莉清楚，瓦莱里安肯定还想看看她干得怎么样，如有必要再给她些心理上的支持。这段时间，艾莉的研究顺风顺水，她新发现了疑似星际气体云的天体，还从蟹状星云中央的脉冲星上读到了一些非常精准的时序数据。她甚至用这台迄今为止世界上精度最高的望远镜搜索了附近的几十个恒星系，只是没能得到希望的结果。她确实见过一两个可疑的信号，然而在重新检测射电源后，再没有发现任何异常。实际上，你要是一直观察群星，迟早会碰到那种令你心跳加速的信号，但它们往往源自地球，要不就是几个不同的电波，刚好组成了特定的频率。等你冷静下来重新检查，它们就彻底消失了。艾莉意识到她得恪守职业规范，这样才能在寻找目标时保持心态平和。她提醒自己，要在内心坚强起来的同时，依旧保持对自然的好奇心。正是好奇心，引领她走上了现在的道路。

打开公用冰箱，艾莉拿出她本就不多的食材，做了点简单的饭菜，与瓦莱里安一道在“大碗”边上野餐。工人们在远处修理和替换望远镜的板材，他们穿着特制的雪地靴，以免一脚在铝板上踩出个窟窿摔到下面去。瓦莱里安对她的工作很满意，他们聊了聊近来的八卦，还有科学上的一些小进步。后来，话题转向了 SETI——那是搜索地外智慧生物的简称。

“艾莉，你有没有考虑过把这个当全职工作？”瓦莱里安问道。

“我没想过这个问题。不过它不太现实，对吧？据我所知，世界上还没有哪个设施是专门给 SETI 使用的。”

“对，但将来可能会把几十个天线阵列组合到一起，造一个 SETI 专用的天文台。当然了，常规射电望远镜该干的事它也照干不误。它会是一个非常厉害的干涉观测装置。这事儿现在还没个准。它太贵了，需要跟政治家打好交道，而且就算得到批准也得准备个几年。所以我就这么一说。”

“彼得，我已经检查过四十多个光谱类型接近太阳的恒星系了。我也看过 21 厘米线[1]，大家都说那是最显眼的信号波段——因为氢是宇宙中数量最丰富的原子。我选了最高灵敏度，可还是一点迹象也没有。也许根本没有外星人。也许我们干的事全在浪费时间。”

“就像金星人那样？这话也太丧了。金星是个地狱，但它只是一颗行星。而银河系里，光恒星就有数千亿颗。你看到的只有九牛一毛。这就放弃你

1.21厘米线：又被称为氢线，21厘米辐射（hydrogen line, 21 centimeter line or HI line）是指由中性氢原子因为能级变化而产生的电磁波谱线。

不觉得早了点儿吗？准确点说，你搜索了银河系大概十亿分之一的地方，如果算上别的频率，连这个数都没有。”

“我知道，我知道。可你不觉得，如果外星人真的存在，我们应该在哪儿都能见着他们的身影吗？假设一千光年外存在高度发达的文明，他们难道不会在自家后院放个哨站吗？而且就像你说的，SETI 你可以干上一辈子，但永远也不会认为自己已经完成了搜索。”

“嘿，你现在说话就像戴夫·德拉姆林。他这人如果遇到了这辈子也解答不了的问题，就干脆视而不见。SETI 才刚刚开始，你知道这个项目有多大的潜力。是时候敞开心胸面对所有可能，乐观一下了。你想，如果我们生活在过去——不论哪个时间段——就算对其他星球上的生命充满好奇，也永远摸不到解答问题的门道。但现在事情起了变化，人类终于能开始寻找地外生命了。我知道，要在数百万恒星系里找出另一个文明不是件容易事，没人能保证马上成功。但是，你能想象出世界上还有什么问题比这更重要吗？假如外星人朝我们发来了信号，地球上却没人接听，那可就真是黑色幽默了。能够倾听，却没人去听，这样的文明，不会让你感到羞耻吗？”

左侧世界 256 幅图像从左侧划过，右侧世界的 256 张图像从右侧行经。它把这 512 张图整合进了周围的环视图中。现在，它置身于森林深处。绿植的巨大叶片随风而动，有的呈绿色，有的是枯萎的黄，几乎片片都比他大，但它的攀爬似乎一点未受影响。它时不时会在弯曲的叶片上晃动着保持平衡，随即轻巧地落在朽叶铺成的柔软垫子上，继续向着目标马不停蹄地前进。它知道自己的追迹准确无误。毕竟，痕迹是那么新鲜。它不会去思考那些痕迹要将他引向何方，只是本能翻过了成百上千个和他一般高的障碍物。它不需要挂绳和别的工具；它本身就已装备齐全。前方的地上，新鲜标记的气味清晰可闻，那无疑是它族群里其他侦查员留下来的。沿着走，它就能找到食物。是的，食物总是自然而然地出现。侦察兵会找到它，标记出路径。而它和同伴需要把它搬回家。有的时候，食物是和它差不多的生物，更多的情况下则是形状不规则的块状。不过，食物偶尔也会大得惊人，需要出动它大部分的族人，大家一起协作，连推带拉着带回家。念及此，它期待地吧嗒了几次下颚。

“最让我担心的事，”她说了下去，“恰恰相反，是他们没有尝试的可能。这么说吧，他们能和我们交流，但他们没有，原因可能在于他们看不出这么做有什么意义。这就像……”她低下头，望着草坪上餐布的边缘，“……蚂蚁。和我们共享一个世界的它们，总是忙着干自己的工作。从某些角度来说，它们也很了解周遭的环境。可是人类没想过和它们沟通。所以我想，它们根本意识不到人类的存在。”

这个时候，一只比它的同伴更有进取心的大蚂蚁，冒险爬上了餐布，沿着隔开红色和白色方块的斜线快速前进。艾莉压抑住心中的那一丝厌恶，轻轻地把它放回了草地——那才是它应该待着的地方。

3.
白噪音

听见的乐声虽好，但若听不见
却更美；

—— 约翰·济慈，《希腊古瓮颂》（1820）[1]

沉默是最残酷的谎言。

—— 罗伯特·路易斯·史蒂文森，《维琴伯斯·普鲁斯克集》（1881）

1.这里采用了查良铮的译本。

那些脉冲在恒星之间的黑暗里流浪了多年。它们偶尔会撞上一些不规则的气体和尘埃云，吸收或散射掉一些微小的能量，然后继续向着原定的方向前进。它们遥远的前方，有个黯淡的黄斑。和周围不变的群星相比，它正一点点变得越来越亮。如果让人类来看，它虽依然是个光点，却是黑暗中最亮的那一个。电波继续行进，这一次，它们遇上了大团大团的雪球。

进入阿尔戈斯[1]控制大楼的女性三十多岁，身材婀娜。她的大眼睛间距略宽，恰好柔化了棱角分明的面骨。她的黑发在颈后由一个乌龟形的发卡松松地收到了一起。她穿着针织T恤和卡其布裙子，沿着一楼的走廊漫步，打开了一扇挂着“E. 艾罗维主任”牌子的房门。当她从指纹锁上松开拇指时，你可以注意到她的右手戴着一枚戒指，戒指镶嵌着的桃红色宝石无疑是次品。她走进屋内，打开台灯，在抽屉里翻翻拣拣，终于找出了一副耳机。桌边的墙上有句裱起来的格言，出自弗朗茨·卡夫卡的寓言故事：

“然而塞壬还有比歌声更为可怕的武器，这就是她们的沉默……就算能够逃过她们的歌声，但绝对逃不过她们的沉默。”[2]

1.阿尔戈斯：在希腊神话中，阿尔戈斯是百眼巨人，即使睡觉，也有一只眼睛睁着。
2.出自短篇小说《塞壬的沉默》。

她挥挥手关掉灯，在半明半暗中走向出口。

步入控制室，她知道一切如常。透过窗户，她能看到好几台射电望远镜。这样的望远镜共有 131 台，均匀地散落在新墨西哥的戈壁滩上，长宽达数十公里，乍看起来就像一朵朵朝着天空绽放的怪花。她昨天睡得很晚，这会儿已经过了中午。射电望远镜白天也能工作，因为电波和可见光的光波不同，不会因阳光而改变。对射电望远镜而言，除非指向太阳近旁，否则天空始终漆黑一片，当然，正对其他射电源的时候也得排除在外。

地球的大气层之外，天空的另一边，是充满了电波的宇宙。通过分析电波，你可以了解其他的行星、恒星和星系，也能明白飘荡在群星之间的巨型有机分子云团由什么构成，还有宇宙的源起、演化与它将来的命运。所有这些电波都是自然生成的——电子在星际磁场中进行螺旋运动，或者源自星系间分子的相互冲撞；又或者是宇宙诞生那一刻，也即大爆炸产生的伽马射线红移的遥远回响。总之我们这个时代，各种和缓、安静的电波充斥着每一寸空间。

人类在研究射电天文学的这几十年间，还从未真正接收过来自太空深处的非自然信号，就是那种经过人工处理，带有目的性的，地外智慧生物才能发送的信号。虚假的信号倒是有过不少。特别是类星体和脉冲星的电波，因为信号规律，起初被认为是其他文明向我们发送的消息，或者飞船在星际间航行时的导航信标，还引起了不少轰动，可惜最后证明它们和我们想的不太一样——虽然同样令人激动。类星体似乎是巨大的能量来源，可能和星系中心的超大质量黑洞有关联，其中不少寿命有宇宙一半长。脉冲星是另一种东西，它们只有城市大小，由原子核组成，以极快的速度自旋。另外有些神秘的信息的确出自智慧生物之手，只是源头不在地球之外。现在，天空中充斥着机密军事雷达系统和通讯卫星的信号，这情况可不是几个射电天文学家呼吁两嗓子就能改变的。有些时候，那些信号无视国际通讯协议，完全超出了法律的边界。然而你既不能去追溯它的来源，也无权罚别人的款。更有些时候，所有国家都会声称不对那些电波负有责任。说到底，人类到现在也没有证据表明外星人真的发来了电波。

以目前的观点来看，生命应该挺常见——宇宙中有那么多恒星系、那么多星球，再加上几十亿年自由演化的光阴——很难相信银河系会是个了无生气的地方。这就是为什么人们要开展阿尔戈斯项目，让世界上最大的地外智慧生物无线电探索设施去探索深空。电波以光速进行传播，没有任何东西能追得上，它们容易生成，也容易检测，即使是非常落后的技术文明，比方说地球，也会在研究物理的早期阶段发现无线电的奥秘。无线电设备再简陋——人类从发明射电望远镜至今不过几十年——照样有概率和银河系中心的某个文明搭上线。问题是宇宙太辽阔了，射电望远镜根本扫描不过来，更别说外星文明可能在天知道什么频段上进行广播了。为了提高效率，人们必须要有一个系统性的观察计划，阿尔戈斯项目应运而生。它到目前已经开展了四年，收到过杂音、诡异的电波、来源不明的电波和误报，就是没有真正的消息。

“下午好，艾罗维博士。”

那个独自工作的工程师对她笑笑。她点了点头。阿尔戈斯项目的 131 台望远镜全部由计算机控制，这套系统会自行缓缓扫描天空，检查机械和电子故障，对比阵列里不同望远镜给出的数据异同。她看了眼兆频分析仪——那大家伙占去了一整面墙的空间——和质谱仪的显示屏。

有了自行运转的射电望远镜，天文学家和技术人员要做的事情其实不太多。望远镜能在侦测到奇怪信号的时候发出警报，如果有必要，半夜三更也会把人从床上唤醒。然后艾罗维就要尽快确认这是机器哪儿出了故障，还是美国或者苏联的太空飞行器惹的祸。她和工程师们一起工作，寻找着能进一步提高设备灵敏度的办法，比如能否从数据中找出些范式，或者规律来？如果世界其他地区的天文台侦测到了什么异常情况，艾莉会委托阵列里的其中几部望远镜去进行观察。有的时候，她还会帮助工作人员和来访者弄些和SETI无关的项目。为了让国家科学基金会对这项事业保持关注，继续资金赞助，艾莉隔三岔五得飞趟华盛顿。她偶尔还要去索科罗的扶轮社或者阿尔布开克的新墨西哥大学，开两场关于阿尔戈斯计划的讲座。即使待在天文台，她也得招待远道而来的好奇记者。那些人有时也不提前知会一声，就跑来这个新墨西哥州最偏远的地区。

艾莉得注意自己别被单调乏味的生活给毁了。她和同事们相处得挺愉快，然而——姑且不说上下级关系让她跟其他工作人员一直保持着微妙的距离——她始终没和人发展出真正亲密的关系。几个与阿尔戈斯项目没什么关系的当地人倒是和她好过，但时间都不长。在生活的这方面，她总是三两下就会感到无聊和倦怠。

她在一个控制台前坐下，插上耳机。这是种自负的做法，她自己也清楚，当计算机担负起了同时监听10亿频段重任时，她再多检查一两个频段，并没有什么用。但是这么做的感觉很好。她靠在椅背上，半眯起眼睛，露出了梦幻般的表情。她真可爱，那个技术人员不由自主地想。

和往常一样，耳机里传来了不断回响的静电噪音。有次她在收听仙后座方向，包括了AC+79 3888恒星在内的那部分天空时，仿佛听到若有若无的歌声，但她说不好那是不是幻觉。有意思的是，目前位于海王星附近的旅行者1号，就是往那个方向飞的。那个探测器带了张金质唱片，记录了地球人类的问候语、照片和歌曲。有没有这样一种可能，在我们朝外星人送出音乐的同时，他们也正朝着地球，用比我们快千万倍的速度，播放着自己的乐曲？在另一些噪音毫无规律可循的时刻，比方说现在。艾莉会提醒自己，香农有句通信理论方面的名言，说的是除非你掌握了解码的手段，否则最高级的编码信息，听起来会和噪声无法区别。

她在控制台上敲下了几个按键，让两边的耳机收窄至不同频率。什么也没有。她听着无线电的两个波段，然后对比了一番线偏振和圆偏振。她能够选择的频段多达十亿，你就算用自己的耳朵和脑子努力上一辈子，所获的成果也不可能超过计算机。

她知道，许多微妙的声音变化模式是电脑分析不出，而人类轻易就能识别的。但问题是，很多时候人类也会从纯粹的白噪音里脑补出一堆东西。宇宙中存在的规律脉冲，加上一些静电音，偶尔会变得像是切分的节拍，或者简短的旋律。艾莉调节了一对射电望远镜，开始收听银河系内某个已知的射电源。耳机里传来一声滑音，就像有人在吹口哨。那是信号从源头奔往地球的过程中，遭遇星际间的稀薄气体云，被电子耗散了一部分所致。滑音越明显，说明电子干扰越多，距离地球越远。艾莉总是亲自监听电波，对此早已熟能生巧。在滑音传来的那一刻，她就准确判断出射电源和地球之间的距离：这一次，两者大概距离一千光年。这不是一个邻近的恒星系，但没超出银河系巨大的范围。

艾莉切回阿尔戈斯项目巡天模式。声音依旧没有规律。她觉得自己像个音乐家，听着远方传来的雷鸣。偶尔会有一小节噪音形同韵律，让她无法忘怀，甚至要倒转磁带，去检查是不是有什么东西她能体会得到，而电脑没分辨出来。

终其一生，梦境始终常伴艾莉左右。她的梦曾经栩栩如生，多姿多彩。她会重回过去，盯着爸爸的脸，或者那台旧收音机的背面看。她能回忆起那些梦境的细节——除非当时受到了极大的压力，比如博士论文答辩前夕，或者和杰西分手的那段时间。但现在，她开始难以回想起梦中的影像，取而代之的，是声音——这一般只在天生失明的人身上出现。在那些半梦半醒的清晨，她的脑海里还会冒出些从没听过的小曲跟歌谣。然后她会起床，点亮床头柜上的台灯，拿起为此事而准备的笔，画出五线谱，把歌曲记录在纸上。有时候等到漫长的白天过去，她还会照着记录演奏那些旋律，一边好奇自己是不是在蛇夫座或者摩羯座的电波听到过同样的段落。不过接着，艾莉就不得不沮丧地承认，那都是幻想，她不过被信号接收和放大器里的电流与间隔、带电粒子，还有遥远星辰间稀薄而冰冷的气体云的磁场误导了而已。

现在传来的，是一个重复的单音，高亢而刺耳。艾莉花了点时间才想起来，她已经至少有三十五年没听过这声音了：那是妈妈在太阳底下取晒衣服时，晾衣绳金属滑轮发出的嘎吱声。还是小女孩的艾莉喜欢看绳子上成排的衣夹；周围没人注意的话，她还会把脸埋进暖烘烘的床单，沉迷在那甜美而微微刺鼻的气味里。不过，那气味真是这样的吗？艾莉还记得她咯咯笑着蹒跚离开床单时，妈妈会走过来，把她高高举起——就像上了天一样——然后揽进臂弯。就像一沓衣服，艾莉心想，要被整整齐齐地摆在爸妈卧室的抽屉里。

“艾罗维博士？艾罗维博士？”那个技术人员低头看着艾莉。她眼皮颤动，呼吸轻浅。艾莉眨眨眼，取下耳机，对他抱歉地笑了笑。有时候，她的同事们得提高音量才能盖过耳机里的宇宙之声跟她说话。而她呢，懒得为了三两句话而摘下耳机，会下意识地大声答话。在不知道的人看来，就好像这座巨大而安静的射电天文台里突然爆发了争吵，而他们听见了其中的只言片语。不过现在，艾莉只是低低地道了个歉：“不好意思。我刚走神了。”

“德拉姆林来了电话，他在杰克的办公室里。他说他约好了跟你见面。”

“老天，我给忘了。”

岁月已经流逝了好几年。虽然德拉姆林的才华没有半点衰退的迹象，不过跟艾莉在加州理工当学生时相比，他的奇怪癖好又增加了好几种。举个例子，他总在没人注意的时候，检查裤裆拉链开了没。他还越来越相信外星人并不存在，至少会因为过于稀少或者太遥远而侦知不到。他这趟来阿尔戈斯项目组，说是为了参加周末的科学研讨会，不过艾莉知道他还有些别的目的。德拉姆林给国家科学基金会写了封信，要求修改阿尔戈斯项目，把它从寻找外星人改到更传统更现实的目的上来。这封信他就塞在内衣口袋里，他还坚持让艾莉读了一遍。

“可项目才进行了四年半，我们连北方天空的三分之一都没扫描完。这是人类第一次有能力在带通最佳，整体电波噪音最小的情况下完成整个巡天扫描，为什么要停下？”

“不，艾莉，这事情看不到头的。过个十几年，发现什么也没找到，你就会争辩说，我们应该再花几亿美元，去澳大利亚或者阿根廷建个阿尔戈斯天文台，往南方的天空找找看。等到这事也失败了，你又会说，我们应该去高层轨道造个能自由飞行的抛物面型望远镜，方便接受毫米级的电波。你总能找出些我们还没干过的事，你总能发明些理论，解释为什么到现在为止，我们还是没有收到外星人的电波。”

“哦，戴夫，我们已经讨论过上百次了吧。即使项目失败了，我们至少也能明白智慧生命有多么罕见——至少，像人类这样思考，还想跟其他落后文明打交道的物种很罕见。而假如我们取得了成功，那可就是中头彩了。你想象不出人类还能有什么更重大的发现。”

“有好多一流的项目想用望远镜却用不着。包括研究类星体的演化、脉冲双星、邻近恒星的色球层，甚至在太空里寻找蛋白质这样的疯狂计划。它们都比 SETI 强。那些项目一直被搁置着，因为这个设施——这个世界上最好的相控阵——几乎完全被 SETI 给霸占了。”

“百分之七十五给了 SETI，戴夫。还有百分之二十五是给常规射电天文学项目的。”

“别说什么‘常规’。我们有机会回溯银河系形成的初期，甚至比那还早。我们可以检查那些大型分子云的核心，外加银心的黑洞。天文学革命近在咫尺，却被你们挡了道。”

“戴夫，别感情用事。要不是公众支持SETI，阿尔戈斯从一开始就不会成立。再说管理阿尔戈斯项目也不是我的主意。你也知道，还有40个碟型天线没造完呢，他们就选我当负责人了。国家科学基金会完全支持——”

“并不是完全支持。如果让我管事，就完全不会支持。这就是在作秀，用来迎合那些痴迷UFO和怪奇漫画、脑子不正常的白痴的。”

德拉姆林近乎咆哮的讲话，让艾莉产生了一种强烈的冲动，想调低他音量。因为工作性质和职位关系，她常常会成为人群间唯一的女性——如果不算上那些帮忙泡咖啡和负责现场速记的女员工。虽然她为此努力了一辈子，可还是有很多男科学家只跟男同胞交流，或者老是打断她的话，要不就对她说了些什么顾若惘闻。还有些时候，她会碰上德拉姆林这种直接表示强烈反感的人。不过德拉姆林其实不算，因为他骂起人来根本不分男女。说实话，艾莉的男同事里，见她在场而不尴尬的就没几个。她应该多花点时间和他们相处，艾莉心想。这些人里有肯尼斯·德·希尔，索尔克研究所的分子生物学家，他最近被任命为总统的科学顾问。还有，当然了，彼得·瓦莱里安。

艾莉知道，反感阿尔戈斯项目的不止德拉姆林一个，好多天文学家都对此抱有不同意见。项目开展两年后，整个天文台都弥漫着一股悲观的气氛。无论食堂里，还是在漫长的观察过程中，人们常常产生激烈的辩论，争的是到底能不能发现外星人：外星智慧生物即使存在，他们和人类之间到底有多大的不同始终是个未知数。我们连国会议员的想法都猜不透，又怎么能知道成百上千光年之外，甚至身体结构都和我们迥然不同的生物脑子里在打什么算盘呢？有些人认为外星人用来传输信号的可能不是电波，而是红外线、可见光或者伽马射线，也可能对方的讯号早就满天飞了，只是以人类的科技实力，还要再发展上一千年才能理解。

就在阿尔戈斯项目裹足不前的同时，其他地方的天文学家正在取得一个又一个惊人的发现。他们研究的是那些虽然还不清楚原理，但始终向外散发着强烈电波的星体。他们发表论文，参加科学会议，地位也因为所获的成就而节节高升。阿尔戈斯项目组的成员却因为交不出什么东西来，很少得到美国天文协会年会，或者国际天文学会三年一度的全体大会的邀约。这就是为什么在和国家科学基金会磋商以后，阿尔戈斯项目的负责人同意留出百分之二十五的观测时间给与搜索地外智慧生物无关的项目。这一决定作出后，项目组的天文学家很快获得了许多重大发现——比如银河系外有部分天体移动得甚至快过光速；海王星最大的卫星海卫一，地表温度终于测出；在其他星系的暗物质晕里，没有半点星光。阿尔戈斯项目组的成员认为他们为尖端天文学的发展做出了贡献，天文台的士气因此逐渐恢复。没错，扫描整片天空的进度被拖延了，可他们的职业生涯总算不是白白浪费了。就算最后没能找到地外智慧生物存在的迹象，至少他们也窥见了自然宝库里的另外一些秘密。

搜索地外智慧生命——大家基本上都把这个词缩写成 SETI，不过也有些乐观主义者叫它 CETI，意思是与地外智慧生物交流——本质上是持之以恒的观察活动，天文台的大部分时间就消耗在了这个沉闷的目的上。剩下的四分之一时间，这个世界上最强大的射电望远镜阵列得为别的项目运转，某些其他机构来的天文学家也从中分了一杯羹。不过，在士气逐渐高涨的同时，越来越多的人同意起了德拉姆林的观点；他们总是望着那代表了当代技术奇迹的 131 个射电望远镜，幻想着怎么把它们用在自己的项目上，那些项目在他们看来，无疑比寻找外星人更有价值。艾莉和戴夫总是吵一阵好一阵，然而总的来说事情没有任何起色。德拉姆林并不是个好说话的人。

德拉姆林今天来参加研讨会的目的之一，就是想说服人们外星人不存在。既然人类在几千年里就能把科技发展到今天的模样，那么真正先进的物种，他问道，能做出些什么来呢？他们理当能移太阳而动群星，甚至重塑银河。但迄今为止宇宙间还没有什么现象是自然之力所无法解释，只能归结到其他智慧生物上的。为什么阿尔戈斯项目从来没收到过外星人的电波？难道外星人的电台就只有一座，所以那么难找？人们有没有意识到，阿尔戈斯已经扫描了几十亿的星辰？寻找地外生命的试验做得值，但它已经完成了使命，人们没有必要再扫描天空的其余部分了。答案很明显：地球附近的深空没有外星人的迹象，他们根本不存在。

在问答环节，一个阿尔戈斯项目组的天文学家提到了动物园假说。那个假说认为外星人确实存在，只是不肯让人类知道——就和灵长类动物行为学家喜欢蹲在灌木丛里观察黑猩猩而不是走过去打扰它们一个道理。德拉姆林反问他：如果银河系里真有几百万个文明——阿尔戈斯项目组的人老念叨这个数字——就不会冒出个偷猎者来吗？银河系里的所有文明都信奉不干涉的道德规范，一个都不来地球上晃悠，这可能吗？

“地球上，”艾莉反驳他，“盗猎的和反盗猎的装备水平差不多。可如果反盗猎组织再提升提升装备，用上雷达和直升机，那盗猎者就无计可施了。”

这番话得到了几个阿尔戈斯项目组成员的掌声，但德拉姆林只是说，“这例子不恰当，艾莉。根本不是一回事。”

需要清醒一下的时候，艾莉会驾车独行。那是辆 1958 年产的雷鸟，顶盖和后座两侧的玻璃窗可以卸掉。她常常把拆下来的顶盖丢在家里，开着车在沙漠的夜里风驰电掣，让黑色的长发飘散在脑后。这样几年下来，新墨西哥西南边的每个破旧小镇、每一座孤峰和平顶山，甚至高速路上每个巡警的名字，她都了如指掌。她常常在天文台监听了一整夜以后，从阿尔戈斯警卫站（那东西在飓风防护栏造完之前就有了）边上飙过，然后快速换挡，一路向北，去圣达菲附近的基督圣血山里看黎明微曦。为什么一个宗教要用它最受尊敬的人物的血液、身体、心脏和胰腺来命名某地呢？还有，相比其他那些虽然同样不可或缺，却没有那么关键的器官，大脑不是更好的选择吗？她思索着。

不过这天晚上，她朝着西南边萨克拉门托山的方向疾驰。戴夫会不会是对的？阿尔戈斯项目取得成功，会不会只是天文学家们的美好幻想？如果一年又一年过去，他们始终没有收到外星人的信息，这个项目还会持续下去吗？他们真的会不断给出新假说，不停折腾昂贵的新仪器吗？有什么事情能表明他们的努力终告失败了吗？她什么时候才能放弃，转而去干些更靠谱、更有保障的活儿？日本野边山天文台刚刚宣布他们发现了密集的分子云存在腺苷——那是种组成 DNA 的复杂有机分子。所以她就算放弃监听地外文明，也可以继续在宇宙间寻找生命。

她在山路上瞥了眼南方的地平线，看到了半人马座。古希腊人眼里，那是个半人半马的虚构生物，还教过宙斯学问。虽然艾莉挺喜欢其中的阿尔法星，不过她怎么也看不出那些星星到底哪儿像半人马了。

半人马阿尔法是那个星座里最亮的星，和地球仅仅相距 4 光年。它其实是个三星系统，两个太阳彼此相绕，另一颗远远地围着它们转。只是从地球上望过去，三颗恒星融为了一个光点而已。像今天这种特别晴朗的夜晚，艾莉偶尔能看到它们悬挂在墨西哥的上空。而在另外一些尘暴过境、浮土未散的日子，她会开上山去海拔更高、空气更干净的地方，下车望向那个离地球最近的星系。虽然难以观察，但半人马阿尔法可能有自己的行星。它们也许会绕着三星中某颗转，也许会画着“8”字，绕着那两颗邻近的恒星转。后面这种轨道同样符合天体力学，然而更为有趣。三个太阳的世界，会是什么样？她想。嗯，大概比新墨西哥更热吧。

令人愉悦的引擎颤动中，艾莉注意到那条双车道高速公路的两边满满当当全是兔子。以前开车到得克萨斯西部时她见过类似的场景：兔子们四脚着地在路坎边待着，但只要雷鸟的新型石英头灯一打过去，就会全部站起，两条前肢收在胸前，一动不动地看着汽车。夜路长达几英里，而它们如同整齐有序的仪仗队。只见一千个粉色的鼻子抽动，两千个眼睛在黑暗中反射着汽车明亮的光。

可能这也算一种宗教体验，她想。它们似乎都是幼兔，大概从来没见过汽车。想想看，两束灯光以 130 码的速度飞过，那可真是太神奇了。有趣的是，别看路边兔子成千上万，连一只跳到路中央的都没有，顺着车道看，她一具孤零零的尸体都找不到。那些长耳朵的精灵就是不肯越过路坎进入雷池一步。它们是怎么做到这样整齐划一的？也许是沥青太烫了，她想，也许它们正巧在路旁的灌木丛里觅食，对突如其来的灯光感到好奇。问题是，它们当中居然没有一个想到路对面去拜访拜访自己的表兄弟，这现实吗？在它们眼里，高速公路到底是个什么东西？一个就在身边、功能深不可测的异族造物？而公路的建造者，它们甚至从未见过？不过艾莉怀疑，兔群根本不会有这样的概念。

汽车轮胎和路面的摩擦也是种白噪音，艾莉下意识地听了起来，想从中辨别出有没有什么特定的模式。她见识过各种各样的白噪音：半夜里冰箱电机的启动声；浴室里的汩汩水声；厨房边小洗衣机的滚筒声；尤卡坦半岛附近科苏梅尔岛边的波涛声——当时她忙着回来工作，草草地结束了潜水之旅。她总是倾听这些日常生活中的无序噪音，还拿来跟星际间的微波对比，看它们的变化模式是不是更少一些。

去年 8 月，她到纽约参加了 URSI [1]。人们告诉艾莉地铁有危险，可她实在没法抗拒那咔嚓咔嚓的白噪音，甚至还为此放弃了半天的会议——她从 34 号大道坐地铁到康尼岛，再返回曼哈顿市中心，接着换线去了皇后区最远的站，最后在牙买加区的一个站头换了车，这才去召开会议的那家酒店。她有些气喘吁吁，毕竟正当炎热的八月。艾莉注意到地铁在急转弯时，车厢内的灯泡熄灭，而车外会闪过一道道电蓝色的光，她觉得自己就像坐上了一艘超越光速的星际飞船，从一簇簇新生的蓝色超巨星间掠过。等到列车开回直道，灯光重新亮起，她才返回现实，闻到了车厢内的刺鼻气味；看到了那些拉着吊环的乘客、微型监控摄像头（它们锁在铁栏杆后面，还被人拿漆给喷黑了）和画着整个纽约地铁路线的彩色地图；听到了地铁进站时刺耳的刹车声。

艾莉知道这有点儿怪，可她向来喜欢幻想。不过是有点儿强迫症老听白噪音嘛，反正也没什么坏处，没人会在意的，再说了，这也跟工作有点关系。说起来，其实连科苏梅尔岛都不用去，只要在家放放海浪的录音就行了，还能省笔旅费。好吧，她可能是有点儿痴迷过度了。

恍惚之间，她意识到洛克菲勒中心站到了，于是连忙起身走出车厢。地铁站的地板上散落着当天的废报纸，其中《纽约邮报》的大标题引起了她的注意：游击队攻占了约翰内斯堡电台。假如我们喜欢这帮家伙，就管他们叫自由斗士，她想。如果不喜欢，那他们就是恐怖分子。要是还没选边站，那他们还是游击队。报纸的另一页配了幅大照片，照片里的人气色饱满，表情自信。照片边上写着：世界将如何终结。摘自比利·乔·兰金的新书。邮报本周独家专访。一眼看完这些文字以后，艾莉转而试着把它们清除出脑海。随后，她穿过熙熙攘攘的人群，走向酒店，暗暗希望还能

1.URSI：国际无线电科学联合会的法语缩写。

赶上藤田关于同态射电望远镜的演讲。

除了轮胎碾过路面的呜呜，每隔一小段时间，还有“砰砰”声传来。在不同的年代，新墨西哥的道路维修人员重铺了不同的路段，它们的接缝处就是这声音的源头。阿尔戈斯项目会不会也是这样？人们可能已经收到了外星人的信号，但它的频率非常慢——每个钟头，或者每个礼拜，甚至每十年才传来一个音。那样古老而缓慢的文明，能猜到宇宙间同样存在耐心超不过几秒钟的文明吗？有没有可能他们的寿命长达几万年，而讲起来话来非非非常常常慢慢慢？

阿尔戈斯项目永远分析不出这样的信号。不过，这样长寿的生物真的存在吗？以宇宙的年龄，能否让演化异常缓慢的生物发展出高级智能？根据热力学第二定律，组成他们身体的化学键也会分解。所以他们会不会像人类一样繁衍后代？像人类一样有寿命极限？还是说，他们生活在那样一个古老、寒冷的世界，甚至连分子都慢得每天只碰撞一次？在艾莉的想象中，甲烷冰筑成的悬崖上，伫立着一个无线电台。远方的红矮星朝它投下了黯淡的光。悬崖下方是辽阔的氨海，波浪不停地拍打着海岸，那白噪音与科苏梅尔的海浪声毫无二致。

反过来说，也可能存在另一种彻底相反的外星人：他们动得快，讲得快，始终处于高速的运转之中。他们在 1 纳秒里发送的电波内容，也许上百页英文书籍都容不下。当然啦，如果你接收器带通狭窄，你又只听那一小段频率，你永远也别妄想能检测出那些快速调制过的信号。这是傅里叶积分的简单结果，与海森堡测不准原理密切相关。就这么说吧，如果你的带通有 1000 赫兹，你就没法解析出被压缩进 1 毫秒的信号。你能听到的，只有模糊的响声。阿尔戈斯的带通窄于 1 赫兹，它能接收的信息必须调制得很慢，不超过每秒 1 比特。那些调制得比较慢的信息——超过几个钟头的——能被相对轻松地检测出来，前提是你把望远镜一直对着射电源，而且特别有耐心。问题是天空那么辽阔，数以十亿计的星辰在等着你去检查，你不可能把时间只用在其中的一小点上。即使穷尽一生时间，她也只能从十亿个波段草草地扫描天空，那些过快或者极慢的信号，只能排除出考虑范围。

话又说回来，艾莉想，他们应该有过和跟新兴文明进行星际交流的经验，比人类更清楚什么样的调制频率容易被接收。而要对话的文明能接收什么频段的电波，他们就可以发送什么频段的电波。微秒级的也好，几个小时的也好，有什么能难住他们呢？按照地球标准来看，外星人应该都拥有无以伦比的工程能力和资源开发能力。如果他们想联系地球，是不会为难我们的。他们会从各种频段发来信息，他们会理解我们有多落后、多可怜。

所以，我们为什么依然没有收到地外生命的信号？难道戴夫是对的？宇宙中不存在其他文明？那几十亿行星就真的寸草不生，一片荒芜？宇宙那么大，智慧生命就真的只在这么一个不起眼的角落萌芽？不管怎么想，艾莉都无法让自己去严肃对待这种观点。人类对未知的恐惧和妄自尊大，通过灵魂不灭这样根本无从考证的假设，还有占星术这种伪科学表现得淋漓尽致。认为人类是宇宙间唯一的智慧生物，不过是这种唯我论在当代的变体而已。德拉姆林的说法也建立在这样的基础之上，而人类本能地想去相信它。

再等等吧，她想。我们还没用阿尔戈斯系统检查过北方的天空呢。过个七八年，要是我们还是一无所获，再开始担心也来得及。这是人类第一次有机会寻找其他世界的居民，如果项目失败了，人类就会明白地球的珍贵——这意义至关重大。而假如项目成功了，我们会彻底改变人类的历史，打破人类中心主义的枷锁。赌注那么高，承担点职业风险也没什么，艾莉对自己说。她贴着路边转弯掉头，换了两次挡，向着阿尔戈斯项目驻地疾驰而去。兔子们待在路边伸长脖子目送她离开。这时朝阳初升，把它们染成一片霞红。

4.

质数

月球上既没有摩拉维亚人，也没有人愿意去传教，让那个可怜的异教星球变得文明开化，信仰基督？

—— 赫尔曼 · 梅尔维尔，《白外衣》（1850）

沉默是最残酷的谎言。

—— 罗伯特 · 路易斯 · 史蒂文森，《维琴伯斯 · 普鲁斯克集》（1881）

黑暗冷寂的虚空被抛到了身后。那束脉冲沿途经过了星系里的数个天体，与平平无奇的黄矮星越来越近。它掠过几颗满是氢气的行星，穿透那些冰态卫星，又从一个寒冷世界的有机云团里钻出——那个世界中，原始的前体细胞正在萌动——接着横扫了一颗10亿年前曾经兴旺过的行星。现在，电波冲向了一颗蓝色的温暖星球。

那颗蓝星在布满星辰的背景中慢慢地打旋。这是个物种繁多、生命兴盛的世界。你能在它最高的山峦雪峰上找到跳蛛，也能在大洋底的热泉喷口旁发现以高浓度硫酸为食的蠕虫。是的，这个世界里，既有只能活在浓硫酸里的生物，也有会被浓硫酸杀死的生物；既有视氧气为毒物的生命，也有只能在氧气中活动，甚至一呼一吸都与那种元素密不可分的生命。

最近，这个星球演化出了一种独特的低级智能生物，他们占据了那个小小世界的每一处犄角旮旯；他们在海底和低层轨道上建立了前哨；他们随着不断自东向西扫过地表的晨线起床沐浴，如同执行仪式；他们或穿着华美的外套，或缠着腰布；他们喝着咖啡、茶或者泡蒲公英；他们骑自行车、开汽车，也有些骑牛；他们要思考学校布置的作业怎么完成、春播的收成，还有世界的命运。

脉冲的头几个波形从蓝星的大气和云层间穿过，撞击地面，其中一部分反射回了太空。星球未受影响，继续转动，而后继的波形连续涌来，吞没了这颗行星，还有整个星系。电波难以耗散，它们中的绝大多数继续轻松向前，离开黄色的恒星和被它所吸引的诸多星球，重返墨色的深空。

那个值班员穿了件涤纶夹克，夹克的后背印着一个造型别致的排球，上面写着“劫掠者”。他走向控制大楼，打算值夜班。此时一群射电天文学家从楼里出来，准备去晚餐。

“你们找小绿人几年了？五年多了，是不，威利？”

这番取笑称不上恶意，但依然刻薄。

“多让我们用用呗，威利，”另一个人说，“类星体光度测量前途无限，可我们只有百分之二的观测时间，这样下去永远也别想完工。”

“我知道，杰克，我知道。”

“威利，我们的项目在回溯宇宙的起源，这也非常重要——你看，我们清楚自己在研究什么；而你们连到底有没有小绿人都不知道。”

“去跟艾罗维博士讲呗。她肯定愿意听你们的意见。”他没好气地回道。

值班员走进控制室，飞快地检查了监视屏，它们有十多个，都在显示射电搜索的结果。他们刚刚完成了对武仙座进行的扫描。那里有个巨大的星系团，距离地球一亿光年，由许多远比银河系更大的星系组成。而他们新近收听的电波来自 M-13，那个星团有 30 多万颗恒星，它们团聚在一起，沿着半径至少 26 000 光年的轨道沿银河系转动。他们已经检查了帝座——那是个双星系统，还有天纪二和天市左垣二。这些恒星相隔不远，有的和太阳近似，有的大不相同。大多数人类裸眼可见的恒星距离地球不超过一百光年。阿尔戈斯项目组把武仙座星系团分成了几百个小区，每个区都用 10 亿个波段仔仔细细地筛查了一遍，然而什么也没有发现。过去几年来，他们一直在观察武仙座以西的星座——包括巨蛇座、北冕座、牧羊座、猎犬座……始终一无所获。

值班员可以看到，一些望远镜是专门用来监听武仙座被遗漏的信号的。剩下的大多数望远镜，正在调整方向，转向武仙座以东的另外一个星座。对几千年以前生活在地中海东部的人来说，那个星座像是一把弦乐器，和希腊神话里的英雄俄耳甫斯有关。当然了，它就是天琴座。

计算机控制望远镜追踪着天琴座的星星由升至落，接收它们的射电光子，同时监察望远镜阵列的状态，还一边处理各种数据，方便操作人员处理。值班员在控制室的待遇好得过分。威利经过糖果罐、咖啡机、斯坦福人工智能实验室用托尔金精灵语写的格言警句，还有一张车贴（上边写着“黑洞是看不见的”），走到控制台旁。他对下午的值班员笑着点点头，后者正在收拾笔记，准备去吃晚饭。这一天的数据已经汇总到了主显示屏上，由琥珀色的文字标示着，所以威利犯不着再向他询问前几小时的情况。

“你也看到了，没什么大事。不过有个电波干扰——至少看起来像干扰——在 49 号望远镜那里。”他向窗户随意挥了挥手，“另外，大概一个钟头前，类星体群传来信号，波段在 1/10 到 1/20 之间，看样子采集到了不少好数据。”

“是啊，我听说了。他们不知道……”

他的话没能说完，就被面前控制台上突然开始闪烁的警报灯打断了。在标着“强度与频率”的屏幕上，一道尖峰信号正陡然升起。

“嘿，看，单频信号。”

另一个贴着“时间对比强度”标签的屏幕上，一系列波形从左至右移动，然后消失。

“那些是信号，”威利轻声说，“有人在广播。”

“没准是空军干扰。我知道有个 AWACS[1] 在科特兰那里放了 1600 小时的信号。也许他们在逗咱们玩。”

1.AWACS：机载空中警报控制系统。下文的科特兰是美军的一处空军基地。

人们早就签署协议让一些电波频率仅为天文学所用，但正因为这些频道鲜有人问津，所以质量清晰，难免遭到军方的觊觎。假如哪天爆发世界大战，天文学家们大概会是第一批知道战况的人。到那时，他们通向宇宙的窗户，会塞满发向地球同步轨道卫星的讯号，其中包括战斗指令、损伤评估，还有给远方战略基地的密文。

哪怕没有那些军用信号，想要同时监听10亿个频道的天文学家们也会碰到点别的干扰。电闪雷鸣、汽车发动机、直播卫星都是常见的干扰源。但是计算机能区分出它们的特征，把它们从结果中剔除。对于难于辨明的讯号，计算机会细细地分析，确保它们不属于已知的信号。时不时有电子战飞机在执行训练任务时飞经此地——它们常常把雷达盘藏在飞机屁股上面，而阿尔戈斯系统会立刻检测到智慧生物的信号。人们总是忧伤地发现，那些奇特的信号虽然确实是智慧生物发出的，但跟外星人无关。几个月前，一架配备了最先进电子干扰设备的F-29E从8万英尺的高度飞过，引发了全部131台望远镜的警报。天文学家又不是搞军事的，哪里分得清到底怎么回事，都以为终于收到了外星人的电波。不过他们很快意识到，信号先从最西边的望远镜传来，在一分钟里逐渐移到最东边的望远镜，换句话说，信号源肯定在地球上方稀薄的空气里穿行，而不是某个难以想象的文明的产物。

至于这次，肯定是又一起误读。

桌上有个扁平的盒子，她伸出右手，让手指插进盒子侧面5个间隔均匀的孔洞。这个伟大的发明让她每次都能节约出半个钟头。不过这一次，额外的半小时并没有得到有效的利用。

“我把事情都跟亚柏罗太太说了。她就住咱家附近，后来韦特海默太太也知道了。我不是显摆，但你现在的成就里我也有功劳。”

“嗯，妈。”

她看了看指甲上的光泽，决定让自动指甲油机再工作个一分钟——或者一分半。

“你四年级的时候——还记得吗？那天下大雨，你不想去学校。你让我给你写个假条第二天交上去，说你生病了，但我不肯。我说‘艾莉，除了外表，这世界上还有另一个很重要的东西，知识。你漂不漂亮，娘胎里就决定了大半，但你能掌握多少知识取决于自己。去上学吧。你永远也不会知道今天能学到些什么。’是不是？”

“嗯，妈。”

“我当时就是这么跟你说的吧？”

“嗯，妈，我记得。”

四根手指的指甲已经泛起了光，不过拇指依旧暗哑。

“所以我给你拿来雨靴和雨衣——就是那件黄的，你穿上以后可爱极了——把你送去了学校。那天韦斯布罗德在数学课上问了个问题，你没回答出来。放学以后，你气鼓鼓地跑去大学图书馆，直到懂得比韦斯布罗德先生还要多。他跟我说，他对这事印象很深。”

“他跟你说的？我还真不知道。韦斯布罗德先生什么时候告诉你的？”

“家长会上。他说的是‘你们家姑娘真有精神’或者差不多的话。‘她被我惹急了，结果成了这方面的专家。’专家，他就是这么说的。这事我应该跟你提过。”

艾莉斜靠着转椅，脚搁在书桌抽屉上，就靠指甲油机里的几根手指保持着平衡。这时蜂鸣器突然响起，而她几乎在机器鸣叫前就感受到了变化。她腾地站起。

“妈，我得走了。”

“我敢说，这事情我早就告诉过你。我说话的时候你就是不专心。韦斯布罗德先生人不坏，可你不肯看他身上好的那面。”

“妈，我真的得走了。我们收到了一些怪声。”

“怪声？”

“你知道的，妈，就是一些奇怪的信号。我们以前聊过这个。”

“看样子我们都喜欢自说自话。真是有其母必有其女。”

“拜，妈。”

“答应我，结束以后给我打电话。”

“嗯，妈，我保证。”

艾莉听得出来，妈妈很孤独，所以想和她多聊聊，可她却想逃避，想尽快挂掉电话。她恨自己的懦弱。

她匆匆走进控制室，来到主控台前。

“晚上好，威利，史蒂夫，咱们来看看数据。振幅图在哪儿？这儿。你们有干涉位置吗？好。来看看那个区域附近有没有星星。哦，天！我看到了织女星。那可是我们的好邻居。”

她一边说，手指一边在键盘上翻飞。

“看，她和我们只相隔26光年。我们观察过它，虽然没出什么结果。其实我在阿雷西博的时候也检测过它。绝对强度是多少？老天，有好几百扬斯基[1]，用FM收音机都差不多能听到了。

“好了。那么我们在织女星附近听到了一个差不多9.2千兆赫兹的怪声，它不完全是单色的：频带宽度几百赫兹，有线性偏振，传送的电波不断变动，但振幅两端受限。”

随着她在键入命令，主显示屏显示出所有的射电望远镜状态。

“有116台望远镜收到了信号。所以不是其中的一两台出了故障。好了，

1.扬斯基：非国际标准制的光谱光通量密度单位。

我们应该有够长的时间基线了。它是跟着恒星在移动的吗？还是说，它是哪个间谍卫星或者飞行器干的好事？”

“我可以确定它在和恒星同步运动，艾罗维博士。”

“这可就厉害了。它的源头不在地球上，也不是闪电[1]人造卫星，当然这个我们还是得复查一下。等你有空了，威利，给北美防空联合司令部打个电话，问问他们知道不知道点什么。现在，既然我们把卫星排除在外，那就只剩下两个可能：恶作剧，或者总算有人给咱们发消息了。史蒂夫，找几台望远镜切换到手动模式检查一下——反正不差这点信号——看看是不是有人存心要咱们；你知道的，有人就是想搞事情。”

收到阿尔戈斯电脑发出的警报后，好些科学家和技术人员聚到了指挥控制台旁边。他们脸上挂着暧昧的笑，没有人真的指望过能收到来自另一个世界的消息，然而今天就像是学校突然放了假，乏味的例行公事中断了，取而代之的是对未来的一丝期待。

“如果你们有除了地外生命的其他解释，说来一听。”艾莉总算承认了他们的存在。

“不可能是织女星，艾罗维博士。那个恒星系才诞生了几亿年，行星都还不稳定，智慧生物没有足够的演化条件。它只可能来自更遥远的背景恒星，或者河外星系。”

“而且那电波功率得大得夸张。”一个来看到底怎么回事的类星体研究员说，“我们得立刻开始高敏感度运行轨迹对比，以确认那个射电源是不是真的和织女星一起移动。”

“你对天体形成的判断很准确，杰克，”艾莉说，“然而还有另外一种可能：对方不是织女星的居民，他们只是拜访了那里。”

“也不靠谱。不管行星凝结失败还是尚未成型，总之那个星系里全是

1.闪电：苏联的军民两用通信卫星系列。

碎石。那种地方待的时间长了，太空船会损坏的。”

“所以他们最近才到那儿。当然他们也可能直接蒸发了接近的陨石，或者计算出陨石轨迹，及时进行了规避。他们同样可能停在恒星的极点上方，这样就碰不到多少乱飞的碎石。可能性太多了。不过你说的很对，没必要去猜射电源到底在不在织女星系里，直接找到答案就行了。史蒂夫，轨迹研究要花多久？还有，你的班次已经过了吧？你至少跟康斯薇拉说一声，你晚饭得晚点吃。”

这时候，脸上挂满笑容的威利从旁边的控制台上抬起头来。“我刚跟防空联合司令部一个上校通了气，他发誓说他们没有任何设备能发送这种9千兆赫的电波。当然了，他们每次都这么说。不过，他承认他们没在织女星的赤经和赤纬上侦测到任何航天器。”

“那些黑卫星呢？”

到那个年代，太空中已经有了不少“黑卫星”——这些航天器经过专门的设计，雷达反射面很低。它们默默绕着地球一圈又一圈地飞，等待着被激活的那天。哪天核战爆发，一线的军事卫星遭到摧毁，它们就会用来侦测敌情，传输信息。时不时有黑卫星被望远镜观察到，但没有国家愿意站出来承认那是他们的东西，发展到最后，会有人猜那是停在地球同步轨道上的外星人飞船。随着千禧年临近，UFO谣言愈演愈烈，和这有着很大的关系。

“干涉测量已经排除了闪电卫星的可能，艾罗维博士。”

“越来越棒了。现在，咱们来仔细看看这些波形。假设这是二进制算法，你们谁来把它换算成十进制？我们在知道这些波形的序列吗？没关系，咱们可以心算一下……59、61、67……71……等等，这不是质数吗？”

控制室里爆发出一阵兴奋的窃窃私语。艾莉气血上涌，面颊一阵发热，不过她马上清醒下来。她担心自己被冲昏头脑，忘记了科学。

"那么好，让咱们来做个简短的总结。我尽量用最简单的语句来描述，你们好好听，看我是不是遗漏了什么东西。首先，我们收到了一个非常强烈，而且并不纯粹单色的信号。出了这个信号的带通范围，就只剩下了噪音。这个信号呈线性偏正，就像是用射电望远镜发射的一样。它大概 9 千兆赫兹，接近宇宙微波背景噪音的最小值。对任何想要远程接听广播的人来说，这都是一个非常合适的频率。我们已经确认了射电源与恒星同步运动，所以它来自宇宙，而不是地球圈以内。北美防空联合司令部在射电源方向没有侦测到任何卫星——不论是我们的，还是其他国家的。干涉测量法也已经排除了一种人造卫星的可能性。

"史蒂夫检查了非自动模式所获得的数据，看样子没有哪个幽默感扭曲的家伙黑进了咱们的系统。现在，我们观察的天空包括了织女星，它是颗 A-0 主序矮星，和我们的太阳不一样，但仅仅相隔 26 光年，而且有原始的碎屑星盘。那儿没有已知的行星，但行星依然可能存在，只不过我们对此一无所知罢了。我们正在研究织女星的自行[1]运动，以检查射电源是否位于它的后方，常规检测的话，我们大概——多少来着？——差不多几个礼拜以后，能获得答案，不过要是用长基线干涉测量法，几个钟头以后就明白了。

"最后，电波传达的，似乎是一长串质数——除了自己和 1，无法被任何自然数整除的数。没有哪种天体现象会自然而然地产生质数，所以我得说——当然了，我们还是要谨慎一点——不管按照我们手上的哪种标准来看，它都是真货。

"问题在于，认为消息是织女星周围某颗行星上智慧生命发过来的，有些不现实。这个恒星的寿命只有约 4 亿年，不太可能存在智慧文明，除非他们演化得特别快。这就是为什么我们必须仔细研究射电源的自行运动，

1. 自行：恒星相对于太阳系的质量中心，随着时间变化的推移所显示出在位置和角度上的改变。

而且我还想再确认一下真的不是恶作剧。”

“我想说，”有个一直待在人群后面的类星体天文学者说话了。他向着西边的地平线扬了扬下巴。那个方向上，落日的余晖清晰可见。“织女星几个钟头以后就会落山，而在澳大利亚，它可能已经升起来了。我们为什么不联系悉尼方面赶紧同时观察一下呢？”

“好办法，那里才到下午。和他们一起测量，我们就有足够的基线去分析自行运动了。麻烦把我刚刚说的摘要一份出来，我要回办公室把这些资料传真去澳大利亚。”

艾莉逼自己摆出沉着冷静的样子，她离开聚在控制台前的人群，返回办公室，小心地掩上身后的门。

“天呐！”她低声喊道。

“帮我接伊恩·布罗德里克，谢谢。是的。这里是阿尔戈斯项目组的埃莉诺·艾罗维，我有紧急事务。谢谢，我会等的……你好，伊恩？可能只是空欢喜，但我们收到了一个怪声，想麻烦你帮我们确认一下。它的频率接近九千兆赫，带通好几百。我正在把数据传真给你……你们已经有望远镜调到那个频率了？运气不错……对，织女星位于视野的正中心，我们从那里收到的电波，看起来像是质数……真的。好，我等着。”

我们这个星球的天文学真是落后啊，艾莉心想，连计算机的数据库都没能同步，只能进行磨叽的远程交流……

“听我说，伊恩，望远镜完成快速定位以后，能麻烦你设置一下振幅时间图吗？我们用点来表示振幅最低点，用破折号来代表最高点。我们能得到……对，这就是过去半个小时以来我们看到的图形……看起来是。五年来我从没见过这么像回事的电波，不过我还记得 1974 年苏联被大鸟[1]糊

1.大鸟：美国照相侦察卫星。

弄那件事……反正在我看来，是美国在对苏联进行雷达测量，为巡航导弹的制导系统采集数据……是的，地形测绘。苏联人用全向天线接收了信号。他们搞不清这个信号到底是从哪儿来的，只知道每天早上的同一时间，都会传来一模一样的电波。苏联人相信那不是军事信号，所以自然而然地认为是外星人发来的电波……不，我们已经排除了卫星干扰的可能。

“伊恩，能麻烦你们尽可能地跟踪它吗？我一会跟你说下 VLBI[1] 的事。我会去联系其他射电天文台，看看能不能得到更多帮助，我想沿着经线一直追踪它，直到它重新在我们这儿升起……是的，但我不确定能不能直接打电话到中国去。我在考虑以国际天文学联合会的身份发电报过去……好的。真的谢谢你，伊恩。”

艾莉走到控制室的门口，停下脚步。管这里叫“控制室”有点儿讽刺，真正控制着整个项目运转的电脑其实安放在另外一个房间里。室内的那群科学家正兴致勃勃地进行讨论，他们检查着不断传来的新数据，还时不时开那电波的玩笑。从打扮上来看，这些人算不上时髦，艾莉想，连通常意义上的“好看”都不沾边，但他们身上散发着一股独特的魅力。他们在自己的行业里出类拔萃，能全心全意地投入到探索未知的工作中。

艾莉走进控制室，所有人都安静下来，用期待的目光注视着她。现在，计算机已经自动把电波从二进制转成了十进制……881，883，887，907……每个都是质数。

“威利，给我一张世界地图，然后联系马克·奥尔巴赫。他住在马萨诸塞的剑桥，可能正待在家里。让他给国际天文联合会发电报，通知所有天文台，特别是那些大型射电天文台来帮忙。还有，问问他能不能找到北京天文台的电话号码。最后，帮我联系总统科学顾问。”

“不通过国家科学基金会？”

1.VLBI：甚长基线干涉测量（简称：VLBI）是一种用于射电天文学的天文干涉测量方法。它利用多个射电望远镜同时观测一个天体，模拟一个大小相当于望远镜之间最大间隔距离的巨型望远镜的观测效果。

“找到奥尔巴赫以后，直接联系总统科学顾问。”

人群一片嘈杂，但艾莉相信，她听见了一声欢呼。

那段话通过自行车、小卡车、邮递员和电话机，送到了世界各地的天文中心。至于大型的射电天文台——比如中国、印度、苏联和荷兰的那些——这段信息是通过电波传达的。那些电波在机器里嘀嗒作响，化作报文，读到它们的安保人员或者刚好路过的天文学者，又带着好奇心，把它拿进附近的办公室。那段电报是这么写的：

间歇性异常射电源，赤经 18 时 34 分，赤纬 38 度 41 分，由阿尔戈斯巡天系统发现。频率为 9.24176684 千兆赫兹，带宽约 430 赫兹，双峰振幅约 174—179 扬斯基。证据表明，电波内容为质数序列。急需覆盖全经度的观察。如需更多资料以进行合作，请致电发件人。

E. 艾罗维，阿尔戈斯项目主管，索科罗，新墨西哥，美国

5.

解密算法

再说下去吧，光明的天使……

—— 威廉 · 莎士比亚，《罗密欧与朱丽叶》

从 SETI 项目中遴选出来的精英纷纷抵达，来访学者住所人满为患。等到华盛顿的官方代表团赶来，阿尔戈斯项目驻地已无容身之处，他们只能去附近的索科罗下榻。总统的科学顾问肯尼斯·德·希尔是个例外，接到埃莉诺·艾罗维紧急通知的第二天，他就飞来了这里。接下来的几天里，国家科学基金会、NASA、国防部、总统科学咨询委员会、国家安全委员会和国家安全局的人陆续抵达，他们中还混了几个谁也说不清所属机构的政府雇员。

昨天晚上，他们中的一些人站在 101 号望远镜基座下，头一回弄清了织女星到底是哪颗。那颗星星闪耀着蓝白色的光，显得十分可人。

“我的意思是，我以前就见过它，只是不知道它到底叫什么。”其中一个人说。织女星比夜空中的繁星更亮，然而人们裸眼可见的星星多达数千，它终究只是其中之一，并无太多特殊之处。

科学家们一直在召开各种会议研究那段电波的性质、起源与可能的含义。阿尔戈斯项目的公共事务办公室——因为人们对搜寻地外生命热情有加，所以它的占地空间比其他天文台的要大——总是挤满了各类低级行政人员。每个新到这里的人，都得提交一份详细的个人报告。因为忙着向高级官员介绍情况、监督科研任务、回应同僚的疑问，艾莉忙得焦头烂额，连好好地睡上一觉都成了奢望。

其实刚开始他们还想保持低调。毕竟没法百分百保证这电波真的来自外星文明，过早地给出结论容易带来公关上的灾难。更糟糕的是，只要这事被捅到媒体上，科研肯定会受影响。和阿尔戈斯项目组一样，华盛顿也想把这事情压下来。但是科学家们肯定会对家里人提起，再加上国际天文联合会的电报满世界发了，欧洲、北美和日本的各个数据库也在传播此事，纸根本包不住火。

他们准备了一系列应急预案，可事态的发展让人措手不及。他们起草了一份不痛不痒的声明想大事化小，却引发了轰动。

他们找过媒体，请对方保持克制，但也清楚要不了多久新闻就会铺天盖地。他们劝过记者别跑来采访，说电波没什么内容，只有枯燥重复的质数。缺乏新的重量级爆料让媒体很不耐烦。“你总不能老在侧边栏填‘什么是质数’吧？”有个记者在电话里向艾莉这么抱怨。

于是乎，或乘固定翼，或坐直升机，扛着摄像机的记者们很快出现在天文台附近的低空，他们时不时飞越望远镜阵列，给观察活动带来了强烈的无线电干扰。有些记者选择跟踪晚上回汽车旅馆下榻的华盛顿官员，还有些更有进取心的则想闯进天文台里面，他们尝试了沙滩车、摩托车，甚至马匹。迫于无奈，艾莉不得不关心起原本用来防尘暴的栅栏是不是够牢靠。

德·希尔刚刚抵达天文台，就收到了艾莉那份标准简报的雏形版本：惊人的信号强度，位于织女星附近的位置，以及，电波的本质。

“我可能是总统的科学顾问，”他说，“可我只是个生物学家。拜托慢点儿解释。我知道射电源在 26 光年外，所以那些电波 26 年前就发出了。20 世纪 60 年代有些长着尖耳朵的滑稽家伙觉得我们想知道他们了解质数，可质数并不是什么高深的东西。要我说，外星人发的这些个广播，并没有吹嘘自己的意思，倒更像在帮我们补数学课。他们在侮辱地球人的智商也说不定。”

“话不能这么讲，”艾莉微笑着回答，“那是一个信标，一座灯塔。它设计的初衷就是引起咱们的注意。我们从类星体、脉冲星和射电星系里也收到了不少电波，可只有上帝才知道那些白噪音意义何在。质数和它们不一样，它完全是人工产物。就这么说吧，自然界里不存在质数。幻想辐射等离子体或者爆发星系会产生这样的信号根本痴人说梦。质数的存在，就是为了引人注目。”

“可是他们这么做的理由呢？”德·希尔越来越困惑了。

“我不知道。不过干这一行，你一定得非常非常耐心。也许过上一段时间，质数就会被别的广播取代——我说的是那种内容真正有料的广播。现在，我们只能耐心听着。”

这也是最难向媒体解释的部分。他们收到的电波没有实质性内容——只有一遍又一遍地报出几百个质数，然后让这简单的二进制代码周而复始：1，2，3，5，7，11，13，17，19，23，29，31……9不是质数，她跟人这么解释，因为它可以被3整除（当然，还有9和1）。10也不是质数，原因在于它能被拆成5乘以2（还有10乘1）。11是个质数，理由是它只能被自己和1整除。但为什么对方要发质数过来呢？她想起一类被叫作“白痴天才”的人。那种人在正常的社交和沟通方面有严重的能力缺陷，但却拥有令人难以置信的心算能力，你就算问他11977年6月1日是周几，他们也能很快回答出来。他们这么做没有理由。他们给出答案，只是因为他们喜欢这么做，或者说，只是因为他们有能力这么做。

收到电波的几天后，她终于明白了这一点。艾莉一度兴奋难耐，现在却深感失望。折腾了好几年，总算收到了一个信号，内容却这么浅显空洞。她原本还幻想自己能见识到一本银河百科全书呢！

我们才发展出射电天文学没几年，她对自己说，而宇宙中每颗恒星的寿命平均有几十亿年。发出信号的文明与人类发展程度相同的概率称得上微乎其微。只要比人类落后那么一点点，他们就完全没有与我们联系的能力。所以极有可能这信号来自某个远比人类更发达的文明。也许他们有能力写出章节完整、韵律优美的镜像赋格。写那种东西无疑需要天赋，我可没那种能力。当然，这只是她基于人类能力所做的小推测，至少巴赫和莫扎特已经在这方面做过令人肃然起敬的尝试。

如果脑洞开得大一点，假设对方文明的聪慧和发达程度，比人类高出几个数量级会怎样？他们比艾莉更聪明、比德拉姆林更聪明，甚至比刚刚获诺贝尔奖的年轻尼日利亚籍物理学家埃达还要聪明会是怎样？她想象不出来。她可以幻想出对方用寥寥数语，就论证出了费马大定理和哥德巴赫猜想，或者别的什么我们还未了解、在他们看来却属老生常谈的问题。可这些远比人类更聪慧的生物脑海里到底是怎么思考的，她根本猜不出。不过嘛，这没什么好意外的，事情本该如此。她又能怎么办呢？这就跟幻想出某种新原色，或者某个靠嗅觉分辨出几百个熟人的外星社会一样……你最多只能停留在语言描述上，真切的想象是不可能的。同样的道理，你不可能明白比你聪明得多的生物在思考什么。不过，说一千道一万，那个问题始终没有解决：为什么只有质数？

过去几天里，阿尔戈斯项目的射电天文学家们又获得了新的进展。人们已经能够检测出星辰究竟是在接近还是远离地球，还有它们在飞越天际，从更遥远的群星背景前缓缓移过时，速度究竟如何。织女星也不例外。阿尔戈斯望远镜和西弗吉尼亚以及澳大利亚的射电天文台协作，确定了射电源与织女星同步移动。测量的结果显示，电波不仅来自织女星所在的天空，射电源的移动也符合织女星独有的运动轨迹。除非他们真的碰上了什么不计工本的弥天大谎，否则射电源确实位于那个星系之中。由于射电源没有产生额外的多普勒效应，它可能驻留在织女星的某颗破碎行星上，或者修正了它的运动轨道。这也许是种星际礼节。

“这是我听过的最神奇的事情。而且我们屁事也不用干。”国防部先进研究项目局的一个官员在返回华盛顿前这么说道。

获得那个大发现后，艾莉安排了一打望远镜去监听织女星的其他频段。和推测的一样，他们在21厘米线的1420兆赫、羟基线的1667兆赫，还有其他许多频段，收听到了同样重复的质数。就好像织女星有一支电磁化交响乐团，在不同的射频频谱上，往外播放着质数组成的单调乐章。

“这说不通啊。”德拉姆林下意识地摸着他的皮带扣说，“我们以前就该收听到的。所有人都在盯着织女星看，艾罗维十多年前在阿雷西博的时候也干过一样的事。为什么上周二那里才突然开始广播质数？为什么到现在才开始广播？是这个时间点有什么特殊的地方吗？为什么他们在阿尔戈斯开始运转几年后突然开始广播了呢？”

“可能他们的发报机坏了几百年，才刚刚修好。”瓦莱里安说，“也可能那些机器设定好了每一百万年对外发一次广播。你知道的，宇宙中有生命存在的星球可能有许多，我们未必是这个街区里唯一的小孩。”德拉姆林显然不满意这种说法，不住地摇头。

尽管他不是个阴谋论者，瓦莱里安还是从德拉姆林最后那个问题里听出了一些画外音：阿尔戈斯的天文学家们会不会因为担心项目关闭，在绝望中自导自演了那么一出呢？没这个可能。他摇摇头。这时候德·希尔路过这里，看到了两个资深天文学家在面对SETI的问题时，默默地先后摇头。

科学家和官僚总是有些不对付。有个电气工程师把这种情况叫作阻抗失配，形容得还挺恰当。在好多官僚看来，科学家是群胡思乱想、信口雌黄的家伙。在许多科学家眼里，当官的鲁钝、无趣，缺乏与人沟通的能力。艾莉和德·希尔一直想弥合双方的隔阂，但效果始终不尽如人意。

今天晚上，烟蒂和空咖啡杯随处可见。穿着常服的科学家、身着西装的华盛顿官员，还有几个将校级军官占据了控制室、会议室和小礼堂。那些房间和厅堂的门外，也有人三三两两地聚着攀谈。星光和烟头的火光照亮了周围。有些讨论还照常进行，不过今夜的气氛令人紧张焦躁。

“艾罗维博士，这位是迈克尔·凯兹，国防部 C^3I 的部长助理。”

介绍完凯兹，德·希尔后撤了一步。他这是什么意思？这个动作，似乎混合了一些不太常见的情绪。带着困惑的审慎？还有保持克制？他觉得她是个冲动的人吗？“C^3I”是3个C打头和一个I打头的英文的简称，意思是“指挥、控制、通讯和情报”。在美国和苏联逐步削减战略核武库存的今天，只有足够冷静谨慎的人才能加入那个部门。

艾莉办公桌对面有两把椅子，凯兹坐在其中一把上。他倾过身，读了读卡夫卡的名言，一副很淡然的模样。

“艾罗维博士，我就开门见山地说了。我们担心公开信息不符合美国的利益。你把电报发往全球各地，我们不算非常高兴。”

“你是说发给中国、俄罗斯和印度？”尽管尽了最大的努力去保持平静，艾莉的语气还是有些冲，“你想把261个质数按下来不公之于众？凯兹先生，你觉得外星人只打算跟美国人对话吗？你不认为另一个文明发来的消息，全人类都应该了解吗？”

“你应该先问一下我们。”

“冒着丢失电波的风险么？你看，就我们所知，织女星在新墨西哥下山的时候，已经在北京上空升得老高了。那些电波不是专门发给美国人的，它甚至不是专门发给地球的。太阳系里的任何星球都能收听。我们只不过运气好当了第一个接起电话的人。”

德·希尔又想示意些什么。他到底想说什么？是觉得这个比喻很有趣，也让凯兹也放轻松了些？

“就算想挽回，”她继续说道，“也已经太迟了。所有人都知道织女星系里有智慧生物了。”

“倒不见得太迟，艾罗维博士。你似乎认为未来的广播内容会更加丰富。德·希尔博士在这里——”他顿了一顿，大概也没想到这几个词连在一起听起来会是这样[1]，“德·希尔相信你把这些质数视为一种公告，专门用来引起听众的注意，稍后他们可能会发送某种更复杂的信息。如果那些信息复杂到其他国家无法立刻理解——我希望你能保守秘密，先和我们谈一谈。”

“我们当中的许多人都有自己的想法，凯兹先生。”艾莉语气轻柔，吐出的词却很强硬。她无视了德·希尔扬起的眉毛。凯兹挑衅似的话语让人不爽，当然她也没好到哪去。“比如说，我想知道那信号到底什么意思，织女星系里发生了什么事，还有它对地球到底意味着什么。其他国家的科学家可能会是解开这些问题的关键。我们需要他们的数据，他们的头脑。这些问题太大了，没有一个国家能独自承担。”

这番话让德·希尔有些坐不住了。“啊，艾罗维博士。凯兹助理的建议并非完全不合理。我们很可能会允许其他国家的加入。他只是希望你能先和我们谈谈，而且那还是在真有新消息发来的情况下。”

他的语调如此平和，不像是装出来的。艾莉又细细地看了他几眼。德·希尔算不上英俊，不过是个善良和聪明的人。他穿着蓝色西装和牛津纺衬衫，温暖的微笑融化了僵硬的气氛。他干吗替那个混蛋说话？这是工作的一部分吗？还是说，凯兹的说法真的有几分道理？

“反正这事不太可能发生。”凯兹叹口气站了起来，“国防部会感谢你们的合作。”他想奠定胜局，“你同意吗？”

“让我考虑一下。”她握了握凯兹的手，仿佛那是条死鱼。

“我再多聊几句，麦克。一会儿出去找你。”德·希尔对凯兹轻快地说。

---

1. “德·希尔博士在这里”的原文为“ Dr. der Heer here”。Dr的尾音近似der，Heer和here也近似。

凯兹的手已经放在门把上，但他似乎想起了什么，从内袋里掏出一份文件，走回来把它放在办公桌一角。“哦，对了，我差点忘了，这里有份《哈登议定书》的副本，你可能会想读一读。上面写了政府在碰上对美国安危至关重要的问题时，应该怎么分类处理。就算那些问题不是哪个隐秘部门报告的也一样。”

“你想把质数也算在里面？”她瞪大眼睛嘲弄道。

“我在外面等你，肯。”凯兹对德·希尔说，然后离开了办公室。

艾莉等了一小会儿，开口问道：“他觉得我们会收到什么信息？织女星人的死光射线？能把地球炸个底朝天的神奇机器？他到底在想啥？”

“他只是未雨绸缪，艾莉。我知道你不相信，这很正常。不过设想一下，假如你发现某些传来的信息——你知道，我说的是那些有料的内容——触犯到了穆斯林，嗯，或者卫理公会派的人，难道不该小心点儿处理，省得美国成为众矢之的吗？”

“肯，少来。他是国防部部长助理。如果担心穆斯林和卫理公会闹事，他们派过来的会是助理国务卿，或者——我也不太确定——某个主持总统早餐祷告的宗教狂热分子。你是总统的科学顾问，你怎么建议她的？”

“我什么也没建议。干上这份工作以后，我就跟她谈过一次，说了没几句话，而且还是通过电话。说实在的，她根本没跟我提过分类啊保密这类事。我觉得凯兹说的那些东西完全是自作主张。”

“他到底谁啊？”

“就我所知，他是个律师。在政府部门任职以前，他是电子行业的高管。他对 C^3I 很熟悉，不过这并不能帮他了解其他方面的知识。”

“肯，我信任你。我相信你不是故意要我去接受那个《哈登议定书》的。”她挥了挥那沓文件，然后正视着他的眼睛。“你知道德拉姆林认为在那振幅里面还隐藏着别的信息吗？”

“没听说过。”

“就几个钟头前，戴夫完成了对振幅的粗略计算。他把斯托克斯参数标识在庞加莱球上；随着时间的推演，它们看起来就像是部精彩的电影。”

德·希尔茫然地看着她。这些生物学家难道不用显微镜下的偏正光的吗？艾莉暗想。

“当一束光打到你身上时——不管是可见光、电波还是别的光线——它的波形震动方向，都会和你的视线呈直角。如果发生了旋转，我们就叫它椭圆偏正光。旋转当然有两种方向，顺时针的叫右旋，逆时针的叫左旋。我知道这叫法很蠢啦。总之，这两种不同的偏振，可以用来传输信息。打个比方，右旋算零，左旋算一。明白了？这种情况很有可能发生。我们这个文明的望远镜有调幅和调频，不过一般不会去调整偏正的方向。

“但是织女星的信号，似乎对偏振进行了调制。我们现在正在检查。戴夫已经发现信号的两种偏正不相等，左旋次数没右旋多。换句话说，我们收到的电波里另有信息。这也是为什么我对你的朋友有所怀疑。凯兹不是来找我讲大道理的，他可能知道我们在忙别的。”

“艾莉，放轻松。你快四天没睡觉了。科学界、政府和媒体把你忙得够呛。你已经做出了本世纪最伟大的发现之一，而如果我没看走眼，接下来你会遇上更不得了的事。这种情况下，再来个凯兹威胁你把项目准军事化，紧张也很正常。我完全理解你为什么对他起疑心，但他的话还是有几分道理的。”

“你了解这人吗？”

“跟他开过几个会，算不上了解。艾莉，如果真的解析出了什么消息，你不觉得最好先压一压，别直接闹得满城风雨吗？”

“嗯。麻烦你帮我去跟华盛顿的榆木脑袋讲一声吧。”

“成。还有，如果你就把文件这么落在桌上，别人进来可能会得出不太好的结论。你不把它藏别的地方去吗？”

“你会帮我吗？”

“如果情况维持现状，我当然能帮忙。但如果这事情被列入了国家机密，我也没辙。”

艾莉在小保险箱前跪下，微笑着输入六位密码“314159”。她最后看了眼文件上大写黑体的“合众国诉哈登控制论”，把它锁进了保险柜。

小组约莫三十人，由阿尔戈斯项目组的技术人员、科学家和一些高级政府官员，外加穿着便服的国防情报局的副局长组成。他们中包括瓦莱里安、德拉姆林、凯兹和德·希尔。艾莉是唯一的女性。他们搞来一部大型投影电视，那东西两米长两米宽，安装在对面的墙上。艾莉一边跟小组里的人说话，一边运指如飞，在键盘上敲打着解密程序。

“为了理解各种可能收到的信息，这些年来我们一直在准备解密程序。我们才刚刚从德拉姆林博士的分析中得知，偏正调制中存在着某种信息。你可以把那些剧烈变动的左旋右旋视为代码。和抛硬币看正反面不一样，它不是随机的噪音。假如抛硬币时出现了反面比正面多一倍的结果，那肯定是硬币被动了手脚，两面比重不一样。套到信号这件事上，我们看到偏振方向非随机；它包含了一些内容……来看看这个。计算机告诉我们更加有趣的消息：首尾部分的偏正转向是完全一致的。这是个很长的序列，所以包含的信息会很复杂。传播它的文明一定想让我们完整地接受到某些消息。

“这里，看到了？这是一段重复，每一个字节的信息，哪怕是标点符号——假设它们是标点符号好了——都和上一段完全一样。现在让咱们来分析一下那些字节，它们数以十亿计。好，结果出来了！是三个质数的乘积。”

德拉姆林和瓦莱里安发出了欢呼，但艾莉的心情更为复杂。

“然后呢？更多的质数代表了什么？”一个从华盛顿来的访客问道。

“就是说——只是有这个可能——我们正在接受一幅图画。你看，这条消息是由大量的信息组成的。假设那些大数字是三个小数字的乘积——就是一个数字乘以一个数字再乘以一个数字——那么消息就有三个维度。我猜它要么是张静态的三维全息图，要么是随着时间维度不断变化的二维图像，其实就是电影啦。先把它假设成一部电影好了。因为如果是全息图，我们得花更长的时间去解析。而电影嘛，我们已经有了一个非常理想的解密算法。”

屏幕上，算法得出的模糊影像黑白两色，不断移动。

“威利，用插补算法修正一下灰度，可以吧？或者用点别的什么程序。然后试着把它往逆时针方向转 90 度。”

“艾罗维博士，似乎有个辅助频段，可能是配合电影的音频。”

“也解析一下。”

质数其他的用途，艾莉只能想到一种，就是公开密钥加密。类似的算法现在广泛应用在商业与国家安全的文字处理上。所以那些信息既简单到了傻瓜也能接收，又复杂到了只有聪明人才能理解的地步。

艾莉看了看身边的众人。凯兹一副不太舒服的模样，他也许认为那是外星人侵的信号，或者某种更糟糕的东西，比方说武器设计蓝图。他并不信任艾莉手下的员工。威利全神贯注，不住吞咽着口水。和单纯的数字不同，图像能激起观众本能的恐惧和幻想。德·希尔的表情微妙；有那么一阵子，他仿佛忘记了自己政府官员和总统科学顾问的身份，变得更加科学家了。

与模糊不清的图像相伴的，是低沉的滑音，它先向上浮动，又再次回落，最后被拉到中央 C 下的八度音阶附近。这时，小组成员们听到了隐约的音乐声。与此同时，图像慢慢地旋转、修正、聚焦。

艾莉意识到她盯着的黑白颗粒状图案……是一个巨大检阅台。检阅台上装饰着艺术化的鹰，它的水泥爪子，牢牢地抓着身下的……

“被骗了！我们被骗了！”房间里，错愕、惊疑、欢乐和沮丧的声音同时响起。

“还看不出来？你们被人耍了。”德拉姆林说这话的时候，语调里甚至带着一丝得意。“这是个精心准备的恶作剧，你浪费了这里每个人的时间。”

那只雄鹰的爪子之下，是一个清晰可见的纳粹万字。镜头转向雄鹰之上，对准了阿道夫·希特勒的笑脸，这个纳粹党魁正向热烈欢呼着的人群挥手。他的制服上没有任何军队的标志与装饰，简单而朴素。伴着画面，想起了一个深沉而沙哑的男中音。虽然艾莉听不懂他说了些什么，但那毫无疑问是德语。德·希尔转向了她。

“你懂德语吗？”艾莉低声问道，“他在说什么？”

“元首说，”他一个字一个字地吐出那句话的翻译，“欢迎全世界来德国，参加 1936 年奥林匹克运动会的开幕式。”

6.

变余结构[1]

如果守护者不悦，又有谁能笑得出来呢？

—— 亚里士多德，《政治》第二卷，第五章

1.变余结构：指不同时间中形成的地理地貌连续叠加形成的结构。

飞机进入平流层，阿尔伯克基被抛到了身后一百多公里开外。艾莉漫不经心地瞥了眼那个印着蓝色字母、和机票订在一起的小卡片。那几个字自打她第一次乘坐商业航班起好像就从没变过："参见《华沙公约》[1]第4条，这不是行李票（行李托管证）。"为什么航空公司会担心乘客把这张小票和华沙公约的条款搞混？她为什么从没见过它们？它们都放在哪儿呢？肯定是以前哪家航空公司忘了印上这些字，结果乘客参考《华沙公约》的条款，愤怒地把航空公司告到了破产。这种事情肯定会引起世界上其他航空公司的关注，虽然没往明了说，但大家不约而同地加上了这么张注明自己和《华沙公约》无关的小卡片。想象一下，她对自己说，把这些字句换成一些更有意义的东西——比方说探索世界的历史，或者在此过程中获得科学发现，甚至还有你飞机坠毁前的平均乘客里程数。

如果她接受德·希尔的建议，坐了军用飞机，那她这会儿想的肯定是别的事情了，而且旅程会更加惬意。但舒服过头也不是好事，没准她就因为与之相关的某些原因同意将整个项目军事化了，所以他们最后选择的还是商业航空公司。瓦莱里安刚刚在她身边坐下，就阖上了眼。虽说刚刚分析完最后的数据，第二层洋葱皮即将揭开，不过这会儿确实没什么好着急的。反正明天华盛顿的会议召开前，飞机肯定能抵达目的地；实际上，他

1.《华沙公约》：全称《关于统一国际航空运输某些规则的公约》，并非《华沙条约》。《华沙公约》第4条的主要内容是："运送行李时，除由旅客自行保管的小件个人用品外，承运人必须出具行李票。"

们还能睡个好觉呢。

她扫了眼放在前座下方的皮箱。那里面是一台笔记本电脑[1]，每秒能传上百万比特的数据，比彼得的旧型号快上好多，图像也更为清晰。好吧，也许明天她就能向美利坚合众国的总统展示一下阿道夫·希特勒在织女星做什么了。艾莉承认她有些紧张。这是她第一次面见总统，但她没空做头发，也没怎么化妆。按照20世纪下半叶的标准看，总统人还不赖。反正我不是去白宫选美的。她对自己说。

她的继父会怎么看待她？他还认为艾莉不适合搞科学吗？妈妈近况如何？依旧坐着轮椅待在养老院里吗？距离那个发现已经过去了一周，其间她只跟妈妈打了个简短的电话，不过她保证明天会再联系。

每次坐飞机时，她都会望向舷窗外面陷入遐想，这次也不例外。如果外星人长着和人类差不多的眼睛，从12到14公里的巡航高度往下看，地球会给他们留下什么样的印象？中西部的大块土地被农田和城市分割成了大大小小的几何形状。但飞机现在还没离开西南部的广袤荒漠，这里唯一能和智慧文明搭上边的，只有几条穿过山脉、贯通沙漠的直线。更加先进的文明，会居住在完全几何化的世界里吗？还是说，一个真正先进的文明，最大的特点恰恰是不留下任何蛛丝马迹？他们能不能一眼就看出，人类在宇宙智慧生物发展表上到了哪个阶段？

除此之外呢，他们还有什么能力？瞅一眼天空有多蓝，就推出洛施密特数[2]，或者取一立方厘米海水，就能告诉你里头有3乘以10的19次方个分子？也许瞟一眼云层投下的阴影，他们就能判断云层的高度？要是清楚地球的云是冷凝水，他们甚至能算出大气的温度递减率，因为云层的最高处，温度只有 –40℃。在他们眼里，被侵蚀的地貌、树枝状和U形的河道、

1.笔记本电脑：在卡尔·萨根写作此书的时代，笔记本电脑（Laptop）的概念尚未明确，他用的还是可视化传真机（telefax）。为了方便读者理解，本书中的telefax均译为笔记本电脑。

2.洛施密特数：标准状态下1立方米气体中所含的分子个数。

湖泊和创疤般的火山口，也许是描述大地形成与碎裂的史书。嘿，只消一眼，他们就可以得出结论：这是颗古老的行星，但绽放着全新的文明。

银河系内的大多数行星都年代久远，没能发展出技术文明，甚至压根没有生命。能庇护文明顺利成长的行星数量稀少，而刚刚产生技术萌芽的文明，更是屈指可数。地球甚至可能是宇宙中唯一一颗这样的行星。

午餐时，下方的景色越发苍翠。他们到密西西比河谷了。飞行真是种奇妙的现代旅行方式，你甚至感觉不到自己在移动，艾莉心想。她看了眼睡眼惺忪的彼得，后者有些恼火地拒绝了服务员提供的午餐。过道对面，一个可能只有三个月大的婴儿依偎在爸爸的臂弯里。婴儿会怎么看待空中旅行？你到了某个奇怪的地方，走进满是座椅的大房间。然后房间开始颤簸颤动，四个钟头以后，你离开房间，发现，哇！外面是另一个地方。就算你搞不清自己乘坐的究竟是什么，理解它的基础概念也并不费力，甚至连纳维－斯托克斯方程[1]都不用记。

下午晚些时候，飞机抵达华盛顿上空，盘旋着等待降落许可。艾莉看到华盛顿纪念碑和林肯纪念堂之间有好大一群人。一个钟头前，她刚读了《时代》周刊的简讯，知道那是群抗议经济差异和教育不平等的黑人。社会本来就待他们不公，艾莉想，亏得他们还这么有耐心。她想知道总统会怎么回应民众集会和织女星电波，这两件事官方明天都得给出些话来。

“肯，‘它们出去了’是什么意思？”

“总统女士，我的意思是，我们的电波离开地球，飞进了太空。”

“它们飞了多远？”

“恕我直言，总统女士，关键不在这儿。”

“好吧，那它怎么个原理？”

1.纳维–斯托克斯方程：流体力学中的重要方程，飞行器设计的理论基础。

“离开地球的信号像池塘里的涟漪，这些波以光速——每秒 186 000 英里——前进，而且会几乎永远这么飞下去。其他文明的接收装置越先进，就能在越远的地方收到我们的电视信号。其实吧，如果距离地球最近的星系有电视台，就连我们也能看到他们的节目。”

总统僵硬地站了一会儿，透过玻璃门望着外边的玫瑰园。终于，她转身问德·希尔：“你是说……所有？”

“对，所有。”

“你的意思是，所有的垃圾电视节目？车祸现场？摔跤比赛？色情频道？晚间新闻？”

“所有电视节目，总统女士。”德·希尔带着些同情摇摇头。

“德·希尔，我这么理解对吗？我所有的新闻发布会、辩论会和就职演说，全都发送出去了？”

“这些算比较好的，总统女士。更糟糕的消息是，你前任的所有节目也一样。包括迪克·尼克松[1]和苏联领导人的那些。还有你的对手指责你的那些话。好的坏的，什么都发出去了。”

“老天啊！好吧，继续说。”总统从玻璃门边走开，目光聚焦在了托马斯·潘恩的大理石半身像上。因为她前任的要求，那雕像才在史密森尼学会的地下室里修缮完毕。

“我们可以这么看：来自织女星的那几分钟电波，是地球在 1936 年柏林奥运会开幕时播出去的。虽然它只在德国播放，但那是人类头一回用中等功率的电波进行电视转播。和 30 年代普通的无线电不一样，那些电视信号穿透电离层进入了太空。我们正在寻找当时传输的确切信号，不过那得花上些时间。也许希特勒的欢迎仪式是他们在织女星上收到的唯一一段电波。

1.迪克·尼克松：即理查德·尼克松。“狡猾的迪克”是他的绰号。

“所以在他们看来希特勒是地球上存在智慧生物的标志。啊，我没有讽刺的意思。他们不知道那些画面意味着什么，所以他们录下电波，又发还给了我们。就像在说‘你好啊，我们听到你了’。这是个很友好的姿态。”

“然后呢？你说直到二战结束，再也没其他电视广播了？”

“没什么重要的，也就是英国乔治六世加冕仪式之类。大规模电视转播到 40 年代后期才开始。所有这些电波都以光速离开地球。假设地球在这里——”德·希尔抬手在空中比划了两下，“——从 1936 年开始，那些电波从地球发射了出去，它们越走越远，越走越远，最后终于撞上离咱们最近的文明。实际上，那个文明近得不可思议，只距离我们 26 光年。既然对方没花时间来研究那些电波，他们肯定一早就准备好，就等着接收外来的信号了。问题是，他们不可能预料到我们会发明出电视，所以艾罗维博士推测，那个文明一定在监测附近的恒星系，看有没有哪户邻居新发展出了高科技。”

“肯，她肯定想了很多很多。你确定他们——你们怎么叫的来着，织女星人？——你确定他们不明白那档电视节目是什么？”

“总统女士，他们无疑很先进。1936 年的那段电波很微弱，只有非常敏感的探测器才能接收到。可要说他们理解电波的内容，我觉得不太现实。他们很可能与我们截然不同。我们拥有不同的历史，不同的文化，他们没理由知道纳粹是什么，希特勒又是谁。”

“阿道夫·希特勒！肯，这真让我不爽。为了拿下那个战争狂，死了整整四千万人，现在他却成了和外星人交流的明星？让他代表人类真是疯了。”

她停顿了一下，用更平静的语气说道：“跟你说，我觉得希特勒自己反而行不了纳粹礼。他就没伸直过胳膊，身子骨总是有点儿歪。要是换了别人，这算失敬，会被送到俄罗斯的。”

“他本来就没这个必要吧？纳粹礼是别人向他致敬用的，他又犯不着致敬自己。”

“说的也是。”总统示意德·希尔跟她一起离开玫瑰厅，步入走廊。半道上，她突然停下脚步，盯着自己的科学顾问看。

“如果1936纳粹没进行电视广播呢？那样会发生些什么事？”

“这样啊，我估计我们会收到乔治六世的加冕仪式，或者1939年纽约世博会的转播。只要它们的信号强度能穿过大气层，传到织女星就行了。再不济，无非是40年代末或者50年代初的节目。你知道的，胡迪·都迪、米尔顿·伯利，或者麦卡锡的军方听证会。总之是某段能表明地球上存在智慧生物的电波。”

“这些该死的电波是我们送进太空的大使……就叫地球使者好了。”她顿了顿，品味着自己刚刚说的词，“作为大使，应该把我们最好的一面展示出去，而我们朝外发了四十年的垃圾节目。但愿我们的网络运营商们能认真对待这个问题。天呐，那个疯子希特勒，是我们送到地球外的第一个消息？他们会怎么看我们？”

德·希尔和总统走进内阁会议室，刚刚还站在一旁交头接耳的几组人立刻安静了下来，那几个已经坐下的作势要站起。总统挥挥手，示意用不着那么正式，随后向国务卿和国防部助理部长打了个招呼。接着，她的目光缓缓扫过人群。有些人期待地望着她，还有些人发觉总统的表情稍微带了些不悦，于是避开了她的目光。

“肯，那个天文学家在吗？艾罗·史密斯？还是叫艾罗·沃特来着？”

“艾罗维，总统女士。她和瓦莱里安博士昨晚上就到华盛顿了，可能来的路上堵车了吧。”

“艾罗维博士从酒店打来电话，总统女士。”一个西装笔挺的年轻人自告奋勇道，“她的笔记本电脑收到了一些新资料，想带到会议上来。我想我们可以先开始。”

迈克尔·凯兹倾过身，一脸的难以置信：“在华盛顿酒店的房间里，用公开的电话线路传输这么重要的数据？”

德·希尔轻声回答，凯兹不得不探身去听，“迈克，我相信她的传真至少有商业级的加密。而且别忘了，在这个问题上我们并没有给她下达过安全指标。等到指标下达以后，相信艾罗维博士会合作的。”

“好了，咱们开始吧。”总统说，“这是国家安全委员会的非正式联合会议，在座各位都已经加入特别应急工作组。给大家提个醒，今天在这间屋子里谈到任何内容都不许外泄——国防部长和副总统除外，他们人在海外一时回不来。德·希尔博士昨天给你们中的大多数人做了个简单的科普，解释了织女星发来的那段电波为什么这么奇怪。德·希尔博士和其他人认为——”她扫了眼众人——“织女星人收到的第一个电视信号是阿道夫·希特勒的形象，纯粹出于偶然。但这确实……令人尴尬。我已经让中央情报局局长派人评估此事可能对国家安全产生的影响了。比如它是否会带来直接威胁，以及假如传来新消息，而别的国家更早解码，我们会不会遇上麻烦之类的。不过首先请让我问一句，马文，有没有什么新消息和飞碟有关？”

中情局局长是个相貌堂堂的中年人，戴一副金属框眼镜。他说不明飞行物——简称 UFO，一直受到中情局和空军的关注，五六十年代尤甚。一部分原因在于 UFO 可能是敌对势力散布谣言、混淆视听的手段，另一部分原因，在于其中一些 UFO 最后被证明是从苏联或者古巴起飞，穿越美国领空及海外基地的高性能飞机。这样的越境飞行算不上罕见，往往用来测试对手的雷达性能。实际上美国在苏联上空进行的渗透和侦察行动，比苏联对美国的还要多。但一架从古巴起飞的米格战机在越过密西西比河流域

200 英里以后才被发现，北美防空司令部是不太好腆着脸承认的。他们通常会对入侵行为只字不提，否认目击地点存在任何已知的飞行器，任由公众瞎猜。中情局局长说这些话的时候，空军参谋长看起来有些不太高兴，但也没反驳。

不过绝大多数的不明飞行物，中情局局长继续解释，只是被误会的自然现象。试验中的飞机、车头灯在阴天的倒影、气球、鸟类、发光昆虫，甚至特殊天气状况下的星星都也被人当作过 UFO，另有大量的目击报告最终被证明是恶作剧或臆想。从 40 年代末“飞碟”这个词被发明起，UFO 目击报告已经超过了一百万份。虽然其中能证明跟外星人有关的连一份都没有，但总有一些狂热者，甚至几个科学家，相信 UFO 和外星人之间有着密不可分的联系。离千禧年越来越近，有些人已经开始宣称人类会得到碟型飞行器里外星弥赛亚的救赎。美国空军方面对 UFO 的官方调查在 60 年代由于缺乏进展而遭到关闭，调查结论被写进“蓝皮书”，不过他们依旧对这个问题保持了最低限度的关注。中情局也是一样。吉米 · 卡特曾经要求 NASA 对 UFO 进行全面研究，却罕见地遭到了拒绝。公众也许会觉得奇怪，但在科学界，这实在是没什么大不了的。

“其实吧，”有个不熟悉会议规章制度的科学家插话道，“UFO 报告反而增加了 SETI 的难度。”

“好吧。”总统叹了口气，“你们有谁认为 UFO 和织女星人的电波之间存在联系？”德 · 希尔瞅了瞅他的指甲。没人答话。

“我也一样。而且我猜以后这类跟 UFO 溜溜球有关的废话，像什么‘我已经告诉过你了’之类的会只多不少。马文，请继续。”

“总统女士，德国人在 1936 年的奥运会开幕式上，把电视信号发往柏林的一些接收器。这么做是为了搞公关，展示一下德国先进的技术。但实际上人类在此之前已经做过电视转播了，只是功率都非常低。比方说我们在德国人之前就进行过尝试，那还是在 1927 年的 4 月 27 号，当时的商务部长赫伯特·胡佛上了电视节目……总之，德国人的信号以光速离开地球，26 年后传到了织女星，他们——不管‘他们’到底是谁——研究了那些信号一两年，放大之后又打还给了我们。有能力接收那么微弱的信号已经很了不起了，能用这么高的功率发回来更是惊人。这当然会涉及一些安全问题，比方说搞电子情报的就想知道怎么捕捉那么微弱的信号。织女星上的人，或者生物，肯定比我们发达——可能只领先咱们几十年，但也是我们望尘莫及的。

“对于他们自己的情况，电波里只字未提——除了某些频段下，电波信号显示不出他们的行星绕恒星公转的多普勒效应。他们帮我们简化了数据提取的步骤，算是……很好心。到现在为止，我们还没有收到军事和其他任何方面的信息。我们对于他们的了解，仅限于他们射电天文学发达，喜欢质数，还把我们的电视信号发了过来，仅此而已。就算其他国家搞清楚了电波内容，我也看不出有什么麻烦。这么说吧，所有人都在反复接收这段长达 3 分钟的希特勒剪辑，只是还没找到破译的办法。苏联人、德国人或者其他哪个国家的天文学家迟早会往偏振调制去试。依我个人之见，总统女士——我不知道大家是不是同意——在被人指出我们故意遮掩之前，直接把情报公开反而对国家更有利。如果情况保持不变——至少和眼下变化不大——我们可以考虑把此事公之于众，甚至干脆发布那 3 分钟的画面剪辑。

“顺带说一句，我们没在德国的档案里找到原始录像，所以不能完全肯定织女星人发回来的影像没有任何更改。我们可以认出那人是希特勒，出现的奥运会场馆也符合记录，但假如当时希特勒在挠胡子而不是微笑，我们也不知道。”

这时候，艾莉到场了。她有些疲惫，瓦莱里安跟在她身后。他们溜到墙边，想找个不起眼的地方坐下，不过被德·希尔和总统看在了眼里。

“艾罗——嗯——维博士？很高兴看到你平安抵达。祝贺你获得了这样重大的发现。非常惊人。嗯，马文……”

“我刚好说完，总统女士。”

“好。艾罗维博士，我们听说你又获得了一些新发现，介意跟我们透露一下么？”

“抱歉来迟了，总统女士，但我们可能刚刚摸到了全宇宙的头等奖。我们……它……就让我这么解释吧：几千年前的古典时期，羊皮纸有时候会断供，这个时候人们就会在旧羊皮纸上重新写，这就是所谓的重写本。有的时候，人们会在纸上写一遍又一遍。你们都知道，织女星电波信号非常强。它首先是质数，不过在质数的‘下面’，也就是偏振调制里，我们找到了诡异的希特勒。然而质数和重新调制的奥运会电波下面，我们又发现了一条令人震惊的信息——至少我们相信那是信息。目前看来，它一直存在，只是才刚刚被检测到。虽说它比表层信号要弱，然而我们到现在才发现，还是有些丢脸。”

“什么信息？”总统问道，“它说了什么？”

“还没有头绪，总统女士。华盛顿时间今天凌晨，阿尔戈斯项目的科学家才意识到这一点。我折腾了整个通宵，因此迟到了。”

“你们就用公开的传真联系？”凯兹问。

“我们用了标准的商业加密。”艾莉有些难为情。她从皮箱里捧出笔记本电脑，用透明纸打印出一份资料，通过投影仪放大到屏幕上。

“我们获得了许多信息块。它们不断重复，中间有暂停作为分隔。这么做可能是为了最大程度地减少信号在传输时产生的错误。他们一定认为那些信息很重要，必须得到准确解读。这些信息块被我们叫作信息页。阿尔戈斯每天能接收到几十个信息页，但我们还不知道它们到底说了什么。

它们不是奥运会那种简单的图像代码,里头的内容更深奥,更丰富。看样子,我们终于第一次找到了他们留下的消息。目前已经明确的线索只有一条:信息页都编了号。每页开头都有个二进制的数字。看到没？每到下一页,数字就会往上涨 1。这页的编号是……10413。真是本厚书。倒推一下,他们大概三个月前就开始发送讯息了。我们如果能早点意识到就好了。”

“我说对了,是吧？”凯兹向着桌对面的德·希尔倾过身,“这种消息你是不会想告诉日本、中国和苏联的,对吧？”

“破译起来方便吗？”总统的话压过了凯兹的低语。

“我们当然会尽最大努力,国安局没准也能帮点忙。不过我们对织女星语一无所知,预计进展不会很快。很显然它不是用英语、德语或者地球上哪门语言写的,我们只能希望信息不会太长,可能就来个两三万页,然后周而复始,让我们能补上先前缺失的章节。也许在正文开始前,他们还会发段文字教程,类似《麦加菲读本》[1]那种能帮助理解的东西。”

“我能否说句话,总统女士——”

“总统女士,这位是彼得·瓦莱里安,加州理工学院的教授,这项事业的先驱之一。”

“请讲,瓦莱里安博士。”

“那些信息是有意发给我们的。他们从 1936 年的广播里了解了地球的位置,而且大致摸清了我们的技术水平。如果不想让我们理解电波所包含的信息,他们不会把事情搞这么麻烦。在那些电波里,肯定藏有某些能帮助人类去理解它的关键信息。我们得耐心积累数据,进行仔细的分析。”

“那么,你认为那会是什么信息呢？”

“我也说不上来,总统女士。我只能重复艾罗维博士的说法:那是条复杂而完整的信息,把电波发往地球的文明迫切地希望我们能够理解它。

1.《麦加菲读本》:美国教育家麦加菲于1836年出版的西方经典故事选编,长久以来被用作美国标准语文教材。

谁知道呢，它也许是银河大百科的一小卷。当然，织女星比太阳大 3 倍，亮度为 15 倍。它的核能反应这么迅速，寿命肯定要比太阳短得多——”

“是的。也许织女星系里发生了一些麻烦事，”中情局局长打断了他，“他们居住的星球危在旦夕，所以希望能有人赶在他们灭亡之前，了解这个文明。”

“也有可能，”凯兹说，“他们在寻找新的殖民地，而地球看起来刚刚是个好地方。阿道夫·希特勒的录像未必只是巧合。”

“等等，”艾莉说，“可能性虽然有许多，但不能瞎诌。发出电波的文明连我们能不能收到消息都没法确定，更别说保证我们顺利解码了。再说了，要是觉得收到的消息令人反感，我们完全可以不进行答复。就算我们答复了他们，他们也要再等 26 年才能收到信息。这样一来一去，每次都是 26 年。光的速度是很快没错，可它也没那么快。我们和织女星之间还是隔了好长一段距离的。要是新消息里有什么内容令人担心，我们也有几十年的时间去决定如何应对。没有必要现在就搞得人心惶惶。”说出最后几个词的时候，她对着凯兹露出了明媚的笑容。

“谢谢你说了这么多，艾罗维博士。”总统回答道，“但事情发生得太快了。太他妈快了。随时可能有新的情况出现。我还没有对外公开过电波的事情，连质数都没提，更别说什么狗屎希特勒了。而现在，我们又要好好想想他们正在发来的那本‘书’是什么意思。另外，因为你们科学家没去搞科普，流言已经满天飞了。菲丽丝，报刊在哪儿呢？哦，这里，看看这些头条标题。”

标题是些又粗又长、张牙舞爪的黑体字，细节不同，大意相近：“太空学博士称电波是虫眼怪物发来的”“外星人天文电报里的暗示”“天堂之声”和“外星人来了！外星人来了！”她把那些报刊丢在桌上。

“至少现在希特勒的事情还没捅出去，等着看吧，这些头条迟早会变成‘美国发现希特勒还活着，他好好地待在宇宙中’或者什么更加糟的玩意。好了。这场会，我觉得咱们就开到这儿？过段时间再碰头吧。”

“容我插一句，总统女士，”德·希尔犹犹豫豫地说道，“请原谅，但我觉得我们需要讨论一些有关国际影响的事情。”

总统吐出一口气，等着他开口。

德·希尔说道：“如果我说的有什么不妥之处，请麻烦指出，艾罗维博士。是这样的：每天，织女星都会从新墨西哥的沙漠上升起，然后你们会开始接收包含了复杂信息的页面——姑且不论它到底是什么——但8个小时以后，织女星又落了下去。到目前为止，我说得没错吧？好。第二天，织女星会重新升起，但在观察不到它的那段时间里，你会错漏很多信息页，对吧？所以你最后获得的信息，就像看书时先从30页读到50页，再跳到80到100页，以此类推。也就是说，不管我们多么耐心，肯定会有大量的信息遗漏。即使对方重复广播，想要把缺失的内容补齐也不是件容易事。”

“完全正确。”艾莉起身走向屋里的大型地球仪。看样子白宫不太愿意接受地球倾斜的事实，因为这里的地球仪地轴完全垂直于地面。艾莉试着拨了拨它。“地球在转动，如果你不想漏掉信息，就需要许多均匀散布在不同经线上的射电望远镜。任何一个只在自己国土上进行观测的国家，获取的数据都不会齐全——很可能会错失最重要的部分。美国的星际航天器也会遇到一样的麻烦。它们在经过某个行星时把广播传回地球，然而那个时候，美国可能在地球的另一面。这就是NASA为什么要在地球上三个不同点位设置电波接收站。这些站点几十年来都工作得很出色，可是……”她有些不好意思地压低声音，同时望向P. L. 加里森，NASA的局长。那个削瘦、友善的男人对她眨了眨眼睛。

“呃，谢谢。是的，它被叫作“深空网络”，是个很让我们自豪的东西。我们在莫哈韦沙漠、西班牙和澳大利亚设立了站台。虽说资金不够充裕，但只要再多些补助，它们很快就能更好地发挥作用。”

“西班牙和澳大利亚？”总统说。

“如果纯粹是科学工作，”国务卿说，“我保证他们会合作。但如果我们的研究带上了政治色彩，那情况就会棘手得多。”

美国和这两个国家最近的关系有点儿冷淡。

“不用说，肯定会有政治色彩。”总统有些僵硬地回道。

“没必要被地表束缚。”一位空军将领说，“我们能克服地球自转。只要往轨道上布置一架大型射电望远镜就行。”

“好吧。”总统又扫视了一圈桌边的众人，“我们有太空射电望远镜吗？要多久才能把它发射上去？有谁知道答案吗？加里森博士？”

“呃，没有，总统女士。过去三个财年，NASA 一直在提交修建麦克斯韦望远镜的建议，但是从来没有得到管理预算局的批准。我们有望远镜的设计蓝图，可是真把它造出来，还要花上几年功夫——差不多得三年吧。我觉得我还应该提醒下大家，去年秋天，俄罗斯人在地球同步轨道上装了一个毫米波和亚毫米波望远镜，那东西出了点故障，具体原因未知，不过派航天员去维修，总归比起从头造一个望远镜再发射上天要方便得多。”

“就这样了？”总统问道，“NASA 在太空中有个常规望远镜，但不是大型射电望远镜。我们还有没有其他可以替代的方案？中情局？国安局？都没有？”

“那我总结下吧，”德·希尔说，“对方发来的电波信号强烈，频带很宽。织女星在美国这儿下山以后，还有半打国家的射电望远镜能够跟踪接收那些电波，只不过设施比不上阿尔戈斯完备，运行设施的科学人员也还没考虑到偏正调制问题。如果我们等到太空望远镜准备完成再发射声控，电波可能早就结束了。我们唯一的解决方案，就只有和其他国家立刻展开合作。是这样吗，艾罗维博士？”

“我不认为任何国家能独立完成这个项目。它需要分布在不同经线上，环绕整个地球的多个国家通力合作。它需要把所有的大型射电天文台都囊括在内——无论是在澳大利亚、中国、印度、苏联、中东还是西欧。如果织女星电波因为没有望远镜观察而出现了缺口，那简直就是奇耻大辱。对夏威夷和澳大利亚之间的广阔太平洋，我们得做点什么，也许大西洋中部需要同样的关照。”

“好吧，”中情局局长不情不愿地说道，“苏联有几艘卫星跟踪船接收S和X波段电波的能力挺强，比方说和平号和涅德林元帅号。商讨一下的话，他们也许会把船开到大西洋和太平洋中间，去填补信号接收的空白地带。”

艾莉正要开口，总统先说了话。

“好吧，肯，你可能是对的。但我得重复一遍，事情发生得太他妈快了。需要我去注意的事情越来越多。如果中情局和国安局的朋友们愿意连夜工作，找一找除了和其他国家联手外——特别是那些不算我们盟友的国家——还有没有其他选择，我会十分感激。另外，我希望国务卿能跟科学家们好好谈谈。如果必须进行国际合作，我们就得列一份涉及不同国家和个人的清单出来，同时还得评估一下和他们进行合作的后果。比方说，如果我们不去征求一些国家的参与，他们会不会生气？会不会有某些国家先答应共享数据，但在收到电波以后，反过来勒索我们？我们该不该在同一条经线上多找几个国家？这些问题一定要解决。最后，看在上帝的份上，”她的目光沿着抛光的桌面扫过了每个人的脸，“这事一定要保密。你也一样，艾罗维。我们已经有一打麻烦要处理了。”

7.
W-3的乙醇

就当结论到……邪魔不在神人之中，为他们的报告人或传言者；他们不将我们的祈祷奉献给天主，亦不将天主的恩宠带给我们；他们只想害人，没有任何公义，却骄傲自大，侮辱他人，善于欺人……

—— 圣奥古斯丁，《天主之城》，第八章，第22节[1]

异教将现，正如基督预言；但旧日之物是否消失，我们仍未可知。

—— 托马斯·布朗，《医者的信仰》，第一章，第8节（1642）

1.《天主之城》：这里选用了吴宗文牧师的译本。

她打算开着她的雷鸟去阿尔伯克基接刚刚下机的维戈，亲自把他带回阿尔戈斯项目组。苏联代表团的其他成员搭天文台的汽车就好。大清早开车风驰电掣，也许还能见到野兔仪仗队的感觉一定很爽，而且在回程的路上，还可以和维戈私下里好好谈谈——她早就想这么做了。

但是总务管理局新派来的安保人员不同意。媒体的曝光和总统的演讲，让这片荒僻的沙漠从两周前的新闻发布会开始就迎来了人潮。“可能会发生暴力事件。”安保人员对艾莉说。她想出行只能坐政府专车，而且还得有保镖护送。现在，他们的小车队正朝着阿尔伯克基开去，那么不紧不慢，她甚至右脚轻点，踩了踩幻想出来的油门。

能再次和维戈碰面让艾莉很开心。三年前，他们在莫斯科初会，当时苏联政府禁止他访问自由世界。主要是因为过去几十年里，苏联的境外旅行授权跟着政策变化时紧时松，而三年前恰好卡得比较严。但维戈的品性是他不招政府待见的另一个原因。因为不满政府，他参加过好几次相对温和的政治抗议，但维戈在科学代表团里地位无可替代，苏联政府到最后还是常常被迫放他出国门。维戈得到了世界各地的邀请，人人都希望他去开讲座，参加研讨会、座谈会、正式会议或者联合研究小组。作为苏联科学院的正式成员，他比大多数同僚更独立自主一些。当然，因为总在苏联政府底线附近试探，他的位置一直岌岌可危。

维戈全名瓦西里·格里格罗维奇·卢那察尔斯基，维戈是他姓名的缩写。这个世界知名的物理学家和苏联政府起伏不定的关系让艾莉和其他西方人士倍感困惑。他是阿纳托利·瓦西里耶维奇·卢那察尔斯基的远亲，后者是高尔基、列宁和托洛茨基的老布尔什维克同事。老卢那察尔斯基当过苏联国民教育人民委员会委员，后来被派到西班牙当大使，1933 年去世。维戈的妈妈是个犹太人。据说维戈本人参加过核武器的制造，不过他当时太年轻，苏联第一颗核弹研制成功的功劳簿上，他只能被一笔带过。

他的研究所人员配备齐全，设备精良，科研成果惊人，而且罕见地没遭到克格勃的干扰。虽然出国许可时有时无，他还是成了许多主要国际科研会议的常客，比如高能物理方面的罗切斯特研讨会，讨论相对论天体物理学的得克萨斯会议，还有不那么正式、但偶尔引发不少关注、有助于缓解国际紧张局势的帕格沃什会议。

60 年代，维戈造访过加州大学伯克利分校，发现印着粗俗政治口号的廉价徽章到处都是，他显得特别开心。"你只要一眼就能看出人们最关心什么。"艾莉记得他似乎是这么说的。徽章在苏联同样很常见，也常常被人买卖，但上面印的内容不是"基辅迪纳摩"足球队，就是"月球"系列的某个航天器——毕竟月球 2 号是第一个落在地球卫星上的人造物体。由于伯克利的徽章的迥异风格，维戈一口气买了几十个。他对其中的一枚特别青睐。它巴掌大小，上面写着"为性爱祈祷"。甚至在出席科学会议时，他也别着那徽章。有人问维戈这么做的理由，他回答说："在你的国家，这徽章只能从一个方面冒犯别人的方式，但在我的国家，它能从两个不同的方面惹恼人。"要是别人继续追问，他就会说到他的亲戚老卢那察尔斯基写过本书，讨论的是宗教在社会主义社会里的作用。也是从那个时候起，他的英语水平突飞猛进——远远好过艾莉的俄语水平，可惜的是，他也不怎么别那枚挑衅意味十足的徽章了。

艾莉和维戈两人讨论过他们国家各自政体的优缺点。艾莉说，她可以去白宫门口游行抗议美国参加越战。维戈打趣说，他也可以去克里姆林宫门口游行，抗议美国参加越战。

在纽约召开的一次科学会议休息期间，艾莉陪着另一个苏联科学家去了斯塔顿岛渡口。看到装满垃圾、臭气熏天的驳船，还有自由女神像前叫声刺耳、动作愚笨的海鸥，那人掏出相机连着拍了好多照片，似乎引以为乐。维戈见识过同样的场面，但他从来不会对艾莉提起。坐大巴从豪华海滨酒店到阿雷西博天文台的路上，他也不像他的好些同事，盯着波多黎各穷人的破旧棚屋和铁皮屋顶一顿猛拍。这些照片是不是要交给谁？艾莉不禁好奇。她猜克格勃有个巨大的档案馆，里面记满了资本主义社会各种不公正、不平等。当苏联人民不满于他们的社会时，也许看看美国不完美的那一面，能让他们的心情得到一些缓和？

苏联有许多杰出的科学家因为莫须有的罪名，几十年来不能离开东欧一步。比方说康斯坦丁诺夫，他直到60年代才第一次到了西方。华沙的一次国际会议上——当时桌上放着十多个阿塞拜疆产的白兰地空瓶，毫无疑问，它们已经完成了使命——有人问康斯坦丁诺夫为什么，他回答说："那帮狗娘养的知道，放我出去，我就再也不会回来了。"话虽然这么说，60年代末70年代初，两国科学界关系解冻那会儿，苏联政府还是有几次把他放出了国门，而他最后都回去了。不过，现在他又遭到了禁足。在他寄给西方同事的那些新年贺卡上，康斯坦丁诺夫总是孤苦伶仃地盘着腿，垂着脑袋，坐在一个史瓦西方程算出来的黑洞上。后来别人去莫斯科采访他，他拿物理学打比喻，暗示自己对苏联而言过于重要，永远没法再离开了。

维戈说，按照苏联的官方宣传，1956年的匈牙利革命是一帮潜伏的法西斯分子在闹事，1968的布拉格之春则因为那里的领导层其实是一群反社会主义分子，并非人民的代表。但他也会补充说，如果那些话只是宣传论调，如果真相是民众揭竿而起却遭到镇压，那么苏联就确实错了。至于阿富汗战争，他连官方的说辞都没有套用。关上办公室大门后，他一定要艾莉看看他的短波收音机。只见收音机的调频上贴着几个标签，上面用西里尔字母整齐地拼写出了伦敦、巴黎和华盛顿几个词。维戈告诉她，他能自由地收听所有国家的宣传论调。

有段时间，苏联对“黄祸”的宣传铺天盖地，维戈和他的同事们也受到了影响。“想象一下，无数中国士兵肩并着肩，站在中苏边境打算发起入侵。”站在研究所主任办公室外的茶具旁，一个苏联科学家对艾莉说，“按照中国目前的人口出生率，他们要多久才能完全穿越国境？”他的答案十分黑色幽默，“无穷无尽。”

威廉·鲁道夫·赫斯特[1]也许会喜欢这些论调，但维戈不会。他争辩说，在边境屯扎那么多的士兵，会自动降低中国的人口出生率，所以他们的结论不对。维戈称这种段子为滥用数学模型，但很少有人明白他的用意。艾莉知道，即使在中苏关系最紧张的那段时间，他也坚定地反对地域歧视和种族主义。

艾莉喜欢俄式茶炊具，也理解俄罗斯人为什么热爱它们。在她看来，俄罗斯人发射成功、运行良好的无人月球车“月球步行者”长得就像装了钢丝轮了的浴缸，有点茶炊具的影子在里面。维戈曾在一个六月的清晨带艾莉去莫斯科郊外的大公园看展，月球步行者的模型也出现在场。那栋以塔吉克自治共和国[2]特产和风貌为主题的建筑外边，有个巨大的展厅，里面有各种苏联航天器的等比例模型：斯普特尼克1号，第一颗进入轨道的人造卫星；斯普特尼克2号，小狗莱卡被塞上那颗卫星，死在了宇宙中；月球2号，第一个在其他天体上着陆的航天器；月球3号，它拍摄了第一张月球背面照；金星7号，第一颗成功登陆另一颗行星的航天器；还有东方

1.威廉·鲁道夫·赫斯特（1863—1951）：美国报业大王，以推动煽动性的新闻而出名。

2.塔吉克自治共和国：1991年苏联解体后，改为塔吉克斯坦。

1 号，史上首个载人航天器，宇航员尤里 · A. 加加林搭着它，成了第一个进入太空的人类。展厅外，孩子们把东方号的火箭助推器尾翼当成了滑梯，他们笑着，闹着，漂亮的金色卷发和红领巾随风拂动。孩子们从空中滑向大地，俄语里“大地”被读作“泽姆利亚”。苏联在北冰洋最大的岛屿，念作“诺威雅泽姆利亚”，意思是新的大地，也就是新地岛。1961 年，苏联人在那里放了颗 5800 万吨当量的核弹，是人类迄今为止引爆过的最大核弹。但那个春日，给艾莉留下最深刻印象的，是那些卖冰淇淋的莫斯科小贩、外出郊游的家庭，还有一个牙齿掉光的老人。老人对艾莉和维戈露着微笑，显然把他们当成了一对恋人。这片古老的土地，在那一刻显得如此美好。

艾莉访俄期间也不是天天都得跑莫斯科或列宁格勒，维戈常常会在她空闲时安排晚上的活动。也不知道他是怎么拿到票的，他们一行七八人去了好几次莫斯科大剧院和基洛夫芭蕾舞团。艾莉向东道主们道谢，没想到他们反过来谢谢她——要不是陪同国外友人，他们是没机会欣赏那些高雅艺术的。同伴说这番话时，维戈在一旁只是笑。他从没带妻子一起出来过。她是个医生，忙着治病，维戈这么对艾莉解释。艾莉问维戈，他这辈子最大的遗憾是什么，是不是爸妈本来想移民美国，但终究未能成行。“我只有一个遗憾，”他的嗓音听起来有些嘶哑，“我女儿嫁给了保加利亚人。”

有天，维戈在莫斯科一家高加索餐厅安排了晚宴。晚宴的主持人——当地人称之为“塔玛达”—— 名叫哈拉兹，是祝酒艺术的大师，但艾莉的俄语太烂，只能让维戈把大多数祝酒词再翻译一遍。他看着她说：“我们把不敬酒，只知道自己闷头喝的家伙叫酒蒙子。”这是给那天的晚宴的基调。寻常的开场白过后，哈拉兹用“愿和平降临在每个星球”收尾。维戈告诉她，代表“星球”的词叫“米尔”，它还有世界、和平和古代的一种农民自治社区的意思。接着两人开始讨论起，如果世界上所有政体都没有村庄大，小国寡民的地球是否会更和平。

“每个星球都是一个世界。”维戈举起他的酒杯。

“而每个星球都是一个村庄。”艾莉回敬道。

这样喧嚣的晚宴上，白兰地和伏特加的空瓶总会越来越多，但始终没有人完全醉倒。等到凌晨一两点，一行人会闹哄哄地走出餐厅，徒劳地试图拦车回家。好几次维戈不得不步行五六公里送她回宾馆。谈起政治时，维戈敏感、和善、宽容，但在科学方面却总表现得咄咄逼人。据同事们所说，他是个风流成性的浪荡子。然而他对艾莉从未逾矩，连个晚安吻都没有。虽说艾莉对他并不感冒，但可这还是有些伤人。

苏联科学界的女性为数不少，论比例甚至比美国还高。但她们地位低下，从来无法占据高位。至于苏联的男科学家，和他们的美国同行差不多，拒绝承认世界上存在既漂亮又懂科学的女性。一些人会打断艾莉的讲话，或者充耳不闻。每当这些时候，维戈都会侧过身，用比平时更大的声音问：“你能再说一遍吗，艾罗维博士？我没有完全听清。”

那场酒宴上，维戈又说了这句话，于是其他人安静了下来听她继续讲探测器对 W–3 星云里的砷化镓以及乙醇的分析结果。那片星云的乙醇含量高达 200 标准酒度，就算地球上每个人都是酒鬼，而且寿命有太阳系那么长也喝不光。“塔玛达”很欣赏这句话。在随后的祝酒词里，人们开始聊起外星人是不是也能体会到乙醇的魔力？酗酒闹事会不会是全宇宙都面临的麻烦？以及其他星球的晚宴主持人祝起酒来，能否媲美特罗菲姆·谢尔盖耶维奇·哈拉兹？

抵达阿尔伯克基机场，他们发现从纽约起飞、载着苏联代表团的商业航班奇迹般地早落地了半个钟头。艾莉在纪念品店找到了正忙着在小纪念品上讨价还价的维戈。他的眼角余光一定看见了艾莉，所以脸都不转，只是竖起一根手指说：“稍等下，艾罗维，19 块 95 分？”他对着显然失了兴致的售货员继续说，“昨天我在纽约看到一模一样的，只要 17 块 5。”艾莉凑近一步，看到维戈面前摊着一副 3D 扑克牌，牌面上的男女赤身裸体。老一辈人看到这个可能会震惊不已，但在他们这一代，这东西也就是不方便在大庭广众下玩罢了。只见维戈兴致勃勃地把牌一张张摊开，与此同时，售货员则无精打采地想把它们收拢起来。“对不起，先生，价格不是我订的。我只是负责销售而已。”售货员无奈地抱怨道。

“这就是计划经济的缺陷。”维戈对艾莉说着，掏出一张二十美元的纸币递给售货员。“在完全自由的经济系统里，买下这副牌可能只要 15 美元，甚至 12 块 95 分。别这样看我，艾莉。我不是买来自己玩的。加上两张王，这里一共有 44 张牌，每一张都是我研究所员工的好礼物。”

艾莉笑着挽起他的手，“真高兴见到你，维戈。”

“我才是真的高兴，亲爱的。”

去索科罗的路上，两人默契地寒暄玩笑着。瓦莱里安和司机——是个新招的保镖——坐前排。瓦莱里安并不健谈，所以他只是靠在椅背上，安静地听后排两人交谈。他们提到苏联的关注点，即“旧羊皮纸的第三层”，那些复杂、精妙，迄今未能破译的信息。虽然不情不愿，美国政府还是承认这事少不了苏联人的协助。来自织女星的信号非常强烈，寻常的射电望远镜就能接收。而几年以前，苏联就小心翼翼地在欧亚大陆不同地点建起一系列小型的望远镜，铺设开来占地整整 9000 平方公里。最近，苏联还在撒马尔罕附近完成了一个大型射电天文台的建设。此外，他们的远洋卫星跟踪船一直在大西洋和太平洋上逡巡。

苏联人分享的数据里有不少冗余。这是因为日本、中国、印度和伊拉克也录下了那些电波。实际上，世界上每个稍微成规模的射电天文台都在聆听它们头顶星空中的织女星电波。英国、法国、荷兰、瑞典、德国、捷克斯洛伐克、加拿大、委内瑞拉和澳大利亚的天文学家们密切注视着升起又落下的织女星，录下了许多零碎的电波。有些天文台即使检测设备精度不够，连单个波形都无法辨认，也录下模糊的音频，投身到这项事业中。正如艾莉对凯兹所说，因为地球不停转动，每个国家都分到了拼图的一些碎片。所有国家都想从电波里分析出点东西，但那实在太难，没人说得出那些信息到底是文字符号还是图像。

现在大家还没有开始把精力放在解密电波上，这完全可以理解。毕竟信号还没播放完，人们都在等待重播——如果有重播的话——给个教程出来。但这也许是段非常非常长的电波，要放上一百年，艾莉看着维戈心想。后者正就着针叶林和沙漠灌木的异同大发评论。

没准就没有教程。也可能那条“大消息”（现在全世界都这么叫它）故意设了个门槛，省得那些愚蠢的文明滥用其中的内容。如果人类到头来也没理解电波的含义，那可真是丢脸丢大了。美国和苏联决定签署合作备忘录的那一刻，世界上每个有射电望远镜的国家都参与到了合作之中。就像好多人说的，这实际上形成了一种世界信息联盟。为了解密信息，他们需要彼此的数据和智慧。

报刊上，与电波相关的消息还是铺天盖地，但了无新意。重复来重复去，还是老一套——质数、奥运会录像，外加某种更复杂的信息。现在这颗星球上，恐怕已经很难找出没听说过织女星的人了。

各大宗教的不同派别，不论是温和的还是极端的，再加上好多刚刚兴起的宗教，都想从电波里找出什么神学含义来。有些信徒觉得它是天启，有些觉得它是魔鬼的话语，还有一些至今也没想好。

人们对于希特勒和纳粹政权的兴趣也沉渣泛起，维戈告诉艾莉，他从《周日纽约时报书评》的各种广告里找到了整整八个纳粹“万”字。艾莉说八个很正常，不过她清楚自己在夸大其词，很多时候，一个礼拜也就出现这么两三次。不过最近确实冒出了一个自称“太空雅利安人”的团体，宣布飞碟是希特勒的德意志帝国发明的，一个“纯种”的纳粹民族正在织女星发展壮大，就要回地球来“伸张正义”。

有些人对电波信号深恶痛绝，要求各地的天文台停止接收；另外一批相信它预示着基督降世的人，则催促政府去造更大的射电望远镜，太空中也需要来几个。

有些人建议不要使用苏联人共享的数据，理由是它们可能遭到了伪造和篡改，在同样的经度上，宁可使用伊拉克、印度、中国和日本的数据。但总的来说，电波的出现扭转了国际政治气候，连那些最好斗的民族国家也变得比之前更为稳定。有人说，既然发来电波的文明如此先进，且显然没有自我毁灭——至少 26 年前没有——那么技术文明并非一定会踏上灭亡的道路。这对一个核武试验层出不穷，发射系统越来越先进的世界来说，不亚于一道福音，是很多人长久以来听过的最好的消息。几十年来，一代代的年轻人都没有仔细思考过明天，然而现在，人类突然意识到，未来也可能很美好。

那些对未来持乐观态度的人，有时候会发现他们和千禧年派的拥趸起了冲突。一部分千禧年派教徒相信，第三个千年到来时，耶稣、佛陀、大黑天神或者先知将回归，在地球上建立起神权政体，审判不信者，让获选者得到飞升。但还有一批教徒——甚至不止是教徒，相信古代先知自相矛盾的说法，即圣者降临前，世界会先遭到摧毁。这些末日派信徒对国际社会最近的风向，还有全球战略核武数量的逐年削减感到不安。想要实现他们的信仰，最方便的方法当然是热核武器满天飞。其他形式的灾难，不论是人口过剩、工业污染、地震、火山爆发、温室效应、冰河期还是彗星撞地球，都来得太慢，或者太难，很难一步到位。

有些千禧派的宗教领袖告诉他们忠实的追随者，若非发生意外，买人寿保险完全是有钱任性；除非你真的行将就木，否则买墓地或者预定葬礼都是对信仰的亵渎。几年之内，救主就将现世，让他的信徒们死而复生，站在神的宝座前。

艾莉知道，世界上很难找出比维戈那个著名的卢那察尔斯基亲戚更罕见的人：一个对世界上各种宗教都有兴趣的布尔什维克。不过维戈显然不太关注全球各地轰轰烈烈的神学运动。

“我们国家现在最关心的问题，”他说，“是织女星人到底有没有谴责列夫·托洛茨基[1]。”

车队离阿尔戈斯驻地越来越近，道旁遍布小汽车、露营车、帐篷和人群。夜晚的圣奥古斯丁平原一度寂静无声，如今满是篝火。

艾莉注意到，这些人都不算太有钱。她看到两对年轻人。男的穿体恤衫、牛仔裤，露着腰带——可能是高中时学长教他们的打扮——正昂首阔步，侃侃而谈。其中一人推着辆破旧的婴儿车，车里的小孩只有一两岁大，露着无忧无虑的笑容。他们的妻子走在两人身后，其中一人牵着还在蹒跚学步的孩童，另一个手拢在身侧。看她的肚子，再过一两个月，就会有一个小小的生命诞生在宇宙的这一隅。

除了道教徒，这里又冒出许多使用致幻蘑菇的神秘主义者，当然啦，这本质上和阿尔伯克基附近的修道院一样，只不过修女们用的是乙醇。聚集在附近的，还有皮肤黝黑，眼角满是褶子，常年日晒雨淋的农民；也少不了图森－亚利桑那大学满脸书卷气的娇嫩学生；甚至纳瓦霍族的商人也跑来卖起丝绸领结和银项链，定价根本是狮子大开口，白人与美国原住民之间的历史商业关系有了微妙的反转；从戴维斯－蒙森空军基地过来休假

1.列夫·托洛茨基（1879—1940）：原苏共领导人，后被排挤出权力中心。1940年在墨西哥遭苏联斯大林派出的刺客暗杀。

的士兵，大口地嚼着烟草和泡泡糖；那个满头银丝，穿着可能价值 900 刀的西装，斯泰森毡帽颜色也和衣服很搭调的人，可能是个农场主。

这些人平时住的地方五花八门，从营房、摩天楼、土坯房、宿舍到房车公园应有尽有，但现在全挤在这片荒漠里。有人是闲得没其他事可做，有人是想亲历现场，以后能跟子孙吹嘘；有人想见证毁灭，另一些则满怀信心地等待着奇迹出现。在这个阳光明媚的午后，人群之中传来低沉的祈祷声、喧嚣的欢闹声、悟道的狂喜声，还有人在安静的守候。车队路过时，几个人抬头好奇地瞥了眼，看到了每辆车子上标着的文字“美国政府跨部门调用专车”。

有人掀开自家汽车后备厢，坐下来吃午饭，其他人则去商贩车前买吃的。商人在车身漆上显眼的“快餐”或者“太空纪念品”字眼，小小的汽车前排起了长龙，把空间利用到极致。孩子们在汽车周围、睡袋上、毯子旁、便携式野餐桌边蹦蹦跳跳，家长也不去管——除非他们太靠近高速公路，或者冲到距营地最近的第 61 号望远镜的铁栅栏边。

就在栅栏旁，一群剃光头、穿藏红色袍子的年轻人正不断磕头，嘴里念念有词，重复着他们的圣语“欧姆”。周围张贴着好些外星人海报，大多用的是漫画书或电影里的设定，有一张上写着“外星人就在你身边”。戴着金色耳环的男人对着卡车后视镜刮胡子。黑头发、身披毛毯的女人举起咖啡杯，向疾驰而过的车队致敬。

阿尔戈斯项目的新大门位于 101 号望远镜附近。随着车队接近，艾莉看到一个胡乱搭起来的高台上，有位年轻人对人群大声嚷嚷着什么。他穿的 T 恤上画了被闪电击中的地球。人群中还有好几个家伙也穿着这种意义不明的衣服。她恳求司机把车子停在刚过门禁的路边，摇下车窗，想听清那人到底说些什么。年轻的演讲者背对着众人，她只能看到听众的脸。那些人对他心悦诚服，艾莉想。

他正说到一半："……还有人觉得，那些科学家和魔鬼订下契约，出卖了灵魂。每一台望远镜里，都嵌着昂贵的宝石。"他朝101号望远镜挥挥手，"科学家们自己也承认这一点。不少人相信这是魔鬼契约的一部分。"

"宗教狂徒。"维戈咕哝了一声，他盯着前方的马路，想让车子赶快发动。

"别急，咱们再听会儿。"一抹讶异的神情爬上艾莉的脸庞。

"敬畏上帝的教徒相信那条从太空而来的信息是外星怪物发来的，他们是人类的敌人，想要彻底毁灭我们！"最后那句话，他几乎是吼出来的。说完后，他顿了顿，让演讲更有戏剧效果。"你们所有人都厌烦了这个社会腐败、堕落的那一面。它正是由不加思考、肆无忌惮、缺少信仰的技术导致的。至于那条信息，我们虽然不清楚它到底说了什么，也不知道到底是谁发的，但答案很快就会揭晓。而我知道，科学家、政治家和官员们一直不肯说实话，他们从来不会把一切和盘托出。就像以前一样，他们在欺骗我们。神啊，他们一直在行欺诈之事，而我们，一直在吞咽被投下的谎言，遭受着谎言的腐化！"

出乎艾莉的预料，人群中响起了低低的附和声。人们心头的那些怨气被成功唤起，而艾莉对此只能懵懵懂懂。

"那帮科学家不相信我们是上帝的子民，说我们是猴子变来的，这些人里还混进了共产党。你们想让这样的人来决定世界的未来吗？"

听众的答复如雷声一般。"不想！"

"你们想让那些没有信仰的人去跟上帝对话吗？"

"不想！"呼声又起。

"或者跟魔鬼交流？他们正在和外星怪物讨价还价，出卖我们的未来。兄弟们，姐妹们，那是来自宇宙的魔鬼呐！"

艾莉以为演讲者没有注意到他们，但那年轻人半转过身，指着飓风防护栏另一边空转马达的车队。

“他们不能为我们代言！他们不能代表我们！他们无权以我们的名义去谈判！”

有人从离车队最近的人群里冲出，开始有节奏地冲撞栅栏。瓦莱里安和司机立刻警觉起来。车子转眼间发动，向远在几英里外的阿尔戈斯控制大楼驶去，周围的沙漠上灌木丛生。在轮胎与地面尖锐的摩擦声和人群的低语中，艾莉听到演讲者抬高了嗓门：

“此地的邪恶终将止息。我发誓！”

神学家可以纵情描写宗教仅披着她的天衣冉冉自天而降的愉快情景。而史学家所承担的任务可不那么轻松。他必须揭示出，她在和一个软弱、堕落的族类一起长时间居住在地球上时，不可避免必将沾染上的错误和腐化现象。

—— 爱德华·吉本《罗马帝国衰亡史》，第十五章[1]

1.这里选用了黄宜思、黄雨石的译本。

艾莉按着电视遥控器，逐个换台。

《连环杀人案案犯的人生》换下答题节目《你说什么都对》，然后是约翰逊野猫队和恩迪科特老虎队的比赛场上，年轻人正在全力以赴。接下来的频道里，拜火教徒正辨析斋月的正确仪式和歪理邪说；后面的"超越"频道需要解锁才能观看的性爱频道，内容令人不适；下一个台是个著名的电脑游戏频道，制作精良，可是在营运上陷入了困境，现在放的游戏是《银河吉尔伽美什》，希望引起观众的兴趣赶紧去邮购上一卷磁盘，让这款角色扮演游戏提供一场全新的冒险之旅。青少年面对的是充满变数的未来，艾莉想，而电子游戏没法帮助他们做好准备。

突然，她的目光被一个老牌新闻台的严肃主持人吸引，新闻中北越鱼雷艇无故对美国两艘驱逐舰发起攻击，停留在北部湾的第七舰队已经获得了美国总统授权，决定"采取一切必要措施"作为回应。这个节目叫作《昨日新闻》，总是重播几年前的新闻，是艾莉的最爱。节目的后半部分，对前半部分新闻的疏漏和错误之处进行了逐一分析，还批评了新闻机构总是轻信政府，也不看看那些宣传说辞多么不切实际和狂妄自大。包括《昨日新闻》在内的一系列电视节目，都是一个叫"真实电视"的组织制作的。他们做的其他节目包括：《诺言》，致力于分析地方、州乃至国家政府曾许诺却未能兑现的诺言；《欺诈与胡扯》，重点在拆穿各种偏见、虚假宣传和人造神话上。屏幕底部的时间是1964年8月5日。高中时那些并不值得怀念的记忆涌上了艾莉心头，她继续换台。

东方饮食节目里展示着日式木炭火盆；广告里第一代多用途家用机器人是在哈登控制论的基础上发展起来的；苏联大使馆播送俄语新闻和评论；几个儿童节目和新闻电台过后，屏幕上依次出现了康奈尔大学解析几何课程里让人头晕目眩的计算机图形、当地的公寓和地产频道、一系列无聊的肥皂剧，最后是宗教频道——“大消息”正在被人热烈地讨论着。

全美国境内，去教堂的人数激增。织女星电波就像一面镜子，艾莉想，看的人不同，结论也不同。有人觉得它挑战了既有宗教，也有人认为它证实了自己的观点。不管天国降临论还是末日显现论，都把它当作论据。秘鲁、阿尔及利亚、墨西哥、津巴布韦、厄瓜多尔和霍皮人甚至展开激辩，争吵他们的祖先是否来自太空，支持这个观点的人又被抨击是殖民主义者。天主教徒也为天外恩典而辩论不休。新教徒讨论的是耶稣是否是去其他星球传播福音后才返回地球。穆斯林则担心那条信息可能会违背禁止崇拜偶像的训令。科威特冒出了自称是什叶派隐遁伊玛目[1]的人。救赎会中兴起了救世狂热。正统派犹太教会突然对阿斯特吕克来了兴趣，后者是个宗教狂徒，因为担心知识会败坏信仰，曾在1305年劝诱巴塞罗那的拉比们禁止二十五岁以下的年轻人接触科学和哲学，违者逐出教会。相同的势头在伊斯兰教中也越来越明显。一个名叫尼古拉斯·波利德莫斯的帖撒罗尼迦哲学家抛出好些蛊惑人心的言论，说宗教、政府和世界各地的人民应该“重新团结起来”。这个“重新”意味深长，遭到许多人的质疑。

UFO组织在圣安东尼奥附近的布鲁克斯空军基地不分昼夜地蹲守，因为据说1947年有飞碟在此地坠落，而军方从残骸里找到四具完整遗体，放进了冰柜。听说那些外星人身高1米，牙齿细碎整洁；与此同时，毗湿

1.隐遁伊玛目：伊斯兰教什叶派认为，他们的第七代伊玛目或其子奉安拉之名暂时隐遁，将会以马赫迪（即救世主）的身份回归世间。

奴在印度显灵，日本则是阿弥陀佛。卢尔德[1]也传来报道，说发生了数以百计的愈疗奇迹；西藏地区诞生了新的菩萨；澳大利亚的土人兴起新几内亚似的货物崇拜[2]，那些人相信多造点射电望远镜的粗糙复制品，能博得外星人的欢心。世界自由思想联盟说，大消息否定了上帝的存在；摩门教会则宣称这是天使莫罗尼的第二次启示。

织女星电波被不同的组织和团体同时当成了多神论、一神论或者无神论的证据。千禧派宗教愈演愈烈。有些人说千禧年的准确时间是1999年——这是倒转过来的1666年，当时沙巴泰·泽维[3]宣布了他的末日预言。另外一些人相信历史会在1996年或者2033年完结，那是传说中耶稣诞生和辞世的年份加上两千年以后算出来的。古玛雅的大循环历法终结于2011年，按照那个遗世独立的文化所言，宇宙到时将要毁灭。

玛雅的大循环和基督教的千禧年理论混合起来，在墨西哥和中美洲地区导致了疯狂的末日恐惧。觉得世界就要完蛋的信徒把他们的财产布施给穷人。部分原因是他们相信那些身外之物很快要变得一文不值，另一部分原因则是想以此证明信仰的忠贞，好在基督降临时顺利升上天国。

疯狂、盲信、恐惧、希望、激辩、静祷、痛苦的重新审视、忘我奉献、狭隘的偏见还有对新思想的热情，在这颗小小星球上四溢横流。慢慢从这些骚动中跳脱出来后，艾莉开始觉得地球就像一根线，是宇宙这幅大织锦里一个微小的部分。

这段时间，依然没人解读出神秘电波的内容。

由于宪法第一修正案[4]的保护，许多电视台对艾莉、维戈、德·希尔，

1.卢尔德：法国西南部上比利牛斯省的一个市镇，也是全法国最大的天主教朝圣地。

2.货物崇拜（Cargo Cults）：一种宗教形式，特别出现于与世隔绝的原住民中。货物崇拜者看见外来的先进科技物品会将之当作神祇崇拜。

3.沙巴泰·泽维（1626—1676）：犹太教徒，曾宣称自己是救世主。在1648年和1666年两次失败地预言世界末日。

4.美国宪法第一修正案禁止国会制订任何法律以确立国教，妨碍宗教自由，剥夺言论自由，侵犯新闻自由与集会自由，干扰或禁止向政府请愿的权利。该修正案于1791年12月15日获得通过，使美国成为首个在宪法中明文不设国教，保障宗教自由和言论自由的国家。

有时候还包括彼得·瓦莱里安大放厥词，说他们不信神，是共产主义者，打算把电波内容给私吞了。在艾莉看来，维戈算不上合格的共产党员，瓦莱里安虽然不容易一眼就看出来，但他心底其实是个虔诚的基督徒。如果他们运气好，能大概明白电波的内容，她愿意把破译出来的内容亲自告诉那些假虔诚的电视评论员。另一方面，戴夫·德拉姆林被吹捧成了英雄，大家都把他当成解码质数和奥运会视频的关键人物："他才是我们更需要的那种科学家。"艾莉叹了口气，继续换台。

这一次，她看到TABS台，TABS是特纳美国广播系统公司的缩写。卫星直播电视普及和180频道的有线电视出现之前，大型商业电视台曾经是电台节目的霸主，但现在只剩下了TABS还活着。节目里是帕尔默·乔斯，他露面的场合可不多。和大多数美国人一样，艾莉立刻辨识出那洪亮的嗓音、蓬乱的头发，还有发黑的眼圈。永远一副替别人操心、连觉也睡不好的模样，这就是帕尔默·乔斯。

"科学到底有什么用？"他问道，"我们真的快乐吗？快乐不是全息图像或者无籽葡萄之类的玩意儿，而是发自心底的感受。我们真的比从前快乐吗？科学家是不是拿玩具和别的科技破烂蒙蔽了我们的双眼，玷污了我们的信仰？"

这个人，艾莉想，他渴望回到更加单纯的年代，还想要调和无法调和的矛盾。他既批评堕落的流行宗教，也不放过进化论和相对论。所以就算他否认电子存在也没什么好奇怪的。毕竟帕尔默·乔斯从没亲眼见到过电子，《圣经》也不曾有半个字提到电磁学。

艾莉以前没认真听过乔斯的言论，但她打赌此人要对织女星电波说三道四。果不其然，只听乔斯说道：

"科学家们做尽了保密工作，只肯透露给我们一些琐碎的细节——只要能让我们闭嘴就行。科学家觉得我们都是蠢货，无法了解他们都做了什么。他们只肯给结论，却不愿给证据，一副只有他们才受了天启的样子。但实际上，他们那些推测、理论和假说，用句通俗点的话来讲，就是连蒙带猜。而且一旦有了新的理论，他们就会急吼吼地把旧说法给丢掉，也不管对我们来讲旧的是不是更有益。科学家高估了他们的能力，低估了我们的能力。我们一旦要求科学家解释，他们就会扯什么那些内容需要好多年才能理解。可是啊，宗教里也有很多事情，需要花上好多年才能理解，你甚至穷尽一生都未必能对上帝全能的本质有更深一层的理解。但你永远见不到哪个科学家跑去神学家那里，问他们这么多年的研究、冥想和祈祷下来，到底获得了什么新知。除了要误导、欺骗我们的时候，科学家根本不会考虑我们的存在。

“现在，他们又说织女星传来了消息。既然星星不会说话，那传来消息的肯定是别人。会是谁呢？信息的内容到底是神圣的还是邪恶的？等到解开消息以后，它会怎么署名？是‘你真诚的上帝’，还是‘诚恳的魔鬼’？科学家们把信内容公布出来时，会把实话全部说出来吗？有没有可能觉得我们理解不了，所以只讲了半截？又或者因为和他们的理念不符，干脆不说实话？大家没忘记吧，这些人可是一直在教我们怎么才能自相毁灭。

“朋友，我告诉你们，科学太重要了，不能只留给科学家。几大宗教都应该派出代表，参与解码过程。我们需要看看‘原始数据’。对，‘原始’。科学家就是这么叫它们的。否则……你猜会怎么样？否则他们说什么，我们就得信什么。科学家讲出来的话，也许他们真的信，也许只是瞎编。但我们除了信，没得选。还有件事——相信我说的——科学家们根本一无所知。他们收到的信息真的来自天上？他们怎么保证那不是另一只金牛犊[1]？我不认为他们有足够的辨别能力。就是这些人造出了氢弹。主啊，原谅我吧！我实在没法对那些人的灵魂抱有感激之情。

1.金牛犊：《旧约》里，摩西去接受登山宝训时，以色列人制造的一尊偶像，代表了伪神。

“我直面过上帝。我尊崇他、相信他、爱他。我愿意为他奉上我的全部灵魂、整个人生。我不认为还有人比我更爱他。我不相信科学家对科学的信任，比我对上帝的爱更深沉。

“每当一个新的点子出现，他们就会丢弃先前的‘真相’。科学家所行的事，得不出任何最终的结论，而他们甚至还为此沾沾自喜。他们觉得我们会永远地无知下去，他们觉得自然界里没有任何真理。牛顿推翻了亚里士多德，爱因斯坦推翻了牛顿。明天，还会有人推翻爱因斯坦。每当我们弄清楚了一套理论，就会有另一套取而代之。当然了，如果科学家老老实实地承认旧理论只是暂时的，我也不会太过反感。可实际上呢？他们管牛顿的理论叫“万有引力”定律。直到现在，他们依然这么叫它。可既然是自然定律，它怎么会有错呢？怎么可能被推翻呢？能改变物理法则的只有上帝，而不是科学家。他们只是在不断犯错而已。毕竟，如果爱因斯坦是对的，那么艾萨克·牛顿就是个不懂装懂的外行。”

“记住，科学家并不总是对的。他们想夺走我们的信仰、我们的根基，而给我们的，都是无关真理的东西。我不会因为科学家写了本书，说那条“信息”来自织女星就放弃对上帝的信仰。我不会崇拜科学。我不会违背第一戒。我不会向金牛犊卑躬屈膝。”

帕尔默·乔斯年纪还轻，名声远扬之前是个马戏团杂工。这件事刊登在了《时代周末》里，不算秘密。为了赚钱，他把世界地图绕着自己上身纹了整整一圈。那个年代的乡村巡回马戏团的生意十分兴隆，而乔斯就在从俄克拉何马州到密西西比州的各个小城里登台亮相，朝观众们展示他一身的刺青：在蓝色的海洋里有四个风神，他们鼓着面颊，呼出强劲的西风和东北风，而随着乔斯挺起胸肌，北风又和大西洋中间的区域一道膨胀了起来。接着，他会对那些惊讶的观众们大声背诵奥维德《变形记》第六卷里的词句：

> 暴虐的君王，在云中翻滚；我洒下暴雨，我推倒大树……我被暴怒所控，穿过重重阻碍，直达地底最深处；然后，我从那深不可测的渊底挣扎而出，将地狱的阴影四处散布；还有那致死无数的地震，也由我掷向世界各处！

在乔斯的表演里，那些古罗马诗词间的硫磺与火焰变得清晰可见。他的双手移动，只见西非和南美越来越近，最后相会于肚脐所处的经度上。每逢此刻，观众们便会高呼："乔斯！地球先生！"

乔斯是个富有天赋的朗诵者，他只有小学学历，没受过学校里条条框框的束缚，但正因如此，他不知道研读古典文学和科学需要有一定的基础。这个不修边幅、长相周正的年轻人，会走进马戏团所到之处的每个小镇图书馆，问有没有什么好书可看。他告诉图书管理员，自己想要提升眼界。他老老实实地读完了好多讲怎么交友、怎么投资房地产、怎么吓唬熟人的杂书，但觉得它们过于浅薄，终于在古典文学和现代科学里找到了想要的深度。无论车队停在哪个镇，他都会去图书馆消磨晨光。他自学了好多历史和地理的知识。同一个马戏团的"象女"艾薇拉问他不在团里的时候都去干吗了，乔斯答说是去找跟工作有关的书看。艾薇拉怀疑乔斯有强迫症——他一个镇子的图书馆都不落下——不过也承认，乔斯越来越像个学术人士。他说的那些话高深莫测，效果倒是非凡。乔斯的表演本来只是马戏的余兴节目，后来却开始疯狂地赚钱。

有天，他背对着观众，演示印度和亚洲大陆板块碰撞隆起喜马拉雅山，这时一道闪电从阴沉的空中劈下，直接打在他身上。那段时间，俄克拉何马东南部刮过龙卷风，南部的整个天气都不太正常。乔斯清醒地意识到自己离开了肉体——它瘫倒在覆满木屑的地上，人群聚拢过来，他们的脸上写满了震惊和好奇——不断飞升、再飞升，仿佛穿过黑暗的隧道，慢慢接近一道光。那束光芒里的身影，如同神明般庄严。

等到终于转醒，他失望地发现自己还活着，躺在普普通通的卧床上。俯身看着他的那个人，是可敬的比利·乔·兰金，20 世纪 50 到 70 年代间一个受人尊敬的牧师。恍惚间，乔斯好像看到十几个戴兜帽的人在牧师身后合唱《慈悲经》，不过他不太确定。

“我活着还是死了？”年轻人喃喃道。

“我的孩子，这两件事你都得经历。”兰金牧师答道。

乔斯醒来后觉得自己获得了一种能力，能深刻地洞见世界的本质。但他所感受到的现实，和他在幻境中见过的那至福至悦的景象相互抵触。这两种矛盾的情感在他心中不时冲突。他很多时候——甚至话说到一半——会突然意识到其中一种情感在支配着他去说些什么，做些什么。不过，他还是让两种情感相安无事了好长一段时间。

后来别人告诉乔斯，他真的死过。那时医生已经宣布了他脑死亡，但人们为他祈祷、唱赞美诗，按摩他的身体（主要在“毛里塔尼亚”那一块），想让他转醒。结果他居然活了，这可是货真价实的“死而复生”。乔斯也这么看待自己的经历，便欣然接受了这个说法。虽然很少谈起，不过乔斯开始相信此事意义非凡。他不是无缘无故死去，又无缘无故复活的。

在恩人的指点下，乔斯开始研读圣经，很快被基督复活和救赎论深深地打动了。他帮着兰金牧师做事，起初是不起眼的小事，但在兰金牧师之子小比利·乔·兰金蒙主召唤，去得克萨斯敖德萨以后，他甚至代替老兰金去了好些路途遥远、任务繁重的地方布道。打那时起没过多久，乔斯发现了一种专属于他的特殊布道方式。他不需要那么多的解释和劝诫，只要通过朴素的话语和简单的比喻，就能解释洗礼、来世、基督教启示与古希腊罗马神话之间的联系、上帝对尘世的安排，还有科学和宗教之间的一致性。这不是传统的布道，对很多人来说，他管得也太宽了。但谁也说不清为什么，乔斯受到了热烈的欢迎。

“你重获了新生，乔斯。”老兰金有天对他说，“理论上你应该改名。不过帕尔默·乔斯听起来很适合布道，要是换掉那才叫愚蠢。”

和医生、律师一样，神职人员很少互相批评同行。但有天晚上，乔斯去新造的天主堂听布道，布道者是才从敖德萨凯旋归来的小比利·乔·兰金。他讲起福报、天谴和狂喜头头是道，但那晚的主题是治愈。他告诉教友们，他带来了最神圣的遗物，比耶稣十字架的碎片、阿维拉的圣特雷莎的大腿骨还要珍贵——后者被佛朗西斯科·弗朗哥将军保存在办公室里，用于胁迫虔诚的信徒就范。比利·乔·兰金拿在手上炫耀的，据说是耶稣基督从娘胎里带出来的羊水。这液体当年被小心翼翼地保存到了一个陶罐里，由圣安妮[1]所藏。他说，哪怕只是其中的一小滴，也能展现奇迹，治愈你罹患的任何病症。而这圣物中的圣物，今夜就由他带到这间教堂供众人瞻仰。

目睹这一切让乔斯无比震惊。他震惊的不是兰金的拙劣骗术，而是教友居然听信了他的说辞。他在“前世”目睹了许多骗人的戏法，但那不过是为了娱乐大众，和这次的性质截然不同，这可是人们的信仰。宗教太重要了，你不能掩盖事实，更不能伪造奇迹。于是，他登上讲坛，大声斥责了兰金的骗术。

随着热情渐涨，他对从基要主义衍生出来的各种异端邪说也开始了攻击，其中包括了那些“爬虫学家”——因为圣经上说心灵纯洁之人无惧蛇的毒液，于是他们通过抚摸毒蛇来检验自己的信仰。在另一次公开布道里，他引用了伏尔泰的名言，说从没想到那些穿着教袍的人会如此堕落。渎神者说，世界上第一个牧师是世界上第一个骗子，被他骗的，当然是世界上第一个白痴，而好些教职人员的表现就是在给他们送口实。说到这里，他

1.圣安妮：传说中圣母玛利亚的母亲，耶稣的外祖母。

还伸出手指，在空中优雅地挥了挥。

乔斯说不论哪种宗教，都应该有边界，逾越边界就是在侮辱信徒的智商。对这条边界到底应该划在哪里，聪明人可能会展开争论，不过目前的宗教人士肯定早就越界了。老百姓不是傻瓜，他说。后来老兰金去世前安排的各种后事中还有封留给乔斯的信，说再也不想见到乔斯。

就是在那段时间，乔斯开始宣扬科学不是万能的。他说他发现了进化论里的矛盾。那些令人尴尬的发现，那些与理论不符的事实，说明科学家们只是在信口雌黄。地球有 46 亿年的历史？只是一种说法罢了，本质上跟厄舍尔大主教说地球存在 6000 年没什么区别。没有人亲眼见证过物种演化，也没有人能从《创世纪》开始计算时间（“20 万万亿个密西西比[1]”……乔斯说他想象过，如果真有个耐心的计时员从创世之初开始记秒，说出口的会是怎样的数字）。

相对论同样没得到过检验。爱因斯坦曾经说，没有人能快过光速。他怎么知道的？他追过光吗？相对论只是理解世界的方式之一，未来的人类能做出何等的伟业，爱因斯坦根本想象不到。再说了，上帝想做什么，难道是他爱因斯坦能限制得了的吗？只要上帝愿意，他快过光速能有什么问题吗？他让人类能超过光速，又有什么不行的呢？无论科学还是宗教，都逾越了各自的边界。一个理智的人应当学会明辨是非。对于圣经和自然界，存在各种各样的解读和阐释，但既然它们都是上帝创造的，那么两者之间应该和谐一致。所以科学家和神学家之间的矛盾，那肯定是他们中的某一方——或者两方——没把工作做好。

对道德的强烈追求，对宗教和科学双方的批评，还有对教众智商的尊重让帕尔默·乔斯变得越来越出名，直至家喻户晓。在争论要不要教授智能设计论、堕胎和胚胎冷冻是否符合伦理、该不该允许基因工程等议题时，

1.密西西比：一个“密西西比”发音约为一秒，故成为了美国人口语中的计秒单位。

他一直想要走条中间路线出来，调和科学和宗教的冲突。两大阵营都对乔斯的插手表示不满，但这不妨碍他的声望水涨船高，连总统都和他交上了朋友。他的布道词印在了国内几家大报纸的封面封底。他拒绝了许多邀请，包括参与建立电子教堂这种噱头。他过着朴素的生活，只有收到总统邀约或者参加宗教大会时才离开南方。他给自己定了规矩，除了传统的爱国主义，绝不参与任何政治事务。在今天这种竞争激烈，看到任何冠冕堂皇的事都得三思的环境下，帕尔默·乔斯无疑成了基督教原教旨主义最杰出的代表。

德·希尔来问能不能找个安静点的地方吃晚餐。他刚刚飞来这里，要跟维戈和苏联代表团开个总结会议，讨论一下信息破译的进展。然而新墨西哥的中南部如今满是世界各地的记者，而且方圆一百英里之内，没有一家能让他们私下交谈而不引起别人注意的餐馆。最后艾莉在她那间再简朴不过的宿舍里，亲自动手做了顿晚饭。他们有很多东西要谈。很多时候，整个项目的命运似乎都取决于总统的决定。在往洗碗机里塞盘子的时候，他们突然聊起了乔斯。

“那家伙吓坏了。”艾莉说，“他的观点很狭隘。他觉得那信息是对圣经的负面解读，或者别的什么会动摇人信仰的东西。他不明白一个新的科学理论是怎么把旧理论也包括在内的。他想弄明白科学最近做了什么，还觉得自己才是理性客观的那个人。”

“和那些千禧派信徒，还有地球优先论比起来，帕尔默·乔斯已经算温和了。”德·希尔回道，“也许我们对大众的科学教育确实不太够。这几天我一直在思考。还有，艾莉，你能确定那信息不是来自——”

“来自上帝或者魔鬼的吗？肯，别闹了。”

“这么说吧，先进的文明所做的事情，如果可以按照我们的观点被分成善或者恶，那么像乔斯那种人，会不会认为他们就是上帝或魔鬼？”

“肯，不管谁在织女星，我保证他们既没有创造宇宙，也不会和旧约里的上帝有半点相同之处。你知道的，织女星系的恒星也好，附近其他的星星也好，都位于一个乏味的银河的乏味小角落里。如果我是上帝，干吗要待在那种地方呢？宇宙中多的是更重要的事。”

“艾莉，我们有麻烦了。你知道乔斯很有影响力，他和三任总统关系密切，包括正在执政的这位。总统想对乔斯做一些让步，虽然我不认为她真的打算把乔斯或别的传教士派来加入你、瓦莱里安和德拉姆林为首的初步解码小组——更别说维戈和他的同事也在组里了。俄罗斯人和基要主义牧师要怎么待在一起，我想都想不出来。但即使让步也会让事情变得一团糟。所以我在想，我们为什么不干脆去找他谈谈呢？总统说乔斯对科学很着迷。我们没准能说服他？”

“啥？说服帕尔默·乔斯？”

“我没打算改变他的宗教信仰——我们只要让他明白阿尔戈斯到底是怎么回事就成。比方说如果我们不答复那条信息，那么星际间的巨大距离，能把织女星和地球安全地隔开。”

“肯，他连光速无法超越都不相信，我们怎么说服得了他嘛。再说了，我也不是没想过接受传统宗教，但一直失败得很。他们的说法前后矛盾、弄虚作假，我看到就烦。我和乔斯会面可能不会产生你想要的结果。或者说，总统想要的。”

“艾莉，”他说，“我知道自己该站哪边。我只是觉得，和乔斯见个面事情也不会变得更糟。”

艾莉回之以微笑。

跟踪船已经就位，雷克雅未克和雅加达等地也建起了虽然小、但功能够用的射电望远镜。现在，从织女星发出的每一道电波，都在不同的经度上都得到冗余接收。

世界大消息协会定下时间准备在巴黎召开一场大会。而世界上接收信息最多的那几个国家，当然得在大会正式召开前先进行科学预备会议。这样的会议已经连续开了四天，现在的总结阶段少不了德·希尔这种科学和政治的中间人，以有效加速会议过程。

苏联代表团由维戈带领，包括好些杰出的科学家和技术官僚。海因里希·阿尔汉格尔斯基就在代表团当中，他最近被任命为苏联国际宇宙空间联盟的负责人；还有提摩菲·格斯茨里兹，中重型工业部部长和中央委员会委员。

维戈显然承受着巨大的压力：他开始不停吸烟，说话的时候，也掌心向上，用拇指和食指夹着烟。

“我知道，所有信号接收区域都相互覆盖，可我担心这依旧不够。涅德林元帅号上的氦液化器一直有问题，雷克雅未克的电力系统也有故障，所以电波接收的稳定性依旧没有得到十足的保障。如果信息两年循环一次，而我们出了差错，那就又得多等两年才能补上那些空缺。更别说我们不知道那些信息到底会不会重播了。假如它就只发送一次，那错过的可就永远错过了。所以我们必须做到万无一失。”

“那么你想说是，”德·希尔问道，“给联盟里每个天文台都配备上应急发电机？”

“对。外加独立的信号增强器、光谱仪、自动开关器和磁盘存读器。如果有必要，还得规划快速空运液氦的路线以备不时之需。”

“艾莉，你同意他说的吗？”

“他说得很对。”

“还有别的么？”

“我认为我们应该继续对织女星进行各种频段的监听，”维戈说，“可能明天就会有别的电波从另一个频段发过来。对于天空的其他部分我们也不能放弃关注。也许最关键的信息不是织女星发来的，而是从别的什么地方——”

“我来帮忙解释下维戈说的东西为什么很重要吧。”瓦莱里安插话道，“现在我们收到了信息却解读不出，情况很微妙。以前没有过这种事，所以一定要尽可能多地接收信息。大家应该都不希望看到自己努力了两年，却因为少了些简单的预防措施或者出了小瑕疵，最后一事无成吧。电波会重复只是我们一厢情愿的幻想，电波里并没有哪段话保证过它会再放上一遍。也就是说，一旦错过，可能就永远地错过了。我们还应该开发更多科研工具。目前已知重写本至少有四层。”

“人员也是个问题。”维戈补充道，“信息可能会持续几十年，而不是一两年。也没准全宇宙都在往这里发电波，我们接收的只是排头兵。世界上有足够能力的射电天文学家只有几百号，和我们要下的赌注比起来，这个数字实在有点少。已经完成工业化的国家必须立刻开始训练更多的射电天文学家和射电工程师。”

艾莉注意到格斯茨里兹没说几个字，但是笔记做得非常详细，这让她有些吃惊。苏联人对英文的学习，远胜于美国人对俄语的理解。20世纪初，世界各国的科学家们还在讲——至少能读——德语，在此之前是法语，更早点是拉丁语。往后一个世纪，科学家们可能不得不学习中文。不过目前英语才是最重要的语言，世界各地的科学家都得努力熟悉英文单词的语义和变形。

维戈用烟蒂的余火点燃了新掏出的烟。“我还得说点其他的，虽然只是推测，还没信息会循环的可信程度高——瓦莱里安博士刚刚强调过，没有证据表明信息会循环播放。一般情况下，我不会这么早就跟大家探讨我的想法，但假如猜测合理，就得立刻开始准备进一步的行动。其实要不是阿尔汉格尔斯基院士和我的想法一致，我是没胆子发言的。我和他的共同观点很少，不管是类星体红移的量子化、超光速光源的成因还是中微子剩余质量……我们都有不同理解。我得承认，他有时候是对的。但我们几乎从来没对某个假说雏形达成过一致，这个除外。”

“海因里希·德米茨，你来解释一下？”

阿尔汉格尔斯基相貌和蔼，看起来甚至有些顽皮。他和维戈已经激烈地竞争了好几年，两人之间常常爆发科学争论，吵得最凶的那场，是对苏联核聚变试验到底应该支持到什么程度。

“我们认为，”他说，“电波在教人类造机器。你瞧，我们虽然不知道信息到底什么意思，不过它包含了好些相互引用的部分。举个例子，在15441页上，有一些内容显然引用自13097页——谢天谢地，我们有后面13097页的数据，是在新墨西哥收到的，前面那页则来自我们塔什干附近的天文台。13097页上也能找到别的引用，指向的段落还没有从全经度上接收到。信息里这样的反向引用很多。另外值得大家注意的是，我们最近收到的页码内容相对复杂，而早先的那些更简单。我们甚至在新的一页里找到了八处对早先内容的引用。”

“这观点算不上特别有说服力，伙计们。”艾莉说道，“它也许是一套数学题，后面的题目建立在前面的基础上，或者一部长篇小说——比起人类，他们的寿命可能要长得多——前面的部分和他们的童年经历，或者他们年轻时在织女星系做过的什么事有关。也有可能是该体系严格、明确的宗教手册。”

“一百亿条清规戒律。”德·希尔嘿嘿地笑了起来。

“也许吧。”透过缕缕青烟，维戈出神地望着窗外的望远镜阵列，它们昂首向天。“可如果你仔细看那些交叉引用的模式，也会同意它们更像是制造机器的说明书。至于那机器有什么用，只有上帝知道。”

9.

超凡

奇迹是崇拜的基础。

—— 托马斯·卡莱尔，《衣裳哲学》（1834）

我认为，对宇宙怀有宗教般的感情，是最强烈、最高尚的科研动机。

—— 阿尔伯特·爱因斯坦，《概念与判断》（1954）

艾莉能清楚地回忆起在那趟华盛顿之行里，自己到底什么时候爱上了德·希尔。

但要敲定和帕尔默·乔斯会面的具体时间，似乎得花上很久很久。很显然，乔斯不愿意造访阿尔戈斯项目所在地；他说，让他感兴趣的是科学家们为何不敬，而并非他们如何解读信息。为了弄清楚科学家的秉性，他们需要去更加中立的地方。至于去哪儿艾莉倒是无所谓，反正总统的特别助理会替她去谈。总统希望艾莉和乔斯一对一会面，其他射电天文学家都别来掺和。

艾莉也希望能尽早敲定时间，因为再过几个礼拜，她就得飞去巴黎参加世界大消息协会的第一届全体会议。她和维戈是全球信息收集项目的协调人，与此同时，记录电波已经成了各地天文台的日常。

最近几个月，他们收到的信息没有出现任何疵漏，艾莉惊讶地发现自己居然又有了些私人时间。她决定和妈妈好好聊聊，不管妈妈说什么，她都要保持耐心。此外，还有一大堆备份文件和电子邮件等着她处理，不但有来自同行的批评和祝贺，还有宗教界的警告、民科自信满满的理论，以及全球粉丝的来信。《天体物理》杂志她也有个把月没看了，最近的八月刊上，还有篇文章的第一作者是她——那是整个八月刊毫无疑问的焦点。因为织女星电波信号强烈，很多天文爱好者厌倦了他们的“业余”级无线电设备，开始建造起自己的小型射电望远镜和信号分析仪。刚开始接收电波那阵子，他们记录下的电波确实能派上用场，但直到现在他们还在包围着艾莉，觉得自己掌握了SETI专业人员所没注意到的情报。艾莉觉得她应该好好写封信，鼓励他们也注意下阿尔戈斯基地的其他重要项目，比如类星体观察之类的。话说回来，别看她计划立了一大堆，实际上她把几乎所有空余时间都用在了肯身上。

当然啦，艾莉确实有义务让总统的科学顾问尽可能深地参与到阿尔戈斯项目里来，唯有这样，总统才能得到最新最充分的科研信息。艾莉希望其他国家的领导人也能像美国总统那样，对他们的工作有彻底而深入的了解。总统本人虽然没有接受过专门的科学训练，不过倒真挺喜欢这个项目。不光因为它的实用价值，还因为知识本身令人愉悦。除了詹姆斯·麦迪逊和约翰·昆西·亚当斯以外，美国这样的总统委实不多。

即使如此，德·希尔愿意在阿尔戈斯项目上耗费那么多时间还是有些不寻常。他每天要花一个多小时，用高带通通信设备和华盛顿老行政办公大楼“科学和技术政策办公室”的同事联系，剩下时间，就艾莉所知，他一直……待在附近。他会捣鼓电脑系统，或去造访某几台射电望远镜。有时候，来自华盛顿的助手会陪他同行；更多情况下他选择独自一人。德·希尔在阿尔戈斯基地搞到一间空闲的办公室，透过开着的门，艾莉常常看到他脚搁在桌上，读着什么报告或者打着电话。他会朝艾莉愉快地挥挥手，然后继续工作。艾莉注意到他不但同德拉姆林、瓦莱里安讲起话来很随性，对那些低级技术人员和秘书也一样。后者不止一次告诉艾莉，说他很“迷人”。

德·希尔总是有一堆问题要来问艾莉。起初都是些技术上和程序上的问题，不过很快就变成了对未来的各种计划，后来更是变本加厉，完全成了天马行空般的假想。再往后，对阿尔戈斯项目的讨论已经成了他们待在一起的借口。

一个秋高气爽的下午，华盛顿要求特别应急工作组会议后延，原因是泰隆爆发了自由危机。为了这个会议才从新墨西哥飞来的艾莉和德·希尔一下子多出了空闲时间，便决定去越战纪念碑逛逛。纪念碑设计者是当时还在耶鲁大学建筑系念本科的林缨。那场愚蠢的战争所唤起的记忆本应满是阴霾和悲哀，但德·希尔看起来似乎挺开心，让艾莉情不自禁地思考起这个人性格中的缺陷。两个总务署的便衣小心地跟在他们身后，佩戴着肉色的定制耳塞，仔细看才能分辨。

德·希尔哄着一只漂亮的蓝色毛虫往枯树枝上爬。毛虫一拱一拱地攀上去，色彩斑斓的身体随着十四对足的运动不断打颤。在枯枝末端，它抬起前五截身体在空中不断试探，见始终没找到新的枝叶，便很聪明地转过身，沿着来路往回爬去。不过德·希尔换手拿住了枯枝的另一端，于是回到起点的毛虫发现它依旧无路可走。就像被关进笼子的野兽，它来回反复试探了好多次，最后几次已经泄了气。艾莉开始可怜起这个倒霉蛋，虽然她知道这些家伙会导致大麦歉收。

“这小家伙脑袋里的程序多棒啊！”德·希尔赞叹道，“这款超级逃生软件每次都会启动，还让它知道不能往下掉。我的意思是，它明白这根树枝被举起来了。毛毛虫在自然界里不会遇到这样的情况，因为树枝肯定会连着什么东西。艾莉，你有没有想过，如果把这个程序安进你的脑袋，会有什么感觉？我是说，如果你走到树枝末端发现没有路，你会清楚地意识到这个事实吗？你会怎么处理这种情况？你会记得自己对此的想法吗？你会好奇自己是怎么知道应该探出 10 英尺的身子，但后 18 英尺牢牢抓着树枝的吗？”

艾莉微微侧过头，仔细打量德·希尔——而不是毛毛虫。对德·希尔来说，把艾莉想象成一只虫子好像不是什么难事。她决定不直接回答问题。艾莉提醒自己，德·希尔之所说这些话，只是犯了生物学家的职业病而已。

“你打算对它怎么办？”

“大概是放回草坪吧。还能怎么着？”

“有些人可能会踩死它。”

“明白一种生物拥有意识以后，你就很难下得去手了。”他依旧举着枯枝。

他们静静地走了一会儿。两人经过的抛光黑色花岗岩纪念碑上，刻着55000个死难者的名字。

“每个准备打仗的政府都会把敌人描绘成怪物。”艾莉说，“他们不希望你把对手当人看。如果意识到你的敌人和你一样会思想、会感受，你就会犹豫该不该杀死他们。但战争不是你死就是我活，最好把对面当成怪物。”

“嘿，看看这个漂亮的家伙。”过了一会儿，德·希尔说道，“真的。仔细看。”

艾莉照做了。她压抑住心中的反感，试着从他的角度来看待毛虫。

“看看它在做什么。”德·希尔继续道，“如果它有你我那么大，能把人沽沽吓死。一个真正的怪物，对吧？可它才那么点大。它以树叶为食，只注重自己的事，还给我们的世界带来了一些美感。”

艾莉挽起德·希尔空着的那只手，沉默地走过了一排排死难者名单。那些名字是按照牺牲时间排列的。当然，这里的死者全是美国人。虽然那场战争还在东南亚造成200万当地人口的死亡，但世上却没有类似的纪念碑去缅怀他们。美国人看待那场战争最常见的角度，只是党派政治削弱了己方的军事实力，觉得自己遭了暗算，艾莉想，和德国打输一战时差不多。越战愧对我们的民族良知，不过迄今为止，还没有哪位总统能鼓起勇气去抨击它——越南民主共和国后来采取的那些政策，也没有让情况往好的方向发展。她还记得美国士兵是怎么称呼北越军人的：亚洲佬、扁额头、斜眼，还有那些更糟的叫法。如果人类连尊重对手都做不到，真的能迈进下一个历史阶段吗？

日常生活中的德·希尔一点儿不像个科学家。他在街角报刊亭买报纸的样子，让你绝对想不到这人居然能搞科研。他讲起话来永远带着纽约腔，同事们觉得这是种单纯的反差萌，而且随着他搞研究的名气越来越大，人们对他口音的关注也越来越小。但怎么说呢，他在许多学术名词上的发音总归很有趣，比如他说出口的"三磷酸鸟苷"，就给人一种那是爆炸性物质，而非稳定分子的感觉。

两人迟迟没有意识到自己正坠入爱河，其他人却早就心知肚明。几个礼拜以前，维戈还在阿尔戈斯的时候，长篇大论过好几回关于语言的非理性问题。那一次，他们聊到了英语。

"艾莉，为什么人要说'再次犯下同样的错误'？'同样的'和'再次'不是语义重复了吗？'烧起来'和'烧掉了'的意思不是差不多吗？'慢下来''慢慢来'不也都一个意思吗？既然有了'拧上'，为什么不是'拧下'呢？"[1]

艾莉漫不经心地点点头。她不止一次听到维戈跟他的苏联同事抱怨说俄文不够精确，她敢打赌，巴黎会议上也会有人说法语存在同样的问题。当然啦，人类的语言确实有各种各样的缺陷，然而考虑到它们的起源五花八门，又一直受到各种微小压力的改变，要是始终不走样才是怪事。维戈抱怨归抱怨，不过心情一直很好，艾莉也就没跟他提自己的看法。

"还有'头上脚下地跌进爱河'，"维戈说，"这是句俗话，对吧？它的字面意思和它要表达的完全相反。脑袋的位置本来就在脚上面。你要真被恋爱冲昏了头脑，那应该是'脚上头下'。对吧？你知道恋爱什么滋

1.慢下来、慢慢来的原词为Slow up、Slow down，拧上和拧紧是Screw up和screw down。Up和Down在英文中是"上"和"下"，但组成这两个词组后，语义并未发生变化。

味，不过发明这句俗语的人恐怕并不清楚。他觉得你走起路还是一如往常，而不像那个法国画家——他叫什么来着？”

“他是俄国人。”艾莉答道。他们的对话正在往尴尬的方向发展，马克·夏卡尔正好给了她一个台阶下。聊天结束以后，她有些好奇维戈是不是在调侃她，或者想从她这里打探点风声。也没准他只是隐隐约约地感觉到艾莉和德·希尔之间增长的情愫。

不过很明显，德·希尔对此多少有些抗拒。作为总统的科学顾问，他把大量时间投入到了这项史无前例、微妙又前途未卜的事业中。和这项事业的领军人物产生感情纠葛，无疑会带来风险。总统要德·希尔做出冷静客观的判断，他得在必要的情况下提出艾莉会反对的行动方案，或者力劝她收回计划。爱上艾莉，无疑会对他的工作效率造成影响。

对艾莉来说情况更加复杂。她在当上这个大型射电天文台的主管前，有过不少伴侣。她不是没品尝过恋爱的滋味，可是结婚一直离她很遥远。艾莉依稀记得她每次决定终止双方感情的时候，都会用一首四行诗——是威廉·巴特勒·叶芝写的吗？——来安慰伤心欲绝的情郎们：

吾爱，你说若非永恒，爱便不存。啊，多么愚蠢，世上多的是更棒的剧目。

她清楚记得约翰·斯托顿向妈妈求婚时是个多有魅力的男人，但在成为她继父后，又是多么快地褪去了那层诗意。只要你跟男人结婚，他们要不了多久就会变出你没见过的可怕形象。女性对浪漫的追求就是她们的弱点，艾莉想。她不会重蹈妈妈的覆辙。不过从更深层的心理来讲，她害怕毫无保留的爱，害怕把自己托付给一个可能会抛弃她的人。而你只要不付出真爱，自然就不用担心受到伤害（其实艾莉没有仔细想过这事，只隐约觉得这说法算不上完全正确）。再说了，如果她没有真正地爱上一个人，也就不会真正地背叛他。在内心深处，艾莉始终觉得妈妈背叛了去世多年的爸爸。直到现在，她还是很想念他。

肯似乎不一样。又或者她对男性的期望在这些年里一点点妥协了？和她能想到的其他男性不一样，肯在面临挑战或者承受压力时，表现得更加温和，更有耐心。是的，要从事他这份工作，和解的心态和科学上、政治上的素养都不可或缺，可艾莉还是觉得自己瞥见了他表象之下一些更坚实的东西。能把科学这样融进生命，能向两届政府这样传授科学理念的人，无疑值得尊敬。

在小心翼翼的试探中，两人越走越近，后来德·希尔甚至有了点要在艾莉房间里住下来的意思。他们享受彼此的对话，各种奇思妙想像羽毛球一样在两人间飞来荡去。有时候甚至不用把话说完，他们就能明白对方的意思。德·希尔是个体贴入微、聪明睿智的情人。用生物学的术语来讲，她喜欢他分泌的信息素。

能和德·希尔聊这么起劲，能在他面前这么放开自己，让艾莉所料未及。她越来越爱他，而这反过来影响了艾莉：因为德·希尔，她发现了一个更好的自己。很显然，德·希尔也有同样的感觉。正因为如此，他们之间的爱意越来越浓，却依旧能够保持着对对方的尊重。至少，艾莉是这么告诉自己的。以前即使朋友再多，她也会感到隐隐的孤单。但自从有了肯，她再也没体验过那样的心境。

艾莉可以自然而然地对他说起自己的幻想、记忆的片段，还有童年的尴尬事。德·希尔不仅感兴趣，甚至显得很着迷。他会连着问她童年的旧事，几个小时就在对话间悄然而逝。他的问题总是直达主题，鞭辟入里，但始终保持着一份温柔。从这时起，艾莉逐渐明白了为什么情侣之间总是会说些外人听起来孩子气的话。每个人心中都有儿童的那一面，但除了情侣之间，它们没有机会向外展露。如果你的次级人格，也就是一岁的你、五岁的你、十二岁的你和二十岁的你，都能在对方身上找到一一的对应，那样你才能感受到真正的快乐。爱情是独孤的终结。也许爱得有多深，可以从有多少次级人格享受其中来进行判断。艾莉在以前的伴侣身上，往往只能找到一个对应人格，其他都是脾气暴躁的小跟班。

和乔斯碰面的前一个周末，他们躺在床上。阳光从百叶窗缝隙里洒落，在两人身上打出了条条的纹路。

“跟人聊天时，”艾莉说，“我可以提到我爸爸，不会感到……惘然若失。可如果真的回忆他——他的幽默感，还有……他对生活的激情——那些伪装就会被打破。我会想哭。因为他已经回不来了。”

“毫无疑问，语言能释放我们的情感。至少很大程度上如此。”德·希尔按摩着她的肩头说道。

“也许这就是它存在的意义。只有这样，我们才能了解这个世界，同时不被它吞没。假如果真如此，那语言的发明可就不仅仅是上天的赐福了。你知道的，肯，我愿意拿一切——我真的没开玩笑——去换回我爸爸，哪怕只是和他在一起待几分钟。”

她想象着天堂的模样。天下所有已经过世的好爸爸和好妈妈都漂浮在空中，或者倚靠在朵朵白云上。人类从诞生至今，死亡的人口数以百亿计，天堂肯定得是个非常非常大的地方，才能容下那么多的灵魂。宗教所说的天堂很可能拥挤不堪，除非它的概念建立在天文学基础上。只有那样，天堂的空间才绰绰有余。

“肯定有一个数字，”艾莉说，“能够表示银河系里智能生物的总量。你觉得它会是多少？如果存在 100 万个文明，每个文明都有 10 亿个个体，那么，嗯……就是 10 的 15 次方个智慧生物。不过呢，如果它们中的大多数都比我们先进，那‘个体’的概念可能就不适用了；这可能是另一种地球人才有的沙文主义观念。”

“对。然后呢，你就可以算出高卢香烟、夹馅面包、伏尔加轿车和索尼口袋通信器在星系中的生产率了。接下来，则是银河系总产量。算出这一层以后，宇宙的总产量……”

“又拿我开涮。”艾莉微笑，心中没有半点不悦，“不过你想想这个数字。我是说，好好想想。那么多的星球有生命，大多数还比我们先进。你不觉得激动吗？”

艾莉知道德·希尔是怎么想的，但她突然记起别的事：“来看看这个。我一直在为乔斯的会议做准备。”

她从床头柜里拿出了《大英百科全书》的第16卷，上面的标题是“鲁本斯到索马里”。书中夹了张被她拿来当书签的废旧打印纸，她翻到那一页，指着“庄严或神圣”的词条。

“对于庄严或神圣之物，神学家们似乎意识到了一种特殊的、非理性——但并非不合理——的情感。他们叫它‘超凡’。这个词起初……我们来看看……出现在《论神圣》里，那本书1923年出版，作者鲁道夫·奥托。他认为人类有发现、敬畏超凡之物的本能。奥托给这种本能起了拉丁名叫‘神秘的敬畏’。还挺简单，以我的拉丁文能力也认得出来。

“面对超凡之物，人们会感到自己的渺小。不过我没看错的话，这里并没有被忽视的意思。奥托认为超凡是‘完全的它者’，人类见到它们，会感到‘彻底的讶异’。如果宗教人士也愿意用这种词来描述庄严啊、神圣啊之类的东西，我倒是乐于接受。这就像你在不停地收听电波，但你没想过居然真的会有信号传来。我猜所有科学都能激起类似的敬畏感。

“现在听听这个。”艾莉读道：

百年来，许多哲学家和社会学家都说超凡之物已经消失，宗教将迎来

消亡。一项对宗教史的研究表明，宗教的形式发生了改变。对于宗教的性质和表现方式，人们从来没取得过一致的看法，不管人们[1]

“当然，又是篇男性至上主义者写的文章。”艾莉评论道。然后，她继续读了下去：

不管人们有没有处在全新的形势之下——传统上，我们认为超凡神圣之物存在，但现如今，我们完全抛弃了老一套，转而发展起对终极价值结构的认知。

“所以呢？”德·希尔问道。

“所以我认为，制度化的宗教就是用条条框框限制住你，不让你直接感受到那些超凡的事物——打个比方，通过6英寸口径的望远镜观察星空。如果对超凡的感知是宗教的核心，那么，到底谁更有宗教信仰呢？是官僚制度化教派的教徒，还是对科学不懈探索的人？”

“咱们来看看能不能说得更直接点。”德·希尔回道。这个句子原本是艾莉的口头禅，现在被他给学去了。“在一个懒洋洋的周六下午，一对裸体的男女躺在床上，阅读《大英百科全书》，并争辩仙女座星系是不是比耶稣复活更‘超凡’。你说，他们真的知道什么叫享受生活吗，嗯哼？”

1.这里的“人们”，原文为man，亦有男性之意。

CONTACT

第 二 部 分

机器

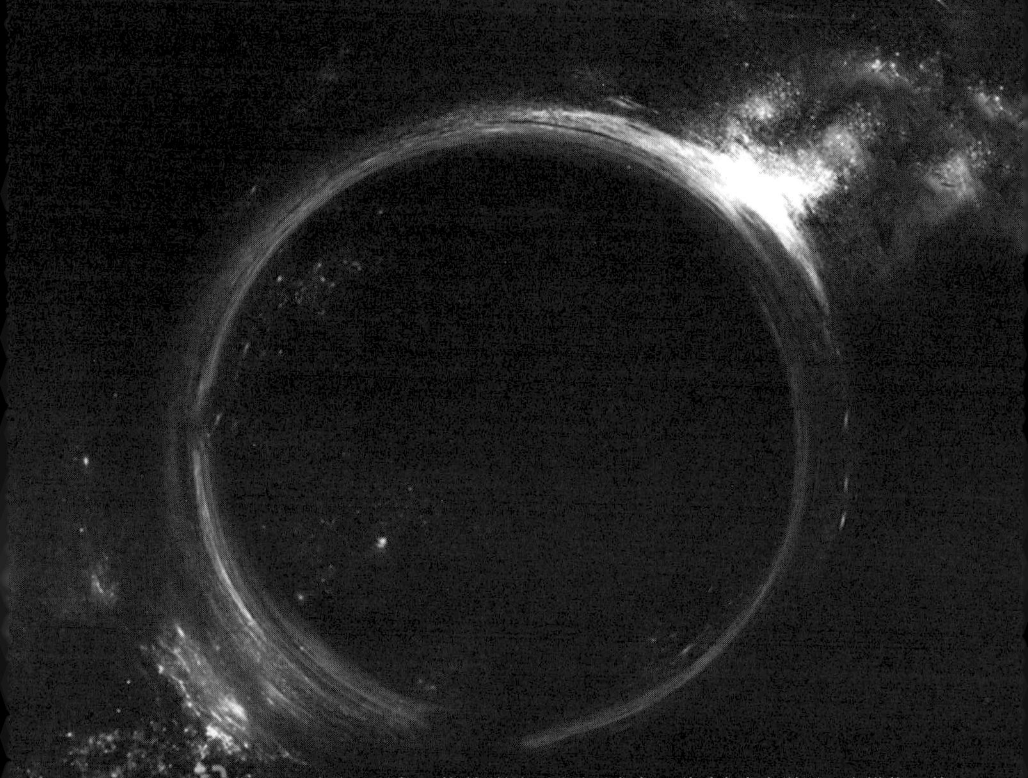

万能的讲师通过宇宙的结构，将科学原理展示了出来，引诱人类去学习、去模仿。他仿佛在对我们这颗星球上的居民说：“我造了大地，使人类得以容身；我造了苍穹群星，授人类以科学与艺术。现在，你们终于能过得舒舒服服，从我慷慨的恩赐中学习该如何与邻为善了。”

—— 托马斯·潘恩，《理性时代》（1794）

10.
地轴进动

我们相信的诸神，会不会只是虚假的梦和谎言？会不会就是我们在不经意间，随手改变着世界？

—— 欧里庇得斯，《赫卡柏》

事情的发展出乎意料。

艾莉原以为帕尔默·乔斯会来阿尔戈斯基地观察接收电波的射电望远镜，参观满是磁盘磁带——它们记满了这几个月信号数据——的大房间，提些科学问题，检查由数不清的0和1生成的信息。它们印在纸上，尚未得到解读。艾莉可没想过她得花几个钟头去和人讨论哲学和神学。问题是乔斯拒绝了来阿尔戈斯的邀请。他说他想研究的不是磁带，而是人的品性。彼得·瓦莱里安才是参加这种会面的最佳人员：他谦逊有礼、擅长沟通，又笃信基督，可是总统显然会拒绝她的提议；她希望那是场两人的面谈，而艾莉必须是其中之一。

由于乔斯的坚持，会面地点定在了加利福尼亚莫德斯托的圣经科学研究博物馆。艾莉瞟了眼德·希尔和隔开图书馆会议室与展览区的玻璃墙。就在薄薄的玻璃外面，有个石膏印模。它的原始样本据说是来自红河地区的砂岩，上面不但有恐龙的深深足印，边上还能看到一串拖鞋印。按照标牌的说法，这证明了人类和恐龙共存过一段时间，至少在得克萨斯如此。你要是再想远点，还能得出中生代就有制鞋工这一行当的结论。对这一遗迹，标牌总结说它证明了进化论只是场骗局。当然了，许多古生物学家会说那块砂岩才是场骗局，不过两个小时以前艾莉看到石头时，并没有直接把话挑明。

这里正在进行一场名为“达尔文之谬误”的大型展览，脚印化石只是其中的一部分。化石的左边有个傅科摆，它从科学角度证明了地球的自转，看来没人对此有争议。而往右瞅，你能在一个小讲台上看到松下全息仪投下的三维图像，将那些史上最出名的神学家们的话语，直接传达给了信众。

不过它们再怎么直接，也比不上比利·乔·兰金，后者就坐在她对面。直到最后一刻，艾莉才知道乔斯邀请了兰金牧师。这让她感到很吃惊，因为他们两人在神学上一直争论不休，争执的题目包括基督是否即将降临、审判日会不会一起到来、神迹对教会到底意义何在等等。不过最近媒体说，为了美国基要主义社团的利益，他们进行了和解。美苏两国恢复邦交的迹象，好像对世界各地的纷争都产生了影响，可能这也是其中之一吧。至于今天在这里进行会面，大概是帕尔默·乔斯为了和兰金和好而做出的努力。很明显，如果这次谈话在科学上出现了争议，兰金会拿身边的展品当论据来证明自己的观点。现在会面已经过去了两个钟头，兰金对艾莉采取的策略依然是一会儿唱红脸，一会儿唱白脸。他的衣服裁剪完美，指甲也刚刚修过，这会儿脸上笑容灿烂，和一旁的乔斯对比鲜明。乔斯面无表情，半耷拉着眼，脑袋略略下垂，似乎在祈祷。他没必要多废话。到目前为止，兰金说的东西——除了他更慷慨激昂以外，艾莉猜——和乔斯的电视讲话没多少区别。

“你们科学家太害羞了。”兰金说，“喜欢把你们的光藏在篮子里。只看标题，你永远也猜不到文章到底要讲什么。爱因斯坦关于相对论的第一本著作叫作《论动体的电动力学》，他把 $E=mc^2$ 放在显眼位置了吗？没有。‘论动体的电动力学’，哼。如果上帝在科学家面前显灵，比方说开什么科学大会的时候，肯定会有人写文章给它起名叫作《论空气中的树状自燃现象》。文章里会列一大堆方程式，提出什么‘能量假说’，但对于上帝只字不提。”

"你看，你们科学家实在太多疑了。"从兰金微微侧头的动作来看，艾莉推断他把德·希尔也算在里面。"你们总是质疑一切，至少想质疑一切。你们好像从来没听说过什么叫'适可而止'或者'只要没坏就别修'。你们就是想弄清楚事情是不是符合你们说的'正确'。而这'正确'与否，只能通过你们的经验、你们的数据、你们那些看得见摸得着的东西来判断。你们的世界里就没有属灵的空间。从一开始，你们就把和宗教相关的一切给排除在了外面。我不信任科学家，因为科学家不信任一切。"

艾莉相信兰金已经把他的话讲得很清楚了，虽然他是所有通过电视布道的人里最愚蠢的那个。艾莉想。不，不是蠢，她纠正自己，兰金只是觉得他的教区居民都是蠢货而已。从掌握的资料来看，他本人其实挺聪明。她应该做出怎么样的回答？德·希尔和博物馆员工正在记录他们的对话，虽然双方都说对话录音不会公之于众，艾莉还是担心如果她讲出自己的想法，会给阿尔戈斯项目或者总统造成困扰。问题是兰金越来越咄咄逼人，而德·希尔和乔斯都没有干涉的意思。

"我猜，你想要一个回答。"她听见自己说，"对于这些问题，科学界其实没有预设什么'官方'立场，我也不会假装自己能为所有科学家，甚至阿尔戈斯项目组的那些人代言。但如果你愿意，我可以发表些自己的观点。"

兰金郑重地点点头，露出似乎是鼓励的笑容。乔斯依旧没有任何反应。

"我希望你明白，我没有攻击任何人信仰的意思。就我而言，你有权相信任何教义，即使它明显错得离谱。你说的很多事情，还有乔斯牧师说的那些——我几个礼拜以前，看了你的电视演讲——没法简单地驳斥回去。这需要我费点儿劲。但请让我解释，为什么它们是不可能的。"

到目前为止，艾莉想，我还是个保持克制的好灵魂。

"你们反感科学的多疑，但怀疑论之所以存在，是因为世界很复杂，很精妙。人们的第一印象不一定正确。而且人们擅长自我欺骗，科学家也不例外。好多臭名昭著的糟糕学说都得到过科学家，出名的科学家，甚至鼎鼎有名的科学家的支持。当然，还有政治家。备受尊敬的宗教领袖也一样。我可以举两个很切题的例子：奴隶制，还有纳粹的种族主义。科学家会犯错，神学家会犯错，人人都会犯错。这是人性的一部分。就像你会对自己说的：人非圣贤，孰能无过。

“我们避免错误，至少尽量减少犯错可能的办法，就是保持怀疑。你要去检验那些说法，要用严格的标准去审视它们。我不相信世界上存在什么‘公认的真理’。你只有倾听不同的声音，让那些有所怀疑的人去检验那些论点，真理才会得到显现。这就是整个科学史得出的经验。这不是一条捷径，但它看起来是唯一行得通的办法。

“在我看来，宗教有许多内容值得商榷。你瞧，很多基督徒认为宇宙年龄有限，按照外边展览上的说法，有不少基督徒，包括好些犹太教徒和穆斯林觉得宇宙只有六千年。但在印度教的观点里——这也是一个最主流的宗教——宇宙的历史长得没有尽头，它已经经历了无数的创造与毁灭。宇宙的历史要么有限，要么无限，这两个说法不可能全是对的。你们在外面的那些朋友——”艾莉朝玻璃门的方向示意了一下。门外，几个博物馆员工正从“达尔文之谬误”的横幅下经过——“应该去跟印度教徒争一争。上帝告诉他们的事情，和告诉你们的好像有点不太一样。可你们只愿自顾自地说话。”

是不是有点言重了？她问自己。

“主流的几个宗教在许多认识上都相互矛盾。你没法认为它们都是对的。那有没有可能，它们全都错了呢？你知道，这个可能性是存在的。你肯定想知道真相，对吧？那么简单了，要从那些彼此不同的观点里胜出，最好的方法就是怀疑论。其实我对某个新科学观点的怀疑程度，并不比对你所信仰的宗教更少。只不过在工作中，我们管新观点叫假说，而不是天启或者感悟。”

乔斯动了动，不过答话的依然是兰金。

“上帝在《旧约》和《新约》做出的很多启示，已经得到了兑现。《以赛亚书》的53节、《撒迦利亚书》的14节、《历代志》的17节都预言了弥赛亚的降临。《弥迦书》的第5节还更是指明了他将在伯利恒诞生。至于他是大卫王子孙一事，已经在《马太福音》的第1节和——”

“《路加福音》里写了。不过这事情挺尴尬的，不是吗？因为这些预言有出入。马太和路加写的耶稣家谱完全对不上号，更糟糕的是，他们追溯的还是大卫王到圣约瑟的血脉，而不是大卫王到圣玛利亚。你们不会怀疑上帝才是圣父这点吧？”

兰金自顾自地说了下去。他可能没明白艾莉的意思。“……耶稣的职事和蒙难写在了《以赛亚书》的第52、53节，还有《诗篇》的第22节。《撒迦利亚书》的第11节里，明确地指出了他会因三十枚银币而遭到出卖。如果你是个诚实的人，就不能忽视这些已经得到验证的预言。

“对于我们的时代，圣经也有所提及。以色列和阿拉伯、歌革和玛各、美国和俄罗斯，还有核战——所有这些都写在圣经里了。你不用当上出色的大学教授，只要稍微有点常识，就能看出来。”

“你们的问题，”艾莉答道，“出在了想象力过剩上。这些预言——它们中的绝大多数——都模棱两可、闪烁其词，能得出各种各样的阐释。而那些把话说得再清楚不过的，你们也混淆了它们的本意——耶稣对信徒允诺过天国将在他们一些人还活着的时候降临。不要跟我说什么神的国就在你们心里，听众只会从字面意思上进行理解。你们只愿意引用符合自己见解的段落，把其他的抛一边，而且还利用了人们渴望预言得到实现的心理。

“可是想一想，上帝——无所不知、无所不能，又慈悲为怀的上帝——如果真想留话给后来人，不让摩西的血脉质疑他的存在，那应该不费吹灰之力才对。他只要让人们牢记几个高深莫测的词，一直传承下去……”

乔斯难以察觉地动了动。“比如？”

“比如‘太阳是恒星’或者‘火星是个只有沙漠和火山坑的贫瘠地方，就像西奈’，再或者‘运动中的物体不受外力影响，会一直保持该运动’，还有，嗯，让咱们来看看——”艾莉刷刷几笔，在便签本上算了算——“‘地球的质量是一个儿童的100万乘以100万乘以100万再乘以100万倍’。另外——我想起来了，你们对狭义相对论有误解，虽然它每天都能在粒子加速器和宇宙射线里得到证实——那这个怎么样？‘没有的绝对的参照系’？甚至‘你的速度快不过光’也行嘛。随便说点三千年前人们不知道的东西就行。”

“还有么？”乔斯问。

“真要说，那可就多到数不清了——至少每条物理定律都能编点神叨叨的话出来。让我想想……‘再小的石子也蕴含了光与热’‘地上的路只有两种，但磁石是第三种’。我想说的是，引力遵循平方反比定律，而磁力遵循立方反比定律。生物学上嘛——”艾莉对德·希尔点点头，不过他好像打定主意要保持沉默，“‘生命的奥秘在于两条交织的线’怎么样？”

“挺有趣的。”乔斯说，“当然，你说的是DNA。不过啊，你知道医学工作者们的标志长什么样吗？军医领子上就有。我们叫它墨丘利之杖，它的形象是两条交织在一起的蛇，完美的双螺旋结构。它自古以来就是延续生命的象征。这不就是你说的那种预言吗？”

“准确来说，那是种交织结构，和双股螺旋不太一样。再说了，那么多的符号、预言、民间传说和神话，总有几个会恰好和眼下的科学观点对上号。不过我没法把话说死。有可能你是对的。也许墨丘利之杖就是上帝留下来的信息。但它不是基督教的符号，或者如今某个主流宗教的符号。我想，你大概不会认为上帝只跟古希腊人交流吧？所以我的意思是，如果上帝真要留给我们什么信息，他没必要只采用写写画画的方式，他完全可以做的更好。为什么不搞个绕地球飞行的超大十字架呢？为什么不在月球上刻下十诫呢？为什么上帝在圣经里的形象这么清晰，现实中却难觅难寻呢？”

出乎艾莉的意料，乔斯居然发自真心地笑了起来，他显然准备好了答复的话语，只是出于礼貌继续等着艾莉滔滔不绝地说下去。

“还有，你为什么觉得上帝抛弃了我们呢？按照你们的信仰，他每隔一礼拜的周二都会跟族长和先知们聊天。你们说他无所不知、无所不能，那他直接跟我们对话，也用不着费更多的气力啊？至少每代人应该出现个几次吧！所以到底是怎么回事呢，朋友们？为什么我们没能直截了当地看到上帝呢？”

“我们当然能。”兰金饱含感情地说，“他就在我们身边回应着我们的祈祷。这个国家里数以千万计的人见证了他荣耀的恩典。圣经对我们述说的话语，和摩西、耶稣的时代一样清晰。”

“哦，得了，你知道我的意思。燃烧的荆棘、火焰的立柱都在哪儿呢？天上也没传来‘我是自有永有的’这种话啊？上帝既然能以更直接的方式彰显自身，为什么要采用那么微妙可疑的办法？”

“你发现的，不就是来自天上的声音吗？”艾莉停下来喘口气的时候，乔斯漫不经心地回了一句。他抬起头，直视着她。

兰金立刻明白了乔斯的意思。“没错。这正是我要说的。亚伯拉罕和摩西没有收音机和望远镜。他们不可能在FM调频上收到神的话语。所以有可能，今天上帝正在以不同的方式对我们说话，好让我们有新的启发。不过也有人说，发来信息的并不是上帝——”

“而是撒旦。对，我听过这个说法，真够疯狂的。我们先不谈这个可能吧。先假设那是上帝的话语，你们的上帝。问题是，基督教里上帝回应祈祷者的方式，会是把他的话重复一遍吗？”

“我不会管纳粹新闻短片叫祷告文。”乔斯说，“你说过，那只是为了引起我们的注意。”

“那么，你怎么看待上帝联系了科学家，却没找传道者这件事的呢？”

“上帝一直在跟我对话。”兰金弯曲食指，扣了扣他的前胸，“乔斯牧师也是如此。上帝告诉我，天启就在眼前。等审判日临近，我们会感到无上的喜悦，作为获选者升天——”

“他跟你说了要通过无线电波宣布这事吗？你能录下和上帝的对话吗？或者通过别的方式证明确有此事？还是说，我们只能听信你的一面之词？为什么上帝要把这消息通知射电天文学家而不是善男信女？而且你不觉得奇怪吗？两千年来，上帝的第一条信息居然是质数……加上阿道夫·希特勒 1936 年奥运会上的录像？照这么看，上帝一定很幽默。”

“上帝想变什么样就变什么样。他无所不能。”

德·希尔清晰地察觉到两人间升起的敌意。“呃，请容我提醒大家，我们进行这场会面有个明确目的。”他说。

肯这是打算当和事佬了，艾莉想。他偶尔会显得很勇敢，但那都是在不用担责任的时候。他那些大胆的发言……也就只敢私下说说。只要跟政治沾上边，特别在作为总统代表的情况下，他会变得非常圆滑，甚至愿意跟魔鬼妥协。艾莉劝自己保持冷静，别胡思乱想。

“还有一件事。”她抛开有关德·希尔的思绪，“如果那是上帝的信号，为什么它只从一个地方传过来——而且恰好是地球近旁一颗特别明亮的恒星那里？为什么不像宇宙微波背景辐射那样，同时从所有方位传过来？从另一个恒星系发消息过来，只会让人觉得那是其他文明的电波。无所不在的信号才是上帝的话语。”

“只要他愿意，上帝能从小熊星座发信号过来。”兰金涨红了脸，“抱歉。可你有点惹毛我了。我再重复一遍，上帝无所不能。”

“兰金先生，你把所有不知道的事情都归给了上帝。对你来说，上帝就是用来应付世界上一切未解之谜、所有智力挑战的法宝。只要说是上帝做的，你的脑子就动都不用动了。”

“女士，我来这边可不是为了受辱……”

“‘来这边’？我还以为你住这呢。”

“女士——”兰金似乎要下意识说点什么，但他又想了想，深吸了一口气，然后才说道，“这是个基督教国家，基督徒对于这个问题有着清楚的认识。确保神的圣言得到理解，是我们神圣的职责……”

“我也是基督徒，但我不希望由你来为我代言。你的这种宗教狂热，怕不是从公元 5 世纪过来的吧。后面人类还经历过文艺复兴和启蒙运动，你那时候干吗去了？”

乔斯和德·希尔都坐立不安起来。“拜托，”肯望着艾莉恳求道，“如果我们不多讨论点原本议程上的话题，就完不成总统的要求了。”

“是你要我‘坦率交换意见’的。”

“差不多中午了。”乔斯插话道，“我们不如休息一下，去吃个午饭？”

图书馆会议室外面，艾莉倚靠在傅科摆的围栏上，跟德·希尔低声地聊了起来。

“我想狠狠揍一顿那个自以为是、目中无人的家伙……”

“为什么啊，艾莉？跟蠢货有什么好争的？”

“如果他懂得闭嘴的话，的确没有。可他正在毒害上百万的人。”

“亲爱的，他也是这么看你的。”

和德·希尔吃完午饭回来，艾莉注意到兰金在刻意忍耐，先开口说话的乔斯则热情过头。

“艾罗维博士，”他说，“我知道你急不可耐地想把你的发现展示给我们看，而且，你也不是来这里讨论教义的。不过且听我一言，你的话很尖锐。我不记得兰金兄弟上一次在信仰问题上这么激动是什么时候的事了，至少有个几年了吧。”

他瞥了眼他的同事。兰金正心不在焉地对着一个黄色的便签本涂涂画画。他的衣领宽松，领带也解开了。

“今天早上有一两件事让我印象很深。你说你是基督徒。我能问下吗，你觉得自己是哪种基督徒？”

“你知道的，这可不是我接受阿尔戈斯项目主管职位时的职位说明。”艾莉轻快地答道，“我愿意成为基督徒，是因为耶稣是个令人钦佩的历史人物。他的登山宝训是史上最伟大的道德声明，也是最好的演讲之一。我相信‘爱你们的仇敌’甚至是最终解决核武问题的关键。我希望他能活到今天，那样对全世界的人都好。不过，我认为耶稣只是人类，虽然是一个伟大的人、勇敢的人、富有洞见能力的人，但他不是神、神子或者神的侄孙。”

“你不愿信仰上帝。”乔斯直截了当地说，“你觉得自己能成为一个不信神的基督徒。让我再问你一遍：你信上帝吗？”

“这个问题模棱两可。如果我说不，那么我的意思到底是我确信上帝不存在，还是我不确定他的存在？这两个概念大相径庭。”

“那咱们来看看，它们是不是真的大相径庭，艾罗维博士。我可以直接叫你‘博士’吗？你相信奥卡姆剃刀，对吧？如果一个问题同时存在多个合理的解释，就挑最简单的那个。你会说，整个科学史都支持你的观点。现在你严重怀疑上帝是否存在——至少已经怀疑到了不愿意拥抱基督信仰的地步——那么接下来，你就会开始假设如果上帝不存在会怎样：一个众生繁衍，但没有上帝的世界；一个死后也见不到上帝的世界。上天既不惩恶，也不扬善。你不得不告诉自己，无论圣人、先知，还是所有曾经来过这世上的忠实信徒，都是蠢货。你可能会说，他们欺骗了自己。我们之所以降生在这样的世界上，其实没有任何原因——我是说，没有任何目的。只是原子间偶然的碰撞，对吧？包括人类身体里的那些个小原子。

“在我看来，那会是一个充满仇恨的堕落世界。我不想生活在那样的地方。问题是，既然你能假想出这样的世界来，那坦诚地接受上帝不存在，不是更简单吗？干吗还当骑墙派，理客中？你并不真心相信奥卡姆剃刀，你对这个问题认识不清。如果你是个彻彻底底的科学家，能想象出没有上帝的世界，那你怎么可能是一个不可知论者呢？就不能坦率地当一个无神论者吗？”

“我猜，你接下来准备跟我争辩说上帝存在是个更加简单的假设。”艾莉答道，“这是个很棒的出发点。如果这仅仅是科学讨论，我很欣赏你的逻辑，乔斯牧师。科学本质上就是检验和修正假说。如果自然法则能在不受超自然力量的干预，或者抛开上帝存在假说的情况下解释一切，那么我愿意自称无神论者。但只要出现了任何与之不符的情况，我就得抛开无神论的论调了。如今我们完全有能力去寻找自然法则中存在的漏洞。我之所以不称自己为无神论者，因为它不仅仅是个科学问题，而且涉及宗教和政治。科学‘先假说再检验’的本质并没有覆盖到这些领域。你不能把上帝当作假设。你觉得自己掌握了真相，所以我会指出你可能遗漏的一两件事。不过如果你要直接问我，我也会很愉快地告诉你：我不确定自己是对的。”

“我一直认为，不可知论者就是不肯正视自己观点的无神论胆小鬼。”

“不可知论者也可以是虔诚的教徒，只是这些人很清楚人类多么容易犯错而已。我说自己是不可知论者，只是因为我没有足够的证据证明上帝存在——至少是你信仰的那位上帝——但也没有足够的证据能否定他的存在。现在犹太教徒、基督徒和穆斯林只占了世界总人口的多半，这就证明了你们的神，缺乏令人信服的理由，要不然人人都皈依同一个宗教了。让我再说一遍，如果你们的神想说服我，那他可得再加把劲。”

“反过来可以看看那条信息的存在感有多强。”艾莉说，“全世界都收得着它。只要是射电望远镜，不管它们所处的国家有着什么样的历史、什么样的语言、什么样的政体、什么样的宗教，都能从天空的同一个地方，收到了有着同样频率、同样偏振调制的同样电波。穆斯林、印度教徒、基督徒，还有无神论者接收的信息一模一样。任何人要是对此持怀疑态度，都可以连上射电望远镜——甚至用不着大型望远镜——去亲自看一看。”

“你在暗示电波不是上帝发来的？”兰金说。

“当然不是。它只是织女星的文明发过来的。对方可以把电波信号调制得很清楚，但和你口中的上帝相比，能力无疑要小得多。话说回来，上帝真要跟我们对话，他几千年前就能通过口头故事代代相传，或者留下什么古代文献做到了，根本犯不着给我们留争辩的余地。”

艾莉顿了顿，但乔斯和兰金都没有答话，于是她继续说了下去，想把话题往数据方面引。

“我们不如别着急下结论，等到解码工作取得更多进展以后再说吧，怎么样？你们想不想看到那些数据？”

这一次很顺利，他们没有反对。然而艾莉能拿出来的文件，尽是没有规律的 0 和 1，既不能教人知识，也没法带来启发，她只能详细解释了信息里可能是分页符和导读的部分。艾莉和德·希尔很有默契，谁也没提苏联方面认为这可能是张机器蓝图的看法。那充其量只是个猜测，迄今没得到苏联人的公开讨论。那之后，艾莉描述起织女星本身的情况，包括它的质量、表面温度、颜色和地球的距离、寿命，以及 1983 年红外天文卫星发现的小行星环带。

“可是，除了是天空中最亮的星星之一外，它还有别的特殊之处吗？”乔斯问道，“或者其他可以和地球联系在一起的特点？”

“嗯，就恒星的性质，或者其他类似的东西而言，我是想不出来了。不过可以顺带提一句，1万2千年前，织女星是北极星，1万4千年以后，它还会再次成为北极星。”

“我以为北极星就是那个叫‘北极星’的星星。”兰金还在涂鸦，说话的时候头也没抬。

“这几千年是没错，不过它不会永远在那里。地球像个旋转的陀螺，地轴在以非常缓慢的速度画着圈。”艾莉拿起铅笔当作地轴示意了一番，“这个叫作岁差，又叫地轴进动。”

“是罗兹岛的希帕克斯发现的。”乔斯补充道，“公元前2世纪。”对他来说，这些知识好像可以随手拈来。

“完全正确。所以现在呢，”艾莉说，“从地心到北极画条线，它的箭头就对着那颗被我们叫作北极星的恒星。它位于小北斗，或者说小熊星座里。咱们吃午饭前，你好像才提到过那个星座，兰金先生。地轴在缓慢旋转的过程中，会指向天空的不同区域，而不是固定的北极星。这个朝向会在2万6千年里画出一个完整的圆。如今北极星距离北极很近，近到可以拿来导航，但1万2千年以前，它刚好指向了织女星。但这并不算什么真的联系。恒星在银河系的分布方式，和地轴23.5度的倾角毫无关系。”

“1万2千年前，就是公元前10 000年。那时候人类的文明才刚刚起步。是这样吧？”乔斯问道。

“除非你认为地球是公元前4004年才被创造出来的。”

“不，我们并不这么认为，你也这么想吧，兰金兄弟？我们只是觉得地球的年龄未必真的如科学家所说。在这个问题上，你也许可以叫我们不可知论者。”他露出了迷人的微笑，“照这么说，1万年前古人在地中海或者波斯湾航行时，为他们指路的是织女星？”

“当时距离我们最近的冰河期还没过去，航行可能为时过早。但差不多就在那段时间，猎人们跨过白令陆桥进入北美。有这样一颗明星在正北方指路，他们可真是幸运——如果你们愿意，甚至可以管它叫上天的恩赐。我敢打赌当时很多人就因为这个巧合而幸存下来。”

“这可真是有趣。”

“希望你们明白，‘上天的恩赐’只是个比喻，我没有别的意思。”

“我们没那么想，尊敬的小姐。”

乔斯打了个手势，示意下午的对谈快要结束了，而他并未感到不悦。然而兰金似乎还有些话要说。

“在你眼里，织女星能当上北极星居然无关神的旨意，这真让我吃惊。我是个信仰坚定的人，不用额外找什么证据，不过每当新的事实出现，它们都能使我的信仰更加坚定。”

“那好吧，我猜你今早没仔细听我说话。我们并没有在比谁的信仰更坚定，你也不能想当然地认为自己是赢家。到现在为止，你还没有对自己的信仰进行过考验，是吧？而我呢，很愿意去做那样的事。来，看看窗外，那里有个傅科摆。摆锤至少得有个 500 磅重。我的信仰告诉我，那个摆锤的晃动幅度——就是它离垂直位置的距离——永远只会缩小，不会增大。我愿意把摆锤放在我鼻尖，然后松手，等它荡回来。如果我的信仰错了，那个磅的铅锤就会糊在我脸上。来啊，你不是想要测试我的信仰吗？”

“说真的，没这个必要，我相信你。”乔斯说道。但一旁的兰金露出了很感兴趣的表情。他在幻想她挨上那么一下会是个什么模样。艾莉想。

“可是，”艾莉继续说道，“你们愿不愿意在相同的位置再向前一尺，祈祷上帝来减少摆锤的振幅？如果你们的祈祷完全落了空，如果你们教导的完全不是上帝的话语，那该怎么办？如果那是魔鬼的杰作，或者纯粹是人类的发明，你们又该怎么确定？”

“信念、灵感、启示、敬畏，”兰金回答，“不要以己度人。你拒绝了主，并不能阻止其他人承认他的荣光。”

“你瞧，我们都渴望奇迹。这是人类的本能。科学和宗教都与之密切相关。我想说的，只是我们没必要在这个基础上编故事，没必要夸大其词。现实里多的是让人惊叹不已的奇观，大自然比我们更擅长创造奇迹。”

“也许我们都是通往真理之路上的旅人。”乔斯说。

有了这句乔斯充满希望的话当结尾，德·希尔优雅地站起，准备和艾莉一道离开。会场气氛紧张，但双方依旧保持着礼貌。艾莉并不清楚他们这番对谈到底有没有起到效果。如果来的是瓦莱里安就好了，他办事更有效率，也不会这么咄咄逼人，艾莉想。她希望自己能再克制一点。

“这真是非常有趣的一天，艾罗维博士。我向你表示感谢。”乔斯的态度又变得疏远起来，他似乎有什么心事。不过，他还是热情地跟两人握手道别。艾莉和德·希尔向等候着他们的政府车辆走去时，路过一个色彩斑斓的立体展品。它的标题是“宇宙膨胀的悖论”，上面写着“我们的上帝活得很好。至于你们的，很抱歉”。

艾莉低声对德·希尔说：“如果让你的工作更困难了，我表示道歉。”

“别这么说，艾莉，你做得很好了。”

“帕尔默·乔斯是个很有魅力的家伙，我想我没怎么说服他，但我告诉你，他差点说服了我。”艾莉开玩笑道。

11.
世界大消息协会

我们的世界被各个国家割据，剩余的那一小部分被瓜分、被征服、被殖民。想想那些夜晚抬头所见的群星，想想那些我们从未抵达的广阔世界吧！如果可以，我真希望能得到那些星球。这个念头老在我脑中徘徊。看到它们如此清晰，却如此遥远，我真是感到悲伤。

—— 塞西尔·罗兹，临终遗嘱（1902）

从桌子边上的窗子往外望，外面大雨如注。一个行人被浇得湿透，他竖起衣领从街上匆匆经过。店老板已经支起条纹雨篷，护住了门面边的一桶桶牡蛎。这些牡蛎照着大小和品质分开摆放，算是他家招牌菜的街头广告。这家店的法语名字叫“在神家中”，里头既暖和又舒适，是个谈天的好地方。因为天气预报说是晴天，艾莉既没穿雨衣，也没带伞。

和往常一样，维戈已经找了个新话题，正兴致大发：“我朋友米拉是个脱衣舞女——这个词我没说错，对吧？她在你们国家的一个歌舞团工作，专门给那些聚会啊、会议啊之类的助兴。米拉说她脱衣服给那些工人阶级看的时候——比方说工会会议——他们会变得如痴如狂，满嘴胡话，还想跳到舞台上来。但轮到给医生和律师表演时，那些人坐在台下一动不动。嗯，她告诉我，实际上还有些人会舔自己的嘴唇。我的问题是：律师比炼铁工更健康吗？”

维戈的女性朋友分布在各行各业，这向来不是秘密。他对待女人的态度总是非常地直接和露骨，难免会遭到许多女性的抗拒，不过也有些人反而会接受他的直爽。艾莉是个例外，这让她既高兴，又有些恼火。但不管怎么说，他有米拉这样的朋友，还是让人有些意外。

直到上午最后一刻，他们还在对比各种记录，讨论新的数据。电波的接收已经进入了一个重要的全新阶段：那些电波的传输方式，就像印在报纸上的有线传真照片，每张图片都是一个光栅阵列。构成图片的黑白小点，是两个质数的乘积，而质数本来就是信息的一部分。这样的图表有好大一堆，它们一张紧跟着一张，完全没有插在正文里的意思，就像是书末的插图表。不过图表过后，那些难以理解的文本重新出现。从一部分图表的结构来看，维戈和阿尔汉格尔斯基大概是对的，至少电波的一部分和工业相关，它们是搭建机器用的蓝图，虽然机器用途不明。明天，世界大消息协会第一届会议要在爱丽舍宫召开全体会议，艾莉和维戈终于能拿出点项目进展细节给与会各国的代表看看了。不过信息是机器图纸的流言，已经传遍世界。

午餐时，艾莉复述了一遍她跟兰金和乔斯会面的经过。维戈专心致志地听着，什么也没问，就好像她在坦承什么不得了的八卦，而这引起了他的一连串联想。

“你那个叫米拉的朋友是个脱衣舞娘？还在国际场合演出？”她后来换了个话题。

“沃尔夫冈·泡利在女神游乐厅[1]发现了不相容原理。作为一个物理学家，我觉得我也得多去去巴黎。这就是我对泡利表达敬意的方式嘛！但不知道为什么，我要是单拿这个理由去申请出国，我国的官员永远不同意，所以我每次都得顺带做点无聊的物理课题。作为自然法则的学徒，去那种场合寻求顿悟是很自然的事。我和米拉就是这么遇上的。”

突然间，维戈的语气从调侃变成了一本正经。“米拉说美国的白领性压抑，而且不断受到自我怀疑和负罪感的困扰。”

“说的没错。那米拉又是怎么评价俄罗斯技术人员的呢？”

“哦，这类人里，她只认识我。所以当然啦，她给出的评价很高。其实明天我宁可跟米拉待在一起。”

1.女神游乐厅：巴黎一家咖啡馆音乐厅，时有脱衣舞表演。

“可是你所有朋友都要出席会议。”艾莉轻声说。

“是啊，幸好你也要去。”他有些愁眉苦脸。

“怎么回事，维戈？”

隔了好久，他才犹疑着回答：“可能纯粹是我多虑……但如果那消息真是机器设计图呢？我们该不该把它造出来？谁来造？所有人都参与吗？还是就世界大消息协会？或者联合国？几个国家会不会彼此竞争？如果造价贵得要死呢？谁来买单？他们愿意买单吗？如果机器不工作呢？制造这种机器，会不会损害一些国家的经济利益？或者其他方面的利益？”

维戈一边滔滔不绝地发问，一边把最后一点酒倒进几人的酒杯。

“哪怕信息重头开始循环，我们彻底完成了解码，效果到底又能有多好？你知道吗，塞万提斯有句话，说阅读翻译后的作品，就像从背面欣赏挂毯。我们有可能没法把信息完美地翻译出来，导致造机器的过程也出瑕疵。再说了，我们真能保证所有信息都接收到位了吗？没准别的频道还有其他电波呢。

“你知道的，艾莉，我相信在建造这台机器时，大多数人会慎之又慎。然而明天没准就会有其他人催我们立刻着手建造——我是说，在我们收到信息的导读，解码完成之后。美国代表团明天会提什么样的意见？”

“我不清楚。”艾莉慢慢地回答。不过她记得在开始接收图表后，德·希尔问过她，以地球目前的经济和技术水平能不能把机器造出来。艾莉的回答给了他些许安慰。肯这几个礼拜显得异常专心，有时甚至神经过敏。当然，他本来在这件事情上就需要担起责任……

“德·希尔和凯兹先生与你同住一家宾馆吗？”

“不。他们待在大使馆。”

事情是这样的。苏联经济的特殊性，再加上他们的领导人一直觉得该把钱投在军事技术而不是民生上，导致俄罗斯人在造访西方时一直掏不出什么闲钱。他们被迫住二三流的小酒店，甚至挤一个单间。他们西方同事住的房间相比之下要豪华得多。这对两国的科学家来说都很尴尬。就拿他们现在吃的来说，对艾莉看来不过是顿没花多少钱的简餐，然而换成维戈这种哪怕在苏联学界威望甚高的人，也是笔不小的开支。说到维戈……

“维戈，有话直说。你到底在想什么？觉得肯和麦克操之过急了？”

“有话‘直’说。‘直’真是个有趣的词；既不是右，也不是左，而是步步向前。我担心的是接下来几天里，人们会过早地开始讨论某些我们还不应该去造的东西。政治家以为我们什么都知道。可实际上呢，我们几乎什么都不知道。这种情况会带来危险。”

艾莉终于明白了，维戈想担起他那份责任去弄清楚信息本质。但如果它带来灾难，那他肯定也要担一份罪。至于个人动机，当然是没有的。

“你想让我去和肯谈谈？”

“如果你觉得合适。你和他谈话的机会多么？”他随口一问。

“维戈，你没嫉妒吧？我和肯的关系你在阿尔戈斯那会就看出来了，比我自己还早。我们确实已经在一起两个月了。你到底想说什么？”

“哦，当然不是了，艾莉。我又不是你爸或者醋坛子。我真心希望你幸福快乐。我只是看到了很多不那么愉快的可能性。”

但他没有做进一步地解释。

他们重新开始对一些图表进行初步的推理。文件越积越多，最后铺满了桌面。作为调剂，他们还谈起政治问题，包括美国国内对曼德拉的讨论——他用来拯救南非的办法引起了争议；还有苏联和东德之间愈演愈烈的骂战。和往常一样，艾罗维和卢那察尔斯基都喜欢指责自己国家所采取的外交政策，这比指责对方国家的外交政策有意思多了。在这样的谈话间，艾莉注意到外头的倾盆大雨变成了稀疏的小雨。

织女星发来电波的消息已经传遍地球的每一个角落。即使是那些对射电望远镜一无所知、对质数一头雾水的人，也听说了这样一个奇怪的故事：有声音自远方的星星而来，发出声音的既不是人，也不是神，他们的住所位于夜空之中，满月时也能看到。席卷全球的宗教运动之余，人们——世界各地的人们——对此感到无比的惊奇和敬畏。某种变化，某种近乎奇迹的事情正在发生。空气中洋溢着各种各样的可能，有什么新的东西正在诞生。

“人类开始读高中了。”美国一位报纸编辑写道。

宇宙中还有其他智慧生物。我们可以和他们交流。他们的历史可能比我们更悠久，他们可能比我们更聪明。他们发给我们的信息既庞大又复杂。人们普遍相信，电波会给我们带来巨大的启发。各个领域的专家都犯起了嘀咕。数学家担心错过什么基本法则；神学家害怕织女星的价值观不论多么扭曲，都会吸引人们，尤其是那些未经教导的年轻人；天文学家怀疑自己弄错了临近恒星的基本运行原理；政治家和政府领导人担心其他星系的权力结构和地球完全不同，继而会引发社会变革和动荡。无论织女星人有什么样的文明，它们都没有受到人类独有的制度、历史和生物特性的影响。好多我们认为的真理，会不会只是误解、特例和错误的逻辑推演呢？于是乎，各行各业的人们惴惴不安地重审起自己工作的基础常识。

抛开这些狭隘的职业焦虑，人们的情绪高涨而激动：他们正在迎来一个全新的时代。而第三个千年的临近更是起到了推波助澜的作用。世界上依然有不少政治冲突，其中的一些——比如南非危机——还很严重。但在另一些地方，幼稚的沙文主义和民族主义言论得到了明显的压制。人类这个物种的个体多达几十亿，散布在世界各地，但在前所未有的机会，或威胁面前，表现出空前的团结。在很多人看来，面对一个远比人类强大的文明时，国家间继续相互争斗是极其荒谬无聊的傻事。空气中弥漫着希望的气息。不熟悉它的人还会把它当作别的东西，比如困惑，甚至怯懦。

1945年以后的几十年来，世界各国的战略核武器数量稳步增长。领袖会换，武器系统会换，国家战略会换，唯有战略核武增长的趋势不变。到目前为止，各国核武的数量已经超过了25000个，足够把世界上每个大城市夷平十遍。随着技术的演进，核弹越来越快狠准，而且采取了“预警即发射”[1]的政策。这么多国家这么多年来支持这一策略，是因为只有可怕的风险，才能阻止可怕的愚行。然而现在人们终于有所醒悟，至少美国、苏联、英国、法国和中国已经做出表率，他们签署了一项协议。协议内容倒是没说彻底废除核武，毕竟那也太乌托邦了。不过美国和苏联都承诺说要把战略核武的数量削减至一千。协议执行的细节经过了精心的设计，确保在拆除核弹的过程中，两个超级大国都不会落入明显的劣势。等到两国的核武库存数量削减至3200枚以后，英法中三国也会开始拆除他们的库存。广岛是史上头一个遭核弹摧毁的城市，就在那块写着“安息吧，永远不会再发生了”的受难者纪念牌旁，人们签署了《广岛协定》，整个世界为此欢欣鼓舞。

每一天，美苏都会把同样数量的核弹头交到两国技术人员共同管理的特殊设施里进行拆解。被提取、记录、封存起来的钚经由双边小组运送至核电站，在那里转化成电能。这一计划以美国海军上将为名，叫作“盖勒计划”，被许多人视为铸剑为犁的终极方案。每个国家都还保留着对敌人进行毁灭性报复的能力，因此甚至连军方最终也对该计划表示了欢迎。毕竟将军们也不会希望自家孩子在战场上送命，而核战争更是背离了传统的军事美德：摁下发射按钮并不能展现人的勇气。

第一次核弹拆除仪式进行了电视直播，后来重播了不知道多少次。身穿白衣的美苏技术人员把两个黯淡的灰色金属物品推进镜头，它们约莫搁脚凳大小，一个装饰着星条旗，另一个则是锤子和镰刀。世界上有无数人

1.预警即发射：冷战期间美苏保证相互毁灭的策略之一。只要接到敌方的核攻击警告，即使核弹尚未抵达目标位置引发爆炸，也发射己方核弹作为报复。

目睹了拆除过程。之后的晚间新闻节目中会定期统计起双方已经拆了多少战略核武，还有多少等着被拆。

二十年后，这些新闻也会传到织女星。

接下来的几年里，盖勒计划一直平稳进行，几乎没有遇到任何问题。起初人们只是缩减库存里本来就累赘的部分核武，战略决策没有什么改变。但随着计划推进，那些破坏力最强的武器也被拆除了。一些专家此前还说这种事不可能发生，因为“它们违背了人性”。但塞缪尔·约翰逊[1]说的没错，死刑判决书会让人的精神面貌翻天覆地。最近的半年来，美苏拆除核武的步骤又上了一个新台阶：派出检查组，对彼此进行视察。当然两国的军方都公开表示了反对和关注。另外，联合国在调解国际争端时，产生了比以前要大得多的效果。爱尔兰西部问题和智利—阿根廷边境战争都得到了有效的解决。有人甚至认为北约和华约之间有可能签订互不侵犯条约。从某些方面来看，这不完全是天方夜谭。

受此影响，出席世界大消息协会第一届全体会议的各国代表们热情洋溢。这样的情况，人们已经几十年没见过了。

每一个国家，哪怕它们接受的电波再少，都派出了各自的科学和政治代表；出乎意料的是，许多国家还派出了军事代表。有那么几个代表团由国家政府部长，甚至国家领导人带领。

英国代表团成员包括鲍克索斯子爵，他是掌玺大臣——艾莉觉得这个职位放在今天显得很是滑稽。苏联代表团团长是科学院院长 B.Ya. 阿布齐莫夫，成员包括中重型工业部部长格斯茨里兹，阿尔汉格尔斯基也担任了要务。美国方面，总统坚持由德·希尔来率领整个代表团，虽然团队里比他位高权重的人不少，比如国防部副部长埃尔默·霍尼库特和迈克尔·凯兹等人。

1.塞缪尔·约翰逊（1709—1784）：英国历史上的著名文人，集文评家、诗人、散文家、传记家于一身。

一张巨大而精细的等面积投影地图，标示出分布在地球各处的射电望远镜，苏联的远洋跟踪船也显示在上面。艾莉扫了眼新建成的会议厅，它毗邻法国总统的办公室和休息室。这位任期长达七年，现在才刚刚进入第二年的总统，为保证会议顺利举行已经尽了全力。长长的弧形红木桌和墙面光滑锃亮，倒映着人们的脸、不同的国旗和各异的着装。艾莉分不太清那些政治家和军人，不过每个代表团里都至少有一个她能叫得出名字的科学家或工程师：澳大利亚的安农齐亚塔和伊恩・布罗德里克，捷克斯洛伐克的费得利卡，法国的布劳德、克雷毕恩和波瓦洛，印度的克马尔・钱德拉布拉马和提毗・沙库瓦提，日本的广长和松井……好些代表的技术背景里并不包括射电天文学，特别是日本的那几个。他们之所以会来参加会议，是因为本次大会的议程里可能会提出建造某种大型机器的需求，所以各国代表团的组成，在最后一刻发生了变化。

她认出了马拉泰斯塔，他来自意大利；投身政坛的物理学家贝登堡；克莱格和德高望重的亚瑟・查托斯爵士在英国国旗后面低声交谈，那种迷你旗帜会不时出现在欧洲著名度假胜地的餐厅餐桌上；西班牙的杰米・奥尔蒂斯；瑞士的佩布拉出现在会场让人有些困惑，就艾莉所知，瑞士并没有任何射电天文台；来自中国的鲍，他为中国射电望远镜阵列的组建出力良多；瑞典的温特嘉顿；沙特、巴基斯坦和伊拉克代表团的人数多得超乎意料；当然，还有苏联代表团。苏联人的群体中，娜佳・罗日杰斯特文斯卡娅和海因里希・阿尔汉格尔斯基交言甚欢。

她用了好一会儿，才在中国代表团那里找到了维戈，他正和北京天文台台长虞仁琼握手。她回忆起两人在中苏合作期间曾经是朋友，但随着两国之间往来减少，艾莉突然意识到，她可能在见证两人二十五年来的头一次见面。

“那个跟维戈握手的中国人是谁？”凯兹凑过来问道。这已经是他最热诚的表现了。过去几天来，他一直想靠这样的小动作和艾莉拉近关系——虽然艾莉觉得毫无希望。

“虞仁琼，北京天文台台长。”

“我还以为他们会恨对方到牙痒。”

“迈克尔，”她说，“这个世界比你想象的更好，也更糟。”

“在‘更好’的想象上面，你可能比我强，”他答道，“但说到‘更糟’，还是我比较专业。”

法国总统的致辞（他居然还留下来看了开幕式，这让人稍微有些惊讶）过后，艾莉、德·希尔和阿布齐莫夫以会议联合主席的身份，与人们讨论了会议的流程。接着，她和维戈一起总结起迄今为止收到的数据。因为政界和军界的代表在场，所以他们的演讲没那么专业化，只是讲解了射电望远镜的工作原理、地球附近恒星的分布，以及重写本被发现的历史。演讲最后是最近收到的图表材料调查报告，那些资料呈现在每个代表团面前的屏幕上。她详细地解释了偏振调制是如何被转化为 0 和 1，那些 0 和 1 又是怎么变成画面的，以及在绝大多数情况下，他们对画面的含义一无所知。

随着数据在屏幕上不断刷新，艾莉看到暗下来的大厅里，人们的脸映上了白色、琥珀色和绿色的光。图表错综复杂，如同分枝网络；你能看到怪异，甚至丑陋的有机物造型；完整的正十二面体；一系列书页被重新组装成精密的三维结构，在虚空中缓缓旋转；每一个神秘莫测的物体，都起了个谁也看不懂的标题。维戈反复重申这些资料在解读时的不确定性，语气比艾莉更强烈。不过他说的没错，大消息肯定是机器的建造手册无疑了。他没有提到把信息当成蓝图解读最早是他跟阿尔汉格尔斯基的想法，艾莉抓住机会补充说明了这一点。

几个月来艾莉就这个话题跟人谈了一次又一次，深知无论科学家还是普通大众，都会被信息尚未解开的部分，还有天知道是否存在的导读所吸引。可她没有料到台下会一片静默，所有人都翘首以待。维戈和她相互穿插着演讲，结束时迎来了雷鸣般的掌声。苏联和东欧代表团的掌声特别有节奏，心脏每跳一次，都会响起两到三下，美国和其他国家的人比较散漫，他们的掌声哗啦啦一片，在人群中升起一片白噪音。

艾莉感受到了一阵奇特的喜悦，她不由得思考起了双方民族性格的差异性——美国是个人主义，而苏联人喜欢抱团取暖。美国人即使成群，也会尽量和别人保持距离，而苏联人恨不得腻到一起。这是两种类型的掌声，不过美国式的明显占了上风，而这让她更加高兴了。有那么一会儿，她不由自主地回忆起了她的继父，还有她的生身父亲……

午餐后，是一系列关于数据采集和解析的演讲。戴夫·德拉姆林的发言引人注目，他对之前收到的页码重新编码，然后进行了统计分析。他认为信息包含的不仅有建造机器的蓝图，还有它组件的设计和制造方法。其中一些项目，他说，需要地球上还不存在的工业设施。艾莉目瞪口呆地听着演讲，抬手指指德拉姆林，悄声问瓦莱里安知不知道他要讲这些。瓦莱里安撅嘴耸肩，双掌往上一翻。这时艾莉看了眼其他代表，他们大多面露疲惫之色。机器材料所需的技术深度，还有迟早要做的政治决议，已经给他们带来了压力。待到会议结束，艾莉过去对德拉姆林表示祝贺，又问他为什么一直没透露风声。

“哦，我认为没必要打扰你。这只是件小事，而你当时正忙着咨询宗教狂热分子呢。”他说完就匆匆离开了。

如果德拉姆林是她的论文导师，她可能到现在也拿不到博士学位，艾莉想。他对她永远不满意，所以始终没法建立起友好的师生关系。艾莉叹了口气，想知道德·希尔是不是对德拉姆林新近的工作成果有点了解。可惜德·希尔是会议的联合主席，他得和苏联来的主席一起坐在讲台上，面对各国代表们一摞摞马蹄铁似的逐次升高的座位。因为工作原因，这几个礼拜艾莉几乎找不到时间和他私下相处。

当然了，德拉姆林确实没义务和艾莉分享他的发现，他们俩最近都在专注于自己的事情。但是跟他交谈时，除非实在被逼急了，她为什么总是愿意忍让呢？她内心肯定还隐隐把他当成自己的导师，而自己的博士学位和专研科学的机会，仿佛依旧牢牢掌握在德拉姆林的手里。

第二天早上，有个苏联代表起身发言。艾莉不认识他。“斯蒂芬·阿勒谢维奇·巴鲁达”，电脑屏幕滚出了他的名字和资料。“苏联科学院和平研究所所长；苏联共产党中央委员会委员。”

“这下要动真格的了。”她听到迈克尔·凯兹对国务院的埃尔默·霍尼库特说。巴鲁达衣冠楚楚，穿的意大利式西装裁剪精心、无可挑剔。他英文流利，几乎听不出口音。他出生于波罗的海国家，年纪轻轻就当上了重要组织的领导——和平研究所成立的目的，就是研究废除核武对国家战略造成的长期影响——还是苏联领导层“新浪潮”的标志性人物之一。

“简单来说，”巴鲁达说道，“我们接到了一条来自遥远太空的信息。信息中的大部分，都被苏联和美国获取了，但另外一些不可或缺的部分，被另外一些国家所接收。所有这些国家都派代表参加了这次会议。而这些国家中的任何一个，打个比方，就说苏联吧，都可以耐心地等信息不断重复——当然前提是它真的重复——用这种方式来补上缺失的部分。不过那么做要花上好多年时间，甚至几十年。我们没这样的耐心，所以向彼此分享了数据。

“任何一个国家——继续拿苏联举例吧——理论上都可以把大型射电望远镜送进近地轨道去接收信息。美国当然有这个能力。日本、法国或者欧空局没准也行。因为太空中的望远镜可以一直指向织女星，单个国家也能接收全部数据。问题是这可能会被视为敌对行为。美苏两国有能力击落卫星，这已经不是个秘密了。所以呢，可能是出于这种考量，我们才愿意分享数据。

“所以，合作是更好的选择。而且我们的科学家想交换的，不仅仅包括他们收集的数据，还有他们的想法，他们的推测，他们的……梦。你们的科学家想来也是如此。我本人不是科学家，而是专长政治，所以我清楚每个国家的想法。大家都小心谨慎，大家都心存疑虑。面对潜在的对手，没人会主动让利。所以，我们有了两种观点——可能更多，不过至少有这两种——其一，是把各自的数据开诚布公，相互交流；其二，是彼此争斗，想办法强过别人一头。‘你可以肯定，对方也想抢占先机。’他们是这么说的。我想，绝大多数国家都抱有这种想法。

“这场辩论的赢家是科学家。所以美国和苏联交换了数据。但请允许我指出，这些数据不够全。好在其他国家也参与进这场全球性质的交换，补足了缺陷。很高兴我们最后做出了这样的决定。”

“在我听来，这可不像‘动真格’。”艾莉对凯兹悄声说道。

“继续听呗。”他低声回答。

“但我们还有其他的麻烦。现在我就想提出其中之一，希望大家能对此加以考虑。”巴鲁达的口吻让艾莉想起昨天午饭时的维戈。苏联人葫芦里卖的什么药？

“我听说卢那察尔斯基、艾罗维博士和其他科学家都同意电波是机器蓝图的假说。如果信息真如每个人所期望的那样，周而复始地播放，那么等到它结束后，我们又能收到它开头的那些部分——英文怎么说的来着，‘导读’？假设它确实能帮助我们理解文本，再假设我们的全面合作继续展开。所有的数据、所有的想法、所有的梦想都继续得到交换……

“现在来说说织女星人。他们给地球发来信息可不是逗咱们玩的。他们希望我们能把机器造出来。他们也许会告诉我们这机器到底派什么用场，也许不会。不过即使他们说了，我们就该相信吗？我的想法听起来可能不那么令人愉快。如果那机器是个特洛伊木马呢？我们花大力气终于把它造出来，结果从里面涌出一支侵略大军呢？或者它是台末日机器，咱们摁下开关，地球就爆炸了呢？可能他们就是这么对付刚刚进入宇宙的文明的。这事情简直一本万利：只要打个电报，讨厌的暴发户就乖乖自杀了。

“我只是想抛出一个建议，一个话题，让大家换个角度来考虑这件事。毕竟我们只有一个地球，利益大体上是一致的。我的话可能比较直白，不过，把所有射电望远镜都毁了，会不会更好？”

话音刚落，台下一阵骚动。很多代表想要提问，但会议的联合主席忙着发话，提醒会议内容不能记下来或者录下来公之于众，代表们也不得接受媒体的相关采访。会议的新闻稿会由联合主席和各代表团领导人商议得出，这次讨论的内容绝对不能向外界泄露。

几个代表站起身，要求主持人澄清。“如果巴鲁达关于特洛伊木马或者末日机器的观点是对的，”有个荷兰代表喊道，“我们难道不该告知公众吗？”不过他没激活麦克风，系统认不出他的身份。因为人们还有更紧急的事情要做，他的问题也没得到解答。艾莉眼疾手快，通过面前的电脑系统申请发言。但她只能算第二位，沙库瓦提排在了她前面，跟她身后的是一个中国代表。

艾莉对提毗·沙库瓦提略知一二。她是个四十多岁的端庄女性，发型西式，穿高跟鞋，身披精致的丝绸纱丽。她开始是个医学生，后来成了印度分子生物学的顶尖专家，现在剑桥大学国王学院和孟买塔塔科学院工作。她是伦敦皇家学会里为数不多的印度人之一，因此在政治上获了不少利。她们的上次见面还是在几年前东京的一场国际研讨会上，当时人们还没收到电波，她们的地位也不如现在，写起论文来还有些战战兢兢。见到另一个来参加地外生命科学会议的女科学家，艾莉心中不由得涌起一股亲近感。

“巴鲁达先生提出的问题还真是又重要又敏感。”沙库瓦提说道，“要是大手一挥觉得不可能是特洛伊木马，那才叫奇怪。看看最近的历史，人们提这个问题自然而然，我甚至有点惊讶它过了这么久才被人提出。不过在我看来，这样的恐慌要不得。织女星人的科技发达程度，跟我们很可能不在一个水平上。哪怕是地球上的文明，技术发展也不是同步的。有的地方发展得早，有的地方发展得晚。它们中的一些能奋起直追，至少在技术方面迎头赶上。印度、中国、伊拉克和埃及发展出高级文明的时候，欧洲和俄罗斯只有最多也就是些使用铁器的游牧民，而如今属于美国的地方，人们还处在石器时代。

“至于我们面对的情况，差异恐怕只会更大。地外文明很可能比我们先进得多，至少能领先个几百年——如果不是几千年，甚至几百万年的话。你想一想，我们现在什么科技，百年以前又是什么科技。我在南印度的一个小村庄里长大，我祖母那代看到脚踏缝纫机已经觉得那是个奇迹了。如果一个文明比我们早发展了几千年几百万年，他们能做到什么？我们这个小地方有个先哲说过，‘足够先进的科技，与魔法无异’[1]。

“事实是，我们在很长一段时间里无法对他们构成任何威胁，他们对我们也不会感到一点害怕。这不是希腊人对抗特洛伊人，两边根本谈不上势均力敌，科幻片里那种来自不同星球的生物拿着差不多的武器对打的场面只是幻想。如果他们打算灭了咱们，那不管我们反不反抗结果都一样——”

“但是成本呢？”有人喊道，“你还不明白吗？这就是问题的关键。巴鲁达的意思是他们侦测到了人类的电波，决定把我们干掉。但真枪实弹打过来是件麻烦事，而电波不过举手之劳。”艾莉弄不清谁在喊话，好像是个英国代表团的成员，他的话没被音响系统放大，因为主席台那边没有

1.足够先进的科技，与魔法无异。说这话的人是阿瑟·C·克拉克。20世纪三大科幻小说家之一。

报出他的姓名。不过会议厅的回声效果很好，所有人都能清楚地听到他说了什么。德·希尔还坐在椅子里，想要维持会场秩序，他边上的阿布齐莫夫则俯过身，对着助手低声嘱咐。

“你觉得造机器是件很危险的事。”沙库瓦提答道，“但我觉得不造机器才危险。如果我们逃避未来，我会为这颗星球而感到羞耻。你的祖先——”她对着刚刚那个讲话的人摇摇手指，“——去印度和美国开荒的时候，可没这么胆小。”

这场对话可真叫人吃惊，艾莉想，不过拿克莱夫和雷利[1]来当榜样，可能欠妥了点。大概沙库瓦提对于英国的殖民行为有些敏感吧。这时候她控制器的绿灯亮起，那意味着她的麦克风被激活了。

“主席先生，”她听到自己对德·希尔讲话的口吻非常正式。这几天她一直没怎么见到自己的男友。不过他们已经约好了明天下午的议程过后就聚一阵子，她很好奇他们会聊点什么。哎呀，不对，我在想什么呢！艾莉在心里嘀咕。

“主席先生，我想我们可以分享一些与这两个问题相关的知识——就是刚才所说的特洛伊木马和末日机器。我本来打算明天上午再讨论这个内容，不过现在情况似乎有些急。”她在电脑上输入了几张幻灯片的代码，明镜似的大厅立刻暗了下来。

“卢那察尔斯基博士和我相信它们是相同三维结构的不同投影。昨天，我们用计算机模拟了这个旋转中的结构。虽然不能完全肯定，但我们相信这是机器的内部结构。对于它的大小，我们还缺乏一个比例尺，它可能长一公里，也可能得用显微镜才看得见。不过请注意，这个机器最大的内室是个正十二面体，它的内表面上均匀地散布着五个物体。这是其中一个的

1.克莱夫和雷利：罗伯特·克莱芙（1724—1775），为不列颠东印度公司在孟加拉建立起军事、政治霸权。沃尔特·雷利（1552—1618）：英国伊丽莎白时代著名的冒险家。“谁控制了海洋，谁就控制了贸易；谁控制了世界贸易，谁就控制了世界的财富，最后也就控制了世界本身”是其名言。

特写。整个内室里，就只有它们显眼。

“这似乎是个普通的填充材质扶手椅，专为人类设计。在另一个完全不同的世界进化出来的外星物种对于客厅家具，不太可能和人类有一样的喜好。这里，请仔细看，这就像小时候我妈休息室里的东西。”

实际上，那东西怎么看都像盖着花纹沙发套的沙发。艾莉心中突然感到一阵愧疚。她动身来欧洲前没有给妈妈打过电话，嗯，说实话，自从收到大消息以后，她只跟妈妈通了一两次电话。艾莉，你怎么能这样？她暗骂自己。

她的视线重新移到了那些计算机图形上。正十二面体由一个个五边形组成，而那五把椅子各自正对着五边形的边。

“我们——我和卢那察尔斯基博士——的观点是，这五把椅子是为我们，为人类准备的。也就是说，这个内室仅有几米宽，而整个机器大概十米二十米大小。要把这种东西造出来需要很强的工业实力，不过比起弄个城市大小的玩意，或者造个跟航母差不多复杂的机器来要简单得多。只要携手合作，不管它是什么，我们都很有可能把它造出来。

“我想说的是，造炸弹的时候是不会把椅子塞进去的。我认为这东西既不是末日机器，也不是特洛伊木马。我同意沙库瓦提博士的观点，或者说她的言下之意：把那机器视为特洛伊木马只能证明人类的短视和裹足不前。”

大厅里又响起了排山倒海的掌声。但这次德·希尔完全没有阻止的意思；实际上，他还解锁了那个发表反对意见的代表的麦克风。几分钟前就是那个人打断了沙库瓦提的话。他名叫菲利普·贝登博，是工党的部长，在英国摇摇欲坠的联合政府里任职。

“……根本不知道我们在担心什么。如果这真的是木马计，我们就不该把这个外星装置带进城门。大家都读过《荷马史诗》，知道不听劝的结果。只要加上点装饰，我们就不会疑神疑鬼。为什么？因为咱们受宠若惊，这些小东西收买了人心。它暗示着我们即将开始历史性的冒险，暗示我们会拥有全新的技术，还暗示着我们会被——怎么说的来着？——更伟大的存在接纳。但我想说的是，不论射电天文学家抱有多么崇高的目的，只要有那么一丝带来毁灭的可能，我们就不该把机器造出来。更好的做法就像苏联代表刚刚提出的，把所有的数据磁碟烧了，同时修改法律，把建造射电望远镜定为死罪。”

会议正朝着失控的方向一点点发展。几十个代表通过电子系统排队要求发言。嗡嗡的交谈升级成了喧哗，那声音让艾莉想起来她几年来一直在收听的静电白噪音。人人都有自己的意见，联合主席显然没法约束住他们了。

这时，那个中国代表起身发言。艾莉不认识他，他的个人资料也迟迟没在屏幕上出现，所以艾莉不得不寻求帮助。好在德·希尔的现场助手，外号“警察”的阮裴在他身后俯下身介绍道：“他叫席乔木。高干子弟。出生在长征时期，年轻时去朝鲜当了志愿兵，后来成为政府官员。“文化大革命”期间有九年没从政。不过现在担任重要职位，影响力很大。最近这段时间常常在新闻里登场。另外，他还负责主持中国的考古挖掘工作。”

席乔木是个六十岁左右的大块头。脸上的皱纹让他看起来比实际年龄老些，但他的姿势和体格又给了人一种正值壮年的错觉。他穿着一件领子带扣的中山装，这种衣服是中国政治领导人的必需品，和美国领导人的西装三件套一个道理。当然了，总统除外。这时候，艾莉的终端上浮现出他的资料，她记起自己曾在一个新闻媒体里看过关于席乔木的长篇报道。

“我们要是怕了，”他说，“那就会一事无成。而且不造机器只能拖延点时间。别忘记，他们知道我们在哪。我们的电台节目已经抵达到了它们的星球，他们每天都能看到。如果他们认为我们是个威胁，不管有没有机器都会找过来。我们已经躲不开了。始终保持静默的话，那倒是不用面对这个问题。或者我们只装有线电视，不发展大型军用雷达，他们倒是可能依旧对我们一无所知。问题是现在已经晚了。我们别无选择，前面只剩下一条路。

“如果你们真的担心机器会毁了地球，那就别在地球上建。把它挪去别的地方。假如它真的是末日机器……那炸的也不是咱们的世界。不过那样做的代价很高，也许高过了头。要是我们没怕到那个份上，造在无人沙漠里也是不错的选择。我们在新疆的大戈壁里引爆过当量非常大的核弹，并未造成人员伤亡。再进一步说，如果我们一点也不担心它，那建在华盛顿、莫斯科、北京都行，或者我们脚下这座漂亮的城市里。

“中国的古人把那颗星星和它的两颗伴星叫作‘织女’，意思是纺纱的姑娘。那是一种吉兆，是为地球人类制作新衣的工具。我们收到了一份邀请，一份异乎寻常的邀请，那可能是宴会的请柬。地球还从来没有收到过这样的东西，贸然回绝太不礼貌了。”

12.

壹-德尔塔异构体

天上的星星总让我陷入幻想，我觉得它们像是地图上代表了城镇和村庄的黑点。为什么，我问自己，为什么天上那些闪亮的点，不像法国地图上的点，给我一个抵达的机会呢？

—— 文森特·凡·高

那是个明亮而温暖的秋日午后，提毗·沙库瓦提出门时没穿大衣。她和艾莉沿着拥挤的香榭丽舍大街向协和广场走去。

要说文化的多样性，世界上只有伦敦、纽约和屈指可数的几个城市能与巴黎匹敌。这两个走在一起的女人，一个身穿裙子和毛衣，另一个披着纱丽，却一点也没引起别人的注意。

两个女人从街头小贩那里买了点栗子，一边品尝着它们的美味，一边欣赏沿街商店五彩斑斓的橱窗。也不知道为什么，艾莉每次看到BNP（法国国家巴黎银行）的广告，都会把它读成俄语里的啤酒‘ВИР’。于是几个缩写字母所代表的意思，一下子从受人尊敬的信托职业堕落成了酒鬼。法国银行和俄罗斯啤酒，艾莉觉得这种变形很有趣，她甚至得努点儿力才能说服自己那是拉丁文，不是西里尔字母。她们又走了一段路，惊叹一番方尖碑的优美。那是个古老的军事纪念碑，被人花巨资盗来作为近现代的军事纪念碑安在了这里。欣赏完方尖碑后，她们决定继续向前逛逛。

之所以会来这里瞎逛，还得从德·希尔说起。他今早打来电话，轻描淡写地道歉了一下，说自己没法赴约。全体会议上提出的政治问题太多，国务卿因此中断了在古巴的访问，明天要飞来巴黎。德·希尔手头的事情满满当当，他希望艾莉能理解自己。理解归理解，艾莉还是恨起自己干吗跟这个男人上床。她不想孤身度过整个下午，于是给提毗·沙库瓦提打了个电话。

“梵文里有个词叫 abhijit，它的意思是‘胜利’，古代的印度人也用这个词称呼织女星。正是在织女星的光芒下，印度诸神征服了恶神阿修罗。艾莉，你在听吗？这事可太有趣了。波斯也有‘阿修罗’，但那是善良的神祇。到后来宗教兴起，其中还出现了主神。他是光明之神，太阳之主阿胡拉－马兹达。琐罗亚斯德教和密特拉教就信奉这个神。阿胡拉，阿修罗，其实是同一个名字。琐罗亚斯德教今天仍未灭绝，密特拉教却把早期的基督徒吓得够呛。但在同样的故事里，印度的诸神——顺带说下，大多是女的——被叫作提毗。我的名字就这么来的。印度神话里，提毗是善神，到了波斯，变成了恶神。有些学者相信英语里的‘恶魔’就是从‘提毗’变形而来，它们的拼写上没什么区别。同一个名字之所以会出现善恶的区别，可能源于人们对于雅利安人入侵的模糊记忆。我的祖先达罗毗荼人受到入侵，被迫南迁。所以你生活在基尔塔尔山脉的哪一边，决定了织女星到底是善还是恶。”

提毗显然听说过艾莉两周前在加利福尼亚的宗教冒险，才讲了这么个有趣的小故事作为礼物。艾莉对此很是感激，不过这也提醒了艾莉，她一直没有对乔斯提过电波是某种机器的蓝图。当然啦，他马上就能通过新闻媒体得知这个消息了。她提醒自己回头打个越洋电话，告诉乔斯事情的新进展。不过据说乔斯又隐居起来。莫德斯托的会面过后，他一直没有发表任何公开声明。兰金倒是开了场新闻发布会，他说虽然存在一些危险，但并不反对科学家们接收电波。不过解析电波内容是另一回事，社会各阶层都得接受定期检查，特别是那些负责维护社会道德和精神价值观的人。

她们正在走向杜勒丽花园，那边好一派秋日的缤纷色彩。一些上了年纪的老人——艾莉猜他们来自东南亚——正激烈地讨论着什么。黑色的铸铁大门装饰着五颜六色的气球，水池中央立着大理石雕的海洋女神。女神周围，好些玩具船正你追我赶，遥控着船只的孩子们无疑有着麦哲伦的心。就在这时，一条鲶鱼破水而出，掀翻了领头的船。突如其来的变故把男孩女孩们吓了一跳。太阳即将西沉，艾莉感到了一股寒意。

路过橘园，艾莉和沙库瓦提发现那边正在举办一个特别的展览，海报上写着“火星照片展”。美—法—苏联合研制的轮式火星车在火星地表漫游，拍下了那么多令人叹为观止的彩照，其中的一些——就像旅行者号 80 年代拍摄的太阳系外侧照片——已经超越科学，升华成了艺术。海报展现的是依利森高原一望无际的景象。近处有个三角锥似的山体，它的斜面看似光滑，实际上受到了高度的侵蚀，底部还有个撞击坑。行星地质学家说，这番景象是猛烈的火星风暴掀起沙尘反复冲刷导致的。人们发射往火星的另一辆火星车——基多尼亚号——降落在火星的另一边，它时运不济，陷入了沙丘。对它的求救信号，帕萨迪纳的控制人员只能干瞪眼。

艾莉发现自己被沙库瓦提的外表吸引住了：大大的黑眼珠，笔直的走路姿势，还有新换的华美纱丽。我没她漂亮，艾莉心想。一般情况下，她能一边想心事，一边跟人聊天，但今天她发现自己连思考一件事都难，更别说同时进行两件了。当她们讨论起建造机器会带来哪些好处时，她的思绪飘回了 3500 年前的古代印度，那个雅利安人入侵的时代：对同一场战争，双方都说自己获得了胜利，双方都夸大了史实。结果到后来，它成了诸神之战。“我们”这一边，当然是善良的，而“敌人”那边，肯定是邪恶的。艾莉的想象中，长着山羊胡子、三角尾巴、羊脚蹄的恶魔在长达几千年的历史，由某个印度祖先逐渐演变而来。据艾莉所知，这个印度祖先不但长着大象脑袋，还被涂成了蓝色。

“巴鲁达担心它是特洛伊木马，其实不算特别荒唐。”艾莉听到自己这么说道，“但席说的没错，我们没有其他选择。如果他们愿意，二十年后就能亲自到这里来。”

他们走到一座罗马风格的凯旋门前。上面驾着战车的拿破仑像英雄气概十足，甚至接近天神。从长远来看，或者从外星人的角度来看，这雕塑真是可悲极了。两人在附近的长椅上坐下，斜阳下，她们的影子落在一个花坛上。花坛里的花，种成了法兰西共和国国旗的样式。

艾莉想跟人倾吐一下感情上的问题，但她和沙库瓦提不太熟，以她的身份，发牢骚可能会带上政治的意味，至少在别人看来会不太慎重。于是艾莉反过来问了问对方的个人生活，沙库瓦提欣然作答。

提毗·沙库瓦提出生在泰米尔纳德邦南方一个有些落魄的婆罗门家族。在印度南部，好多家族还是偏向母系主权，他们家也不例外。沙库瓦提考进了瓦拉纳西印度大学。后来在英国的一所医学院，她爱上了苏林德·戈肖。苏林德是她的同学，但只是一个‘贱民’，一个‘不可碰触者’。对正统婆罗门来说，贱民哪怕只是出现在视野里也是对他们的冒犯。正因为这个原因，苏林德的祖上只能像蝙蝠和猫头鹰般昼伏夜出。沙库瓦提的家人威胁说如果两人结婚，就要和她断绝关系。她爸爸更是抛出狠话，说她要是和戈肖在一起，就会当她已经死了。但沙库瓦提还是毅然和戈肖走到一起。“我们爱得太深。”她说，“我别无选择。”然而就在同一年，苏林德在进行尸体解剖时由于安全防护不到位，不幸染上败血症去世了。

苏林德的死非但没有让提毗和家人和解，反而把她推得更远了。拿到学位以后，提毗决定留在英国。她发现自己在分子生物学上很有天赋，于是决定把它当作医学研究的延伸。核酸的复制和组装，使得她沉迷于生命的起源，又让她开始思考其他星球上生命的样子。

“你可以说我的科学生涯就是一连串的自由联想，从一个变到另一个。”她说。

提毗最近在研究火星有机物的特性。发现那些有机物的，就是展览上拍下那些令人惊叹的照片的几辆火星车。提毗始终没有再婚，不过追求者甚众。她最近在孟买跟一个科学家约过会，说那人是个电脑宅。

又往前走了几步，她们来到拿破仑广场——这里已经是卢浮宫的内院了。广场中央有个三角形的金字塔入口，它最近才造完，引来了不少争议。围绕着内院的高大壁龛里，立着一尊尊法国历史上英雄的雕像。每座雕像的下面都刻有名字，艾莉找了找，他们中几乎没有女性。有几个人的名字可能经风雨销蚀，变得模糊不清，另有几个显然遭到人为的破坏。其中有一两尊塑像甚至拼不出他们到底是谁。最惨的那尊，名牌上只留下了 LTA 三个字母。

夕阳西下。虽然卢浮宫能开到八九点，但她们还是没有进去，而是沿着塞纳河一路漫步，到了奥赛码头才回头。道旁的书店里，店主正合上百叶窗关门歇业。她们手挽着手，学着欧洲人那样向前走去。

一家法国人就走在她们前几步远的地方。丈夫和妻子走左右两边，各伸出一只手牵着当中的女儿。小姑娘约莫四岁大，走两步就向上一蹦，看得出来，她非常享受短暂的失重体验。夫妇两人一边走，一边聊着世界大消息协会。这并不稀奇，因为这几天报纸上，大会内容多到铺天盖地。丈夫支持建造机器，说它可能带来新的技术，为法国增加就业岗位，妻子相对谨慎，但她没有清楚地表达出自己的意见。至于他们的女儿，正忙着让自己的小辫子在空中飞舞，一点儿也不关心那些来自星星的图纸。

第二天大清早，德·希尔、凯兹和霍尼库特要去美国大使馆开会，为当天晚些时候国务卿的抵达做准备。这次会议需要全程保密，所以是在“黑屋”里开的。据说“黑屋”的电磁信号与外界隔绝，再精尖的电子仪器都无法监控到。至少，有些人是这么说的。但是艾莉怀疑已经有新的设备开发出来，能绕过这些麻烦的防范措施了。

和提毗·沙库瓦提共度一个下午以后，艾莉回到旅馆，收到了要开会的消息。她想给德·希尔打电话，但只能联系到迈克尔·凯兹。艾莉觉得在电波问题上举行秘密会议非常不妥。这是原则问题，她说。电波明显是发给整个地球的。但凯兹的回答是，美国人并未向其他国家隐瞒任何数据；这次的会议也没有别的问题，只是为了帮助美国在今后艰难的谈判里取得一些优势。凯兹显然想唤起艾莉的爱国热忱，或者让她为自己的切身利益考虑，不要触犯《哈登议定书》。"就我所知，那文件还躺在你的保险柜里。去读一读吧。"他说。

艾莉又试了试联系德·希尔，还是不成。这人一开始能从阿尔戈斯基地的各个角落冒出来，像被丢掉的硬币那样随处可见，再后来，他跟进了你的房间。但等你相信这么多年以来，终于有了个爱人时，他又一下子不见了，连电话都打不通。艾莉决定自己也跑去参加会议，就为了跟肯面对面。

在建造机器这事情上，凯兹很是热心，德拉姆林相对谨慎，德·希尔跟霍尼库特没有明确表态，彼得·瓦莱里安则犹疑不决。凯兹和德拉姆林甚至讨论起了该把机器造在哪儿。但如同席所说的，在月球背面建造，哪怕只是组装这台机器，成本都高得令人窒息。

"要是使用空气制动，那么把一公斤的东西送去福波斯或者得摩斯，会比送到月球背面便宜得多。""警察"阮裴发表了自己的看法。

"福波斯、得摩斯是他妈的什么鬼？"凯兹问道。

"火卫一和火卫二。我说的是利用火星的大气进行减速。"

"飞去火卫需要多久？"德拉姆林搅拌着他的咖啡。

"可能一年。但我们只要搞定一批星际运输载具，加满燃料……"

"跟三天到月球比吗？"德拉姆林打断了他，"别闹，裴。"

"我只是提个建议。"阮裴说，"你知道的，就是多个思路。"

德·希尔看起来心烦意乱，显然压力很大。他时不时地躲闪开艾莉视线的样子，就像在发出什么恳求。艾莉觉得这是个好迹象。

“如果你觉得它是末日机器，”德拉姆林说，“你肯定要考虑能源供应的问题。反过来说，只要运行它的能量不多，那它就不可能是末日机器。只要蓝图没让我们造10亿瓦的核电站，我看就用不着担心。”

“我说你们怎么就这么急着把它造出来？”艾莉问凯兹和德拉姆林。那两人的座位彼此临近，中间隔着一盘羊角面包。

凯兹的视线从霍尼库特那里移到德·希尔身上。“这是个秘密会议。”他说，“我们都知道，你不会把咱们在这儿说的事情转告你的俄罗斯朋友。事情是这样：我们不知道那机器到底有什么用场，不过按照戴夫·德拉姆林的观点，它会带来新的技术，甚至新的产业。机器的建造肯定有经济价值——我是说，想想我们能从中学到什么吧——俄罗斯人认为它可能还有军事价值。所以你看，现在俄罗斯人进也不是，退也不是。在这样一个全新的技术领域里，他们必须跟上美国的步伐。电波里没准包含了某些能决定战争的武器设计图，或者在经济上起推动作用的东西。他们拿不准。这会把他们的经济搞崩。你注意到巴鲁达强调的成本问题了吧？只要所有的信息都抹去——销毁数据，拆掉望远镜——俄罗斯人就能继续保持军事上的均势。这就是他们为什么如此谨慎。当然了，这也是为什么我们要把它搞出来。”他露出了微笑。

凯兹是个冷酷的人，艾莉想，但一点也不傻。露出冷漠、孤僻的本来面目时，人们对他敬而远之，所以他偶尔会戴上彬彬有礼、和蔼可亲的面具。虽然在艾莉看来，这面具也就一个单分子层厚。

“让我问你一个问题。”凯兹继续说，“巴鲁达提到过隐瞒数据的事情，你还有印象吧？有没有发生过数据缺失的事情？”

“只有最开始的那段时间。”艾莉答道，“也就头几个礼拜吧，我猜。那之后，中国接收的波段出现过几个小漏洞。的确有少量的数据没交换，但我不觉得这是大问题。再说了，等到消息开始重复以后，我们能补齐所有缺失的部分。”

“前提是信息会重复。”德拉姆林咆哮道。为了缓和氛围，德·希尔换了个话题，让大家讨论如果收到了导读，该做些什么；应该提前通知哪些美国、德国和日本的企业，对可能存在的重大发展有所准备；如果决定建造机器，如何寻找关键的科学家和工程师；还有怎么在美国公众和国会中唤起人们对这个项目的热情。讲完这些，德·希尔连忙补充说，这些只是应急计划，最终决定尚未做出，毕竟苏联人对特洛伊木马的担心多少也有些道理。

凯兹问起“成员列表”：“他们希望我们派人坐满那五把软垫椅子。但应该是哪些人呢？我们怎么决定？这些成员很可能要从国际上挑选。其中该有几个美国人？几个俄罗斯人？其他国家呢？我们不知道那五个人坐上椅子以后会发生些什么事，但我们希望来做这件事的，是最最优秀的人。”

见艾莉没有反应，他又说了下去：“现在最主要的问题是，谁来为机器买单？谁来负责建造这样那样的部件？谁又来负责整个系统的整合？在这个至关重要的问题上，我们可以好好做点文章，确保美国人在成员中的地位。”

“可我们还是得派最好的人选去。”德·希尔说，意思有点儿明显。

“那是当然。”凯兹回答，“问题在于怎么定义‘最好’。科学家吗？情报人员？运动员？爱国者？你知道的，我没有骂人的意思。哦，还有——”他抬起头，视线掠过羊角面包，直勾勾地望着艾莉。“——性方面的问题。我是说，性别。这个小队伍要完全由男性组成吗？如果同时包括男女，其中一个性别就会比另一个略多。位置只有五个，那是个奇数嘛。所有成员要一起工作吗？如果我们要继续这个项目，肯定有好多事情需要讨论。”

“听着怎么有些不对。”艾莉说，“这不是拿竞选捐献买大使职位，而是件非常严肃的事。再说了，你想让肌肉发达的白痴，或者某个除了怎么在最短时间冲过一百码外对这个世界一无所知的毛头小子坐在那位置上么？又或者哪个政治掮客？这可不是整个项目的目的。”

“的确。你是对的。”凯兹微笑着说，“我想我们能找出符合标准的人来。”

德·希尔眼袋浮肿，看起来憔悴不堪。他对着艾莉偷偷抿嘴一笑。大使馆外，豪华轿车一直在等着把几人送回爱丽舍宫。

“我来告诉你为什么最好发给俄罗斯人。”维戈说，“美国人开疆拓土的时候，碰到的无非是些陷阱和印第安侦察兵。你们一路畅行无阻，没人——至少没有同等科技程度的人——能拦住去路。你们横跨大陆，从大西洋直抵太平洋。这导致美国人觉得只要放手去做，所有事情都很容易。我们的情况完全不一样。俄罗斯人被蒙古人征服过。他们的驭马能力远在我们之上。所以东扩的时候，我们一直小心翼翼。跨越荒原的过程中，我们始终做着遇上艰难险阻的准备。相对来讲，我们比你们更能适应逆境。还有，美国人已经习惯了在技术上处于领先地位，我们则习惯了追赶。现在呢，地球上的所有人都是俄罗斯人——你明白的，我讲的是咱们的历史地位。这个任务对苏联的需要超过了美国。”

和艾莉进行单独会面会给维戈带去一定的风险——对她来说同样如此，凯兹特意提醒道。美国或者欧洲举办科学会议时，维戈偶尔能获得允许与艾莉分享下午的晨光。但大多数时候，他身边会跟着个同事或者克格勃特工——这些人要不自称“翻译”，可英文水平远不如维戈，要不就自称是某个学院秘书处的科学家，但对该学科只晓得点皮毛。提起这些人，维戈总是忍不住摇头。不过作为游戏规则的一部分，维戈觉得他们在可以承受的范围内。付出这点代价换来去西方进行学术交流，还是值得的。另外，艾莉不止一次地听出维戈的言下之意：跑去国外，假装自己是某方面的权威专家并不是件轻松的差事。也许在内心深处，特工们也和维戈一样讨厌这个任务。

他们待的餐馆就是那家“在神家中”，和上次一样坐的也是靠窗的位子。外面的空气透着一股凉意，那是冬天的征兆。一个路过牡蛎桶的年轻男子服饰如常，只有蓝色的围巾显出他对降温的一点退让。卢那察尔斯基还在滔滔不绝，但他说出口的话谨慎得过头，一点也不像平时。艾莉从中推断出苏联代表团内部肯定一团混乱。许多苏联人担心这台机器会给美国带去某些战略优势，赢下长达五十年的冷战。但包括维戈在内的另一些人，觉得巴鲁达提议销毁数据，拆除射电望远镜根本是滑天下之大稽。维戈说没人事先告知他，巴鲁达会讲什么，但苏联在信息收集的过程中发挥了无可替代的作用，是全球覆盖经度最大的信息接收国，也是唯一拥有远洋射电望远镜的国家，不论接下来会发生些什么，他们的地位都十分重要。艾莉跟他保证，只要她还参与其中，就会力争俄罗斯人的地位。

“你想啊，维戈，织女星人光是看奥运转播，就应该明白地球在自转，也知道地球上有很多国家了。通过收看后来的电台电波，他们还能准确地画出每个国家的地理范围。他们的科技那么强大，完全可以利用地球自转来间歇式地传输信息，只让一个国家收到。但他们没这么干。他们希望地球上每个人都能收到电波，相信整颗星球会联起手来造出机器。所以这不是一个专属于美国人或者俄罗斯人的项目。我们的这位……客户，不希望我们这么做。”

但是艾莉也告诉维戈，无论挑选机器的建造者还是挑选机组成员，她都未必能参与到决策层。另外鉴于大会看起来还要开上很久，又没有敲定正式的结束日期，她已经决定明天返回美国，去分析过去几周所获得的最新电波数据了。至于维戈，他被要求继续在巴黎待上一阵子，不过刚刚抵达的外交部长已经接过了带领苏联代表团的重任。

“我担心事情会变得没法收拾。”维戈说，“可能出麻烦的地方太多了。

技术故障、政治争端、人性弱点，等等等等。而且就算我们没因为机器自个儿先打起来，还成功地把它造了出来，它也没把我们炸飞，我依旧感到担心。”

“担心什么？你说得清楚点儿？”

“这事情最好的结局，就是我们发现自己被耍了。”

“啊？”

“艾罗维，你还不明白吗？”卢那察尔斯基脖子上的青筋凸起。“你居然没想到地球是个……贫民窟。是的，贫民窟。所有人类都被困在了这儿。我们听到模模糊糊的谣言说，贫民区外边还有很多大城市，那儿街道宽得能通马车，一个个貌美如花的姑娘穿着皮衣，洒了香水。可是那些城市太远了，我们又太穷，根本去不了那里，哪怕是贫民窟里最富的人也一样。还有啊，我们知道他们看不起我们。这就是为什么他们要把我们留在这个可怜的小村子里。

“现在呢，用席的说法，他们给我们发了张请帖。除了这张高档、漂亮的卡片，还有一辆空马车。我们可以派五个村民坐马车去——谁说得清呢？——华沙？或者莫斯科？甚至巴黎。当然了，有些人很想去。总有些人会受宠若惊，或者觉得这是逃出破村子的好办法。

“可马车到了目的地，你觉得会发生些什么事呢？你觉得会有大公请我们吃晚餐吗？或者学院的院长会不会问我们平时是怎么在破村子里过活的？你能想象出俄罗斯东正教会邀请这几个乡巴佬去参加宗教学术讨论的画面吗？

“当然不能了，艾罗维。我们会目瞪口呆地望着大城市，而他们会抱着手嘲笑我们。或者充满好奇地来看这五个活展品。我们越落后，他们就越来劲，也就越开心。这是种定额分配。每隔几个世纪，就有五个人类去织女星度周末。他们这是在可怜乡巴佬，顺便让这些下等人知道自己算老几。”

13.

巴比伦

瞧，我和我那些低贱的伙伴们，行走在巴比伦的道路上……

—— 奥古斯丁《忏悔录》，第二卷，第3节阿尔戈斯的克雷[1]大型计算机会把每天收集到的织女星电波，和第三层重写本的早期章节进行对比。换句话说，就是把难以理解的一长串 0 和 1，拿去和最早收到的数列做比较。对未解密文本的各个部分进行统计和对比需要耗费大量的算力，不过人们因此发现，文本中有些简短的 0 和 1 排列一次又一次地出现。人们管它们叫“词语”，希望它们真的如自己所猜。但另有不少 0 和 1 的组合，在整个漫长的文本中仅仅露了一次脸。对于这种统计解密法，艾莉早在高中时期就很熟悉了，只是这一次她用上了国家安全局专家提供的计算机程序。这些需要通过总统授权才能使用的程序聪明极了，对统计工作大有裨益，要是情况不对劲，它们甚至能自我删除。

这发明堪称奇迹，艾莉想，而人们把它研究出来，只是为了解读其他人的信件。美苏打的全球冷战——虽说最近缓和了不少——依旧在吞噬着这个世界。作为冷战的代价，军费可不仅仅是一笔数字。把两万亿美元拨做军事款项，会对许多急需用金钱帮助解决的问题带来毁灭性的影响。但更糟糕的是，人们把本该用在其他地方的聪明才智也贡献给了军备竞赛。

据统计，各个国家的大型军事机构加起来近两百家，而世界上差不多一半的科学家都受雇于它们，而这些人可不是被物理数学博士学位筛除掉的半桶水。艾莉的同事自我宽慰，说那些博士研究生被武器实验室招了就

1.克雷：克雷（Cray）是总部位于华盛顿州西雅图的美国超级计算机制造商。

招了，用德拉姆林的话来讲，“他们要是真有能耐，至少能去斯坦福混个助理教授啊”。然而实际上，有些人因为想法和性格问题，就是喜欢去搞军事应用，比如有人喜欢看爆炸；有人想要报复学校不公，又不愿单打独斗，所以寄希望于获得军事指挥权；有人渴望解开已知最复杂加密信息。他们的理由偏政治化，可以追溯到国际争端、移民政策、对战争的恐惧、警方渎职，还有这个那个国家几十年来的对外宣传上。艾莉清楚，很多为军事机构工作的科学家并非泛泛之辈。如果那些人能联起手来，追求人类和地球的福祉那该多好啊！

艾莉阅读了她不在时积累起来的研究报告。尽管写满各种统计分析的纸张堆起来有一米多高，但在解密大消息方面依旧毫无进展。这实在令人沮丧。

同样让艾莉又难过又生气的，还有肯最近的行为，她希望自己能在阿尔戈斯基地里找到一个可以大倒苦水的朋友，最好是女性。但这样的人并不存在，她也不愿意为这事打电话。有个周末，她去奥斯汀和大学时的朋友贝姬·埃伦伯根玩了两天。贝姬对男人的评价向来尖酸刻薄，可是这一次，她的说辞却出奇地温和。

“他是总统科学顾问，负责的又是史上头号大发现，”贝姬说，“别对他那么凶。他会变回来的。”

问题是，贝姬也觉得肯很“迷人”（他们在国家中微子观测站落成仪式上见过一面），可能还有点崇拜当权者。假如德·希尔是哪个小地方的分子生物学家，贝姬早就开始讥笑他了吧。

从巴黎回来以后，德·希尔一再跟艾莉道歉，说他压力太大，要背负的责任太多，特别是那些复杂的政治问题，让人快喘不过气来。而且如果公众知道了他和艾莉的关系，那他美国代表团团长和大会联合主席的地位可能会变得比较微妙。在此之外，还有烦人的凯兹。他已经连着好多天只睡了几个钟头。艾莉觉得肯找的借口太多了，不过还是决定让两人的关系继续下去。

随后，新情况终于出现了。

第一个发现的人又是威利，不过这次是在大晚上。威利后来说，相比超导计算机和NSA的程序，新式的哈登文本识别芯片起到的作用更大。当时织女星低悬在地平线上，离黎明差不多一个钟头，电脑突然发出了一个低级警告。威利正在读一本关于傅里叶变换光谱学的新书，他有些懊恼地放下了手中的书本，注意到屏幕上出现了如下文字：

报告．文本页面．41617-41619: 不匹配比特数 0/2271．关联系数 0.99+

他看着41619变成41620，又变成41621，斜杠后面的数字还在不断增加。他又等了两页，确定页面的相关系数不是偶然后，立刻给艾莉的宿舍打了电话。

艾莉睡得很沉，一时半会儿没清醒过来。不过等到了解大概情况以后，她马上打开床头灯，开始召集阿尔戈斯的所有高级职员。她告诉威利自己会去找德·希尔，总统的科学顾问肯定在基地的某处。实际上，找到他并不困难，只要转过身就行了。

“肯，起来。”她摇着他的肩膀，“出现了重复的内容。”

“什么？”

“信息已经开始循环了，至少威利是这么说的。我马上赶过去，你再等个十分钟，假装是从自己房间过去的，怎么样？”

她快要走到门口时，肯在后面喊道：“那我们该怎么做呢？我们还没拿到导读部分呢。”

屏幕上出现了一对对 0 和 1，系统正在实时对比刚刚获得的数据和一年前阿尔戈斯收到的电波。如果两者间出现了不同，程序会马上发出提示，但迄今为止什么都没有发生。这让他们松了一口气，看来先前的记录没有问题。当然啦，假如织女星和地球之间存在某种小而稠密的星云，它理论上也能偶尔吞掉几个 0 和 1，但发生那种事的概率实在太低了。

阿尔戈斯基地已经和世界大消息协会的数十台射电望远镜建立起实时联系，电波开始循环的消息早就一路向西，传到加利福尼亚、夏威夷、目前位于南太平洋的涅德林元帅号和悉尼。反过来说，如果网络中的别的望远镜发现了这一情况，阿尔戈斯也会立刻得到通知。

导读，或者说初级教材的缺少令人失望，但这不是唯一的意外。人们还发现页面编码从 40000 多直接跳到了 10000 多——重复信息段就是在这个部分开始出现的。很显然，阿尔戈斯是几乎在第一时间收到了织女星信号电波的。没错，这个信号异常强烈，即使小型射电望远镜也能接收。但它刚刚好出现在阿尔戈斯瞄准织女星的那一刻，这实在是太过巧合了。还有，文本从 10000 多开始是什么意思？前边的 10000 页彻底丢了吗？还是说，只有地球的乡巴佬才从 1 开始标记书页？如果那些序号不是页码，又能是什么呢？会不会——这是艾莉最担心的——外星人和人类的思维方式完全不同？如果真这样，那协会成员国可能永远也理解不了信息的含义，有没有导读都一样。

消息完整地重复着，先前的空白之处完全得到了补充，然而还是没人理解它的含义。发电波过来的文明做事面面俱到，不太可能不小心忘了导读。从奥运会转播和机器座椅的设计来看，这电波是为了人类量身定做的，所以人类一定是忽略了什么，以至于不明白对方的意思。几乎所有人都认为，这些电波还有第四层重写本。问题是，它藏在哪儿了呢？

那些图表后来被做成了八卷大开本的精装书，在世界各地售卖。有数不清的人想弄清楚它们的含义。大家关注的重点当然是那个十二面体和疑似有机物的东西。对于它们，人们提出不少有意思的见解，阿尔戈斯项目的团队仔细检验了其中最有价值的部分。不过与此同时，许多歪理邪说也通过杂志周刊等渠道变得广为流传，还发展出好几种新产业，专门消费被蒙蔽的公众——发来信息的外星人再聪明，肯定也想不到事情会变成这样。

世界上甚至还多了门信奉“古老神秘的十二面体”的宗教：这台机器是UFO，是以西结之轮[1]，巴西某个商人如是说。他说，有个天使传给他大消息的含义，而他必须把真相告诉全世界，当然人们需要支付一些费用才能来听。来自星星的神秘的图表那么多，难免有一些被附会成某些宗教里的形象。机器的横截面有张看着像菊花，就导致日本方面掀起了一股狂潮，要是图像里有张人脸那还得了。

现在已经有人放下手上的工作，准备为就要到来的降临做准备。世界各地的工业生产率降低，不少人把身家财产统统捐给了穷人，但世界迟迟不终结，所以他们又不得不转而向国家慈善机构求助。这类捐献是慈善机构的重要资金来源，因此最后落到这些破产者手里的善款，恰恰就是他们自己捐出去的。

各种组织的代表与不同政府的交流接触，敦促他们设法解决血吸虫病和极可能与末日相伴的全球性饥荒问题。毕竟在那一刻来临之前，人们不知道自己会遇上什么。另外一批人相对冷静，开始分析如果未来十年真的出现全球性骚乱，有哪些国家或者经济组织能从中渔利。

对于信息没有导读这件事，有些人说这是为了教我们懂得谦逊，阴谋论者则认为这是企图逼疯全人类。不少报纸社论说人类并不如自以为的那般聪明，另一些人攻击起科学家，说他们拿了那么多政府资源却派不上用场。也许织女星人实在是高估了人类的斤两，也许银河系里其他新兴文明

1.以西结之轮：《圣经》的以西结书中，描写了一个飞行发光的金属，被一些人认为是不明飞行物。

都能从电波里看出门道来，只有人类才手足无措。这是宇宙级的奇耻大辱，但合了不少评论家的心意，因为这证明了他们对人类一直以来的看法。

经过这番折腾，艾莉觉得她需要人帮忙。

在总务管理局安保人员的护送下，他们悄悄通过了“恩利尔[1]门”。这些保安看起来紧张不安，没准反而是人手过多导致的。此时阳光尚未褪尽，不过火盆、油灯和忽明忽暗的火炬已经照亮了脚下的土路。两个比人还高的双耳罐，摆在一家橄榄油零售店的入口两侧，商店的广告用楔形文字写成。边上一栋公共建筑上的浅浮雕气势雄浑，描绘着亚述巴尼拔时期的猎狮场景。他们接近“亚述神庙”时，人群中发生了一阵骚乱，但被卫队给隔开了。现在，沿着被火炬照亮的道路望去，一座“吉古拉特”，阶梯金字塔型的古代神庙出现在视野中，比照片上的更雄伟。就在这时，某些她叫不出名字来的铜管乐器开始鸣响，演奏起了歌颂英雄武功的诗篇。三个人和一匹战马从前方招摇过市，车夫戴着弗里吉亚样式的头巾。低矮的云层笼罩着金字塔顶，就像中世纪演绎的《创世纪》警世故事。

他们离开“伊丝塔[2]大道”，从一条小路进入金字塔。走进暗藏的电梯，随行保安按下最高楼层的按钮，上面写着“四十”，用的不是阿拉伯数字，而是单词。一块玻璃屏随即亮起，闪出“诸神”二字，根本不给人怀疑的空间。

哈登先生很快就会出来见她。在等待的时间里，她该不该喝点什么呢？考虑到此地的名声，还是算了吧，艾莉想。从塔顶望去，整个“巴比伦”尽收眼底，再现了那个早已逝去的宏伟年代。白天，游客们会乘博物馆、某些学校和旅行社的大巴在伊丝塔门下车，换上造型古风的衣服，穿越时光回到过去。而“巴比伦”的白日旅行之所以大受欢迎，一部分原因在于人们可以正大光明地参观那不能光明正大夜间出入的场所。

1.恩利尔：苏美神话中的大地和空气之神，制造过灭世洪水。
2.伊丝塔：苏美神话中的“圣女”，主司性爱、繁殖和战争。

哈登是个聪明人，他把日间的所有利润都捐给了纽约和长岛的慈善机构，而天黑以后的“巴比伦”则变身成人乐园。它富丽堂皇、规模宏大、富有想象力，让汉堡的绳索街[1]相形见绌，如今已是纽约大都会地区最大、收入最高的旅游景点。哈登怎么说服纽约业主，又是怎么游说当地和州政府，在相关法律条文上进行“松绑”的故事，早已人所共知。只要坐半个小时的火车，你就从曼哈顿市中心直达伊丝塔门。艾莉不顾安保人员的劝阻，执意坐了火车，她发现乘客中的女性数量占到了三分之一。车厢里没有涂鸦，也不用担心遭到抢劫，和纽约其他的地铁线路相比，这列火车发出的白噪音要小得多。

理论上，哈登是美国国家工程学院的一员，然而就艾莉所知，他没有出席过任何会议，所以两人从来没碰过面，但哈登的长相好几年前就被美国人所熟知。当时美国广告委员会发起了一项抵制他的运动，还在他一张难看的肖像画下面题了“反美主义者”几个字，却进一步提高了他的知名度。艾莉倚着倾斜的玻璃墙，陷入遐想，这个矮小、肥胖的男性突然出现，让她吓了一跳。

“哦，抱歉。我一直不明白为什么有人会怕我。”他的声音出奇地悦耳，几乎是纯五度音。哈登没有浪费时间做自我介绍，他扭过头，朝着来时半开的门点了点。他姿态放得很低，艾莉没有感受到半点冒犯，便跟着哈登一言不发地走进了边上的房间。

哈登把她领到一部精巧的桌面模型前。那是座古城，不过没有巴比伦那么浮华。“庞贝。”哈登解释道，“竞技场是它的核心。因为对拳击运动的限制，现在美国人已经没有健康的血液运动了。运动可以帮国民血液排出毒素。这一点非常重要。整个城市已经设计妥当，许可证也拿到了，现在却来了这个。”

1.绳索街：德国最大的红灯区。

“这是什么？”

“禁止角斗比赛。这是我刚刚从萨克拉门托得到的消息。加州立法机关正在考虑颁布法案，把角斗比赛定为非法行为，因为觉得太暴力了。他们宁可批准建造一栋摩天大楼，而建大楼总有两三个建筑工会不小心丧命。工会知道这一点，建筑商也知道这一点。至于那些大楼，不是造给石油公司，就是造给比弗利山的律师们的。当然了，我们会有一些损失，不过即使没了短剑，我们还可以在三叉戟和渔网上多做点文章，想占我们的上风可没这么容易。”

哈登对着她阴沉地笑了笑，递上一杯饮料，但被艾莉拒绝了。

“所以你想跟我谈谈那台机器。我也想和你谈谈那台机器。你先说吧。你是不是想知道该上哪儿去找导读？”

“我们正在向有见地的聪明人寻求帮助。你的发明创造——哈登文本识别芯片——在研究中起了不少作用，所以想问问你，如果你是织女星人，会把导读放在什么地方？我们知道你很忙，所以我很不好意思——”

“哦，别。没事的。我确实很忙。我正忙调整状态，因为我的生活马上要迎来巨大的改变……”

“因为千禧年？”艾莉试着想象哈登卖掉他名下的S. R. 哈登公司、华尔街的经纪公司、基因工程有限公司、哈登控制论公司和巴比伦，变得一贫如洗。

“不完全正确。不。这很有趣。有人这么问，让我感觉很好。我看了你们的成果。”他对散落在工作台上的那八卷本图册挥挥手，“书里有意思的东西很多，可我不认为导读藏在其中。它不在图表里。我不明白你凭什么觉得导读藏在信息里。织女星人可能把它留在火星、冥王星或者奥尔特星云里，人类再过几个世纪才能发现。现在我们知道的，不过是存在那么一台神奇的机器，它带了设计图和三万页的说明书，但我们未必能读懂，未必把它造出来。所以我们只能等上个把世纪，让科技发展了再说。反正机器的设计图就在那里，人类迟早会把它造出来的。要我说，没有导读，反而把我们和子孙后代联系在了一起。人类被赋予了需要几代人才能解决的问题，这不是坏事，相反，这是善莫大焉。找导读是个错误，不找也许会更好。”

“不，我想尽快找到导读。我们不知道织女星人愿意等多久。听筒那头没回应，他们可能就会把电话挂断，这还不如干脆没打过电话。”

“哦，你说的也有那么点道理。不管怎么说，我尽力思考过各种各样的可能性。有些可能性角度比较常规，还有些比较烧脑。先从正常的可能性开始吧：导读被包含在了电波里，但它采取了完全不同的传输速率。假设电波中夹杂了另一条每个小时才一比特的信息，你们能侦测出来吗？”

“当然。我们一直在对电波进行长周期的分析。但一小时一比特——我算下，从我们接收信息开始，也就只能收到两千比特。”

“所以出现这种情况的前提是导读比电波正文要简短得多得多。你认为这种事不现实。我也认为它不可能。那么，如果是更快的比特传输率呢？你怎么确定机器说明书的每个字节下面，没有暗藏字数达上百万的导读文字呢？”

“如果是这种情况，一定会产生巨大的频带宽度，我们马上就能发现。”

“好。那么假设下存在某种高效的数据转储机制——你可以把它想象成微缩胶卷。而这样的微缩胶卷，在信息中不断重复。也许存在某种小盒子里，上面用你的日常语言写着‘我是导读’，接下来，就是微缩胶卷化成的小点。解析这样的小点，你会发现它的数据量高达数百万比特——毕竟它是种非常高效的储存机制嘛。你也许可以找找看，有没有收到过这样的小盒子。”

“相信我，如果存在，我们早看到了。”

“那相位调制呢？我们在雷达和航天器遥测中一直使用着这个技术，它几乎不会对频谱带来任何扰动。你们考虑过相位问题吗？”

“没有。这是个好提议。我会去检查的。”

“现在，我们来谈谈那些不太一样的可能：如果那机器造出来了，你们坐了进去，有人摁下按钮，然后你们唰地一下去了别的地方。去哪里无所谓。关键是这五个人还能不能回来。可能永远也不会。那机器没准是织女星人设计用来绑架人类的。我喜欢这说法。你知道的，他们的社会里，可能也有医学生或者人类学家需要一些人体样本，而亲自跑来地球是件麻烦事——你需要许可证，还得从交通部门拿到通行证——反正麻烦得要死。这样下来，给地球发信息就成了上上之选。你也不需要出多少力，地球人就会不辞辛劳地主动送上门来。

“这就像集邮。我小时候囤了不少邮票。给外国人写信，大多数时候，他们都会回信。信里说了什么无关紧要，反正你的目的只是邮票。我的观点就是这样：织女星上也有‘集邮’的人，他们心情好的时候把信寄出去，然后呢，各种样本就会从宇宙的各个角落自动发过来。换做你，不想搞些有趣的收藏品吗？”

他微笑着继续说道：“好，那么这和寻找导读有什么关系呢？其实没有。如果我错了，它们才有。假如我的观点不对，假如五个人又回到了地球，那么这会对我们带来巨大的帮助——前提是我们已经发展出了星际航行技术。这么说吧，不管他们多聪明，把机器降落到地表都不是件容易事。太多的东西在地面移动了，上帝才知道它有个什么样的推进系统。如果机器回来时传送到了地下几米的地方，那就全完了。26 光年的距离最后毁在了几米上，那算什么事？对他们来说，这太冒险了。所以当这个机器回来的时候，它肯定会出现在地球附近的空间，可能是一下子冲出来，也可能是别的什么方式。但肯定不会出现在地表或者地下。如此一来，他们必须确保我们已经有了星际航行技术，能进行太空救援，带那五个人回家。出于某些里面，他们比较心急，没等 1957 年的那个晚间新闻[1]传到织女星就开始了行动。那么他们会做什么呢？就是导读。如果你能找到导读，就证明你已经能上天然后平安地回去了。所以我猜，导读的电波信号会被微波光谱中的氧，或者近红外线吸收，你只有在远离地球大气层的地方才能接收到……”

“我们已经让哈勃望远镜以紫外、可见光和近红外光波段来观察织女星了，但什么也没发现。俄罗斯人修好了毫米波探测仪，照着织女星附近找了一圈，同样一无所获。但我们会继续寻找。还有其他可能吗？”

“你真的不想来杯酒吗？我不喝酒，不过好多人喝。”见艾莉再一次拒绝，他又说了下去，“不，我想不出别的可能性了。现在轮到我了？

“我确实想问你些事。可我不太擅长开口主动问人要东西。这种事我从来没做过。大多数人眼里，我是个富有、古怪、鲜廉寡耻，一天到晚在体制里钻漏洞捞钱的混蛋。别跟我说你对这些说法一点也不相信，每个人都或多或少地受到了舆论的影响。接下来我要讲的东西，你可能在别的地方已经听过一部分了，但是别着急，给我十分钟让我从头讲起。你得对我多一点了解才行。”

艾莉坐了下来，有些好奇他想从她这儿问出些什么。她摇摇头，甩开了脑中那些和伊丝塔神庙、哈登议定书，还有一两个战车士兵有关的无聊联想。

几年前，哈登发明了一种装置。电视播出广告时，这个设备能自动把音量调轻。那东西起初并不能识别文本，只能用来检测电波波形。因为相比正常的电视节目，广告总是音量更大，声音杂波更少。这个小装置受到了人们的热烈欢迎。据报道美国人每天平均要在电视机前坐上六到八个钟

1.1957年的那个晚间新闻：指第一颗人造卫星“斯普特尼克1号”上天的消息。

头，这设备让他们的生活状态得到多大的提升不言而明。没等到电视广告行业反应过来，“广告消除机”已经走进了家家户户。无奈之下，广告商和广播电视网只得更改投放策略，但不管他们做出什么改变，哈登都会拿出新的发明予以反击。有时候，还没等电视商想出对策来呢，他就已经把反制手段给准备好了。哈登说这样做是给广告商的股东省钱，让他们知道反正再怎么挣扎，最后也注定要失败。

随着广告降音设备越卖越多，它的售价也越来越低。在这电子战争中，哈登成了赢家，当然也树了不少仇家。他们起诉哈登，指控他阴谋限制贸易自由。这些人不缺政治背景，足以让哈登驳回起诉的申请遭到拒绝，但又没手眼通天到能让哈登直接败诉。

为了赢下官司，哈登不得不研究起相应的法律法规。没过多久，他悄悄买下麦迪逊大道一家著名的广告公司的大半股权，在商业电台上为自己的产品拉起广告。结果不出几个礼拜，他的广告就被几家大电视台撤掉了。接下来，哈登主动出击，对三家广播电视网发起了诉讼。这次，他拿到了足够的证据，证明那几家广播电视网限制了商业自由。官司的结果是哈登拿到了一大笔和解金，创了此类案件赔款的最高纪录，而老式的广播电视网等于被哈登用这种温和的方式判了死刑。当然啦，世界上也有人喜欢看广告，他们不用广告消除机，但这个群体的人数越来越少。总之哈登通过这些事，赚了好大一笔钱。

而哈登文本识别芯片最初是随着“说教过滤器”上市的。它是广告消除机的附件。只要电视台播放宗教说教类节目，它就能自动切换频道。你可以预选关键词，比方说“降临”“飞升”，或者干脆手动编程，自己往里添加或删除需要识别的词。对那一小撮受够了宗教说教，但又对此无可奈何的观众来说，这东西不亚于上天恩赐。后来更是有半真半假的流言说，哈登下一个打算推出的附件叫“假话消除器”，专门用来对付各国总统、总理的公开演讲。

随着文本识别芯片的进一步开发，更多作用逐步显现了出来。无论教育、科学、医学、军事情报还是商业谍报，都有它的用武之地。直到著名的“美国政府诉哈登控制论”案以后，文本识别芯片的使用范围才被划出一道红线。有种型号的芯片功能过于强大，国安局想让政府接管它的生产线和关键技术人员。解析俄罗斯人邮件的意义不言自明，更重要的是，他们对哈登说，绝对不能让俄罗斯人利用芯片来分析我们的邮件。

哈登拒绝了政府的收购议案，但承诺接下来的公司业务只会拓展到和国家安全无关的领域。政府想把各种产业国有化，他说，他们立着资本主义的牌坊，可是一到紧要关头，就露出了社会主义的面孔。真正的资本主义是去发现公众的需求，并采用符合现有法律的新技术去满足他们。但也有冷静的资本主义者说，哈登在广告消除机的路上走得太远，已经反过来对美国人的生活方式产生了巨大的威胁。俄罗斯《真理报》上还有篇署名为V.彼得罗夫的专栏文章，把广告消除机形容为资本内在矛盾的典型例子。《华尔街日报》反唇相讥——虽然比喻有些不恰当——说《真理报》没有真理，这是共产主义内在矛盾。

哈登怀疑政府收购只是找茬，真正嫌他碍事的是广告和电视布道相关的人。他一再对外重申，广告消除机和说教过滤器象征了资本主义企业家的精神，而资本主义，就是为人们提供更多的选择。

“我只是告诉他们，抹除广告也是一种选择。商人之所以愿意投入那么高昂的广告费用，还不是因为他们的产品大同小异。如果它们之间真有差别，那大家肯定会去买更好的那个。广告让人放弃自我判断，只会把人教成蠢蛋。而一个强大的国家需要的是头脑，所以使用广告消除机是爱国的。再说了，制造商不是把投钱在广告上而是用来改进产品的话，消费者能获得更多利益。少了那些烦人的广告公司，杂志、报纸和直邮业务也会蓬勃发展。我看不出这有什么不好的。”

就这样，广告消除器给了传统的广播电视网以致命一击，这是以前数之不尽的诽谤和诉讼都没能做到的伟业。有好长一段时间，丢了工作的广告商，穷困潦倒的电视台高管，加上断了经济来源的神甫都发誓要让哈登为此付出血的代价。想找哈登麻烦的人越来越多，他们的力量越来越强大。毫无疑问，哈登是个引人注目的家伙，艾莉想。

“所以我想，是时候抛下这些事了。我钱多得不知道该怎么花，可我妻子不肯支持我，我还到处树敌。我只是想做些重要的事情，有价值的事情，或者百年后的人们回顾历史，会感谢我的事。”

“你想——”

“我想把机器造出来。你看，这事情我再适合不过。我懂得那么多的控制理论，也有最多的实际操作经验，卡内基·梅隆、MIT、斯坦福、圣塔芭芭拉那些学校的人，都比不上我。造机器的计划里变数很多，这不是那种老掉牙的模具制造商能搞得定的活。你肯定会用上基因工程这样的东西。相信我，再找不到比我更专业的人了。更何况我愿意为这个计划出钱。”

“说真的，哈登先生，我可没办法决定这个机器该交给谁造。它已经是国际事务了，涉及到各种各样的政治问题。在巴黎的时候，他们甚至还在争论到底要不要造机器，再说了，即使要造，也得等到我们解开信息内容才行。但什么时候才能解开又是个未知数。”

“你以为我不知道么？我当然会走常规申请渠道，以我的影响力和金钱，黑白两道都有路。我只是希望你能站在正义天使那一边，帮我说两句好话。你明白我的意思了？哦，说到天使，帕尔默·乔斯和比利·乔·兰金都被你吓得不轻了。玛利亚的圣水那事情以后，我没见过他们这么激动，兰金还说有人错误引用他的话，去支持建造机器。哎呀，这可真是……”

他假装出惊愕的样子摇摇头。热心的传道士和说教过滤器的发明人之间很可能有什么恩怨。说不清为什么，艾莉转而偏向起传教士来。

“他们可能比你想象的更聪明，特别是帕尔默·乔斯，他……从某些角度上来说，是个天才。不是那种卖假货的小贩。”

“你确定‘天才’不是他的另一层伪装？抱歉，但重要的是让人们理解他们对此的感受。这事情太重要了，不能不做。我对这些小丑倒是很了解。这些人一到紧要关头，就会露出豺狼的真面目。很多人觉得宗教有吸引力——你知道，常常是性方面的。你真该去伊丝塔神庙里看看。”

艾莉压抑住内心的反感，说道：“我还是喝了那杯酒吧。”从高高的塔顶望下去，她看到金字塔阶梯似的楼层，每一级都装饰着鲜花，有真有假，主要取决于时节。他们待着的地方是重建的古代七大奇迹之一——巴比伦空中花园。这里的一切都井井有条，甚至凯悦酒店都比不上它。远处，一支高举火炬的队伍正离开金字塔，返回恩利尔门。四个赤裸上身的精壮汉子抬着轿子走在了队伍的最前面。艾莉看不清轿子里的人或者什么东西。

“那是纪念吉尔伽美什的仪式，那个古代苏美尔英雄。”

“是的，我知道这个人。”

“他的功业是不朽的。”

哈登说得字字笃定。他看了看手表。

“你知道的，这里是金字塔的顶端，也是国王们去接受神谕的地方。特别是安努，天空之神。顺带一提，我查了他们是怎么叫织女星的。它叫狄安娜，意思是天堂的生命。这事情挺有趣。”

“你得到了什么神谕？”

“什么也没有。接到神谕的是你们，而不是我。哦对了，九点钟还有另外一支吉尔伽美什的游行队伍。”

“恐怕我待不了那么久。不过，我想问你些别的。为什么是巴比伦？”

艾莉问道，“还有庞贝。你是世界上最富有才华的人之一，你创造了几种新产业，还彻底击垮了广告业。当然文本识别芯片是遇到了一些安全问题。但我要说的是，你有那么多的事情可做，为什么……要搞这个？”

远方，那支游行队伍抵达了亚述神庙。

“为什么不做一些更……有价值的事情，对吗？”哈登回道，“我只是想要满足社会渴望，却被政府忽视了的那些需求。这就是资本主义，它合理合法，还为许多人带来了快乐。我还认为这个社会在不断地产生疯子，而我做的事情，就像添加了一道安全阀。

“但在当时，我没想那么多。起因其实很简单。我至今依旧清楚地记得巴比伦这个念头是怎么从脑海里跳出来的。那时候我在迪士尼乐园，和我孙子詹森一道坐蒸汽轮船沿密西西比河游玩。詹森才四五岁大。我当时想的是，迪士尼这帮人可真聪明啊！他们取消每个项目的单人票，改用通票，让你什么都能玩到。这样一来，就可以节约工资——比方说好多售票员的工资，但更重要是，人们往往会高估自己的兴致。游客以为自己什么都能玩到，可是他们真正去玩了的，并不值那个票价，还会高高兴兴地离开。

“有个小男孩坐在我和詹森边上，大概七八岁，或者十岁的样子吧。他望着远处，眼神恍惚。他爸爸问了他什么事情，而他只是咕哝着回答。那个男孩有支玩具枪，枪托杵着船甲板，枪管夹在他两腿间，而他抚弄着枪头。他的背后是魔法王国的城堡尖塔，可是在那个瞬间，它们全都失去了魔力。你明白我的意思吗？”

哈登给自己的酒杯满上健怡可乐，和艾莉轻轻碰了碰杯。

“愿你所向披靡。”他和颜悦色地敬酒道，“我会让人把你从伊丝塔门带出去，你要是跟着游行队伍走，就得一路从恩利尔门挤出去了。”

说话间，两个保安神奇地出现在房间门口。哈登送客的意思很明显，而艾莉也巴不得早点离开。

“别忘了相位调制，也记得看看氧线。即使我猜错了导读的位置，也别忘了我是唯一一个能造机器的人。”

泛光灯把伊什塔门照得如同白昼。它的琉璃瓦拼成了一种蓝色的动物。考古学家把它们叫作龙。

14.

谐振子

怀疑乃智慧之证，过快放下疑虑，或偏信先入之见皆可耻：在漫长的青春岁月里，能冷静而自豪地保持怀疑者，是高贵之人。只有到本能与思想成熟时，才可以将其安全无虞地转变为忠诚与幸福。

—— 乔治·桑塔亚那，《怀疑主义和动物信仰》，第九章它的使命是掀起叛乱，颠覆政权。没错，敌人非常强大，但它清楚敌人的弱点。它能够接管政权，把对手的资源挪为己用。现在，数以百万计的特工都挤在一个地方……

她打了个喷嚏，于是拿过总统专用的厚绒布浴袍，从鼓鼓囊囊的口袋里掏张干净的纸巾出来。虽然没有化妆，但她干裂的嘴唇上还留着薄荷唇膏的痕迹。

“医生要我卧床休息，否则我就会染上病毒性肺炎。我问他要抗生素，可是他说没有对付病毒的抗生素。那他是怎么知道我感染了病毒的呢？”

德·希尔张嘴准备作答，但总统打断了他。

“算了，算了，不说了。否则你就要开始跟我讲解什么DNA和宿主识别机制了，等我明白它们以后，再进一步解释抗生素的道理。如果你不怕我的病毒，那就拉把椅子坐下来吧。”

“谢谢，总统女士。是关于导读的消息。我这里有一份报告。它的附录很长，里面是些技术资料。我相信你也会对它们感兴趣的。简单来说，我们可以很轻松地读懂那些电波了。这学习程序他妈的聪明得要死。呃，我说脏话了。现在我们分析出的词汇至少有3000个。”

“我不明白。它到底怎么做到的？我知道教人数字时，你只要先画一个点，然后在它下面写下对应的文字，比方‘一’就行了，剩下的数字可以同理得出。用这种方法，你也可以画颗星星出来，然后写上‘星星’两字。但我看不出你该拿动词、过去时态和条件句怎么办。”

“他们用了动画。教人动词，动画再合适不过。动画里还有不少和数字，以及抽象概念有关的内容。你看，抽象概念其实可以用数字表达。他们是这么做的：先给出数字，然后教一些我们还不理解的新单词。把这些织女星人文字替换成我们的字母，写下来以后是这个样子的。”

德·希尔说着，写下几组字：

1A1B2Z

1A2B3Z

1A7B8Z

“你觉得这是什么？”

“我的高中成绩单？等等，你的意思是A代表了点和线的一种组合，而B代表了另一种组合，以此类推？”

“完全正确。你知道1和2的意思，但并不清楚A和B代表了什么。那从这个序列里，你看出什么了吗？”

“A的意思是‘加’，B的意思是‘等于’。是这个意思吧？”

“没错。但我们还是不知道Z是什么，对吧？现在，看这个。”

1A2B4Y

“明白了？”

“大概吧。让我看看其他以Y结尾的字符串。”

2000A4000B0Y

“好吧，我想我明白了。我们不能把最后三个符号视为一个单词。Z的意思其实是‘真’，Y的意思是‘假’。”

“没错，完全正确。特别对一个内有病毒滋事，外受南非危机困扰的总统来说，您做得非常出色。通过这么短短的几行字，他们就教会了我们四个新词：加、减、真、假。接下来，他们介绍了除法、1除以0，还有‘无限’的说法，当然那个词的意思可能只是‘不确定’。然后他们从‘三角形内角的和是两个直角’开始引申。如果空间是平的，那么这个陈述是正确的，但如果空间是弯曲的，它的描述就是错误的。这样一来，你又明白他们的两个新词汇，就是‘如果’和——”

“我没听说过空间是弯曲的。肯，你到底在说什么？空间怎么能弯曲？算了，不说这个，不说这个。这和我们眼前的事没关系。”

“实际上……”

“索尔·哈登告诉我，该上哪儿去找导读是他的点子。别这样看我，德·希尔，我跟谁都会聊一聊。”

“我的意思不是……啊……我明白了。和其他好多科学家一样，哈登先生给了些建议。艾罗维博士一个个检查它们后，得到了巨大的发现：导读就藏在相位调制，或者说相位编码里。”

“是的。那我这么说对吧，肯？导读分散在整个电波里。它们重复了好多遍，其中的一遍，在艾罗维博士刚刚收到电波后就开始播送了。”

“准确来说是在找到第三层重写本，也就是机器设计图以后。”

“很多国家都有技术来阅读导读，是不？”

“他们需要相位相关器。不过，是的，好多国家都能读出来。”

“那俄国人可能一年前就读出来了，对吧？中国和日本也有这个可能。你怎么知道他们没有开始建造机器，甚至已经完工一半了呢？”

“我考虑过这事，但马文·杨说不可能。不论卫星照片、电子情报还是谍报人员，都没有发现哪个国家开展了建造这种机器所需的大型工程项目。怎么说呢，我们统统以为导读会出现在电波开始部分，都错过了机会。等到电波开始重复，发现找不到导读以后，我们才开始考虑别的可能性。

而所有的解析工作，我们都是在和俄国以及其他国家的密切合作下完成的，没看出有谁自个儿偷跑了。反过来说，由于现在人人都拿到了导读，我们也不太好展开单边行动。”

“我也不希望展开单边行动。我只是想要确保没有其他人这么做。好了，回到导读的话题上。你现在知道‘真、假、如果……那么’怎么写，还有空间是弯曲的。但你打算怎么用这些知识来造机器？”

“嗯，我不认为感冒一类的小病会影响你的判断力。那么，我就把大概的过程讲一下吧。举个例子，他们给我们画了一张元素周期表，那我们就会明白所有的元素的名字，还有原子、原子核和电子的概念。接下来，他们通过展现一些量子力学方程来吸引我们的注意力——我们在这个方面，已经获得了一些新进展。然后，主题变成了建造机器所需的特殊材料。举例来说，出于一些原因，我们需要两吨铒，而他们介绍了一种巧妙的技术，能让我们从普通岩石里提取出这种物质。”

德·希尔抬起手，让总统稍安勿躁。“别问我为什么要两吨铒，我们也没有一点头绪。”

“我要问的其实是‘吨’这个概念，他们是怎么传达给过来的。”

“他们是用普朗克质量算的。普朗克质量是——”

“好了，好了。这应该是个全宇宙物理学家都了解的概念，对吧？虽然我从来没听说过。现在我问个最基础的问题：我们对导读的了解，足够去阅读信息了吗？我们能不能把那东西造出来？”

“答案似乎是肯定的。我们才拿到导读几个礼拜，但信息的全貌已经大致弄清楚了。它有细致的设计，详细的解释，就我们目前所知，许多细节得到了一而再、再而三的重复。如果你需要，下周四的成员选择会议上，我们能拿个机器的三维模型出来。我们依旧不知道这台机器是做什么的，也不知道它的工作原理。机器的蓝图里还包括了一些有趣的有机化合物，虽然弄不清它们到底有什么用，但绝大多数人认为，我们应该把它造出来。”

“有人不这么认为？”

“这个嘛，包括了卢那察尔斯基和俄国人。当然，还有比利·乔·兰金。有一批人担心这台机器会炸飞地球、颠倒地轴或者干点别的什么出来，不过大多数科学家对信息的印象是它小心谨慎，同一件事都用上了好多种不同的解释方法。”

“艾莉诺·艾罗维的看法呢？”

“她说如果织女星人想消灭人类，那么25年以后他们来到地球，而我们到时照样束手无策。他们和我们的差距实在太大了。所以她说造就完事了。假如你担心环境污染，那去找个偏远的地方。至于德拉姆林教授，他说他才不管那么多，造在帕萨迪纳市市中心都无所谓。他会从头到尾一直待在建造现场，如果机器炸了，大不了第一个完蛋。”

“德拉姆林就是第一个发现信息是机器蓝图的人，对吧？”

“不完全对，他——”

“我回头去读读为周四会议准备的简报好了。还有别的情况吗？”

“你真打算让哈登来造机器？”

“你也知道，这事情不是我说了算。大体上来说，巴黎定下的条约里，我们有四分之一的决定权，俄国人有四分之一，中国和日本占了另外的四分之一，最后的四分之一由世界上其他国家分享。有很多国家想建造机器，至少是机器的部件，他们想希望以此建立起国家形象，发展新的产业，获得新的知识。只要没人偷跑，我不觉得这有什么问题。至于哈登，他也想分杯羹，这能有什么问题呢？何况你不认为他有这个技术实力吗？”

“他当然有。只是——”

“如果没别的事情，肯，那咱们周四见。前提是病毒允许。”

德·希尔关上房门，走进隔壁的客厅时，总统打了个响亮的喷嚏。当日负责值班的士官长本来在沙发上僵硬地坐着，被那声音吓了一跳。他脚下的皮箱里，塞着能够打响核战的授权密码。德·希尔张开手指，掌心向下轻轻拍了拍，示意他冷静。军官带着歉意对他微笑。

“这就是织女星？一切问题的源头？”总统有些失望地问。媒体拍照的阶段结束，令人头晕目眩的闪光灯消失后，她的眼睛终于适应了黑暗。第二天所有报纸都刊登出总统透过海军天文台望远镜瞭望星空的画面，当然，这只是个小小的骗局。等到摄影师们离开，黑暗重新降临以后，总统才能看到望远镜里的东西。

“它为什么在动？”

“是大气的扰动，总统女士。”德·希尔解释道，“温暖的空气涡流经过，扭曲了影像。”

“就像吃早餐时隔着烤面包机看希摩。我记得他有次半边脸就像融化了。”总统说这话的时候抬高了嗓门，好让自己的丈夫听见。美国第一先生就站在边上，正和天文台的指挥官交谈。

“是啊，然后那几天就没吃烤面包了。”他笑着回道。

希摩·拉斯克退休前是国际女装工人联合会的高级官员，他和他妻子相遇的时候，后来的美国总统还只是“纽约女孩”服装公司的代表，在一起耗时甚久的劳资纠纷事件里，他们陷入了爱河。考虑到他们现在的新地位，两人的关系还真是健康。

“有没有烤面包机其实无所谓，我还是想和希摩一起早餐。”她向着希摩扬了扬眉毛，再次盯着单目目镜看了起来。“它像蓝色的阿米巴变形虫，看起来……黏糊糊的。”

结束了艰难的成员选择会议，总统似乎心情不错，感冒也快好了。

“肯，如果没有扰动，我看到的会是什么？”

“那得用大气层之外的太空望远镜了。你会看到一个稳定的光点。”

“就像普通的星星？就只有织女星？没有行星，没有环带，没有激光作战空间站？”

“是的，总统女士，那些东西都太小了，就算用巨型望远镜也看不见。”

“好吧，希望你的科学家知道他们在做什么。”她低声道，“科学家夸下海口，但从没实现过的事情实在太多了。”

德·希尔显然有些受挫。“可是我们已经拿到3万1千页文本——包括图片文字，还有长篇导读。”

“我的看法和你的有点儿出入。这有点太……想当然了。别跟我说什么全世界的科学家都得到了一样的数据。我知道这个。也别说什么假如我们退出，肯定会有其他国家来制造这台机器。这些我都知道，但我还是感到很紧张。”

一行人缓步穿过海军天文台，走向副总统官邸。过去数周，通过艰难的谈判，各方总算在巴黎达成了关于成员挑选的初步协议：美苏两国都想占两个成员位，因此在这个问题上，它们突然成了铁杆盟友；但要说服世界大消息协会的其他成员国可就没有那么容易了。这段日子，美苏两国想让世界各国乖乖听话，变得越来越困难。

对信息的解读被宣传成了全人类的伟大事业。世界大消息协会已经改名为“世界机器联盟”。每个收到电波片段的国家，都想借此让自己的国民坐进机器。中国虽然没怎么出头，但一直在争辩说，到下个世纪中叶他们的人口将达到15亿。由于计划生育政策，新生儿中有不少会是独生子女。按照他们的说法，这些儿童一旦长成，会比那些对家庭规模要求不那么严格的国家的国民更聪明，也更理智，在未来五十年的国际事务里中国扮演的角色会越来越重要，他们理应获得五席中的一席。对于这个问题，许多国家的官员都展开了讨论。

欧洲和日本放弃了成员参与资格，以换得制造机器部件的权利。他们相信这会带来巨大的经济利益。到最后，人们决定把五席中的四席分给美国、苏联、中国和印度，剩下的那一席待定。这是一场漫长又困难的多边谈判，人口、经济、工业、军事、目前的政治联盟，甚至还包括人类历史，种种因素都需要加以考量。

对于这第五席，巴西和印度尼西亚的代表以人口规模和地缘政治为理由提出了自己的申请；瑞典则说必须考虑到他们在调解政治争端中的作用；埃及、伊拉克、巴基斯坦和沙特阿拉伯的主张自然基于宗教的平衡。另外一些人说，最后这个位置，应该抛开国家背景，给有着突出贡献和能力的个人。到目前为止，第五席该给谁始终没有定数。

那四个已经确定占有席位的国家里，科学家、国家领导人和其他人已经开始了候选人的筛选工作。美国展开了一场全国性的大讨论。调查和民意测验显示，宗教领袖、体育明星、宇航员、荣誉勋章获得者、科学家、电影明星、前总统的配偶、脱口秀和新闻主播、国会议员、有政治野心的百万富翁、大型基金会主管、乡村和西部歌手、摇滚明星、大学校长还有现任美国小姐，都受到了不同程度的支持。

白宫的佣人一直是在美国海军服役的菲律宾海军士官，这是个长久的传统，即使副总统把住所搬去了海军天文台也没有发生改变。他们穿着绣有“合众国副总统”字样的整洁蓝西装，为人们供应咖啡。由于这只是场非正式的晚宴，白天参加选员会议的大部分人都未受到邀请。

作为美国头个第一先生，希摩·拉斯克肯定会受到些不同寻常的待遇。他曾是许多政治漫画、色情笑话的主角。但他为人直率，品行良好，到后来也就没人提他娶的妻子竟然成了美国领导者这码子事情了。拉斯克在晚宴上讲的话逗乐了副总统的妻子和她十几岁的儿子，与此同时，总统带着德·希尔走进了隔壁的藏书楼。

“好吧，”总统说道，“今天没有做出官方决定，也没有把讨论的内容公开，但我们应该试着总结一下：我们不知道那见鬼的机器能干什么，最大的可能是它会把人带到织女星区。对它的工作原理，大家毫无头绪，甚至连这趟旅途需要多久也没人能说出来。跟我讲讲，织女星离咱们有多远？”

“26光年，总统女士。”

“也就是说，假如这机器是种宇宙飞船，飞得和光一样快——我不清楚它到底能不能达到光速，或者接近光速，别打断我——那它也需要26年才能抵达目的地，但这只是在地球上的时间。德·希尔，我说的对吗？”

“是的，完全正确。可能加速至光速会先需要一年，减速下来进入织女星系同样需要一年。但从机组成员的角度来看，他们所用的时间会少很多，可能也就几年。这得看飞船有多接近光速。”

“作为生物学家，德·希尔，你对天文学还真是门儿清。”

“谢谢，总统女士。我只是想对这个问题多点了解。”

总统盯着德·希尔看了两眼。“所以只要机器非常接近光速，机组成员的年龄就不太重要了。但如果它要飞上十年二十年——你说过有这个可能——那我们就得选年轻人上去。对这个说法，俄国人不太买账。你知道的，这是因为……阿尔汉格尔斯基和……卢那察尔斯基，都六十岁了。”她照着面前的档案卡，吃力地念出了这两个名字。

“中国几乎肯定会派席乔木去。他也六十多了。如果我猜得没错，他们其实明白自己在做什么，只是觉得‘管不了那么多了，就让这个六十岁的老头子去吧’。”

德·希尔知道，德拉姆林也迈过了六十大关。

“另一个方面……”他打算举出反例。

“我知道，我知道。那个印度医生；她只有四十多岁。从某些方面来看，这真是我听说过的最蠢的事情了。我们就像在选人参加奥运会，却不知道比赛项目。虽说我们决定派科学家过去，但没准坐上椅子的应该是圣雄甘地这种人，或者耶稣基督本人。别跟我说他来不了，德·希尔。我知道的。”

“既然我们不知道比赛项目是什么，那就该让十项全能冠军去。”

“然后你发现比的其实是国际象棋、演讲和雕塑，而你的运动员对它们一窍不通。好吧，你说过，坐上机器的人应该对地外生命有过思考，最好和接收、解密信息密切相关。”

“至少研究过织女星人的思维方式，或者思考过他们希望我们怎么看待他们。”

“在这样高端的领域，你说过合适的人选不超过三个。”

她又照着档案卡念了起来。“艾罗维、德拉姆林，和……那个以为自己是罗马将军的人。”

“是瓦莱里安博士，总统女士。而且我不认为他把自己当成了罗马将军，那只是他爸妈给他起的名字而已。”

“瓦莱里安博士甚至没回答评选委员会的问卷。他是因为妻子才不考虑坐上机器的，对吗？我没在批评他，这么做又不蠢。他知道该怎么维持和别人的感情。他妻子是不是生病了什么的？”

“就我所知，她身体好得很。”

“好吧，那她可真幸福。帮我给她带句话，让她知道有个天文学家为了她放弃了整个宇宙，一定要好好珍惜这人。话得说漂亮点，德·希尔，你知道我什么意思。引用些名言、诗歌之类的，但也别太迂。”她晃了晃食指，“瓦莱里安夫妇能教会我们一些东西，干吗不邀他参加国宴呢？两周以后尼泊尔国王来访，我觉得到时候叫上他们挺合适的。”

德·希尔在笔记簿上匆匆记下这些话。会议一结束，他就得通知白宫秘书，不过在此之前他还有另一个更加紧急的电话，然而他已经好几个钟头没能接电话了。

“所以现在只剩下了艾罗维和德拉姆林。艾罗维比德拉姆林年轻差不多二十岁，但德拉姆林身体非常健康。他会滑翔翼、跳伞、潜水……作为科学家也很出色，为信息破解出力良多。另外，我相信他和其他那些乘坐机器的老科学家也会聊得很愉快。他没有从事过核武器研究，是这样吧？我不想派任何研究过核武器的专家去。

“至于艾罗维嘛，她也是个很厉害的科学家。她领导了整个阿尔戈斯项目，对电波的来龙去脉了解得很清楚，而且富有求知欲。大家都说她兴趣广泛。她是美国社会活力的缩影。”说到这里，总统顿了顿。

“你喜欢她，肯。这很正常，我也喜欢。但她有时候太自我了。你看了她在问卷调查上的回答吗？”

“我想我明白你的意思，总统女士。不过评选委员会已经问了她八个小时，有些问题在她看来又太过愚蠢。德拉姆林的表现也差不多。艾罗维没准就是向他学的。你知道，她当过德拉姆林的学生。”

“对，德拉姆林也说了不少蠢话。你看，他们已经帮我把录像机准备好了。先是艾罗维的录像，然后是德拉姆林的。帮我摁下‘播放’键，肯。”

电视屏幕上，艾莉正在阿尔戈斯办公室受访。德·希尔甚至能看清办公室里黄色便签上的卡夫卡名言。如果群星始终保持着沉默，他想，艾莉也许会比现在更快乐。她的嘴角已经浮出了皱纹，眼袋浮肿，眉间皱成川字。看着录像上艾莉的倦容，德·希尔不由得感到一阵内疚。

“我怎么看待‘世界人口危机’？”艾莉说道，“你是问我对这个说法赞成还是反对？你觉得这个问题特别重要，织女星人想从我这获得答案，所以得确保我的话正确无误？好吧，我告诉你，就是因为人口过剩，我才会支持同性恋和修士修女搞禁欲主义。后面这种做法尤其棒，因为这样一来，宗教狂热就没办法遗传给下一代了。”

艾莉面无表情地等待着下一个问题。总统摁下了“暂停”键。

“我现在得承认，有些问题还可以设计得更好。”总统说道，“但这个项目太重要了，会对国际形势造成重大影响，绝对不能派个种族主义白痴上去。我们希望发展中国家能站在美国一边，所以才会提这种问题。可你不觉得她的回答不够……圆滑吗？你的艾罗维博士，她有点自作聪明。现在，咱们来看看德拉姆林。”

德拉姆林系着蓝色的蝶形领结，棕褐色的皮肤让他看起来非常健康。“是的，我知道我们都有情感。”他说，“但我们不能忘记情感的本质是什么。它是我们过于愚蠢、无法正确理解事物本质时，导致适应性行为的动机。不过，如果一群鬣狗露着尖牙冲我走来，用不着肾上腺素我就能明白有大麻烦了。还有，我能明白把我的基因传给下一代，也是件很重要的事情，而这并不需要血液里的睾丸酮来帮忙。你确定一个发达程度远远超过我们的文明还会被情绪控制吗？我知道有些人认为我过于冷漠保守，但你要是真想了解外星人，那就得派我去。我和外星人的相似程度，比你能找到的任何人都高。”

“看看这选择！”总统说道，“一边是无神论者，另一边是精神织女星人。我说，为什么非得派科学家去不可呢？我们就不能找些……正常人吗？哦，我就这么一说。”她马上补充道，“我知道去的人一定得是科学家。电波讲的是科学内容，用的也是科学家们的语言。科学，是我们和织女星人的共同点。但是呢，不，我知道这些理由还不够好。”

“她不是无神论者，是不可知论者。她的思想很开放，没有被什么教条束缚住。她聪明、坚强，而且非常专业，知识面广博。她正是我们在这种情况下需要的人。”

“肯，你为阿尔戈斯项目的顺利进行付出了许多，但它也引来了很多人的恐惧。别以为我不知道外人是怎么想的。我约谈的人里，有多半认为我们不该把机器造出来。只是木已成舟，他们不得不退而求其次，要求确保进机器的人可靠。你对艾罗维的评价可能中肯，但她不够稳妥。我一直从国会、从地球优先主义者、从全国委员会、从教堂那里跟踪着热点。我认为她在加州会面上的表现打动了帕尔默·乔斯，可也惹恼了比利·乔·兰金。他昨天打电话过来，说'总统女士'——我听得出来，他非常讨厌'女士'这个词——'总统女士，'他说，'不管那机器要飞到上帝还是魔鬼身边，你都应该派最虔诚的基督徒去。'他打算利用自己和帕尔默·乔斯的关系来吓唬我，但我打包票打电话是他自己的主意。如果我们派德拉姆林去，兰金这样的人会更容易接受一点。

"我知道德拉姆林人情味有点淡，但他可靠、爱国、健康，资料无可挑剔，再说他自己也想去。我们只能选德拉姆林。对于艾罗维，我能做出的最好安排，就是让她当替补成员。"

"我把结果通知她？"

"先让德拉姆林得到消息，好吧？最终结果一确认我就通知你，等德拉姆林知道了以后……嘿，高兴点，肯，你难道不希望她留在地球上吗？"

国务院的"老虎"小组在法国协助美国代表参与谈判，等艾莉发完给他们的简报，时间已经过了六点。德·希尔答应说选员会议结束就给她打电话。她希望德·希尔能亲口告诉她选拔的结果，而不是从其他什么地方得知。艾莉清楚自己对考官不够恭敬，有可能因此败给其他几十号候选人。但不管怎么说，她想，机会总是有的。

回到酒店，艾莉发现了一封信——不是酒店管理员写的"当你外出时"那种粉色卡纸，而是一封没盖戳的手写信。上面写着"今晚 8 点，国家科学技术博物馆。帕尔默·乔斯"。

没有问候，没有解释，没有具体安排，没有"你真诚的"这类客套话，艾莉想。这是个真正有信仰的人。他用的笔和纸都是酒店的，也没留下回信地址。他肯定从国务卿那打听到艾莉在城里，于是过来留下这封信，准备在约定地点和她见面。这一天，艾莉一直忙着拼凑信息碎片，现在又累又烦。尽管不太情愿，她还是洗澡更衣，买了袋腰果，坐上三刻钟的出租车到了博物馆。

离关门还有一个小时左右，但博物馆里已经空空荡荡的了。入口大厅里，巨大的黑色机器塞满每个角落。它们代表了 19 世纪制鞋业、纺织业和煤炭业的荣光。1876 年世界博览会用过的蒸汽风琴演奏着一段欢快的乐曲，艾莉猜，那曲子原本是铜管乐器，演奏给从西非来的旅团听的。她四处望了望，没发现乔斯的身影，不过抑制住了转身离开的冲动。

如果你不得不和帕尔默·乔斯在博物馆见面，她想，而你和他以前聊过的话题，只有宗教和电波，那你会选什么地方跟他对谈呢？这和 SETI 选择电波频段有点儿像：你还没有接到过来自先进文明的信息，只能猜他们——你对他们一无所知，甚至连他们到底存不存在也不确定——会选什么频段。你得考虑你们之间的共识，比如你和他们都清楚宇宙中最丰富的原子是什么，以及它吸收和发射电波时独有的频率。这就是为什么早期的 SETI 在进行搜索时，会选择 1420 兆赫的中性氢原子线。眼下，他们在博物馆里的共识是什么？亚历山大·格雷厄姆·贝尔的电话机？电报机？马可尼的——哦，当然了。

“这里有傅科摆吗？”她问门卫。

艾莉走进圆形大厅，鞋子后跟在大理石地板上磕出清脆的回响。乔斯俯在栏杆上，凝视着前方的马赛克地砖。地砖上有时钟似的表盘，整点的位置摆放着小小的标志物。它们有的还立着，有的已经倒下——肯定是白天时被傅科摆撞倒的。晚上七点左右，有人停下了摆锤，它现在悬挂在表盘中央，纹丝不动。整个大厅里就只有两个人。乔斯一分钟前就听到了她的脚步声，但什么也没说。

“你认为祈祷可以停止钟摆？”艾莉微笑着问道。

“那是滥用信仰。”他答道。

“我不明白。你让很多人入了教，让上帝帮个忙应该不难吧？而且没记错的话，你常常跟他对话……不是吗？等等，你真想测试我对物理谐振的信心？行啊。”

乔斯真要让她接受这样的考验，让艾莉有些惊讶，但她决定要他开开眼。艾莉松开手提包，任由它从肩膀滑落，然后脱下鞋子。乔斯优雅地跨过栏杆，扶着她翻了过去。他们沿马赛克瓷砖铺成的斜坡半是走、半是滑地下到了摆锤边。摆锤是暗哑的黑色，艾莉猜不透它到底是用钢铁还是铅铸成的。

“你得帮我一把。”艾莉说。她双手合抱，可以轻松地搂住锤头。在乔斯的帮助下，他们把摆锤抬起了一个角度，紧贴她的脸。乔斯盯着艾莉，既不问她有没有准备好，也没有要她注意小心别摔倒，甚至没有提醒她在放手的时候要让摆锤荡起来。艾莉身后的平地长约一米到一米半，再过去，就是向上倾斜的环形墙壁。保持冷静，艾莉对自己说，相信科学，不会有错的。

她松开手。摆锤离她而去。

单摆的这个来回，让她头晕眼花。单摆的周期是 $2\pi\sqrt{(L/g)}$，L 是摆的长度，g 是重力加速度，由于承轴的摩擦，钟摆没法回到起始的位置。我要做的，就是站稳了别动，艾莉对自己说。

荡至对面的栏杆附近，摆锤的速度逐渐降低，最后停了下来。接着，它颠倒轨迹，向着艾莉扑来，速度比她想象的快得多。它越逼越近，越变越大，仿佛一座大山。艾莉不由得倒吸一口凉气。

等摆锤从面前再度离开，艾莉有些沮丧地承认：“我刚刚往后缩了。”

“就一小点儿。”

“不，我退缩了。”

“你有信仰。你相信科学。只不过有那么一丝怀疑。”

“不是这么回事。这是我们发育了100万年的大脑，在对抗存在了10亿年的本能。这就是为什么你的工作比我的要简单那么多。”

“在这件事上，我们的工作是一样的。轮到我了。”乔斯说着，猛地抓过荡到了最高点的摆锤。

“但我们测试的，不是你对能量守恒的信念。”

他微笑着，准备自己也接受这考验。

“你们在下面干什么？”有个声音突然问道，“疯了吗？”原来是博物馆警卫，他尽职尽责地查看着各个展厅，确保参观者能在关门前离开，结果在这个巨穴似的、本该空无一人的展室，发现凹坑里有一男一女在把弄摆锤。

“哦，别担心，先生，”乔斯温和地答道，“我们只是在测验自己的信仰。”

“你们不能在史密斯学会里做这些。”警卫说，“这里是博物馆。”

乔斯和艾莉笑着轻轻放下摆锤，确保它不再动弹后，爬上了倾斜的瓷砖墙。

“我们这么做是第一修正案批准的。”艾莉说。

“或者是第一诫。”

艾莉套上鞋子，把包挂到肩上。她高昂着脑袋，和乔斯一起离开了大厅。警卫没有认出他们是谁，他们也没有表露自己的身份。两人虽然说服了警卫不要逮捕他们，但离开博物馆的时候，身边还是多了一队身穿制服的工作人员。这些人担心如果不加注意，艾莉和乔斯接下来可能会偷偷打开蒸汽风琴，继续去追寻他们难以捉摸的神。

街上冷冷清清的。他们一言不发地沿着林荫路向前走去。那晚空气冷冽，艾莉能认出地平线上的天琴座。

“看上边那颗亮星。它是织女星。”她说。

乔斯望着星星看了很久。“解开他们的信息是项了不起的成就。”他终于开了口。

“没什么，只是件小事。一个先进文明把他们能想到的最简单的消息发了过来，要是这都解不开，那可太丢脸了。”

“我发现你不太习惯被人称赞。不，这个发现改变了未来，至少是我们想象中的未来。它的意义不亚于人类学会使用火焰、发明文字和农业，或者圣母领报。”

他重新望着织女星。“如果你在机器里有一席之地，如果你可以乘坐它去电波的源头，你觉得织女星人会长什么模样？”

“进化过程充满了随机性。地外生物长什么样子都不奇怪。如果你在生命起源之前就来到地球，你能猜到地球上会出现蝈蝈和长颈鹿这样的动物吗？”

“我知道这个问题的答案。你大概会认为那只是我们编造出来的，或者在书里读到的，要不就是在帐篷里祈祷时想到的，但事实并非如此。对于这件事，我有过直接的体验，绝对不是信口开河。对我来说，这再明白不过了。我曾经亲眼见到过上帝。”

看乔斯诚恳的模样，他对自己的话显然深信不疑。

“跟我说说吧。”

于是他说了。

“好吧。”艾莉沉静了片刻后终于说道，“从临床诊断来看，你当时死了，但你醒了过来，记得自己从黑暗中升起，进入了光明。你看到了发光的人形，认为他是上帝。但这段经历里没有任何别的东西告诉你，就是这团光塑造了宇宙，或者制定了道德法则。体验只是体验。当然，它深深地打动了你，但它还有其他可能的解释。”

“比如？”

“嗯，比如出生。你出生时，也是穿过漫长的黑暗隧道进入光明。至于那光芒为什么耀眼，你作为胎儿，在黑暗中待了整整九个月才见到光，可不得印象深刻嘛。想象一下，当你第一次见到色彩、光影和人类的面孔时——嗯，可能基因编码已经帮你预设好了人脸识别的程序——会多么惊讶和敬畏。有一种说法是，当你濒临死亡的时候，记忆会被拨到最初的时刻。反正可能性众多，这是其中之一。我的意思是，你对自己的体验，也许产生了误解。”

“你不曾见我所见。”

乔斯望了会儿织女星发出的蓝白色冷光，目光转向艾莉。

“你在这片宇宙里……没有迷失过吗？如果上帝不存在，你怎么知道自己该做什么，又该怎么做？就只是遵守，或者违背世俗的法律？”

“帕尔默，你担心的不是迷失方向。你担心的是他不能成为一切的中心，不是宇宙诞生的原因。我的宇宙中，有许许多多的秩序。引力、电磁学、量子力学、统一场论，它们都是有规律的。至于我们行为的准则，为什么不能是追寻人类这个物种的最大利益呢？”

“真是高尚的世界观。我绝对不会否认人性本善，但缺少了上帝的爱，人类已经做出了多少残忍的事情？”

“即使不缺少，人类干的坏事就少了？萨佛纳罗拉和托尔克马达[1]敬爱上帝，至少他们是这么说的。你信仰的宗教认为人类是群孩子，需要管教。你希望人们能够信仰上帝，这样他们就会遵循律法。可你们想到的唯一办法，是建立一支严格的队伍来纠察世俗，还有一个全能的上帝。即使有什么罪孽没被人们发现，也逃不过他的法眼。你太低估人类了。

1.萨佛纳罗拉和托尔克马达：萨佛纳罗拉（1452—1498），意大利道明会修士，1494年到1498年担任佛罗伦斯的精神和世俗领袖。以反对文艺复兴艺术和哲学、焚烧艺术品和非宗教类书籍、毁灭被他认为不道德的奢侈品著称。托尔克马达（1420—1498），西班牙天主教多明我会僧侣，西班牙宗教裁判所首任大法官。

“帕尔默，你觉得我没有你那样的宗教经历，所以意识不到上帝的伟大。但事实恰恰相反。我听你说那些的时候，心里想的是‘他的上帝太渺小了！’一颗微不足道的行星，几千年的历史，哪怕是个次等的神明也不会对此加以注意，更别说整个宇宙的创造者了。”

“你把我和别的传教士搞混了。那个博物馆是兰金兄弟的地盘。我早就准备接受一个历史长达几十亿年的宇宙了。我只是说，科学家们还没有证明它。”

“要我说，你还没理解那些证据。如果传统的教诲，如果宗教所说的‘真相’其实是假的，它们怎么能造福百姓呢？如果你真的相信你的信众是成年人，你的布道自然会不同。”

两人陷入一阵短暂的沉默，只剩下啪嗒啪嗒的脚步声。

“如果我讲得太过了，”艾莉说，“那我道歉。我老犯这毛病。”

“我向你保证，艾罗维博士，我会仔细思考你今晚说的东西。你提出了一些问题，我本该清楚答案。不过本着同样的精神，也让我问你几个问题，行吧？”

见艾莉点头，他说了下去。“想一想‘意识’的本质，抓住这一刻的感觉。你觉得，那是数十亿个微小的原子在运动吗？还有，除了生物学的机制，孩子们能从科学上学到什么是爱吗？这是——”

艾莉的寻呼机叫了。也许是肯，艾莉心想，她心心念念的消息终于有答案了。如果是这样，那他可真是开了一个漫长的会议。但他没准带来了好消息。艾莉瞥了眼液晶屏上的数字，果然是从肯的办公室打来的。虽然附近没有公用电话，但要不了几分钟，她就能在路边拦下辆出租车。

“我有急事，得马上走了。”她向乔斯道歉，“真的对不起。我喜欢这场谈话，也会好好考虑你提的问题……等等，你好像还没问完？”

“是的。请问科学里有没有什么诫律，能阻止科学家作恶呢？”

15.
铒钉

大地，有它就足够了，
我不要星星离我更近，
我知道它们正好各居其所，
我知道它们满足了属于它们的人。

—— 沃尔特·惠特曼，《大路之歌》（1855）[1]

1.这里使用了邹仲之的译本。

年年岁岁如白驹过隙。这是技术上的梦想，也是外交上的噩梦，但人们终于开始着手建造机器了。各种各样的新词被造出，项目一度被冠以各种古代神话的名字，不过从一开始，大家就简单地称其为“机器”，所以这最后成了它的官方名称。围绕着它进行的国际谈判微妙而复杂，被西方社论家们称为“机器政治”。当第一份总预算出炉时，就连航天工业的巨头们也吃了一惊。后来一些年头里，它甚至高达每年五千亿美元，相当于全球总军事预算——包括核武器和常规武器——的三分之一。有些人担心建造机器会毁了全球经济。“来自织女星的经济战？”《伦敦经济学家》如是问道。《纽约时报》每天相关消息的头条，标题就算起得再客观公正，也比十年前的《国家询问报》——它已经停刊了——的题目更加惊悚。

记录显示，没有任何通灵者、预言家、先知、占卜师、占星术士、数字命理学家或者年底各种刊物“来年运势”的撰稿人，以及所有号称可以窥见未来的人，对信息和机器做出了正确的预言，更别说织女星、质数、阿道夫·希特勒、奥林匹克运动会之类的细节了。当然啦，总有人会说自己早就预见到了一切，但出于种种原因，没有把预言写下来。他们的理由五花八门，有的只是粗心忘了，有的则说如果不写下来，预测会更加准确——这是维持世界运行的神秘定律之一。很多宗教的观点略有不同，然而大同小异。他们说如果你细细阅读经典，再发挥一下想象力，会发现书中早已写明了一切。

在另一些人看来，机器代表了航天工业潜在的庞大市场。自从《广岛协定》签署以来，全球的航空航天工业一直萎靡不振，只有极少数的战略项目得到了发展。太空殖民地就是其中之一，但它们和上届政府构想的激光战斗空间站以及其他战略防御设施相比，实在是不值一提。而因为机器对就业、经济和职业发展可能带来巨大的好处，好些原本担心地球安危的人最终放下了顾虑。

一些位高权重者认为，来自外太空的威胁，给了高科技产业无限的发展机遇。必须要有防御系统，还有极其强大的监视雷达，他们说，以后还要在冥王星或者奥尔特云里建立前哨站。以人类目前的科技水准而言，这根本是异想天开，然而幻想和现实的落差再大也吓不倒他们。“要是我们毫无自卫能力，”他们问道，“你们是打算眼睁睁地看着他们过来吗？”这些人嗅到了暴利的气息。当然，人们已经投入数万亿美元，开始制造机器了。但要是估对了牌，建造机器只是个开始。

拉斯克的第二次总统竞选，导致美国出现了一个不太牢靠的政治联盟。拉斯科的参选，实际上成了一场关于该不该建造机器的全民公投。她的竞争对手警告说，外星人已经“发明了一切”，就算机器不是特洛伊木马或者末日武器，也会严重挫伤美国人的创造力，而总统表示她相信以美国的技术实力，能接受这样的挑战。她还暗示——虽然从来没明说——美国的科技会发展到和织女星人不相上下。最后，拉斯克赢得了大选。得票虽然体面，但算不上是压倒性的胜利。

在建造机器这件事上，说明书本身起到了决定性的作用。在教授语言的导读和讲解建造机器的基础技术部分，一切都写得明明白白。有的时候，它们对中间步骤的重申，甚至会到用非常冗长重复的方法表示出来。举个例子，在基础算数的部分，它说过“如果 2 乘以 3 等于 6，那么 3 乘以 2

也等于6。机器的建造每进一步，都会得到检查：用在这个步骤中的铒，纯度应该是96%，其他稀土元素的杂质不能超过1%；当31号组件准备完毕，并浸入6mol / l的氢氟酸溶液中时，其他的结构组件应当如图所示；当408号组件安装完毕后，施加2兆高斯的横向磁场，观察其在静止下来之前，水平高速旋转了多少圈。如果任何一个测试失败，都必须重复上一个步骤”。

这就像是一场场考试，你为了及格，不得不死记硬背。许多基础组件都是按照指令由专门的工厂从零开始设计打造出来的，运行原理并不为人类所知。很难看出它们为什么能工作，但它们就是可以。对于这些新技术，即使不了解真相，人们也能把它们拿来用在冶金学或有机半导体学之类的地方。在这个过程中，人们甚至能偶尔透过表象，洞见一些真知。还有些部件，蓝图干脆提供了好几种备选的生产方法。显然外星人不确定对地球科技来说哪种方法最容易。

等到新的工厂造出机器的第一批组件原型后，人们变得逐渐乐观起来，看来这藏在外星语言里的外星技术，建造起来也不那么难。继续拿考试打比方，就是你对自己能考几分忐忑不安时，发现试卷并不难，考的东西都比较基础。当然啦，精心设计过的考试，本身也是对知识的一种学习过程。而第一次考试，你全科都通过了：铒的纯度足够；无机材料被氢氟酸蚀刻后，变成了教程中描绘的结构；转子的转动和蓝图的介绍分毫不差。批评者们说，科学家和工程师们被“大消息”玩弄于鼓掌之间，他们逐渐被全新的科技吸引，忽略了其中的危险。

其中一个组件的建造，需要用到一系列复杂的有机化学反应，而反应的产物，得引入泳池大小、混合了甲醛和氨水的容器里。那些物质在容器里不断反应、分化、沉淀，最后出现的东西，复杂程度超过了人类的任何造物。它是个错综复杂的网络，由数不清的空心管道组成，管道里可能有一些东西在流动。虽然那烂糊状的暗红胶体不会自我复制，但它吓到了许多人。人们对这个试验进行了好几次重复，得到的结果始终如一。为什么反应的终产物比蓝图上的说明还要复杂，这是个未解之谜。这个有机物组件造出来以后，就这么静静地搁在地上，什么事情也没有发生。按照设计图，它会被安进十二面体的内部，就在船员舱的上面。

美国和苏联正在建造同样的机器，两个国家的工程位置都选在了荒无人烟的地点。与其说这是担心末日武器造成人员伤亡，倒不如说这么做能阻止那些充满好奇的游客、抗议者和媒体来进行干扰。美国的机器位于怀俄明州；苏联则选址在了高加索外边、乌兹别克共和国领土上，毗邻组件生产设施。至于那些可以用现有工艺制造的零部件，它们的生产工厂散布在世界各处。举例来说，耶拿一家器械工厂负责制造和测试的光学部件，同时供应给美国和苏联；日本人对他们生产的每一个部件，都进行了系统的检查，想尽可能弄清楚工作原理；北海道也有家工程进度缓慢的工厂。

有人担心，对那些零件进行没在信息里明确指出的测试，可能会破坏它们正式运行时相互之间微妙的关系。就比如说这台机器的主要子结构之一由三个同心球构成，它们的轴线相互垂直，能高速旋转。球壳上刻有精细复杂的图案。要是测试的时候旋转了它们的外壳，那装配到机器上以后，会不会导致运行不正常？反过来说，如果是未经测试的外壳呢，它能完美运行吗？

哈登工业是美国方面机器制造项目的主要承包商。索尔·哈登坚持不对组件做任何未经写明的测试，甚至试装都不行。所有人都必须严格按照指示来，绝不可逾越半步。他要员工们把自己想象成中世纪传说里的法师，咒语的一字一句都得符合魔法书，甚至一个音节都不能发错。

终于，时间距离新千年——或者说世界末日，这取决于个人看法——只剩下两年了。因为相信末日审判将至，许多人选择了提前“退休”，导致一些行业的熟练工出现短缺。但哈登工业没有受到什么影响，这不光因为他们一直对机器的建造保持了乐观的态度，还通过人员的重组和优化，以及为分包商提供各种奖励等措施渡过了难关。哈登的这些做法，后来被当成了美国之所以成功的真实写照。

哈登本人倒是“退休”了——考虑到这个说教过滤器发明人的名言，这还真挺出人意料。“那些千禧年论者把我逼成了无神论者。”他曾经这么说。不过根据他下属的说法，最后的拍板决定权其实还在哈登手里，只不过他们现在得用高速的不同步网络和老板进行沟通：他的下属会把进度报告、授权请求和碰到的问题打包，通过科学界常用的信息服务器发给他。哈登的回复呢，会通过另一个包发送回来。这种做法挺别扭，但确实能行。俗话说万事开头难，造机器也是这样。反过来说，最初的几个问题解决掉以后，S·R·哈登的消息就变得越来越少。世界机器联盟的高管一度对此表示担忧，然而他们和哈登在某个地方秘密开过长会以后，就放心地离开了。对于他到底藏身何处，除了这几个人外，无人知晓。

全球核武库存从50年代算起，第一次降至3200枚以下。核裁军议程里比较困难的部分，就是把核威慑降低到最低限度的谈判，也正取得进展。对美苏两国来说，一方库存的核弹越少，另一方的优势——哪怕只是多出几枚核弹——就会越发明显。好在随着双方的核弹搭载系统——这个很容易检查——的废除数量越来越多，自动检测条约遵守情况的设备又得到了部署，再加上新签订的现场检查协议，核武进一步废除的前景喜人。

逐渐缓和的局势深深影响了美苏两国人民的心态，上至行业专家，下至平民莫不例外。当初双方怎么搞的军备竞赛，现在就怎么拼的核裁军。当然了，双方拥有的核武储备，依然能摧毁这颗星球上的文明。但人们的乐观情绪已经给未来开了个非常好的头。此外，即将来到的千禧年庆典，可能也从宗教和世俗两方面对此产生了正面影响，让国与国之间的武装敌对行为进一步减少。这种情况，被墨西哥城的枢机大主教称为“天赐和平”。

在怀俄明和乌兹别克斯坦，新的工业园区和城市拔地而起。建造机器的费用，工业化国家当然占了大头，不过要是平摊一下，你会发现地球上平均每人每年要付出100美元。对地球上最穷苦的四分之一人口来说，100美元得占去他们年收入的很大一部分。这么大一笔钱花在机器上，没能转化成商品或者服务好像很可惜，但它们刺激了新技术的大发展，实际上物超所值——哪怕机器还从没运转过。

不少人认为，这发展的步子迈得太大了，应该在每走上一级新的台阶前，先好好理解现有的基础。要是花几代人的时间去慢慢造这台机器，不是也很好嘛？这等于把建造的成本分摊到了几十年里，能减轻对世界经济带来的负担。从很多方面来看，这都是个不错的建议，然而它实施不起来。你怎么可能一个一个地制造机器零件呢？从世界范围来看，为了造出机器来，许多专精不同学科的科学家和工程师们都在尽力放宽眼界，学习他们专业之外的东西，放缓进度根本不可能。

还有些人担心如果造得太慢，机器永远也没法完工。美国总统和苏共总书记都承诺要集中全国之力去制造机器，但他们的继任者会做什么选择永远是个未知数。此外，出于大家都能理解的个人原因，那些主管着这个项目的人，都希望项目能在自己手上完成。有人认为，电波的频段如此宽，信号如此清晰，播送的时间又那么长，说明织女星人很着急，他们等不及我们做好万全的准备了。他们要我们立马开始以最快的速度建造机器。

最初一批组件的制造，用的不过是导读基础部分的技术。相应的测试简简单单地就通过了。但随着新造的组件越来越复杂，人们的努力偶尔会遭到失败。这种情况美苏两国都有发生，不过苏联方面更多。既然不知道组件的工作原理，也就不可能分析故障模型，找出制造过程里到底哪个步骤出了错。机器的部分零件由两家不同的制造商生产，他们要和对方拼速度、拼质量。如果双方都通过了测试，那么美苏两国会更倾向于选择本国的产品。正因为如此，两国正在组装的机器，并非完全相同。

终于，到了人们开始把各个组件拼合起来的那一天。这可能是机器建造过程中最容易的部分，只要一两年就能完成。有些人相信，等到机器造完，摁下启动键的那一刻，这个世界就完蛋了。

和新墨西哥的同胞相比，怀俄明的兔子无疑要聪明得多，或者是少得多。这不太好确认。雷鸟的车灯不止一次地扫到过路边的野兔，它们都形单影只，那种数以百计的阵仗显然还没从新墨西哥传过来。这里的环境和阿尔戈斯基地差不太多，都是一个大型科学设施，周围数万平方公里的无人风景区。这次艾莉不用组织什么活动，也不是什么组委会成员，但她还是来了，来看看这个有史以来最伟大的工程。毫无疑问，不管机器启动后会发生什么，阿尔戈斯的发现都会成为人类历史的重要转折点。

就在人们需要外力以团结起来的时候，它突然从天而降。从星而降，艾莉纠正自己。从 26 光年外，距离 230 万亿公里的地方而降。跟一个领先少说几千年的文明对话时，苏格兰人、斯洛文尼亚人还是中国四川人都没什么区别。地球上最落后和最先进国家之间的差距，比起工业化国家和织女星人的差距来不值一提。转眼间，人与人之间种族、宗教、国家、民族、语言、经济和文化上的巨大区别，似乎变得无关紧要了起来。

“我们都是人类。”这句话你最近走到哪儿都能听到。但过去几十年里，人们很少表达这样的概念，特别是在媒体上。我们分享着同一颗星球，那些人说，还有几乎完全相同的文明。外星人恐怕不会因为你属于哪个意识形态阵营就优先和你展开谈判。大消息的存在——撇开它神秘的功能不谈——把整个世界联系到了一起。你能真切地感受到这个过程。

听艾莉说她没有被选上的时候，妈妈的第一个问题是“你哭了吗？”是的，艾莉哭过。她渴望坐上机器。但德拉姆林才是第一人选，她告诉妈妈。

苏联人还没决定到底该派卢那察尔斯基还是阿尔汉格尔斯基参与任务，这两人都在接受“训练”。不过除了尽可能地了解机器之外，到底该做点什么“训练”，谁都说不清。有些美国人说，苏联想占走机器的两个席位，艾莉觉得这纯粹无稽之谈。卢那察尔斯基还是阿尔汉格尔斯基都非常适合这个任务，苏联人只是单纯拿不定主意。卢那察尔斯基如今身在美国，但并非怀俄明，而是随一支高级别苏联代表团去了华盛顿，同美国国务卿以及迈克尔·凯兹会面。迈克尔·凯兹刚刚晋升成了国防部副部长，阿尔汉格尔斯基回了乌兹别克斯坦。

怀俄明荒野里的新城镇被直接命名为“机器镇”；怀俄明州机器镇。它的竞争对手在苏联得到了差不多的名字，叫作马坎尼亚，意思是机器城。它们都是住宅区、公共事务区、商业区和占地面积巨大的工业区的复合体。这些区域有的朴实无华——至少外观如此；有的一眼望去，就知道非同一般——那么多圆顶和尖塔，外面还有长达数英里的复杂管道。只有被认为可能会带来风险的工厂，比方说用来合成有机物的设施，才会选址在怀俄明的荒野里。而那些人们多少了解其技术原理的生产工厂，则散布在全世界。眼前这些厂房的核心区域是装配中心。这里临近怀俄明的维根威尔，所有完工的部件都会交付过来。看着那些组件被送达，艾莉有时候会突然想起，她是第一个看到它们设计蓝图的地球人。每当一个新组件拆箱，艾莉都会冲过去检查。眼看组件一个个拼合而起，它们组成的子系统也通过了测试，艾莉心中不由得升起了一股母亲般的自豪感。

艾莉、德拉姆林和瓦莱里安来这里是为了参加例会。这会议已经定期举行了很久，当初的目的是为了讨论对织女星电波的监控状况，如今其实已经失去意义。到场的时候，他们发现所有人都在谈巴比伦纵火案。案件发生在今天凌晨，可能就在那些见不得光的淫行最猖獗的时段。一只装备了迫击炮和燃烧弹的暴乱队伍同时朝恩利尔门和伊丝塔门发起了进攻。金字塔庙被付之一炬。现场拍摄的照片显示，许多衣不遮体的人从亚述神庙里冲了出来。幸运的是虽然伤者众多，但无人身亡。

就在袭击发生前，《纽约太阳报》（宣扬“地球至上”论，标志是被一道闪电劈中的地球）接到一通电话。打电话的人不但声称他们即将发起攻击，还说这是天谴，说这是为了那些心系美国道统、反对堕落和污秽的人而做的。巴比伦公司的发言人已经正式谴责了这种犯罪行径，但至少到目前为止，S·R·哈登还没有发声。

因为知道她去巴比伦会见过哈登，好些与会人员想知道艾莉对此的看法，甚至德拉姆林也露出了饶有兴致的样子。从他对巴比伦地理环境的了解程度来看，德拉姆林可能不止一次地去过那里。就算他是那个驾着战车的士兵，艾莉也不会感到丝毫意外。不过他可能只是看过巴比伦的资料而已，毕竟每周的新闻杂志上都会出现那里的地图。

终于，他们回到正题上。从开始到现在，大消息始终以同样的频段、带通、节奏、偏振和相位调制不断传来；机器的设计蓝图和导读照旧藏在质数和奥运会下边。织女星的文明要么非常有耐心，要么就是忘了关发报机。这时候，德拉姆林注意到瓦莱里安的神情有些恍惚。

“彼得，你想问题的时候，为什么要瞅着天花板？”

都说德拉姆林这几年成熟了不少，但看他这句话，你就知道那个说法算不上全然正确。能被美国总统选中作为国家代表去和外星人进行第一次接触，他说，是极大的荣耀。他还告诉他的朋友，这趟旅行将会是他人生的顶点。德拉姆林的妻子依旧陪在他身边，最近两人已经暂时搬家到了怀俄明。德拉姆林在这里收获了新的幻灯片观众——就是那些负责制造机器的科学家和技术人员，而他的妻子不得不继续忍受他对自己滔滔不绝的吹捧。因为这里相距德拉姆林的老家蒙大拿不远，他时不时会去做短暂的访问。有次艾莉开车送他去米苏拉，那几个钟头里，他第一次表现出对她的友好。

“嘘！我在想事情呢。”瓦莱里安道，“这是种隔绝干扰的技巧。我已经尽量减少视野里的杂物了，但防不住你在边上叫我名字。你可能会问我干吗不盯着张白纸看，但一张纸太小了，我的视野边缘能看到纸之外的东西。不扯这些了，我刚才想的是：为什么我们还在收看希特勒的奥运会广播？都这么多年了，他们肯定收到了英王加冕的电波。为什么我们还没看到宝球、权杖和貂皮披肩的特写，没听到背景的颂歌声‘依着上帝的恩典，现在乔治六世加冕成了英格兰和北爱尔兰的国王，印度的君主’？”

“你确定加冕典礼播出的时候，织女星在英国上空？”艾莉问道。

“是的。收到奥运会电波几个礼拜以后，我们就检查过。那天电波信号的强度比希特勒的奥运会还要高，可以肯定织女星人看到了加冕典礼。”

“你认为他们对我们有所保留，不愿告诉我们，他们到底对地球有多少了解？”艾莉问道。

“他们很急。”瓦莱里安说。他有时候就这样，话也不讲清楚。

“更有可能是他们想提醒我们，”艾莉说，“他们知道希特勒这号人。”

“和我说的好像也没本质区别。”

“好了。我觉得咱们还是别编故事了。”德拉姆林打断道。碰到有人猜测外星人的动机，他总是一副不耐烦的样子，说这完全是浪费时间，我们很快就知道了。他要人们把注意力放在信息本身上，说那才是实实在在的资料，那些不厌其烦地重复着的、毫无歧义且充满智慧的文字。

“换点现实的话题也许能让你俩达成共识。我们为什么不去装配区看看呢？他们这会儿应该正在用铒钉拼接组件。”

这台机器的几何设计看起来很简单，但细节复杂到了极致。机器最大的组件是个十二面体，而乘员要坐的五把椅子就位于这个十二面体的中央。

舱内没有进食、睡眠或者其他跟人类生理需求沾边的地方，这清楚表明搭乘机器进行的旅行——如果真的有这么个旅行的话——用不了多少时间。有人认为这机器一旦激活，就会快速升空，和藏在地球附近的太空飞船汇和，问题是不管雷达还是望远镜，人们始终没发现太空船的痕迹。从织女星人对地球的了解来看，他们不太可能忽视了人类的基本生理需求。也许那机器哪儿也不会去，也许它只会对乘员产生什么作用。船舱里没有任何仪器：没有操纵面板，甚至连点火装置也没有——那里就只有五把朝向中心的椅子，每个人都能看到其他的乘员。信息对乘员和他们随身物品的重量上限做了严格规定，换句话说，个子较小的人坐进机器，比较有优势。

船舱的上下部，就是十二面体逐渐收缩的部分，是结构复杂到令人费解的有机物。这块区域的表面，能看到许多铒制的榫钉。围绕着十二面体的是三个同心球，它们分别代表了宇宙的三个维度。这些球的外壳是磁悬浮式的——人们已经确认，设计图中包括了强大的磁场发生器，而球壳和十二面体之间是一片真空。

信息里没有给任何组件注上名字。举个例子，铒在蓝图里，就以“68个质子和99个中子组成的原子”为名，机器的不同部件也以数字命名——比方“31号组件”。不过旋转的同心球，被一个喜欢技术史的捷克工程师称作“本泽尔”，因为1870年，古斯塔夫·本泽尔发明了旋转木马。

这台机器的设计和功能都笼罩在谜团里。虽然得用上全新的技术才能建造，但那技术并非不可企及。机器的结构可以用图解法来表示——实际上，它的设计图已经出现在世界各地的媒体上，人们早就知道建成以后的模样。可能正是因为如此，技术人员普遍相信可以顺利完工。

德拉姆林、瓦莱里安和艾莉通过一系列验证程序，包括检查证件、识别指纹和语音，进入了巨大的装配站。他们看到三层楼高的吊车在往有机基质里打铒钉，而十二面体的部分五边形板材正从高架轨道上往下吊。在苏联人碰到问题的时候，美国造的子系统已经通过了全部测试，机器的完整样貌逐渐显现。它们会组装到一起，艾莉望着本泽尔将被安装进去的位置，心中默想，这机器的外表就像文艺复兴时期天文学家们的浑天仪。如果能看到这一切，约翰内斯·开普勒会怎么想呢？

装配站的地上，还有不同高度的环状高架轨道上，挤满了技术人员、政府官员和世界机器联盟的代表。就在几人驻足观看时，瓦莱里安说总统偶尔会联系他的妻子，但他们到底聊了些什么，妻子就是不肯告诉他。她说那是个人隐私。

榫钉的安装接近完成，一项重大的集成系统测试很快就要展开。有些人认为这个根据蓝图造出来的检测仪器其实是重力波望远镜。眼看测试就要开始，他们几人为了看得更真切一点，绕过了一根支柱。

突然间，德拉姆林飞了起来。不止是他，所有的一切似乎都飞了起来。那个瞬间，艾莉想起了把桃乐丝刮去奥兹国的龙卷风。只见德拉姆林像电影慢镜头似的朝艾莉，张开双臂将她重重撞倒在地。艾莉糊里糊涂地乱想，这么多年了，他就是这么向女性示好的吗？这可不灵啊。

此次爆炸到底是谁干的，始终没有定论。地球至上组织、红色军团、伊斯兰杰哈德、聚变能源基金会、锡克教分离主义者、光辉道路、绿色高棉、阿富汗复兴会、反对机器母亲联合会的激进派、超统一教会、第七欧米茄、末日论者（比利·乔·兰金否认自己和极端组织有联系，还说这种罪行是不虔敬的人招来的，他们抹黑上帝的企图终将失败）、南非秘密兄弟会、二月十四日党、国民党秘密部队犹太复国主义联盟、上帝党，还有最近复活的共生解放阵线都宣称对此事负责。这些组织中的大多数，并没有足够的资金来执行这种恐怖活动，但从这张名单上，可以看出有许许多多的人反对建造机器。

3K 党、美国新纳粹、民主国家社会党以及另外一些比较统一的组织克制住了自己，没有发表声明把事情往身上揽。说起来，这些人中的一小撮还相信大消息是希特勒本人发来的。按照他们的说法，1945 年 5 月，希特勒搭乘火箭离开地球，打那以后，纳粹在太空中获得了巨大发展。

“我不知道这机器要去哪儿。”几个月后，总统这么说道，“但只要和乌烟瘴气的地球有那么点儿像，去那儿可能就不太值。”

根据事故调查委员会的报告，爆炸切断了铒钉中的一根；两个碉堡状的组件从 20 米的高度坠下，落地后以极快的速度滚向侧边。在它们的撞击下，一堵承重内墙倒塌。这场事故导致了 11 人死亡，48 人受伤。机器的一些主要组件遭到损坏。那些未受明显影响的组件可能也出了问题，因为弄不清机器的运行原理，任何偏差的后果都是不可控的。

尽管有那么多组织抢着承担罪责，但美国人很快就把怀疑的目光投向了两个没有声称对此事负责的群体：外星人和俄罗斯人。关于机器是不是末日武器的讨论甚嚣尘上。有些人说，外星人故意设计了一台会在组装时引发骇人爆炸的机器，幸好我们毛手毛脚，在装配的时候就出了问题，所以它的爆炸规模很小，可能只引爆了类似于炸弹引信的部分。这些人要求尽快停止机器的建造，把它剩下来的组件拆开，丢进世界各地的盐矿坑里。

不过调查委员会发现的证据显示，这场惨剧的始作俑者更可能是地球人。铒钉里有用途不明的椭圆形空腔，它们的内壁衬着错综复杂的细钆丝网。引发灾难的那枚铒钉空腔里被人塞进了塑胶炸药和计时器，制造它们的材料可不在蓝图清单里。铒钉的加工、内衬和测试，都是在印第安纳泰瑞豪特的哈登控制论工厂里进行的。那些钆丝过于复杂，手工做不出来，必须用上工业机器人，而为了它们，又得再造个大工厂。所有这些钱都是哈登控制论公司出的，不过哈登并不是做白工，这家工厂的产品在其他地方获得了丰厚的利润。

人们对同一批次的其他三枚铒钉做了检测，没有发现塑胶炸药（苏联和日本的专家做了一堆遥感试验以后，才壮着胆子拆开铒钉）。那么就是说，炸药和计时器，只能是在泰瑞豪特铒钉制造接近尾声的时候才被人放进去的。因为接下来，这批铒钉随其他批次的铒钉即将离厂，被送上全副武装的怀俄明警卫队保卫的特殊列车。不论爆炸的时间，还是炸药的安放位置，都说明犯罪者清楚机器的构造。换言之，是内鬼。

调查从这里开始遇到了障碍。不考虑动机的话，整整几十号人，包括技师、品控员、检查人员，都参与到了铒钉最后的封装，也就是有机会造成这种破坏。他们中没通过测谎仪实验的，都有十分牢靠的不在场证明。附近的酒吧里也没谁酒后失言，坦诚自己的罪行。没有任何嫌疑人有反常表现，更别说调查期间玩消失了。尽管执法机构称已经采取了有力措施，但谜团始终没有解开。

有不少人相信此事是苏联所为，他们的动机很明显：阻止美国先启动机器。俄国人不但有从事间谍破坏活动的实力，对机器的内部构造也了若指掌。美国这边刚刚出了事故，苏联位于怀俄明的联络人，卢那察尔斯基的学生阿纳托利·戈德曼就立刻给莫斯科打了电话，让他们也卸下铒钉。从表面上来看，这个国安局例行监控的电话中，听不出俄罗斯有蓄意破坏的意思，不过有人认为这就是为了混淆视听。另一种可能是苏联在搞阴谋的时候，并没有告知戈德曼。总之，美苏两国关系最近趋向缓和确实引起了一些人的不安，他们自然会支持苏联阴谋论。至于莫斯科方面，肯定对这种论调嗤之以鼻。

苏联人在造机器时候碰到的困难，其实比大多人了解的更多。解码后的信息让他们在矿石开采、冶金、机床制造等重型中型工业方面取得了长足的进步，但在新兴的微电子学和控制论上依然裹足不前，建造所用的大部分电子元件都得仰赖和日本、欧洲方面签订的合同，不过最麻烦的还在有机化学领域：大部分相关组件的制造都需要分子生物学做基础，然而30

年代那阵子，斯大林认为孟德尔的遗传学说不适合共产主义意识形态，就提拔了政治上会站队的特罗菲姆·李森科。李森科的获得性遗传学说荒诞疯狂，给了苏联的遗传科学致命一击。整整两代人的时间里，苏联人没能学到遗传学的最基本知识。六十年以后，苏联的分子生物科学和基因工程依然落后于世界，他们的科学家在这一领域几乎从没获得过任何重大发现。美国其实也有过类似的插曲：出于神学上的原因，有些人试图阻止公立学校教授现代生物学的核心思想——进化论。这些人的理由很简单：圣经和进化论对物种起源的解释出现了冲突。幸好这些基要主义者对美国的影响力，没有定于一尊的斯大林在苏联那么大，所以没能成功。

美国国家情报总局提交给总统的结论报告里说，没有证据表明苏联人参与了破坏行动。正相反，由于苏联的乘员数量和美国相同，他们有强烈的动机支持美国把机器造出来。“如果你的科技水平是 3”，中情局的头头这么解释说，“而你的对手科技水平是 4，突然间又出现了一个 15 级的科技，你和对手有同等的机会去获取，那么大家会高兴都来不及。”美国的政府官员里，几乎没有人相信苏联策划了爆炸，总统也不止一次地公开表示过，但质疑的声音始终没有消失。

“不管那些疯子有多么强大的后台，他们都不可能阻止人类实现这一历史性的目标。”总统说道。可是说归说，想让全国上下拧成一股绳并不容易。反对建造机器的论调——合理不合理的，都因为这起爆炸案死灰复燃。现在唯一能驱使美国人继续建造机器的，反倒是与苏联人竞争的心理。

德拉姆林的妻子本想把他的葬礼低调办成一件家事，但就跟其他好多事情一样，她的尝试没能成功。物理学家，政府官员，射电天文学家，潜水、滑翔伞、跳伞、水上运动爱好者，世界 SETI 组织成员，全都想送他最后一程。

有那么一阵子，他们打算在纽约的圣约翰大教堂举行告别仪式，因为全国上下就属那里大小合适，不过德拉姆林的妻子终于争取到了一点小小的胜利。仪式将在他的家乡——蒙大拿的米苏拉举行。考虑到可以减少安全隐患，当局同意了她的提议。

瓦莱里安受的伤虽然不算重，但医生建议他不要参加葬礼，可他还是坐着轮椅来了，而且发表了悼词。悼词中这样说：德拉姆林有着过人的敏锐，总是能够一针见血地提出最重要的问题。他对 SETI 一直抱有怀疑，因为怀疑正是科学的核心，但在确认电波的性质之后，就没有人比他更富有献身精神，也没有人比他更有远见。

美国国防部副部长迈克尔·凯兹代表总统，高度评价了德拉姆林的个人品质：他的热情、对其他人的关心、他的才华还有他卓越的体能。如果不是这场惨剧，德拉姆林将作为第一个访问外星文明的美国人而载入史册。

艾莉告诉德·希尔，她没有在葬礼上发言，也没有接受采访，可能被拍了几张照片——她明白拍照片的意义。如果让她发言，艾莉担心自己会说错话。这些年，她一直是 SETI、阿尔戈斯、电波和机器的公共发言人，但德拉姆林的葬礼是另一回事。她需要时间冷静。

艾莉认为德拉姆林是为了救她而死。他在别人听到声音前就看到了爆炸，还注意到几百公斤重的铒块正向他们飞来。他的第一反应是扑向艾莉，把她推到了柱子后面。

这件事，她告诉了德·希尔，而德·希尔的反应是："德拉姆林可能只是想自保，而你挡住了他的路。"这句话很刺耳，是想让她放宽心吗？德·希尔察觉到了艾莉的不悦，便说或许不是德拉姆林想做出飞扑，而是被那巨大的金属块落地给震飞起来了。

然而，艾莉很清楚真相。她目击了整个过程。德拉姆林确实想救她的命，而且他做到了。除了几处擦伤外，艾莉没有受到更多伤害。瓦莱里安受了立柱的保护，但一堵倒下的墙压断了腿。艾莉真的幸运，她甚至没有昏过去。

但她弄明白发生了什么以后，第一个念头不是她的老师德拉姆林在面前被碾为齑粉；不是德拉姆林为了她，居然放弃了自己的生命；不是机器建造项目遭到了挫折……不，她记得很清楚，她想的是：这下他们只能派我去了。没有别的选择，只能是我。

艾莉很快控制住思绪，但为时已晚。她被自己的自私吓坏了，在那种情况下，她居然这么卑劣。虽然换做德拉姆林，他可能也会这么想，可这不是重点。就算只是一个瞬间，这念头也太吓人了。内心深处的她，原来是个精力旺盛、孜孜不倦、不断对未来做着计划，同时又只顾自己的人。艾莉痛恨她潜意识里的贪婪自私。这部分意识冷血无情，却能主导她的思想。这不健康。艾莉知道自己没办法把这糟糕的意识从脑海里简单地剔除出去，她必须耐心地研究它、分散它、说服它，甚至威胁它。

调查队赶往现场时，她还是难以言语。“恐怕我说不出什么。”她说，“我们仨在装配区里走，突然爆炸了，所有东西都飞了起来。对不起，我帮不上忙。我也想帮忙。”

艾莉告诉同事们她不想谈论此事，然后把自己关在房间里过了很久，久到有人被派来察看她的状况。艾莉想要完整地回忆起每一个细节：他们走进装配站以前到底都聊了些什么；开车去米苏拉市时，德拉姆林说的那些话；还有她刚开始读研，第一次见德拉姆林时他的模样。艾莉渐渐清楚了她心中到底哪一部分希望德拉姆林死掉——甚至早在对机器乘员的名额展开竞争前，这个部分就已经存在了。他当着其他学生对她的羞辱、他对阿尔戈斯项目的反对，还有他在解码希特勒电波后对她说的那些话，都是艾莉希望他死的理由。而他现在真的死了。出于某种原因，艾莉觉得她对此负有责任。

如果不是因为她，德拉姆林会死吗？当然，她告诉自己，总有别人会发现电波，而德拉姆林肯定会参与其中。可会不会因为她在科学上的粗心大意，才使得德拉姆林如此深入地参与了机器的建造计划呢？艾莉，一步一步地在内心推敲着各种可能性，某个念头越可憎，她就越努力地去剖析，这背后隐藏着什么原因。或许这一切都是因为那些男性，那些出于这样那样的原因，让她欣赏的男性。德拉姆林，瓦莱里安，德·希尔，哈登，乔斯，杰西……斯托顿？还有她的爸爸。

“艾罗维博士？”

艾莉刚刚陷在沉思中无法自拔，现在多少有点感激唤醒她的中年胖女人。对方穿蓝印花布裙子，看上去有些面熟。她丰满的胸前有块名牌，上面写着“H. 伯克，哥德堡。”

“艾罗维博士，对于你的……我们的损失，我感到很遗憾。戴夫跟我提起过您。”

当然！她还能是谁？这肯定是传说中的海尔格·伯克，德拉姆林著名的潜水伙伴了。艾莉研究生时代看了那么多冗长乏味的潜水幻灯片，其中就有她的身影。但直到现在，艾莉才第一次好奇，那些照片到底是谁拍的？难不成他们邀请了摄影师，专门拍摄两人的水下场景？

“他跟我说过你们有多亲。”

这个女人到底想说什么？德拉姆林是不是暗示过她……她的眼里满是眼泪。

“对不起，伯克博士，我觉得不太舒服。”

她低着头，匆匆走开。

她在葬礼上有许多人想见：维戈、阿尔汉格尔斯基、格斯茨里兹、巴鲁达、虞仁琼、席乔木、提毗，还有埃达内马·埃达——他现在是炙手可热的第五个乘员候选人。前提是他能得到各个国家的同意，前提是机器真的能完成。但艾莉的社交耐性已经濒临崩溃，她没办法长时间待在聚会上。

她没法相信自己说出口的话。那些话语里，有多少是为了项目的利益，又有多少只是为了一己私欲？好在别人都对她表示了同情和理解。毕竟，德拉姆林被铒钉碾成肉酱的时候，她站得最近。

16.
臭氧层元老会

科学家们意识到，上帝必须是普适规律的上帝。他做的是批发生意，而不是店面零售。他不能用他的神力，为个人谋一时之快。

—— 威廉·詹姆斯，《宗教经验之种种》（1902）[1]

1.威廉·詹姆斯（1842—1910），美国哲学家与心理学家，实用主义奠基人。

从几百公里的高处望下去，地球占了你半边视野，从棉兰老岛到孟买，那片蔚蓝美得令人心醉。家乡，你会想，这就是我的家乡，这就是我的世界，我诞生的地方。我认识的每一个人，听说过的每一个人，都在这片延绵不断的蓝色里长大。

你向东而行，从一条地平线到另一条地平线，从一个黎明到又一个黎明，在一个半小时里绕经了整个行星。没过多久，你开始研究起了它不同寻常的那些地方。即使用裸眼，你也能看到这么多的东西。佛罗里达很快就要重新出现在视野中了。上次那个在加勒比上空盘旋疾驰的热带风暴，抵达劳德代尔堡了吗？兴都库什山诸峰的冰雪，在这个夏天有没有消融？你想欣赏珊瑚海那蓝宝石色的珊瑚礁，你想观察南极洲西部的冰盖，你想知道它一旦融化，海洋是不是真的会吞没所有的沿海城市。

白天你很难看出人类居住在这颗星球上的迹象，不过一入夜，除了极光，你所见的一切光源几乎都属于人类。那一闪一闪的光芒遍及全球。比如北美洲东边的这一片光，从波士顿延伸到华盛顿，这是一个巨大的城市带，而在那里燃烧的，是利比亚的天然气。这些星星点点是日本捕虾船队，它们正在驶向中国南海。你每绕过一圈，都能看到地球在讲述新的故事。勘察加半岛火山喷发，撒哈拉沙漠的风沙吹向巴西，还有新西兰反常的严寒。你开始把地球视为一个有机体，一个生命。你担心它、关爱它，希望它一切安好。国境线就像经线、纬线，或者巨蟹宫和摩羯宫的回归线一样看不见摸不着。但这颗星球本身是实实在在的。

那些有幸从轨道上方眺望地球的人里，绝大多数都产生过类似的念头。这就是为什么人们会说航空航天事业是颠覆性的。大国出于民族主义向太空发展，但几乎每个去过太空的人，都被拓宽了眼界，而把地球视为了整体，这可真是有点讽刺。

不难想象有那么一天，人们效忠的对象，将不再是国家，而是这颗蓝星，甚至是这个以黄矮星为核心的星系。人类曾经并不知道每颗星星都是太阳，而到未来的那一天，人们可能会给太阳加上定冠词，称它们为“这颗太阳”和“那颗太阳”。如今有越来越多的人在太空长时间驻留，并花了点时间来思考这个问题，以行星为视角来看待地球的影响才初露端倪，但那些在近地轨道居住过的人，已经给地球带来了改变。

亲自涉足太空前，人类让许多动物当了先锋。变形虫、果蝇、老鼠、狗和猴子都是探索太空的老兵。随着飞行的时间越来越长，一些意想不到的事情发生了。微生物在太空中一切如常，果蝇也无甚影响，但对哺乳动物来说，失重状态能延长它们寿命的大概10%到20%。生活在零重力环境下，你不再需要损耗能量来对抗重力，细胞氧化得更慢，所以活得更久。有些医学家说，同样的效果在人类身上比在老鼠身上要明显得多。人类似乎嗅到了永生的气息。

和地球上的实验对照组相比，轨道上动物的癌症发病率下降了80%，白血病和淋巴癌下降了90%。还有证据——虽然在统计学上不太够——显示，肿瘤病症在失重环境下更容易自行缓解。半个世纪前，德国化学家奥托·瓦尔堡[1]提出的理论指出，氧化是许多癌症的成因。失重环境下细胞耗氧量的降低，一下子变得无比诱人。早几十年，人们会去墨西哥求苦杏仁

1.奥托·海因里希·瓦尔堡（1883—1970）：著名生物化学家。1931年因“发现呼吸酶的性质及作用方式”被授予诺贝尔生理学或医学奖。

苷[1]，而现在都眼巴巴地望着宇宙。不过上天的价格实在是太高了，不管是预防医学还是临床医学，能上太空的人永远只是少数。

民用轨道空间站的投资几乎在一夜之间暴涨。到第二个千禧年的末期，离地几百公里的高空，一下子冒出了好几座“疗养院”。高昂的费用姑且不提，去那里久住存在其他巨大的问题：骨骼和血管在失重环境下的逐步损伤，会让你再也无法适应地表的重力。当然对一些富有的老人来说，这不算什么大问题。只要能多活十年，他们很乐意退休之后上天，并最终老死在那儿。

有些人说，不该把地球有限的资源轻率地用到这种事情上。还有那么多紧要的事情得处理，还有那么多穷人。我们不该把钱花在对富人和权贵的纵容上。他们说，允许精英阶层移民太空，把劳苦百姓留在地面上是一种愚行，这等于把土地给了不干活的地主。但也有相反的意见认为这是天大的好事：地主们收拾东西，成群结队地离开后，他们能造成的破坏，比还在地上时少得多。

不过几乎没人预料到，那些最有权势的人也会发生改变，开始从整个星球的角度来看问题了。几年之内，近地轨道上就再无民族主义者的踪影。对渴望永生的人而言，全球核对抗才是真正值得担心的问题。

登上这些简易空间站的人，有日本企业家、希腊航运大亨、沙特王储、一个国家的前总统、来自中国的寡头企业家，甚至还有个金盆洗手的毒品巨头。对西方来讲，除了一些特邀的人选外，去近地轨道的只有一个要求：买得起单。苏联则是另一种情况，他们把那地方叫作“太空研究站”，据那个前总书记的说法，他是去做“老年医学研究”的。对这种不公，老百姓似乎没多大怨气。他们想的大概是，总有一天，这种事也会轮到自己。

1.苦杏仁苷：美国20世纪20年代曾采用苦杏仁苷治疗肿瘤，并认为它是维生素，命名为B17，然而因它对人体功能存在争议，60年代后又禁止使用。但墨西哥、比利时等二十个国家依旧允许使用与制造苦杏仁苷。

那些登上近地轨道的人大多谨言慎行，他们的家庭成员和手下往往也差不多。还留在地表的有钱有势者始终密切关注着他们。那些太空贵客虽然鲜少发表公开声明，不过他们对于地球的观点，正在逐渐改变各个国家领导人的思想。五个拥核国家继续弃核武器和他们有着千丝万缕的关系。与此同时，这些人也在默默地支持机器的建造事业，他们无疑相信世界会因此更团结。有时候，民族主义组织会写点阴谋论的文章，说轨道上老态龙钟的改良主义者结党营私，出卖他们的祖国。有本小册子号称是“玛士撒拉”[1]空间站上秘密会议的速记，据说好些私人空间站的住户都参加了这次会议。册子上列出的“运动项目”，能让最不爱国的人都心生恐惧。当然，这些内容全是编造的。每周都会有类似的玩意儿冒出来，而传说中的太空会议，被人们叫作了“臭氧层元老会”。

发射前几天，艾莉总会在破晓后去可可比奇沙滩消磨时间。她在那附近租了套可以俯瞰沙滩和大西洋的公寓。艾莉会带上些面包，把它们抛给海鸥。这些鸟类很擅长抓取半空中的物品，艾莉得出结论，它们的平均水平，和职业棒球大联盟的外野手差不多。它们会在她头顶一两米高的地方盘旋，数量甚至会多达一二十只。这鸟扇着翅膀，嘴张得大大的，紧张地等待着食物像变戏法一样冒出来。它们时不时彼此擦肩而过，飞行轨迹看似随机，但整体而言又很有秩序。有天回公寓的路上，艾莉发现海滩边角落里，躺着一片尽管不起眼却完整无缺的棕榈叶。她把它带回了房间，小心翼翼地拭去上面的浮沙。

哈登邀请艾莉去他家拜访，就是那座位于太空中，被叫作玛士撒拉的堡垒。因为哈登想远远地躲在公众视线外，所以这趟旅行艾莉不能告诉除政府相关部门以外的任何人。实际上，现在根本没几个人知道哈登退休以后躲在天上。对于这趟旅行，艾莉认识的政府成员都表示了支持。德·希

1.玛士撒拉：《旧约》中的高寿人物，据说活了969年。他死后7天，大洪水就来了。

尔说“换个环境对你有好处”。总统显然也赞成她的这趟访问，因为就在艾莉接到邀请后，下一班航天飞机（是那架有些年头的“无畏”号）上突然空出了一个位子。通往轨道疗养院的航班一般由商业公司营运，用的是大型一次性运载火箭，但老旧的航天飞机依然是美国政府太空活动的主要载具，无论是军用还是民用。

“再入大气层时，总有隔热瓦脱落，第二次发射前，我们还得把它们一片片粘回去。”一个宇航员向艾莉解释道。

除了身体状况良好外，这次发射对乘客没有别的要求。商业火箭常常是满载而去，空载而归，但航天飞机无论发射和降落，里面总是很拥挤。上周“无畏”号在降落前，一度去玛士撒拉空间站里接了两名乘客回地球。艾莉认出了两人的名字，一个是火箭推进系统的设计师，另一个是低温生物学家。至于他们在玛士撒拉干什么，那她可就猜不透了。

“你看，”那个宇航员继续道，“这有点像剥两片树皮下来。大家都习以为常了，甚至还喜欢看它们脱落的样子。”

艾莉也挺喜欢。她坐在两名宇航员、两名任务专家、一个紧抿着嘴巴的军官和一个国税局员工中间，经历了这次完美的升空。纽约世贸中心的有个急降式电梯，不过它给人的兴奋感，和这趟旅行的失重体验完全不能比。在轨道上转过一圈半以后，飞船成功地和玛士撒拉完成对接。另一艘商业运输船“纳尼亚号”会在两天后接她回地表。

城堡——哈登坚持这么叫它——慢慢地旋转着。它每隔 90 分钟转过一圈，所以对着地面的永远是同一面。哈登书房舱壁朝向地球方向，能看到壮丽的地球全景。那不是屏幕，而是真正的透明窗户。艾莉所见的光子几分之一秒前才从白雪皑皑的安第斯山脉反射而出。除了窗户边缘聚合物较厚会扭曲光线，这幅景观完美无瑕，找不出什么失真之处。

他认识的好多人，哪怕是那些自认虔诚的信徒，也会在敬畏感涌上心头时羞于言表。除非是铁石心肠，否则见到这景象不可能不心生敬畏。年轻的诗人、作曲家、艺术家、电影导演，还有笃信宗教，但完全不受教派束缚的人都该来这儿，艾莉想。他们善于把心中的感悟传达给地球上的芸芸众生。可这还从没实现过，实在令人遗憾。

眼前景象实在是……宝相庄严 。

“你慢慢就习惯了。”哈登对艾莉说，“习惯，但是不会厌烦。它照样能时不时给你灵感。”

他啜饮着健怡可乐。艾莉婉拒了酒精饮料。她觉得把乙醇送到近地轨道上来价格肯定不低。

“当然，你会错过很多东西——远足、在海里游泳，还有朋友的突然登门拜访。好在我对这些东西本来就不是特别感冒。而且你也看到了，我可以叫朋友们过来玩。”

“如果你愿意花上一大笔钱的话。”艾莉回道。

“每月的第二个周二，都会有个女人风雨无阻地来找山岸。山岸住我对面另一翼，我一会儿把你介绍给他。那个真是个人物，要是被送上法庭，甲级战犯肯定没得跑了。不过你懂的，这种事永远发生不了。”

“所以为什么待在这里？”艾莉问他，“既然并不认为世界末日就要来了，你干吗要上天？”

“我喜欢这里的风景。另外还有些法律上的小原因。”

艾莉瞪着他。

“你知道的，处在我这种位置的人——弄发明、新工业的这种——总是游走在法律边缘。这一般是法律跟不上技术导致的。花一大堆时间来打官司，又会降低效率。而所有这些——”他手一挥，把城堡和地球全部包括在内，“——不属于哪个国家。城堡属于我、我朋友山岸，还有其他一些人。给这里提供食物和物质上的需求，哪条法律都不违法。但出于安全起见，我们正在研究封闭式生态系统。城堡和下面的任何国家之间都没有引渡条例。我在这里……能工作得更有效率。

“你可别以为我在干什么违法犯罪的事。当然，我们的确在研究新东西，得找个安全点的地方。你看，有些人还认定是我毁了机器呢！也不想想是谁花了那么多钱去造它。你也知道他们对巴比伦做了什么。我的保险调查员认为，在巴比伦和泰瑞豪特搞破坏的可能是同一群人。天知道为什么我树了那么多敌人，我觉得我一直在为人们做好事。总之，待在这里对我来说是个更好的选择……

“我们还是来聊聊机器吧。怀俄明铒钉那件事真是太可怕了。德拉姆林的死让我很难过。这么个老混蛋说没就没了。对你来说这事打击肯定很大。你真的不想喝点？”

艾莉全神贯注地盯着地球，没有答话。

“我对建造机器依然有信心，”他说了下去，“所以你们也没必要灰心丧气。你可能在担心美国没法把机器造出来了，太多人想看到项目流产。总统担心的也是这事。没错，我们造的那些工厂不是简单的工业流水线。那些组件都是定制的，把所有坏掉的部分全换掉要花很多钱。但真正困扰你的，是你在怀疑，怀疑这可能从一开始就不是个好主意。我们的步子也许迈得太快了，不如仔细检查一遍整个建造过程。就算你不这么想，至少总统是这么认为的。

“但这件事如果不尽快完成，我担心就永远完不成了。我还担心另一件事：对面不会永远等着我们回应邀请。”

“哈，你居然也这么说。就在事故——不，应该说在那场蓄意破坏前，瓦莱里安、德拉姆林和我讨论的也是这个。”艾莉说。

“你看，那些信教的人——至少是大多数信教的人——真心相信这颗星球是个试验场。他们觉得神明一直在对这个世界修修补补，戳戳弄弄，和商人的妻子鬼混、在山上分发石板、命令你献祭自己的孩子、规定人们哪些话可以说，哪些话不能说，让你为享受生活而内疚，诸如此类。这些神为什么就不能让我们好好过日子呢？他们插手任何事情都只能证明他们的无能。假如上帝不想让罗德的老婆回头看，为什么不让她乖乖听丈夫的话呢？上帝也完全可以让罗德不那么白痴，这样他老婆没准会顺服点。假如上帝真的无所不知，无所不能，为什么他不创造一个一切如其所愿的宇宙呢？为什么他要不停地忙这忙那，抱怨来抱怨去？不，圣经中有一件事说得很明白：上帝是个不入流的制造商。他不擅长设计，也不擅长生产。要是存在竞争，他一准破产。

“这就是为什么我不相信我们是实验的产物。宇宙中的实验田或许有很多，可以给刚刚出道的小神仙们练手，可惜兰金和乔斯没有生在那些地方。但这颗星球——”他又朝窗户挥了挥手，“——不存在任何‘小规模干预’的痕迹。要是我们把事情搞砸了，是不会有神灵来捞咱们一把的。你看看人类历史就知道，很显然，我们一直自力更生。”

“直到最近而已。”艾莉说，“机械降神[1]？你想说的是这个？你认为诸神总算可怜起了我们，所以送来了机器？”

“倒更像‘神降机械’，或者别的差不多的拉丁文。不，我并不认为我们是实验对象。地球是控制组，或者是个没人在乎，也没人干涉的地方。它孕育了自己独有的文明。地球是那些学徒神明的反面教材。他们可能会说‘如果你真的搞砸了，就会把它弄得和地球一样。’当然了，这好歹是个有生命的星球，彻底毁了有点浪费，所以他们时不时瞅我们两眼，免得发生意外。没准他们还会让搞砸了的神轮流过来参观反省。上一次他们来

1.机械降神：古希腊戏剧中，当剧情陷入胶着，难以解决时，偶尔会安排拥有强大力量的神明来解决问题。因为舞台上扮演神明的角色由起重机或别的机关送出，故得此名。

的时候，我们还在大草原上追羚羊。‘好吧，没啥问题。’他们说，‘这些家伙惹不出什么麻烦，过个一千万年再来这儿看吧——不过安全起见，先从无线电频道上监控他们一下好了。’

“然后有一天，提示声响了。是一条来自地球的消息。‘啥，电视机都有了？看看他们喜欢什么吧。’哦，奥林匹克体育场、国旗、猛禽、阿道夫·希特勒，还有数以千计欢呼的观众。‘哦噻，’他们说。他们知道这些东西代表了什么，于是立刻发来消息说‘还是别瞎闹了，伙计们。你们这颗星球挺不错，虽然乱糟糟的，不过很有生命力。来，把这机器造出来。’他们在担心我们，看到我们走上了下坡路，认为我们应该赶紧纠正下错误。我也是这么想的。我们必须把机器造出来。”

艾莉知道德拉姆林听到这些话会怎么说。她认同哈登的好多话，可是她已经厌倦猜测和去分析织女星人的想法了。她当然希望项目能继续下去，直到造出机器让人类进入新的历史阶段。可她也怀疑自己的动机，甚至在别人提到她也许会成为机器乘员之一的时候，依旧保持着谨慎。对艾莉来说，恢复建造日程的延后反倒是件好事，她正需要时间去解决自己的问题。

“我们要和山岸共进晚餐。你会喜欢上他的。不过我们也有点担心他，因为他晚上的氧分压总是很低。”

“我没太明白。”

“哦这个，空气中的含氧量越低，你活得就越久。至少医生是这么跟我说的。我们可以自行调节房间里的氧气量。白天，你不能让它降到20%以下，因为这样一来人会变得昏昏沉沉，对精神不好。但到了晚上，你睡觉的时候，可以把氧分压降得更低点。这当然有风险。你没准会降得太多。山岸这些天已经降到了14%，他可能想永远活下去吧。结果呢？他每天都要到午饭时候才能醒过来。”

“我宁可这辈子都待在氧分20%的地方。”艾莉笑道。

“最近他在试验一种治疗昏睡的药物。你知道的，就像吡拉西坦那种。确实能提高人的记忆力，但到底能不能变聪明嘛，可说不好，反正说是这么说的。山岸这种药吃得挺多，而晚上睡觉的时候氧气又不太足。”

“那他岂不是有些疯疯癫癫的。”

“疯疯癫癫？我说不上来。九十二岁的甲级战犯我认识得不太多。”

“这就是为什么每个实验都需要控制对照组。”

哈登笑了。

尽管年事已高，山岸依旧站姿笔挺，这是为日本帝国服役期间养成的习惯。他个子不高、秃顶，留着稀疏的白胡子，面相和善而坚毅。

“我来这里是因为髋骨……”他解释道，“我知道很多人想上天治愈癌症，延年益寿，可我来只是因为髋骨。到这个年纪，骨头一不小心就会折断。津久间先生从沙发床摔到榻榻米上，结果骨折去世。只有半米高，半米啊。而这里没有重力，我不用担心同样的事发生在我身上。”

听起来很有道理。

虽然在烹饪上做了妥协，晚餐还是精致得让人惊讶。人们已开发出专门在失重环境下烹煮的科技。餐具都加了盖子，酒杯上有盖子和吸管。可惜的是，这里找不到坚果和玉米片之类的食物。

山岸要她多吃点鱼子酱。这是晚餐里为数不多的西方食物之一，它在地球上每公斤的售价，甚至超过把同等重量的物品送上天的价格。那么多小小的鱼子凝在一起，这可真是个奇迹，艾莉在心中暗想。她想象着把数以千计的鱼子肆意抛洒开来，让它们如云层般漂浮在这个沿着近地轨道飞行的养老院里。她突然想起妈妈也住在养老院里，不过要比这里寒酸好几个数量级。实际上，她现在就能透过窗户看到五大湖，指出养老院的具体位置。为什么她可以在近地轨道上和这两个身价亿万的混球待上两天，却不能抽十五分钟出来和妈妈通个电话呢？她心中思忖，决定回到可可比奇再联系妈妈。对威斯康星州简斯维尔养老院的老太太来说，来自近地轨道的电话可能过于新奇了。

山岸的话把她从沉思里拉回现实。他说他是太空里最老的人，中国来的长者年纪都没他大。他脱下外套，卷起右边的袖子，鼓起肱二头肌，让艾莉过来摸一摸。接下来，他聊起了他以前做过的重大慈善贡献。别看年纪这么大，他依然口齿清晰，思路敏捷。

艾莉想表现得礼貌一些。“这儿宁静又祥和，您一定很享受这种退休生活。”她说。

这句话，她是对山岸说的，但接过话茬的是哈登。

“也不是永远这么风平浪静。有的时候，危机会突然出现，而我们得立刻行动。”

“太阳耀斑。非常严重的那种。能让你失去生育能力。”山岸解释道。

“是的。如果望远镜观察到巨型太阳耀斑，你在带电粒子击中城堡前有三天时间进行准备。这里的常住人口，比如山岸桑和我，会去风暴避难所待上一阵子。那边简朴得就像斯巴达一样，地方也狭窄得要命，但辐射防护层足够坚实。当然了，还有二次辐射。而所有的非常驻工作人员和访客，都得在三天时间里离开。这种紧急事件，我们一般会找商业船队帮忙，有时候还不得不联系NASA和苏联人。你不会相信逃难的人群里都有谁——黑手党头子、情报机构负责人、俊男靓女……”

“为什么我有种感觉，性，是进口地球货物里非常重要的一部分？”艾莉有些不情愿地问。

“哦，确实是的。确实。原因有很多。客户、地点什么的。不过最重要的原因是零重力。失重环境下，你在八十岁能做出二十岁时候做梦都想不到的事情。你应该来这里好好度个假——跟你的男朋友一起。我这是在认真地邀请你。”

“九十。”山岸说道。

“什么？”艾莉一时没明白。

“你九十岁都能做出二十岁时候做梦都想不到的事情。山岸桑想说的是这个吧。这也是为什么每个人都想来这儿。”

喝完咖啡，哈登把话题重新转回机器。

“山岸桑和我是另一些人的合作伙伴。他是山岸工业的名誉董事长。你知道的，那家北海道组件的主要测试承包商。现在来想想我们的问题。我来给你举个例子。有三个巨大的球壳，一个套着一个。它们由铌合金制成，每个都有独特的回路，显然要放在真空里高速旋转。它们的名字，当然，你早就知道了，叫作本泽尔。如果你造出三个本泽尔的等比例模型，让它们快速旋转，会发生什么事？任何有点脑子的物理学家都会认为无事发生。不过呢，当然了，还没有人真真正正地做过这个试验，所以答案其实无人知晓。但等到整台机器开始运转，它们就很可能会发生些什么事情了。那么它们是怎么生效的呢？转动的速度？本泽尔的成分？还是那些回路？要不是球壳的大小？我们正在造这些东西，准备运行它们——等比例小模型和完整大小的复制品都有。我们自己造出来的本泽尔，和用在那两台机器里的一模一样。如果转动后依旧什么也没发生，那么我们会一个接一个地慢慢往上加其他组件。可能不用等到机器完全装完，它就会做出些让我们大吃一惊的事情来。我们想研究的是机器的运行原理。你明白我的意思吧？”

“你是说，你们在日本秘密组装另一台机器？”

“其实不算秘密。我们在测试各种各样的独立组件。没人说我们一次只能测试一个，所以山岸和我建议改变北海道的测试时间表。我们先做完整的系统集成测试，如果什么也没有发生，那再逐个测试单个组件。反正资金已经到位了。

“根据我们的推测，美国在机器建造上重回正轨至少需要几个月，甚至几年。但就算这样俄罗斯恐怕也赶不上进度。日本是唯一的希望。当然，这事情我们没急着对外宣布。我们又不赶着把机器造出来启动，只是测试组件而已。”

“你们俩就能做出这么重大的决定？”

“哦，这完全在我们的权限范围内。按照预计，六个月就能赶上怀俄明的机器进度。出了那种事故，我们这次当然会万般小心，而且去北海道搞破坏有那么点困难。只要组件没问题，相信机器也不会有问题。等到一切都检查完毕，准备就绪，我们会问问世界机器联盟要不要启动下试试看看。只要机组成员没意见，我打赌联盟也会接受的。你怎么看，山岸桑？”

山岸没有听哈登说话。他正在哼《自由落体》，这首歌最近很流行，歌词生动地描述出近地轨道上那些令人怦然心动的细节。哈登又问了他一遍，山岸说他不知道。

哈登面不改色地继续说道：“现在有些组件已经在接受旋转和落体测试了。它们必须通过规定的所有测试。我认为这些事不足以把你吓跑。我是说，等你坐上去的时候。”

“坐上去？你凭什么认定我要坐上去？从没有人来问过我，还有那么多新因素要考虑。”

“评选委员会极可能会来找你，而总统会站在你这边。嘿，高兴点。”哈登咧嘴笑道，“你难道想在那鸟不拉屎的地方过一辈子？”

斯堪的纳维亚半岛和北海上空流云缕缕，英吉利海峡那里则是一层半透明的雾，就像织物的蕾丝花边。

“是的，你会去的。”山岸直起身，双手贴在大腿两侧，向她深深鞠了一躬。

“谨代表我公司旗下二千两百万名员工说一声：很高兴见到你。”

艾莉在她的房间里辗转反侧。固定带把她松松地缚在两堵墙之间，所以她不会翻滚出去撞上什么东西。终于从浅眠中醒来后，艾莉意识到其他人都还在睡觉。她抓着舱壁上的握把，一路向前，来到了一扇巨大的舷窗前。地球朝向她的那一面入了夜，那些斑驳的微光，是人类在暂别太阳时对抗黑暗的努力尝试。二十分钟后，朝阳升起。艾莉在心中暗下决定，如果那个问题真的被人问起，那她就答应。

哈登不知何时出现在艾莉身后，吓了她一跳。

“这景象美极了。我在这里住了这么多年，它还是一样令人惊艳。但你不觉得有个太空站在身边，是件挺败兴的事情么？你瞧，我们可以搞这样一种体验。你穿着太空服，没有牵引绳，也没有飞船。你的身边群星环绕，身后是太阳，脚下是地球，或者什么别的行星。我个人比较喜欢幻想那是土星。你呢，漂浮在太空中，就好像真的和宇宙融为一体。如今的太空服能让人活几个钟头，所以飞船把你抛下以后就离开了，可能一个小时以后才会来跟你汇合。也可能不会。

“最好那船再也不回来了。你生命中最后的时光，被宇宙和群星包围。如果你得了不治之症，或者想在生命的尽头彻底放飞自我，还能有什么更好的选择吗？”

“你是认真的？你想把这个……项目，推向市场？”

“推向市场有些为时过早。我甚至吃不准它真的合适市场。我只是在考虑这种可能性而已。”

艾莉没有把她的决定告诉哈登，哈登也没有问。直到“纳尼亚”号飞船和玛士撒拉开始对接，哈登把艾莉拉到了一旁。

“咱们之前说过，山岸是这里年纪最大的人。其实这儿的居民里——

我的意思是工作人员、宇航员和舞女除外——我是年纪最轻的那个。你瞧，这个问题确实关乎到我的切身利益，不过从医学角度出发，我也对它抱有很大的兴趣。零重力真的有可能让我们活上几个世纪，所以我其实正在做关于永生的试验。

“之所以提起这事，不是因为我能从中获多少益，而是另有原因。如果我们人类都能想办法续命，想想那些织女星人可以做出什么吧。他们可能已经实现了永生，或者近乎不朽。我这人比较务实，想了很多关于永生的事。可能比别人想得更多、更深一点。我可以很明确地告诉你一点：在追求永生的路上，他们一直小心翼翼，不会节外生枝。为了永远活下去，他们已经做出了太多的努力。我不清楚他们长什么样，也不清楚它们想从你这儿得到什么，但你如果见到他们，我能给你的唯一建议是：你认为绝对安全的东西，在他们看来，有着不可接受的风险。如果你们要展开什么谈判，不要忘了我告诉你的事。”

17.

蝼蚁之梦

人类的语言，像是开裂的水壶。我们敲打它，发出简单的旋律。我们想让这乐声感化群星，却最多只能让熊跟着跳舞。

—— 古斯塔夫·福楼拜《包法利夫人》（1857）

通常的神学观念……因无知而易变……诸神之所以存在，是因为自然本身在人们的脑海中，烙下了它们的概念。

—— 西塞罗《论神性》，第一卷，第16节艾莉正在收拾笔记、磁带和准备寄往日本的棕榈叶时，收到了妈妈中风的消息。项目组的信使给她带来一封信，是约翰·斯托顿写的，开头连个客套话也没有：

你妈妈和我常常讨论你的不足和缺点。每次聊到这种事，我们都会起点小矛盾。我替你说话的时候（说来你可能不信，但真是这样），她都会说我太惯着你了。但我只要一批评你，她又会叫我少管闲事。

不过我希望你知道，自从收到织女星信号以后，你几年都没去看她，这让她伤透了心。她在那家破烂养老院里结识了不少朋友，她一直跟他们说，你很快就会去看她。“快了”这个词，她已经重复了好几年。她早就做好了计划，等她的明星女儿到了，该怎么带你在养老院里转悠，怎么把你挨个介绍给其他的老头老太。

你可能不想听我唠叨，我说这些话的时候，心情也不怎么样。但这一切，还是为了你好。你让她很难过，甚至你爸爸去世的时候她都没这么痛苦过。你现在可能是个大人物了，你的3D图在世界各地都能买到，还和政客们谈笑风生，但作为一个人，你从进了高中，就从来没有成长……

艾莉的眼睛红了。她想把信和信封揉成一团，却发现里面夹了张硬板纸。那张半3D图，由老2D照片经过计算机延伸算法处理以后转制而来。看到隐藏在照片边缘和角落之外的东西，会让人产生淡淡的满足感。艾莉以前从没见过这张照片。照片里她的妈妈年轻漂亮，笑容灿烂，手轻轻地搭在爸爸肩头。而爸爸好像一整天没剃过胡子了。毫无疑问，他们当时十分开心。痛苦、内疚、对斯托顿的愤怒，还有一些自怜同时涌上艾莉心头。她告诉自己，她再也见不到照片上的这两个快乐的人了。

妈妈一动不动地躺在床上。她的神情出奇地平静，既看不到高兴的迹象，也找不出抱憾的痕迹，只是像在……等待。除了眼皮偶尔颤动一下，她没有其他动作。艾莉不知道妈妈能不能听见，或者理解自己说的话。她下意识思考起该怎么和妈妈对话：也许眨一下眼睛，表示同意，眨两下眼睛，表示不同意。或者，她可以把脑电图仪和妈妈能看到的阴极射线管联系起来，教她怎么调制贝塔波[1]。可躺在床上的是她的妈妈，不是织女一，她需要的也不是解密算法，而是感情。

牵着妈妈的手，艾莉絮絮叨叨地讲了好几个钟头。她说起妈妈和爸爸的过去，说起她的童年，回忆起小时候，她在刚刚洗好、微风拂动的床单间蹒跚学步。她说起约翰·斯托顿。她不住地道歉，还哭了一阵子。

妈妈的头发有些凌乱，艾莉找来梳子，为她梳理了一番。在那张布满皱纹的脸上，艾莉看到了自己。妈妈目光深邃，眼角湿漉漉的，眼珠一动不动，偶尔眨下眼，仿佛在望着远方。

“我知道我从何处来。”艾莉轻声说。

妈妈似乎难以察觉地摇了摇头，仿佛在后悔她和女儿疏远了这么多年。艾莉握着妈妈的手稍稍使力，感觉妈妈也握了回来。

他们告诉艾莉，妈妈没有生命危险。一旦情况起了变化，他们会立

1.贝塔波：人类的四种主要脑波之一，贝塔波为显意识，一般是14–30Hz。

即给她在怀俄明的办公室打电话。几天后，他们就能把妈妈从医院送回养老院，那里有足够的措施来管照好病人。

斯托顿还算平静，但他对妈妈的用情之深，艾莉完全没有想到。她告诉他，她会经常打电话过来的。

大理石大厅的装潢朴素，这让那尊普拉克西特利斯风格的裸女雕塑——是真的雕塑，而不是3D投影——显得有些格格不入。他们搭奥的斯－日立电梯一路往上。电梯里标注的第二文字是英语，而不是盲文。打开门，艾莉被领进了一个巨大的房间。房内有许多人在电脑前忙活。他们输入的是平假名五十一个日语拼音字母，输出在屏幕上的则是对应的日本汉字。计算机里储存着成千上万个此类表意字符，不过在日常生活中，只要三四千个就完全够读懂报纸了。因为许多意思完全不同的字使用了同样的拼音，你输入的五十音会在输入法界面拉出选项表，里面是所有符合这个拼音的文字。这种输入法能自动分析输入的文本，让候选字符按照概率顺序排列，基本上从不犯错。这种语言最近才有了打字机，而新的输入法止掀起一场传统人士没法完全赞同的通信革命。

他们走进会议室，围坐在一张茶几前开始喝茶，低矮的凳子显然是为这些西方客人准备的。这里望出去，艾莉能看到窗外的东京。她最近眺望窗外景色的时间越来越长。她注意到当天的《朝日新闻》里，有个供稿的政治记者是女性，按美国和苏联的标准来看，这可不多见。日本人重新审视了他们对于女性的态度。传统上的男性特权在看不见的战役里，步步败退。就在昨天，纳米电子公司的总裁还向他们抱怨说，如今东京已经没有一个“女孩”知道怎么系和服上的宽腰带了。就像夹式领带席卷市场，如今市面上的和服，尽是些违背传统、穿脱方便的新式设计。比起花半个钟头在身上包包裹裹，今天的日本女性更愿意做点别的事情。

就拿报纸上的记者来说，她穿着寻常的西装，裙子长至小腿。

为安全起见，北海道机器组装工厂禁止任何记者参观。不过机组成员和项目高管造访本州岛时，他们会安排日本和国外媒体进行采访。媒体的问题算得上老生常谈，抛开当地的特点不谈，世界各地的记者对机器的提问几乎一模一样：在美国和苏联“令人失望的表现”后，她对日本建造新的机器作何感想？在北海道这个北方岛屿上，她感到过孤独么？北海道一些机器部件所接受的测试超过了信息的说明，她对此怎么看？诸如此类。

1945 年以前，城市的这个区域属于帝国海军。实际上她一眼就可以望见隔壁海军天文台的两个银色圆顶。它们的望远镜至今还在帮助计时和历法。正午的阳光下，圆顶闪闪发光。

为什么这台机器包括了一个十二面体和三个叫作本泽尔的球壳？是的，记者们也知道她给不出答案。但她是怎么想的呢？艾莉解释说，在这个问题上，没有证据就发表意见是件蠢事。可记者继续在这个问题上纠缠，她只能告诉他们，有些事还是别刨根问底比较好。其他的问题还包括项目危不危险，该不该用机器人代替人类，就像日本人工智能专家建议的那样？旅途中她会带上哪些私人物品？有家庭照片吗？微型计算机呢？瑞士军刀呢？

艾莉注意到隔壁天文台的活动天窗里冒出两个人影。他们的脸被面罩遮住，穿着日本战国样式的灰蓝色棉甲。他们拿出比人还高的竹刀，相互鞠躬，在约莫一次心跳的短暂停顿后，开始相互搏击，对打了半个钟头。艾莉被这幅景象迷住了，对记者的回答有些心不在焉，但是其他人好像没有注意到她的异样。那刀具一定很重，因为战斗节奏不快，两人仿佛在海底角斗。

收到信息以前，她就认识卢那察尔斯基和沙库瓦提了吗？埃达呢？

席乔木呢？她怎么看待他们和他们的成就？他们五人相处的如何？是的，能成为这些精英中的一员，她至今有些感到惊讶。

她对日本组件的质量印象如何？对于五人和明仁天皇的会面，她有什么想说的吗？他们和神道教、佛教领袖的对话，是为机器项目所作努力的一部分吗？这是为了在机器启动前聆听世界各大宗教的见解，还是仅仅出于对东道国日本的礼貌？她认为机器可能会是特洛伊木马或者末日机器吗？艾莉回答得尽量谦恭、简洁、明了。机器建造项目的随行公关显然很满意。

采访结束得很突然。主持人预祝她和她的同事们一切顺利，还说等她回来的时候，要再采访她一次。另外，他们希望她以后能常来日本。

东道主们微笑着朝他们鞠躬道别。到这个时候，穿着棉甲的武士早就离开了。艾莉随行的安保人员望着屋外，确保没有发生异常。离开的半路上，艾莉问了问同行的女记者，她知不知道那两个战国幽灵。

“哦，是的。”她答道，“他们是海岸警卫队的天文学家，每天午饭时候都会切磋剑道。你甚至可以根据他们出现的时间来校正手表。”

席乔木出生在长征路上，年纪轻轻就参加革命与国民党作战。他曾在韩国担任情报官员，后来当上了中国战略技术领域的权威人物。

席乔木推崇儒家的一些古训，特别是《大学》中的一段话。孙中山说过，他在20世纪初的民族革命运动，也是以此为基础的：

古之欲明明德于天下者，先治其国，欲治其国者，先齐其家；欲齐其家者，先修其身；欲修其身者，先正其心；欲正其心者，先诚其意；欲诚其意者，先致其知，致知在格物。

席乔木相信对知识的追求，是中国人获得幸福的关键。20 世纪 60 年代他被分配到了宁夏的一个集体农场，那里靠近长城，传统上是穆斯林聚居区。有天席乔木在贫瘠的土地上耕作，无意间发现了一件汉代遗物——那是个青铜头盔，雕饰复杂。这次奇遇改变了席乔木的思想。后来，他的注意力从战略武器转到考古学上，搭建起了通往过去的桥梁。在他的主持下，西安地下墓葬的发掘工作得到了越来越多的重视。

西安是天下闻名的兵马俑的发现地。那些兵马俑由中国古代帝王秦始皇嬴政所造，他的名字经过几次音译和变形以后，在西方被人简单地叫作了“秦”。公元前 3 世纪，秦始皇统一中国，修建了长城，下令铸造了栩栩如生的兵马俑——士兵、仆从和王侯将相——为他死后陪葬。这样避免了活人殉葬，其实还算挺仁慈的。兵马俑有 7500 多个士兵，算得上一支军团。每个兵马俑都各不相同，他们代表的人来自中国各个地方。这是因为秦始皇把原本各自独立的小国，中央集权成了一个大国。人们在兵马俑附近还找到了辛追夫人的墓葬[1]。辛追生前是一员小吏，你可以看出她板着脸——那也许是她训斥了仆人几十年的结果。毫无疑问，用来保存她尸体的技术十分高明，远胜于古埃及文明。

秦始皇简化文字，编撰律法，修筑公路，建造长城，统一国家，还收了天下之兵，当然也干过焚书坑儒的事，但他坚称自己反腐成功，为国家带来了和平与秩序。嬴政的自傲到了惊人的地步——因为觉得一座山冒犯了他，秦始皇令人铲除了山上的所有植被，还把山体漆成了死刑犯囚衣的赭红色[2]。秦始皇是个伟人，但也是疯子。不过话说回来，要是不够疯，他怎么可能横扫六合？“光是想想都觉得疯。”席乔木笑着对艾莉说。

1.辛追夫人：辛追夫人实际上葬于马王堆汉墓，而且她是长沙国丞相利苍之妻。

2.出自《史记・秦始皇本纪》：始皇赭山，以责湘君。此段故事并非确凿史实，与现存秦简内容有出入。

随着对考古越来越着迷，席乔木在西安主持了超大规模的挖掘活动。他开始渐渐相信，秦始皇本人也躺在兵马俑附近的某个大陵墓里，被完好地保存着。根据古书记载，那个巨大的坟墩里，还有公元前210年版的超大号中国版图模型。在这个模型里，你甚至能找到当时的每座寺庙和宝塔。据说这地图上的河流由水银制成，载着始皇帝模型的方舟，在这河流里永远周而复始地航行。所以当人们在西安地表发现汞污染的时候，席乔木别说有多兴奋了。

新出土的古卷记载说，秦始皇派人造了一个雄伟的圆顶大厅，以容纳这个被叫作“天界”的模型。由于汉语书面文字2200年来变化不大，席乔木无需语言专家帮助，就能直接阅读那些古文。这种感觉，就好像真的在和秦朝史官说话。好多个夜晚，席乔木入睡时，都会想象秦始皇的陵寝大厅。据说那圆顶不但刻着撕裂天穹的银河，还有嬴政去世时划过天际的彗星。

这十年，席乔木一直在研究秦始皇和他的宇宙观。虽然始终没找到嬴政的葬身之处，但他所做的事情，已经激发了中国人的热情。有人这么评价他：“中国人有十多亿，但席乔木只有一个”。对这个正在逐步走向开放的国家来说，席乔木的影响显然十分积极。

秦始皇无疑是渴望永生的。他建立的王朝最终发展成地球上人口最多的国家；他所造的长城，也是当时世界上最大的建筑。可以想见，这样的人，很害怕遭到遗忘。在他的治下，许许多多的纪念建筑拔地而起；他臣子的面容，则化作了兵马俑；他为自己造了巨大的地下陵寝和国土沙盘——虽然尚未被后人发掘；他还数次派人远出东海，去寻找长生不老药。每次出航，秦始皇都会抱怨船队的开销太高。在其中一次任务里，他甚至派出了多达几十条船只，满载三千童男童女的舰队。这支徐福率领的舰队不知所踪，船员去向成谜。而他始终没能得到不老仙药。

有意思的是，就在徐福东渡五十年后，日本突然出现了水稻农业和冶铁技术。这两个新事物深刻地改变了日本的经济，创造出了武士阶层。席乔木说，日本这个国名，其实反映出了他们的文化起源于中国：日本，即旭日东升之地。你站在哪儿看才会觉得日本是太阳升起的地方？所以从本质上来说，她刚读过的那份报纸，其实是在纪念秦始皇创造的时代。相比秦始皇，艾莉觉得，亚历山大大帝大概只能算是个校园恶霸。

席乔木对秦始皇的痴迷，大概赶得上秦始皇对永生的狂热。艾莉告诉席乔木她在近地轨道上见着了索尔·哈登，他们都认为假如嬴政活在20世纪末，肯定也会上天。艾莉拨了个可视电话，把席介绍给了哈登，让他们单独对谈。席乔木的英文水平很出色，那是他在香港回归时跑流程练出来的。直到玛士撒拉从地平线上落下，俩人的对话也没结束，甚至还通过同步轨道上的通信卫星继续了下去。他们一定相谈甚欢。这件事过去没多久，哈登就要求机器启动时，他一定得在日本上空。他说他要从望远镜里，亲眼见证那一刻的来临。

“佛教徒也信神，对吧？”前往寺庙，准备和住持共进晚餐的路上，艾莉这样问道。

“在佛教徒看来，”维戈干巴巴地回答，“他们信仰的神已经伟大到不需要存在的地步了。”

汽车在乡野间疾驰。他们聊到了内海——日本最著名禅宗寺院的住持。前几年广岛核爆50周年时，内海在纪念仪式上做了举世瞩目的演讲。他在日本政界很有影响力，但大部分时间都在冥想和祈祷中度过。

“他爸爸也是寺院住持。”沙库瓦提说。

艾莉扬起了眉毛。

“别那么惊讶。日本和尚能结婚，就跟俄罗斯东正教牧师一样。我说的对不，维戈？”

“那是以前的事情了。”维戈有些不耐烦地说。

餐馆位于一片竹林中，名字翻译过来叫“云月”。说来凑巧，今晚高悬天际的月亮旁，真有流云拂过。餐馆的店主已经安排妥当，今天不再接待其他客人了。艾莉和她的同伴们脱下鞋，穿着袜子走进一间小厅。从这里望出去，外面是一片竹林。

当然，住持剃了光头。他穿着黑银相间的袈裟，用英文流利地和人们打了招呼。后来席乔木告诉艾莉，他的中文也过得去。在这安宁的环境下，几人开始轻松地交谈。接着，一道道菜送了上来，都小巧如工艺品，像是可以食用的珠宝。那个瞬间，艾莉明白了为什么新派法餐会源于日本传统饮食。这些菜要是蒙着眼吃，她会心满意足；而要是光看不吃呢，也能让她大饱眼福。但这两点居然完美地统一了，让她仿佛置身天堂。

艾莉坐在住持对面，身边是卢那察尔斯基。其他人在讨论这些食材到底是什么，产自哪里。不过渐渐地，关于寿司和银杏果的话题，慢慢转向了他们要执行的任务。

“那么，我们在此对话的缘由是什么？”住持问道。

“是为了交换信息吧。”卢那察尔斯基的心思还放在他那双怎么也不听话的筷子上。

“那么，我们为什么要交换信息呢？”

“因为我们离不开信息。它是我们生存的必要条件。没了信息，我们就完了。”

卢那察尔斯基每次把银杏果送到嘴边，它们都会从筷子上不争气地掉下来，所以他干脆低下头，在筷子举到半高时就把嘴巴凑上去。

“我相信，”住持说道，“我们交流，是出于爱，或者慈悲。”他伸手拿起一颗银杏果，干净利落地送进自己嘴里。

“那么，”艾莉问，“你认为机器是用来表达慈悲的？你认为它没有风险？”

“我可以和花朵交心，”内海说道，“也可以跟顽石对谈。要理解异界的众生——这个词英文是这么说的吧？——并不困难。”

“我十分愿意相信石头能跟你说话。”卢那察尔斯基嚼着银杏果说，“可我不清楚你到底怎么办到的。要说服我们，总得给个理由吧？这世界上的误会太多了。你怎么确定那不是一厢情愿的幻想？”

“啊，科学怀疑论。”住持露出微笑。他的笑容纯洁无瑕，几乎像个孩子。

“要与石头沟通，你得变得更加……平和。勿思，勿念。我说我在跟石头对话，但我其实什么也没有说。《圣经》上说‘太初有道’，不过我说的，是一种更早、更原始的交流方法。”

“这词也就《约翰福音》说过。”艾莉一边说，一边觉得自己太过掉书袋了，“更早的对观福音书[1]里只字未提。这个词其实是从希腊哲学里拿来的。不过你说的那种比语言更原始的交流，到底是什么？”

“道可道，非常道。你提出的问题，由一个个词语组成，但我的回答，无法用词语描述。我想想该怎么解释。日本有个童话，叫作‘蝼蚁之梦’[2]。故事发生在蚁之国里。这故事说来话长，我也就不慢慢讲给你听了。不过童话里提到了一点：想要理解蚂蚁的语言，你必须成为蚂蚁。”

“蚂蚁的语言实际上是一种化学语言。”卢那察尔斯基盯着内海，“它们留下特殊的分子痕迹，来标识出找到食物的路径。要理解蚂蚁的语言，我需要的是气相色谱仪或者质谱仪，没必要变成它们。”

“好吧，这可能是你所知的变成蚂蚁的唯一方法。”内海这番话，好像是说给所有人听的，“告诉我，人们为什么要研究蚂蚁留下的痕迹？”

1.对观福音书：新约圣经前三卷书《马太福音》《马可福音》和《路加福音》的合称，史学家认为这三卷成书较早。《约翰福音》和它们在记载上有较大出入。

2.蝼蚁之梦：**あきのすけの**梦。日本民间传说，类似南柯一梦。

“我猜昆虫学家会说这是为了分析蚂蚁的行为和社会结构。”艾莉评论道，“科学家总是以获取新知为乐。”

“这不过是他们喜爱蚂蚁的另一种说法。”

艾莉压抑住了一阵内心的躁动。

“是的。但那些投钱给昆虫学家的赞助商，有另一套说法。他们说这是为了控制蚂蚁的行为，把它们赶出房间，要不就是想以此了解土壤的生态系统。有了这些知识，人们也许能开发出某种杀虫剂的替代品。从这个角度来讲，你可能会说这是为了爱护蚂蚁。”

“是的，但这也是为我们自己的利益考虑。”卢那察尔斯基说，“毕竟杀虫剂对我们来说同样有毒。”

“你们打算在这种晚宴上讨论杀虫剂？”桌子另一头的沙库瓦提终于忍不住了。

“我们会再次梦见蝼蚁之梦。”内海轻声地对艾莉说。他的脸上又一次闪过那完美无垢的笑容。

他们借助长达一米的鞋拔子穿好鞋，走向待命着的小型车队。女服务员和老板娘微笑着鞠躬，为他们送行。艾莉望着内海住持和几位日本东道主一起坐进了豪华轿车。

“我问他，既然他能和石头交流，那能不能跟死人说话？”席乔木说。

“他怎么回答的？”

“他说，跟死人说话很容易，跟活着的人才难。”

18.

超统一

怒海涌银河，流来佐渡岛[1]。

—— 松尾芭蕉（1644—1694）

1.怒海涌银河，流来佐渡岛：荒海や佐渡に横たふ天の川。

之所以选择北海道，可能是因为这里独具一格。由于气候，北海道的屋宇全然不似日本传统建筑，而且这里还是阿伊努人的家园。这些毛发浓密的原住民至今依然遭到不少日本人的歧视。北海道冬天的寒冷程度不亚于明尼苏达或者怀俄明。由于和日本其他岛屿隔海相望，把工厂建在这里多少会带来物流上的不便，但也能减少灾难风险。另外，这里其实算不上与世隔绝。与本州岛相连，长达 51 公里的海底隧道已经竣工，创造了新的世界纪录。

如果仅仅是对单个组件进行测试，那北海道是个足够安全的好地方，然而在这里组装完整的机器是另一码事，不少人已经对此表示了担忧。环抱工厂区的群山里，火山活动一直很频繁，其中一座更是在以每天一米的速度不断升高。对此，苏联也表示了疑虑，毕竟库页岛和北海道之间仅有宽 43 公里的宗谷海峡——俄方叫拉彼鲁兹海峡——相隔。但是赌一个戈比也是赌，赌一个卢布也是赌。假如人们造的真是末日机器，那哪怕建在月球背面，一旦启动也能摧毁地球。既然都下决心冒风险造机器了，那么在哪儿造，不过是个比较次要的考虑因素而已。

七月初，北海道机器雏形初现。到这个时候，美国机器的建造依然深受政治和宗教争议的困扰；苏联的机器更是技术问题一大堆。而在北海道，工厂设施比怀俄明的要先进得多，机器已经打上铒钉，安好十二面体，就等对外界公布了。说来也有趣，最早发现十二面体的毕达哥拉斯，认为应该对这种几何体保密，泄密者必须加以严惩。可能就是出于这个原因，在2600年后的地球另一端，这个十二面体的存在，也只有极少数人知晓。

日方项目主管给每个人都放了几天假。距离他们最近城市是带广，它位于十胜川及札内川的交汇处。有些人去了旭岳滑雪；另一些人去泡了温泉——本质上是拿放射性元素来取暖。这些元素由几十亿年前的超新星爆炸产生，衰变至今；有几个项目人员参加了拉爬犁赛马，那是十胜的地方性比赛，需要让驮马拉着沉重的爬犁，在农田上前进。不过机器的五个乘员参加了最隆重的庆祝活动，他们乘着直升机去了北海道最大的城市，将近200公里外的札幌。

此时正是七夕节。放这五人自由出行，安全风险其实并不高，因为对项目来说，机器本身比这五个人重要得多。他们虽然通读过信息、对机器的了解也胜过常人，但毕竟不需要什么专门训练。艾莉心想，对一个理性的世界而言，我们是完全能被取代的。当然啦，另外找五个能得到世界机器联盟所有成员国认可的人选，就没那么轻松了。

席乔木和维戈说他们“有些事没完成”，而且不来点清酒没法完成。所以艾莉、提毗·沙库瓦提和埃伯内马·埃达就抛下他们，跟着日方安排的导游，沿大通[1]的步行街穿行。他们路过的店铺，有的装饰着纸飘带和纸灯，有的挂着画作。图画的主题五花八门，从树叶、乌龟、妖怪到穿着传统服饰、风格卡通的年轻男女，看得人目不暇接。他们甚至在两栋楼之间，看到了一块画着孔雀开屏的大帆布。

埃达穿着他轻薄的绣花亚麻长袍，戴了顶礼帽，沙库瓦提则换了另一件漂亮的丝绸纱丽。有他们的陪伴，艾莉感到很是开心。

艾莉很高兴能有埃达和沙库瓦提的陪伴。日本造的机器目前已经通过

1.大通：札幌市中心商业街区。

了所有规定的测试，机组成员也达成了一致的意见，即他们代表的（虽然没法完全代表）不仅仅是这个星球上的居民，还包括了那些超越国界、让分享机器大蛋糕的五大国都无可奈何的个体精英。从某种意义上来说，他们每个人都是叛徒。

就拿埃达来举例好了。他是伟大的物理学家，超统一理论的发现者。超统一理论充满了美感，从万有引力到夸克在内的各种物理现象，都被完美地整合进同一套体系里。超统一理论的发现，足以和艾萨克·牛顿以及爱因斯坦的发现媲美，实际上，埃达确实常常被拿来和这两人做比较。

埃达出生在尼日利亚，是穆斯林。这其实没什么，可他信奉的不是正统派别，而是艾哈迈迪耶派。其中苏菲派是艾哈迈迪耶派下属的一支小派别。

那天和内海住持共进晚餐后，他对众人解释说，苏菲派对伊斯兰教来说，就像佛教里的禅宗。艾哈迈迪耶派的“圣战”“用笔，而不是用剑”。

埃达为人低调，举止谦逊，但强烈反对传统穆斯林的“圣战”理念，提倡思想自由交流，因此遭到了很多保守穆斯林的反对。一些伊斯兰国家甚至站出来抵制他成为机组成员。反对者并不只有这些人，好些种族主义者因为社会的进步，不得不暗藏他们的主张，但这个黑人诺贝尔奖得主的出现——有时候他还被奉为地球上最聪明的人——终于撕破了他们虚伪的面纱。四年前埃达去监狱访问泰隆运动，美国黑人的自豪感明显高涨了一截。可以说，他为年轻一代的黑人树立了新榜样。埃达揭露了种族主义者最糟糕的一面，也激发了其他人最好的一面。

“花时间在物理研究上，是一种奢侈的享受。”埃达告诉艾莉，“其实很多人都能做出成绩来，但要是你得忙着去街上讨生活，那就没有足够的时间去学习物理了。我觉得，我有义务去改善尼日利亚青年科学家的生活条件。”

随着他逐渐成为尼日利亚的民族英雄，埃达对社会上腐败、不公、诚信缺失等话题的发言也越来越多。他说尼日利亚本可以成为一个伟大的国家。20世纪20年代时，这个国家的人口与美国相当，有丰富的资源，以及多种多样的文化，如果能克服自身的缺点，它本可以成为世界灯塔。埃达崇尚低调与独善其身，却在这些话题上直言不讳。许许多多的尼日利亚人——穆斯林也好，基督徒也好，泛灵论者也好；年轻也好，年迈也好；男也好，女也好——都认真地看待他提出的观点。

埃达有许多特点，不过最值得一提的，还是他的低调。除了上面提到的那些言论，他很少公开自己的意见。你只有通过他写的文章或者跟他混熟以后，听他私底下说的那些话，才能一窥他的思想之深。这么说吧，他对大消息，还有机器激活以后会发生些什么事情，只发表了一条评论。他讲了个莫桑比克的民间故事：猴子之所以不说话，是因为它们清楚，哪怕只从嘴里蹦出一个词，就要被人类抓走去干苦活了。

一堆能言善辩的机组成员中间，沉默寡言的埃达显得有些奇怪。和许多人一样，艾莉学会了去留心他哪怕随口说出的每一个词。埃达说他超统一理论的早期版本，是“愚蠢的错误”，就因为它们并不完美。艾莉和提毗私下里聊过天，都说这个只有三十来岁的男人魅力非凡。不过埃达已经结了婚，他的妻儿如今住在拉各斯。

为了庆祝节日，路边的一排竹子被装饰得姹紫嫣红。那实际上是成千上万的彩纸，压弯了竹子的枝条。还有许多年轻的男男女女正继续往竹子上挂着装饰。日本的七夕节是个庆祝爱情的节日。在一个临时搭建的舞台上，人们正在表演七夕的由来：一对相爱的人被银河所隔。每年只有在阴历七月的第七天，代表了他们的两颗星星才能重聚——前提是没下雨。艾莉抬起头，望向水晶般清澈的天空，为这对恋人祈祷。两颗星星里，代表男方的那颗A7矮星名为牛郎，另一颗星星的名字，意思是织布的女性——

它就是织女星。

再过几个月机器就要启动，这时候却发现织女星居然是日本传统节日的核心，这感觉可真是够奇怪的。不过话说回来，只要做足了功课，也许会发现天空中的每一颗亮星背后都有趣味横生的传说。牛郎织女的传说其实源自中国，几年前参加世界大消息协会第一届会议的时候，席乔木就说过。

日本的多数大型城市里，七夕节都在走向消失。如今包办婚姻已经难得一见，异地恋也早就成了常态，谈不上有多少痛苦。但在札幌、仙台和另外少数几个地方，这节日反而越来越受欢迎。尤其是札幌的七夕节别有一番苦涩的意味，这是因为许多日本人依然见不得同胞和阿依努人结合。北海道甚至还有私家侦探专门调查子女的对象，以及他们的亲属和长辈有没有阿依努人的血统，如果有，那这门亲事可能就告吹了。提毗因为她丈夫出身同样不好，对此特别敏感。埃达肯定也听说过一些类似的故事，但他没有说出来。

本州岛仙台市举办的七夕节，重点放在电视节目上，没多少人会去真的眺望牛郎织女星。艾莉有些好奇织女星人会不会一直朝地球播放同样的电波。之所以这么想，一部分原因是随着机器在日本的完工，新闻登上了今年的七夕电视节目。不过“五人组”——别人开始这么叫他们了——没有去当嘉宾，连知道他们札幌之行的人都不多。不过埃达、沙库瓦提和艾莉在街上走了没多久，就被人认了出来。他们在礼貌的掌声中返回了大通公园，还有不少人朝他们鞠躬以表敬意。一家音像店装外边的喇叭，艾莉认出了其中播放的摇滚乐，那是黑人乐队“白噪音”的《我想弹开你》。午后阳光下，一只睡眼惺忪的老狗，在艾莉接近时朝她有气无力地摇了几下尾巴。

日本评论家把对他们机器的理解，叫作“机器道”。现在有种越来越流行的观点，认为地球是一个整体，居住在其上的所有人类，都能从机器所开启的未来中平等获益。有些宗教也讲过差不多的话，但还有许多宗教对此并不认同。在他们看来，人类的自省，居然得由外星机器带动，这实在是太可鄙了。如果说重新定义人类在宇宙中的地位，代表着宗教信仰的改观，艾莉想，那么一场神学革命正在席卷全球，甚至连欧美的千禧年论者也受到了机器道的影响。但如果机器没能顺利运行，信息也不再发来，那么这种自省还能持续多久？不，即使我们在理解和建造机器的过程中犯了错，即使我们没能获得更多关于织女星人的信息，电波本身也已经证明了宇宙中存在其他文明，而且比人类要先进得多得多。光这两点就够地球人团结上一阵子的了。

艾莉问埃达有没有改变过他对宗教的信仰。

“有。”他说。

“什么时候？”

“第一次接触欧几里得的时候，第一次理解牛顿万有引力的时候，还有看懂麦克斯韦方程、广义相对论的时候，再加上我研究超统一理论的时候。我很幸运，有过不少这样的经历。”

“不，”艾莉说，“你知道我问的是什么。除了科学之外的信仰。”

“没有。”他立刻答道，“除了科学，我没有过类似的体验。”

埃达讲了讲自己从出生开始就接受的信仰。他并不盲信艾哈迈迪耶派的所有教条，但觉得它们还算不错，甚至好处多多。这个派别比较新，与基督科学会和耶和华见证人差不多一个时间。它是米尔扎·古拉姆·艾哈迈德在旁遮普创建的。提毗显然对艾哈迈迪耶派也有些了解。这个如今流行于西非的教派，基础教义里混入了不少末世论的成分。艾哈迈德自称马赫迪，最后的救世主。他还称自己是再临的基督、克利须那神的化身、弥赛亚，以及重生的穆罕默德。由于深受基督教千禧年论影响，一些艾哈迈迪耶派教徒相信艾哈迈德即将复生。考虑到2008年是艾哈迈德逝世一百周年，他作为马赫迪回归的机会再好不过。从全球范围来看，宗教救世热的热度似乎消退了一些，但受到它们影响的人其实比以往更多。人类对这种非理性行为的偏爱，让艾莉隐隐担忧。

“在这样一个充满爱的节日里，”提毗说，“你不该这么悲观。”

札幌的降雪量很大，年年都有冰雕展。当地冰雕的主题以动物和神话人物为主，但也懂得与时俱进。那年冰雕展的晚间新闻里，一个精心雕琢的巨大十二面体就反复出现，几乎成了当地的标志。接下来的那段日子暖和得有些反常，你能看到冰雕艺术家们不停地修补和雕琢这个十二面体，与天气作着不懈斗争。

随着启动之日临近，机器可能引发全球灾难的呼声又一次甚嚣尘上。对满腹疑虑的民众，机器项目组公开保证说不会出事；对政府的询问，他们做出的回应虽然比较低调，但意思一样。不过对于机器何时启动，却始终没有人向外界透露。有些科学家建议把时间安排在11月17日。根据预测，那天晚上人们能看到20世纪最壮观的流行雨。他们说，这是个吉兆。但瓦莱里安提出，如果机器真的要飞离地球，那么它届时就得穿过彗星碎片带，带来不必要的危险。他说的很有道理，所以机器的启动时间又往后推了几周，定在了19开头的年份的最后一个月。虽然那个日子不算真正意义上的千禧之交，而是提前了一年，但这不妨碍那些不愿意了解历法的人[1]，或者希望连续两年在十二月庆祝第三个千禧年来到的人去准备盛大的庆祝活动。

织女星人不可能知道机组成员的体重，不过他们煞费苦心地写明了机器每个部件的质量，以及它能承载的总质量。两者相减，你就会发现，留

1.不愿意了解历法的人：从历法角度出发，新千年实际上应该始于2001年，而非2000年。

给地球人的额外配重并不多。正因为如此，几年前有人建议所有的成员都由女性来担任，这样还能多往机器里塞点设备，不过这个建议被认为过于草率，遭到了否决。

机器的容量过低，乘员根本没法穿太空服上路。所以现在人们寄希望于织女星人还记得人类这个物种得呼吸氧气才能存活。既没法携带装备，又不知道要去何处，对对方的文化也没有任何了解，参加这个计划无疑得冒巨大的风险。全球各地的媒体总是对这个话题大加讨论，但五人组内部一直保持着默契的缄默。

推荐给乘员们带的设备包括各种型号的微型摄像机、光谱仪、超导计算机和微缩胶卷。这说得通，但又说不太通。机器上没有睡觉、烹饪的空间，也没地方如厕。他们只能携带一丁点儿物品，最多装满工装裤的裤袋。提毗准备了个急救包。艾莉想了想，决定不带牙刷和换洗用的内衣。如果他们能让我们坐在椅子上去织女星，她想，想来也能提供各种便利设施。她告诉项目的一个管理人，如果她需要摄像机，那问织女星人要一台就是了。

有人认真地建议说，五人组应该裸着身子上机器：既然设计蓝图没有明说可以穿衣服，那就不该穿衣物。否则机器一旦启动，天知道那些身外之物会不会干扰到机器的运转。艾莉、提毗和其他不少人被这建议逗乐了，回答说设计图里也没禁止人们穿衣服啊！何况织女星人见过奥运转播，明白人类有穿衣的习惯。席乔木和维戈在发言里讲得很清楚，乘员应该遵守的唯一限制，就是不要超重。要是什么都担心的话，五人组干脆拔光假牙、摘掉眼镜得了。他们的观点最后占了上风，其中一部分原因在于许多国家觉得项目都进行到高潮阶段了，突然来这么一出，实在有失体面。不过这建议真挺有趣的，媒体、技术人员，甚至包括五人组在内都拿它开过玩笑。

“这个啊，”卢那察尔斯基说，“蓝图上也没写一定要人类坐进去，那咱们是不是该塞五只大猩猩进去？也许他们也能接受的。”

即使给织女星拍一张纯二维的照片，也可能会成为无价之宝。有人这么告诉艾莉，想象一下，如果能给外星人本尊来张照片，那会有多少价值。她何不认真考虑一下带上台相机呢？但德·希尔带着庞大的美国代表团也来到了北海道，他说赌注太高了，不要—— 但艾莉恶狠狠的目光让他生生吞下了后半截话。艾莉知道他要说什么——不要这么任性幼稚。被艾莉一瞪，德·希尔一副打了蔫儿的样子，倒好像他才是那个犯了错的孩子。艾莉把这事告诉了提毗，可是提毗没站她一边。她说德·希尔“可爱极了”。到最后，艾莉终于带上一台微型摄像机。而在任务携带物品申请清单的“个人物品”那一栏上，艾莉还写下了：“棕榈叶，0.811 公斤。”

德·希尔被派来跟她讲理。“你知道的，我们有一种非常好的红外成像机器，它只有半公斤多点重。你为什么要带个树枝子进去？”

“是树叶。准确来说，棕榈叶。我知道你在纽约长大，可你肯定知道棕榈树是什么。《艾凡赫》[1]里写过。你上高中那会儿没读过这书？十字军东征时期，去圣地朝拜的朝圣者都会带一片棕榈叶回家，以此证明他们到过那儿。这个故事让我想了挺多。我不在乎他们有多先进，地球就是我的圣地。我要带一片叶子给他们看，告诉他们我从哪来。”

德·希尔无奈地摇了摇头。不过艾莉把同样的话说给维戈听时，这个俄国人说道：“我完全理解。”

艾莉还记得维戈在巴黎讲过的那个马车和贫民窟的故事，但她压根不担心那些。她意识到棕榈叶还有些别的用处。她需要一些东西来让自己想起地球。她害怕织女星诱惑太大，大到她不愿回来。

机器启动前一天，一个小包裹先是送到了艾莉位于怀俄明的公寓，又被快递公司转交到了她手上。包裹没写发件人，也没有便条或者签名。

1.《艾凡赫》：苏格兰作家沃尔特·司各特（1771—1832）的长篇历史小说。讲述了查理一世的骑士艾凡赫救出君主，并挫败约翰亲王夺权阴谋的故事。

打开包裹，艾莉找到了一块连着项链的金章。它两侧镌刻着蝇头小字，一面是：

天后赫拉，
身穿金色长袍，
号令阿尔戈斯。
后者目光如炬，
扫视着全世界。

奖章的另一面写着：

斯巴达的守军如此回答罗马将军：如果你是神，就不会伤害那些从未伤害过你的人。如果你是个男人，那就前进吧——你会发现和你势均力敌的男人，还有女人。

她知道这是谁寄过来的了。

第二天，也就是机器启动的日子，他们对项目高管进行了意向调查，看大家认为会发生什么事。大多数人相信什么事情都不会发生，机器只会静静地停在原地。一小部分人认为五人组会转眼间出现在织女星系里，虽然这似乎有悖于相对论。另外有人相信那是用来探索太阳系的机器，或者有史以来最成功的恶作剧，或者教室、时间机器、银河系版的电话亭。有个科学家写道："五个青面獠牙、浑身鳞片的怪物慢慢在座椅上浮现。"这是所有调查回复里最接近特洛伊木马假说的场景——除了另一个，在那张调查问卷上，只简单地写了"末日机器"几字。

这样的日子，当然少不了演讲、食物和饮料这些惯例。有些人相拥而泣，有些人公开表示怀疑。许多人面露压抑不住的兴奋之色。你能感觉到只要机器成功启动，肯定会引发巨大的反应。

艾莉给养老院打了个电话，和妈妈道别。她说出口的词，从北海道的电话这一端，完整地传到了威斯康星州电话的那一端。但她没有听到回答。护士告诉艾莉，妈妈身体瘫痪的那一侧已经恢复了一些运动能力，也许要不了多久就能说几个字了。等到挂断电话，艾莉感到自己松了一口气。

日本技师们额上缠着头带。这是日本一种传统仪式，意思是在心理上做好了奔赴战场的准备，不管是真正的战场，还是别的战场。不过，这次他们头带上印着的是世界地图，而不是日本国旗。

国家简报很快就结束了。就艾莉所知，没有人要他们聚到各自的国旗下，各国领导人通过录像带发来的声明也很简短。不过艾莉很欣赏总统讲的那番话：

“这算不上简报，也不是道别。只是说声“回头见”而已。记住，你们每个人的身后，都站着十亿人。你们为地球上的所有人代言。假如你们去了别的地方，那就替我们张开眼——不止是科学，还有其他你们能学到的一切。你们代表了全人类的过去、现在和将来。无论发生什么，你们注定留名青史。你们是这颗行星的英雄。为我们所有人说话的时候，记得脑子转快点。而且要……平安回来。”

几个钟头过后，他们一个跟着一个，头一次穿过小小的气闸，进入机器内部。舱室内藏的黯淡灯光自动亮起。哪怕机器建完，通过了所有规定的测试，项目组依旧害怕五人组过早坐下，导致本泽尔启动前就激活机器。不过事实证明，光是在椅子上坐下不会有任何事情发生。艾莉小心翼翼地往后靠倒在塑胶躺椅里。艾莉原来以为这些模压出来，加了衬垫的椅子应该套上印花棉布沙发。但她意识到，会这么想也出于国家自豪感。相比之下，塑胶更现代、更科学、更正式。

因为维戈喜欢吸烟，项目组专门写了条规定，禁止把烟草带上机器。这事情让维戈暴跳如雷，他至少拿十种语言骂过人。终于，他抽掉最后一支好彩牌香烟，跟在队伍末尾走进舱室。他在艾莉旁的椅子坐下，低低地哀叹了一声。解析出来的蓝图里，椅子上没有安全带，所以实际造出来的椅子上也没有。一些项目人员对此进行过抗议，但无济于事。

这台机器会移动，艾莉心想。它是一种交通工具，能带人去别的地方……或者别的时间。它是载满货物、呼啸间冲入黑夜的火车。坐着它，就能离开童年时代令人压抑的小镇，去往水晶宫般的大城市。它是探索、是逃避、是孤独的终结。制造机器时的每一次物流延误，对蓝图细节的每一次争论，都在把她推向绝望。她所追求的，不是名利……至少名利不能算她主要的追求对象……而是解放。

她是一个瘾君子，但渴求的不是毒品，而是奇迹。在内心深处，艾莉觉得自己是第一次见到古巴比伦伊丝塔门的山间部落民；是刚刚瞥见奥兹国翡翠城尖顶的桃乐丝；是1939年世博会上，无意间闯进国家走廊，看到仿佛在向他招手的圆球和尖塔[1]的，来自布鲁克林区最肮脏角落的小男孩；是航行在泰晤士河口的波卡洪塔斯[2]，伦敦城从她视野的尽头，延伸到另一个尽头。

艾莉心情激荡。她会发现——还能有别的什么可能呢？一定是这样——那个比人类先进得多的文明所创造的奇迹。这个文明开始漫游群星之时，人类的祖先也许仍然在森林里跳跃，偶尔仰首观察从树叶缝隙间洒下的斑驳阳光。

包括德拉姆林在内，她这些年来认识的好多人都说艾莉过于浪漫主义，无可救药。但她始终不明白，为什么他们觉得相信浪漫会是种令人尴尬的

1.圆球和尖塔：1939年纽约世界博览会的标志性建筑。

2.波卡洪塔斯：印第安部落首领的女儿，被英国人带到伦敦，并与其中一人结婚。

人格缺陷。浪漫主义一直是她生活的动力、快乐的源泉。作为一个笃信此道的人，是时候去见见巫师[1]了。

广播里传来了状态报告。到目前位置，机器外部所有可以被检测到的组件都没有发生故障。一套效率极高的设备正在抽离本泽尔间的空气，使那些地方变成了地球上最真空的区域。艾莉又一次检查了微型摄像机的状况，然后轻轻地拍了拍棕榈叶。广播里说，十二面体外部出现强光，两个球壳的旋转已经加速到了蓝图所说的临界速度，肉眼根本无法看清。第三个球壳很快也要突破阈值。根据蓝图所说，只要三个彼此垂直的球壳都达到了要求的速度，机器就会启动。

艾莉左顾右盼；席乔木一脸坚定；卢那察尔斯基相对平静；沙库瓦提睁大了眼睛；埃达紧张地屏住呼吸；提毗注意到了艾莉的目光，朝她微微一笑。

要是有个孩子就好了，艾莉想。这时候，墙壁开始闪烁，似乎要变得透明。与此同时，大地张开嘴巴一般，将她彻底吞没。

1.巫师：上文提到的桃乐丝，出自童话《绿野仙踪》。《绿野仙踪》的英文原名，直译为《奥兹国的巫师》。

CONTACT

第三部分

银河

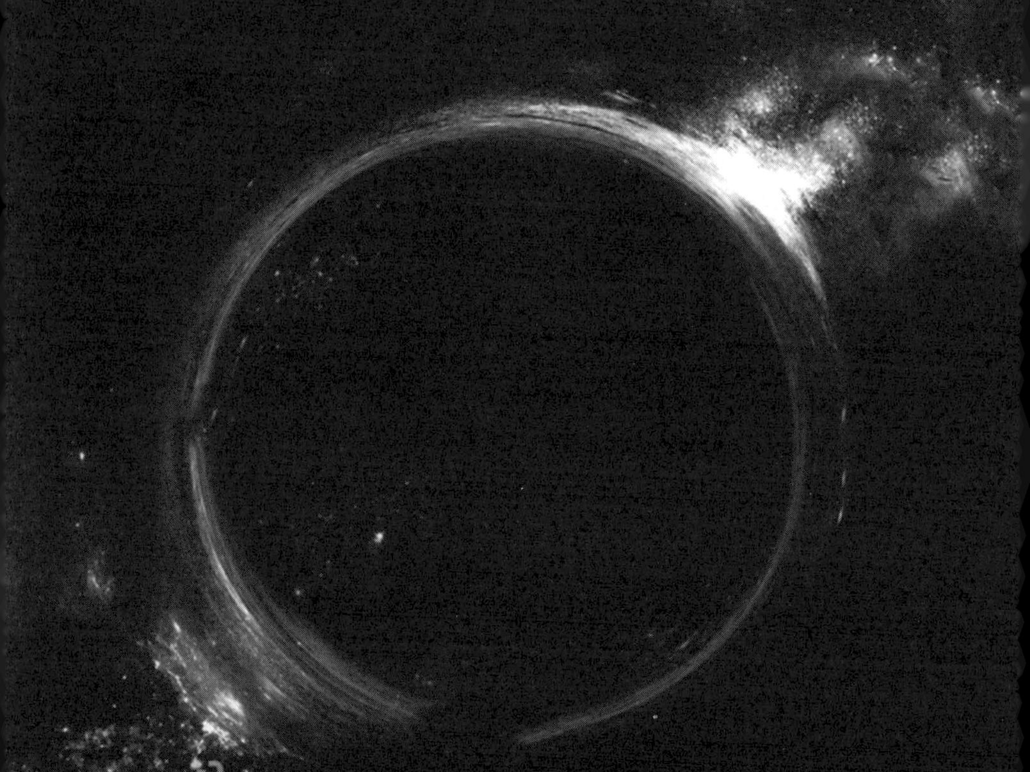

我走在无垠的高地上，
知道希望就在这里
由你从泥土中塑造，
并让它与永恒相结合。

—— 死海古卷

19.

裸奇点

……一级级靠近天堂的景致
沿着那惊奇的楼梯。

—— 拉尔夫·瓦尔多·爱默生，诗歌《梅林》（1847）

也许在某种至高无上的存在看来，我们的宇宙平白无奇。行星和行星之间的距离，对他来说不过散沙间的缝隙，而恒星和恒星的间隔，还没有谷粒和谷粒大。这种事情并不是没有可能。

—— 塞缪尔·泰勒·柯尔律治，《万物集》

他们不断坠落。包括屋顶和地板在内，十二面体那些五角形的嵌板都变得透明了。往上下看，艾莉能辨认出有机硅酸盐铺成的网和打入其间的铒钉，它们正不断扭曲变形。三个本泽尔都不见了。十二面体沿着一条长长的黑暗隧道往下跌落，而隧道的宽度，将将能容下这台机器。机器的加速度大概在 1G 左右，艾莉被压在椅子里，面朝机器前进的方向，坐在她对面的提毗，则微微向前弯腰。也许他们真的应该装根安全带。

艾莉禁不住想，他们已经钻进地幔层，正冲着满是熔化铁水的地核冲去。也可能他们要直接去……虽然造型可能不太一样，不过她试着把机器想象成冥河上的渡船。

通过隧道墙壁上的纹路，艾莉可以感觉到机器的前进。那些纹路是大块大块的斑点，它们形状不一，由不规则的曲线为边，看不出到底是什么。当然，这隧道之所以奇异，并不是因为这些墙壁，而是因为它已经深入地下几百公里，却没有出现发着炽热红光的岩层。实际上，没有任何迹象表明他们究竟在哪儿，也没有管理运输的小恶魔，或者摆满果酱罐的橱柜。

每隔一段时间，十二面体外突的一个顶点就会擦在隧道壁上，蹭下一点也不知道是什么物质的薄片。十二面体本身似乎未受损害，不过很快，他们后面就出现了那些碎片组成的尘云。十二面体每次轻擦隧道壁，她都能感受到机器微微的起伏。组成隧道的物质似乎很柔软，减轻了那股冲击力。他们身边均匀地弥漫着淡黄色的光芒，也不知光源何在。隧道偶尔微微弯曲，而十二面体会沿着弯曲的方向继续前行。到目前为止，艾莉还看不到隧道前方有什么东西。这种速度下即使撞上一只麻雀，也会引发骇人的灾难。又或者，他们进入了一个无底洞？艾莉感到心底泛起一阵焦虑。话虽如此，她并没有往糟糕的方向想太多。

黑洞，她想，是黑洞。我正在穿过事件视界[1]，坠向可怕的奇点。也可能这并不是黑洞，我们冲向的是个裸奇点。对，裸奇点，物理学家们就是这么叫的。在奇点附近，事物的因果关系会被打破，结果会先于原因，时间能够倒流。这种环境下，人绝无存活可能，更别说记住这段经历了。她回忆着几年前学习的知识：旋转黑洞的中心并不是奇点，而是奇环，甚至更复杂。黑洞可真不是个善茬。要是不小心跌落其中，强大的引力潮汐会把你拉扯成一条细长的线，并在你身体两侧施加重压。好在机器内部并没有发生这样的迹象。透过天花板和地板灰色的透明面，艾莉看到一幅纷乱的景象：有机硅酸盐的矩阵网在一些地方缩紧，在另一些地方张开；嵌在其中的铒钉旋转着，扭曲着。但十二面体内的一切——包括她自己和她的同伴——看起来都很正常。嗯，除了神情显得过于亢奋。反正大家还没变成细长的线条。

艾莉知道自己这是胡思乱想。黑洞物理学不属于她的研究领域，就算想破头她也看不出机器和黑洞之间到底什么关系。理论上来说，黑洞要么诞生于宇宙起源之时，要么由比太阳大得多的恒星坍塌而成。它的引力如此之大，除了量子效应，连光都无法逃脱，不过引力场本身倒是会保持恒定不变。这就是为什么它们既“黑”又“洞”。可是他们既没有坍塌恒星，也不曾捕获原始黑洞。当然啦，谁也不知道最近的原始黑洞可能藏在哪儿。他们只不过制造了机器，转动了本泽尔。

1.事件视界：指从黑洞中发出的光能到达的最远距离，也是黑洞最外层的边界。进入事件视界意味着无法从黑洞中逃逸。

艾莉瞥了眼埃达，他正通过一台微型计算机计算着什么。每当十二面体刮擦墙面时，她都能感到一阵低沉的嗡鸣沿着骨头传遍全身。为了引起埃达的注意，艾莉抬高了嗓门。

“你知道这到底怎么回事儿吗？”

“完全不知道。”他大声回答，“我几乎可以证明这种现象是不可能发生的。你知道博伊尔－林德奎斯特坐标吗？”

“那是什么？”

“我一会儿给你解释。”

埃达认为还能有“一会儿”，这可真是个好消息。埃达的身体，比肉眼更早感受到了减速的开始，就像是过山车冲到谷底，平稳下来后又开始慢慢爬升的那种感觉。而在进入减速阶段前，隧道已经出现了一系列上下起伏和转向。弥漫在他们周围的光线，不管颜色还是亮度都没有发生什么变化。艾莉举起摄像机，换到长焦镜头，尽量往远看。映入她眼帘的，只有弯弯曲曲的隧道的下一道拐角。墙壁上的纹路经过放大，显得错综复杂，毫无规律可循，而且有那么一小会儿，还发出了微弱的光。

十二面体的速度已经非常慢了。但隧道依旧看不到尽头。虽然不知道目的地究竟在何方，不过艾莉有点儿怀疑他们还到底能不能顺利抵达。设计师们也许在什么地方弄错了，机器造得并不完美。或者北海道的工厂测试存在技术缺陷，他们的任务注定会在这此地告终，而没人知道这是哪里。艾莉瞥了眼跟在机器后面、有时还会追到前面的尘云。也可能是机器擦到墙壁的次数太多，失去的动量，超过了设计所能接受的阈值。十二面体和隧道壁之间的空隙现在看起来非常狭窄。也许，他们会被永远困在这片世外之境，干等着氧气耗尽。织女星人会不会废了半天劲，却忘了人类需要呼吸呢？会不会压根没注意过那些高喊口号的纳粹？

维戈和埃达在全神贯注讨论引力物理学——扭量、幽灵传播子的重整化、类时基灵矢量场、非阿贝尔度规不变性、测地线再聚焦、十一维克鲁札-克莱因超引力计算，还有埃达自己那个不得了的超统一理论。看他们讨论的内容之深，显然很难解释得清。艾莉猜这俩物理学家还要再过几个钟头，才能在这个问题上取得一些进展。超统一理论已经涵盖了人们已知的一切宏观微观物理法则，很难相信这条……隧道，居然不能由埃达的场方程式来推导出解答。

“有人亲眼见过裸奇点吗？”维戈问。

“没听说有谁见过。”提毗回道。

“抱歉。它可能并不‘裸’。你们体验过因果颠倒吗？幻想出来的也行。那可是真真正正的怪事。我举个例子吧，一盘炒鸡蛋，重新变成了蛋清和蛋黄[1]。”

提毗眯起眼望向维戈。

“是这样的，”艾莉连忙插话，看来维戈有点兴奋过度了，“涉及到黑洞，这些问题可是很严肃的，只是听起来很疯狂。”

“好吧。”提毗慢慢答道，“既然是真的问题，倒也没关系。”不过她的眼神很快就明亮起来，“说实在的，这趟旅行真是太奇妙了。”

她的话获得了所有人的赞同，维戈更是神采飞扬。

“这是宇宙监察假设的一个超强力版本。”他说，“哪怕进入黑洞内部，奇点也不可见。”

“维戈在开玩笑。”艾莉补充道，“你一旦进入事件视界，就没法逃离黑洞奇点了。”

尽管有艾莉作保，提毗还是有些怀疑地看着维戈和埃达。物理学家在阐述新概念的时候，总要发明些与日常生活经验相去甚远的新词和短语，但又不太愿意彻头彻尾地创新，哪怕这些词只能算穿凿附会。不然，他们

1.蛋清和蛋黄：white and yolk。White亦有白人之意。而Yolk是对黄种人的一种蔑称。

就干脆用发现者的名字来代指那些新方程和新知识，你要是不知道说话的人是物理学家，很可能会为他们的神智感到担忧。

艾莉站起身，想走到提毗边上。就在这时，席惊呼了一声。只见隧道壁变得起伏不定，同时越发狭窄，十二面体仿佛被向前挤去。这种节奏奇妙极了：每当十二面体快要完全停下时，就会被挤压着继续向前。这让艾莉略略有些头晕。有的地方，隧道壁的推挤似乎要费点力气，你能看到两者接触所引发的涟漪扩散荡漾开去。但另一些地方，特别是直道里，十二面体只需蜻蜓点水般地轻触，就能继续朝前推进。

一个微弱的光点出现在视野尽头。随着它的亮度不断增加，十二面体内部也变得蓝白一片。那光打在黑色的饵钉上，起初还因为反射而跃动，后来彻底稳定下来。他们这趟旅程总共持续了不过 10 到 15 分钟，但之前船舱始终笼罩在柔光里，所以眼下的光芒特别刺眼。他们离光芒越来越近，终于冲出隧道，返回了寻常的三维空间。出现在众人面前的，是一颗蓝白色的太阳，大到令人发慌。

艾莉瞬间反应过来，这就是织女星。

直接用长焦镜头去观察织女星——哪怕对着太阳那种更小更冷的恒星，这也算得上作死，不过先用白纸遮挡焦面就可以了。艾莉看到两个巨大的黑子群，还有一块阴影，可能是环带上什么东西投下的。她放下摄像机，笔直地伸出一条胳膊，掌心向前，遮挡住织女星的本体。她看到了恒星周围明亮的日冕。它们刚刚完全被夺目的强光覆盖了。

她继续张着手，仔细观察围绕着恒星的那个环带。自从收到大消息开始，织女星系到底是个什么样的地方一直是全世界讨论的焦点。作为地球上天文学家的代表，艾莉真心希望人们没弄出什么特别大的错误来。她用不同的焦比和帧数为织女星录像，同时意识到，此时自己正身处这个环绕恒星的环带内部一处没有碎石的缝隙中。和巨大的宽度相比，这环带薄得可怜。艾莉能隐约分辨出环带内色彩浓淡的不同层次，但看不清它的具体构成。如果类似土星环，那直径几米的碎石就算得上庞然大物了，但也许织女星的环带完全由尘埃、泥岩和碎冰组成。

她转过身，去看他们的来处。只见一片漆黑——那是一块圆形的黑色区域，比黑天鹅绒还要暗，比夜空还要黑。织女星环带清晰可见，被它遮挡的那部分则黯淡无光。透过镜头仔细观察，艾莉注意到黑暗的正中心发着微弱不定的光。霍金辐射么？不，波长太长了。难道是透过隧道传过来的地球光？毕竟这黑暗的另一端是北海道。

行星。行星在哪儿？艾莉用长焦镜头扫过环面，寻找着嵌入其中的行星——或者至少能被文明当作家园的地方。她仔细地观察环带的每条缝隙。那个有先进文明的星球，肯定已经用它的引力清扫尘埃，开出了一条道来。但她什么也没有发现。

“找不到任何行星？”席乔木问她。

“找不到。附近有几颗大彗星。我注意到了它们的彗尾。可是没有像是行星的东西。组成环带的环肯定有几千条。以现在的情况来看，它们都是些小碎块。黑洞，还有我们，位于环和环之间的一个大空当里，正慢慢地绕着织女星转。这个星系很年轻，只有几亿岁，有些天文学家认为行星还来不及形成。那么，电波到底是从哪儿发出来的呢？”

“这未必是织女星系。”维戈说，“可能我们收到的电波是从织女星发出的，但隧道的出口在另一个星系。”

“也许吧，但这太巧合了。你看这恒星也是蓝的，温度和织女星差不多，而且还同样布满碎石。就算没办法通过星座判断出具体位置，我也敢跟你打赌一赔十，赌这就是织女星。”

“那他们在哪呢？”提毗问。

席乔木抬起头，透过有机硅酸盐矩阵望向五角形嵌板外星环上方的宇宙。他目光锐利，一言未发。顺着他望着的方向看出去，艾莉发现那儿有什么棱角分明的东西在阳光下闪闪发光。透过长焦镜头，她看到一个巨大的不规则多面体，它的每个面上都覆盖着……某种圆形物体？它们好像是碟状的？盘状的？不对，碗状的？

“给，乔木，用这个看。告诉我们你看到了什么。”

“是的，我看到了。那就是你在找的……射电望远镜。几千个望远镜吧，我猜，指着不同的方向。我们找到的不是星球，而是台机器。”

他们轮流用长焦镜头观察。轮到别人看的时候，艾莉竭力掩饰着自己的心痒难耐。射电望远镜的本质是用来广播和接收无线电波的工具，可想到这样一个甚至能利用黑洞来进行超相对论传输的文明造出来的超级射电望远镜，外观上也没超过她的想象——虽说它非常大——艾莉还是有点儿失望。这似乎说明了织女星人……缺乏想象力。她明白把望远镜放置在恒星极轨上的好处。除了每绕行恒星一圈需要两次穿越环带外，这种轨道十分安全。但能覆盖全天的射电望远镜阵列——数以千计——说明它本质上是个强化版的阿尔戈斯。它监测着无数个世界的电视信号、军事雷达，或者其他和地球文明不太一样的原始无线电传输。艾莉想知道，它究竟是隔三岔五就能发现信号呢，还是说，地球是织女星百万年来第一个成功找到的文明？到目前为止，没有人来表示欢迎，难道说来自乡下的这支小代表团实在太不起眼了，甚至没引来主人的注意吗？

摄像机还到了她手上，艾莉小心翼翼地调整了焦距、焦比和曝光时间。她想留一份永久记录下来，向国家科学基金会展示什么才是真正厉害的射电天文学。如果有什么办法能测出那个多面体的大小就好了。那些望远镜覆盖在多面体上的模样，就像鲸鱼身上的藤壶，而零重力环境下，一台望远镜造多大都有可能。当然等到照片冲出来，她就能确定角距的大小了（角度可能变了几分），但除非她能确定间距，多面体的长度和尺寸依然成谜。话虽如此，艾莉的直觉告诉她，那绝对是个庞然大物。

“如果附近没有行星，”席乔木说，“也就不存在织女星人。这里没有活人。织女星只是一个前哨站，边境巡逻队落脚取暖的地方。”

“那些射电望远镜——”他向上看去，“是长城上的烽火台。在光速限制下，一个庞大的银河帝国很难被维系在一起。如果派卫戍部队去镇压叛乱，要过上一万年才能知道结果，因为行军太慢了。所以你给了驻地指挥官自控权。再然后，帝国就要解体了。但这些——”现在，他指向那个遮蔽天空、正逐渐远去的黑斑，“——是帝国的信息通道。波斯帝国修筑过它们，罗马帝国修筑过它们，中国的王朝也修筑过它们。有了它，你就不再受到光速的限制了。有了这些道路，你可以把帝国维系在一起。”

但埃达摇着头陷入了沉思。他被物理学上的一些问题困扰住了。

现在几人可以看出，那个黑洞——如果它真的是黑洞——沿着环带里一条完全没有碎石的轨道运行。它两侧的内外环区都对它敬而远之。在这个距离上，你很难想象它到底有多黑。

拍摄这个由碎石组成的环带时，艾莉不由得想知道，织女星系里会不会有一天诞生行星。这些碎屑也许会不断碰撞、粘连，变得越来越大，产生引力效应，到最后形成数个围绕着恒星绕转的大行星。科学家们推测 45 亿年前的太阳系里行星就是这么诞生的。现在，艾莉看出了这个环并不均匀。有些碎石堆集的地方已经有了明显的凸起。

绕着织女星转的黑洞，在附近的碎石带里激起清晰可见的涟漪。十二面体的到来，肯定算不上无声无息。艾莉想知道这些重力扰动，和正逐渐扩散减弱的涟漪会不会带来长期影响，甚至改变形成中的行星，如果真是这样，那几十亿年以后这个星系里出现的行星，可能得归功于这个黑洞、机器……大消息，以及阿尔戈斯。艾莉知道自己想多了；就算她没有出生，也会有其他射电天文学家收到电波，一切都不过是早晚的事情罢了。但那样一来，机器启动的时间，还有十二面体出现在星系的时机都会发生变化。所以，很久很久以后也许会出现在这星系里的某颗行星，就因她而生。相应的，另一个本该出现的世界，由于她的到来而烟消云散。得为无心之举负责的想法，就像一副看不见的担子，隐隐压上了她的肩头。

她环摄四周，从十二面体内部开始，到了连接着那些五边形透明嵌板的支柱，再接下来，是他们所处的这圈缝隙以及黑洞。她的目光沿着缝隙边缘往前挪，扫过左右蓝色的环带，越来越远。这时候，她看到了一些奇怪的东西：他们前方挨着内环一侧，有什么鼓起来的东西。

“乔木，”艾莉把长焦摄像机递给他，“看那儿。你看那是什么。”

“哪儿？”

她又指了指。过了一会儿，席乔木看到了。他轻轻地倒吸了一口气。

“另一个黑洞。”他说，“大得多的黑洞。”

他们再次下落。这一回，隧道更加宽广，他们在十二面体内也更加自在。

艾莉对着提毗大声说道：“他们带我们去织女星系看他们的黑洞，让我们在一千公里外看他们的射电望远镜，他们让我们在那儿待了十分钟，又把我们送进另一个黑洞，打发我们回家。两万亿美元，就换来了这个？”

“我们未必是关键，”卢那察尔斯基说，“他们真正的目的，也许是借这个机会去地球。”

艾莉想象着黑夜之中，有人在特洛伊的城门下挖洞。

埃达伸出双手，示意众人安静。“等着看看吧。”他说，“这完全是另一条隧道。你们为什么觉得我们要回地球了？”

“难道织女星不是咱们的目的地？”提毗问。

“别着急，等答案揭晓吧。”

在这条隧道里飞，十二面体和墙面刮擦以及由此泛起的涟漪都比先前少得多。埃达和维戈讨论着用克鲁斯卡尔 – 塞凯赖什坐标来绘制时空图。他们说的话，艾莉完全云里雾里。到了减速阶段，隧道似乎又一次向上升起，让人心中惴惴不安。

这回出现在隧道尽头的光芒是橙色的。他们飞快地进入了一个密近双星系统。那是两颗相互接触的恒星，其中一颗膨胀的年迈红巨星，最外层正在冲刷另一颗寿命刚到中年的黄矮星。后者看起来跟太阳类似。两颗恒星相交的区域极其明亮。艾莉寻找着环带、行星或者绕着它们转的射电天文台，但一无所获。可是这什么也不能说明，她告诉自己。这个星系里可能有很多行星，只是用这个小摄像机的破镜头，她永远都别想找到。她换成短焦镜头，以纸相隔，为双星留了纪念。

由于没有环带，这个星系中散射的光比织女星恒星系统要少。换成广角镜头后，她在天空中搜寻了一会儿，终于认出了一个酷似北斗七星的星座。可是其他那些星座她就认不太出来了。考虑到北斗七星里最亮的那颗星距离地球几百光年，她推测机器跳跃的距离，也在这个范围之内。

她问埃达是怎么想的。

“我怎么想的？我觉得我们在‘地下’。”

“‘地下’？”

她回忆起机器刚刚启动时，那种仿佛落入地狱的坠落感。

“我们在地铁里。织女星和其他星系是一个个车站。乘客们在车站上车下车，而这里是换乘站。”

他指了指相接双星。艾莉注意到他的手投下了两道阴影，一道泛黄，一道偏红，就像是——她脑海中只冒出了那个意象——迪斯科舞厅。

“可是我们下不了车。”埃达继续说，“这是节封闭的车厢，我们要一路去终点站。”

同样的猜想德拉姆林以前也做过，但他直说那是“白日做梦”。就艾莉所知，埃达也是个很理智的人，这是他第一次屈服于幻想的诱惑。

尽管专业并不是光谱学，五个人里，艾莉是唯一一个观测天文学家。她觉得自己有责任尽可能多地收集观察数据，不论在隧道里，还是在他们定期进入的普通的四维时空里。每次从那些像是黑洞的地方离开，他们都会出现在恒星或者多恒星星系的轨道上，多恒星总是成组出现，分享着类似的轨道。就这样，他们通过黑洞不断地离开，再进入新的星系。这些星系长得各不相同，而且没有一个与太阳系类似。光是所见的这些景象，就足够天文学再前进一步了。整个过程中，他们都没有见过任何像是人造的物体，比如另一个十二面体，或者席乔木猜测的那种超级大的、能拆解并拼组行星的项目。

这一次出现在身边的恒星，亮度的变化肉眼可见（艾莉可以从焦比的变动中判断出来），可能是颗天琴 RR 型变星；再下一次，是个五星星系；然后是发着微弱光芒的褐矮星。有的星系位于开阔的深空，有的被星云包裹，上下左右皆是发着光芒的分子云。

艾莉想起了那句“提前享受你的天堂时光”，科学素养让她保持着冷静，但是看了这么多的恒星系，她的心还是怦怦直跳。她希望每个星系里都住着人，或者某一天会住上人。

在跳跃了四次后，她感到了隐隐的担心。看手表，他们主观时间上好像已经“离开”北海道一个钟头了。要是再多拖点时间，舱内缺少便利的缺点就会显现出来。也许人类一些生理学方面的问题，即使是非常先进的文明社会，也是光靠分析电视节目无法推断出来的。

再说，如果那些外星人真那么聪明，为什么还要让我们经历这么多的小跳跃呢？好吧，也许他们离开地球的这个十二面体，是最最基础的超时空设备，人类这些原始生物，只能挖最烂的隧道。但是到了织女星以后呢？为什么他们不能把我们直接送到终点站呢？

每次冲出隧道，她都满怀期待。接下来又会见到什么样的奇观？这让她想起了某个非常高档的游乐园，还有当机器启动的那一刻，通过望远镜望着北海道的哈登。

大消息展现的景象是如此美好，可艾莉不论在恒星演化方面有多少权威，不论对这个主题有多么喜爱，过上一段时间以后还是感到了失望。她审视自己的内心，很快明白了失望原因：外星人仿佛在自我吹嘘。这种做法算不上得体大方。它暴露出对方性格上的一些缺陷。

他们进入了另一条新的隧道。这条隧道比之前的更宽阔，也更曲折。卢那察尔斯基问埃达为什么地铁站要建在这些毫无前途的星系里。“他们干吗不找颗健康年轻、周围也没有碎石瓦砾的恒星？”

“因为，”埃达说道，“——既然你问了，我就这么一猜——那些星系里都住了人……”

“他们不想让游客吓着当地人。”沙库瓦提说道。

埃达微笑起来，“或者反过来。”

“但这就是你想说的，对吧？可能有什么不干涉原始星球的规定。他们知道，每隔一段时间，就会有些原始人搭上地铁……”

“他们理解这帮原始人的想法，”艾莉接过了话茬，“但又不能百分百地确定。毕竟对方只是原始人。所以你就算让他们上地铁，去的也是些鸟不拉屎的地方。地铁的建造者非常谨慎。但另一方面，他们为什么让我们造这种一站一停的慢车而不是直达列车？”

“可能是因为直达列车太难造了吧。”席乔木说，他有多年的挖掘经验。艾莉联想到了本州－北海道隧道，那是地球上最厉害的土木工程之一，全长 51 公里。

他们拐过几道大弯。艾莉想起她的雷鸟，觉得有点儿晕。但她决定尽可能地忍下来。舱内可没呕吐袋。

突然间，他们进入了一条直道，接着是满天的繁星。不管看哪个方向，她所见的都是星星。不是那种地球上肉眼勉强可见的上千星辰，而要多得多，也近得多——有许多仿佛触手可及。它们从四面八方包围了艾莉，它们大多是黄色、蓝色和红色的。红色尤其多。在灿烂的群星间，她看到了巨大的螺旋状尘云，那是个吸积盘，每一刻都有数不清的物质被黑洞吸入，而它绽放的辐射光芒仿佛夏夜的雷光。艾莉猜测，这就银河系的中心。她由衷地希望外星人知道人类是多么脆弱，经不起巨量的辐射。

十二面体旋转间，她突然一阵目眩。她看到的……是雄观，是盛景，是奇迹。在大脑反应过来之前，他们本能地明白了这点。奇迹覆盖了半个天空。而现在，他们正在飞越它。它的表面上，有数百，也可能上千个被照亮的门洞，每一个的模样都不尽相同。它们中有许多像是多边形、圆形或者椭圆的截面，另一些上面凸起着附着物，或者重叠起来的偏心圆。艾莉意识到它们是泊港，上千个不同的泊港——有的长宽不过几米，有的占地至少数平方公里。艾莉想，它们每一个的形状都和某种星际飞船一致，比如说他们乘坐的十二面体。大型生物的飞船入口雄伟壮丽，而小型生物，比如人类这种体型的，入口精致小巧。这些泊港的位置只可能是民主的产物，因为找不到某个文明占有特权的迹象。从泊港的各种造型里，你看不出文明间的社会差异，但它们明确地暗示了生物和文化惊人的多样性。这就是中央总站了！她想。

银河系人口稠密，充满生命和文明的景象，使得她几乎喜极而泣。

他们正在接近一个亮着黄色灯光的泊港。它的造型就像是十二面体的模子。艾莉望向附近，只见一个和十二面体大小相近，但长得好像海星的飞船正缓缓降落，嵌入对应的泊港。艾莉左顾右盼，上上下下地打量着这个看不出曲率，可能位于银心的巨大站台。对人类而言，能被邀请来到这里，是多么巨大的肯定啊！这是对我们的期待，她想，对我们的期待！

“好吧，这里不是布里奇波特了。”

她大声说出这句话时，十二面体已稳稳地完成了停泊程序。

20.
中央总站

世间万物，本质上皆是上帝的艺术创造。

—— 托马斯·布朗，“论梦”，《一个医生的宗教信仰》(1642)

天使之所以需要一副假想的身体，不是为了他们，而是为了我们。

—— 塞缪尔·泰勒·柯尔律治，《万物集》

魔鬼能讨人喜欢。

—— 威廉·莎士比亚，《哈姆雷特》

气闸被设计成一次只能通过一个人。当初讨论究竟应该让哪个国家的代表第一个踏上异星土地时，五人同时厌恶地举手抗议，向项目主管表明这不是那种任务。几人内部更是默契地回避了这个问题。

现在，气闸的内外门同时打开了。没有谁来指引他们接下来该怎么做。很显然，中央总站的这个部分已经充分地加压充氧过。

“那么，谁想先出去？”提毗问。

艾莉拿着摄像机，排队等待离开，不过她想起了那片棕榈叶，决定在踏上新世界土地的时候带上它。她刚刚拿起叶子，就听到气闸外突然传来一声欢呼，发声的人好像是维戈。艾莉急匆匆地冲进门外明亮的阳光里。气闸的外门落在细沙间，她看到提毗站在及踝深的水里，恶作剧地向席乔木泼水。艾莉忍不住大笑了起来。

这是一片沙滩，波浪拍打着白沙，蓝天上挂着几朵懒洋洋的云。一排并不规整的棕榈树长在离水不远的地方。天上挂着一个太阳。它是黄色的，就跟我们的那个一样，艾莉心想。空气中弥漫着淡淡的香味。丁香，也许还有肉桂。你甚至会觉得这个沙滩其实位于桑给巴尔。

所以他们旅行3万光年，来到一片沙滩上。还不算太糟，艾莉想。和风吹拂下，一阵小小的沙尘旋风在她前面翩然起舞。这是对地球的精心模拟吗？可能数百万年前，他们对地球进行过例行侦察，而旋风就是根据当时采集的数据重建的？还是说，他们五个人进行的这场传奇旅行，只是增加了点对普通天文学的了解，然后就会被随手丢到地球上某个令人愉快的角落里去？

艾莉转过身，发现十二面体消失不见了。他们把很多东西落在了舱里，包括那个超导计算机和它存储的各种数据，外加另外一些仪器。不过，他们仅仅为此担心了一分钟。他们很安全，而且经历了一场值得写信告诉家人的历险。这时候，维戈看到艾莉带出来的棕榈叶，忍不住笑了起来。

“多此一举。”提毗评价道。

但她带来的叶子，说到底还是有点意义的。也许它和这里的棕榈树物种有点不一样，又或者这里的品种只是粗制滥造出来的。艾莉望向大海，情不自禁地想起大概 4 亿年前地球的生物刚刚登上陆地时的模样。不管这里到底是印度洋还是银心，他们五个都已经做出了前无古人的壮举。是的，旅途所经的各地和终点并不在他们掌握之中，但他们穿越星海，开始了人类历史上的新时代。想到这，艾莉感到骄傲万分。

席乔木脱下靴子，卷起连体跳伞服的裤腿。那件衣服上挂满了勋章，俗不可耐，可是五人组都被迫穿上了这种服装。席乔木踏着碎浪在沙滩上漫步。提毗躲到一棵棕榈树后，当她重新出现在众人视线中时，已经披上了纱丽，跳伞服则松垮垮地搭在臂弯里。看到她，艾莉想起了多萝西·拉莫尔的电影。至于埃达，他戴上了那顶世界闻名的亚麻礼帽。艾莉举起摄像机，为几人匆匆留念。等到他们回家以后，这些影像无疑会像是一部家庭电影。随后，她兴冲冲地加入了席乔木和维戈中间。水似乎很热。想到一个小时前他们还待在冬天的北海道，这个温暖的下午不管怎么看都是个可喜的变化。

“你们每个人都带了些有象征意义的东西，”维戈说，“就我没有。”

“怎么说？”

“沙库瓦提和埃达穿上了民族服饰，席乔木带来了一粒大米。”还真是这样。席乔木用拇指和食指捏着个密封塑料袋，里面是那粒粮食。“你有你的棕榈叶。”维戈说道，“可我呢，一个来自地球的纪念品也没有。我绝对是队伍里最信奉唯物主义的那个人，可我带来的一切都在脑子里。”

艾莉的脖子上挂着临行前乔斯送的奖章，不过被连体服遮住了。她松开领子，摘下那枚挂饰递给维戈。让他读上面的字。

“普鲁塔克[1]写的吧，我猜。”过了一会儿，他说，“这是斯巴达人的口号。可是别忘了，最后赢下那场仗的是罗马人。”

听他告诫似的口吻，维戈一定认为这礼物是德·希尔送她的。他不赞同肯的观点——很明显，他是有道理的，而他的关心，让艾莉心中淌过一阵暖流。她抓过他的胳膊。

“我他妈真想抽烟。”维戈说着夹紧胳膊，把艾莉拉到了他身边。

五人在一处小潮池边坐下。浪花冲刷沙滩发出柔和白噪音，让艾莉想起了她在阿尔戈斯这些年来聆听的宇宙之音。日头过了天顶，悬在海面上。一只小螃蟹侧爬着从他们身边飞快经过，眼柄左顾右盼。有了螃蟹、椰子和他们塞在衣袋里的那些口粮，活上一小段时间应该不成问题。除了他们留下的脚印，沙滩上没有其他人类活动留下的痕迹。

“他们几乎完成了所有工作。”维戈向几人解释他和埃达对这趟旅行的想法，“这个项目所做的一切，是为了在时空中制造出一道最微弱的褶皱，这样就有了能够连接隧道的载体。在所有的多维几何结构里，要探测到时空中的这样一道小褶皱，是件极其困难的事情，更别说让它和管道匹配了。”

“你们在说什么？他们改变了空间的几何性状？”

“对。我们说空间在拓扑结构上是非单层连通的，它就像——我知道

1.普鲁塔克（约46—125年）：希腊作家，以《希腊罗马名人传》闻名。

埃达不喜欢这个比喻——二维平面。某个有高级智能生物的平面，就叫它“智能平面”吧，能通过迷宫一样的管道，和另一个蠢货们待的平面，简称“蠢货平面”相连。要节约从智能平面去蠢货平面的时间，最靠谱的办法就是通过那些管道。现在想象一下，智能平面上的人造了个带喷嘴的管道，它的任务是连接两个平面。但这一切的前提，是蠢货平面上的人稍微合作那么一丁点，在表面上弄个褶皱，这样，喷嘴管道才能附着上来。”

“所以那些聪明人发了电波，告诉蠢货们该怎么弄出褶皱。问题是，如果他们真的只是些二维生物，要怎么做才能弯曲自己的平面呢？”

“往一个地方堆集大量物质算个办法，”维戈说，“但我们没那么做。”

“我知道，我知道。本泽尔不知怎么着起了这个作用。”

“你瞧，”埃达柔声说，“如果隧道是黑洞，那就会出现理论上的矛盾。在爱因斯坦场方程的克尔精确解里，的确能够存在内部隧道，但它并不稳定。最轻微的扰动也会将隧道封闭起来，变成一个任何东西都无法通过的物理奇点。我试着想象某种超级文明，能够控制坍塌恒星的内部结构来保持隧道的稳定，可这实在太难了。这个文明得持续监控隧道，让它保持稳定。如果要通过十二面体这样的大物体，这个任务还会难上加难。”

“就算埃达找到办法保持隧道畅通无阻，也会出现许多别的问题。”维戈说，“简直太多了。黑洞吸引麻烦，简直比他们吸引物质的能力还要强。比如潮汐力。我们在黑洞的重力场里，早就应该被撕碎了，就像埃尔·格列柯的画中人，或者那个意大利雕塑家……叫什么来着？”他求助地望着艾莉。

“贾科梅蒂？”她说，“他是瑞士人。”

“对，贾科梅蒂。还有另外许多问题：从地球上测量，经过一个黑洞需要无限长的时间。我们永远、永远回不到地球。也许这已经发生了，我们回不了家了。另外，奇点附近辐射应该强到不行。这是因为量子力学的不稳定性……”

“最后，”埃达补充道，“克氏隧道会导致怪异的因果背反。隧道内轨道的一丁点变动，都会给宇宙的初诞时刻——比如大爆炸后的一皮秒之内——带去变化；诸如此类。宇宙会因此而陷入大混乱。”

“瞧，伙计们，”艾莉说，“我在广义相对论上不算专家。可我们不是看到黑洞了吗？我们不是掉进去了吗？不是又离开它们了吗？事实胜于雄辩，不是吗？”

“是的，是的。”维戈有些痛苦地回道，“肯定发生了些事。我们对物理学的理解还没到那个份上，对吧？”

他说这话的时候，明显有些丧气。面对艾莉提出的问题，埃达也只是简单地说：“一个天然的黑洞不可能是隧道，它中心的奇点不可逾越。”

他们用一个简易六分仪和手表来测量落日的角度变化，最后得出结论，太阳每过24小时转过360度，完美符合地球标准。趁着日头还没落得太低，他们拆开艾莉的摄像机，用镜头生起了火。艾莉把那片棕榈叶带在身边，以免天黑后被人不小心当作生火材料。事实证明，席乔木是个野炊好手。他安排大家坐在火堆边上风向的位置，不让烟熏着。

群星逐渐显现。那些地球上能见到的熟悉星座都稳稳地待在自己该待的地方。艾莉自告奋勇，要求照顾一会儿火堆，让别人先休息。她想看看天琴座。几个小时后，那星座果然出现了。夜晚天空晴朗，织女星的光芒稳定而灿烂。从星座在天空中的运行轨迹，还有她认出的那些南半球星座，加上北斗七星位于北方地平线的位置，她推断出他们身处热带。如果这些全是模拟出来的，艾莉在入睡前想，那麻烦可就大了。

她做了个有些奇怪的梦。他们五人在水下游泳，大家都一丝不挂，神态自若。他们时而懒洋洋地倚着鹿角珊瑚，时而潜入被海草遮掩的岩缝。

有一次她浮上海面，看到一艘十二面体状的船低空掠过，几乎擦到了水面。船壁是透明的，里面的人缠着腰布，穿着围裙。他们惬意地读报、聊天。艾莉潜回了海中。那才是她的归属。

在这个长长的水下之梦里，没有一个梦中人感到呼吸困难。他们吐水，吸水，别说感到痛苦了，根本就像鱼儿般怡然自得。维戈连模样都有点像鱼——也许是石斑鱼吧。水里的氧气含量一定很高，艾莉模模糊糊地想。在梦里，她甚至回忆起了曾在生理学实验室里见过的一只老鼠。它心满意足地待在加了氧的水里，满怀希望地划动前爪，蠕虫一样的尾巴则在身后一直摇摆。艾莉试着回忆水里到底有多少氧气，但这太难了。她的思绪越来越模糊。没关系，她想，真的。

现在，其他人更像鱼了。提毗半透明的鳍，看起来不但有趣，还隐隐有些性感。艾莉希望这种状况能继续下去，这样她可以找出办法来。可是，她要找的是什么办法？她想解决的是什么问题？哦，对了，问题是为什么他们能在温水里呼吸，她想。接下来，他们又会想些什么？

一觉醒来，艾莉晕头转向。她这是在哪儿？威斯康星、波多黎各、新墨西哥、怀俄明、北海道，还是马六甲海峡？她想起来了。虽然不是很确定，但她旅行 3 万光年，到了银河系里的某个地方。这可能是有史以来最强的迷路纪录。想到这点，尽管有些头疼，艾莉还是忍不住地笑了起来。睡在她身边的提毗动了动。因为海滩的坡度较高，朝阳还没打在他们身上。他们昨天走了一公里，没发现任何人烟。艾莉倚在沙枕上，而刚刚醒来的提毗，把卷起来的跳伞服当作了枕头。

“你不觉得那种睡觉都离不开软枕头的文化，有些太软糯了吗？”艾莉问，“那些晚上随便找根木轭当枕头的家伙，才值得投注。”

提毗笑着跟她说早上好。

海滩上传来了喊声，另外三人朝她们招着手。艾莉和提毗醒醒神，加入了他们的行列。

只见一扇门笔直地立在沙滩上。那是扇木门，镶板质地，装着黄铜门把手。至少看起来是黄铜。门上有漆成黑色的金属铰链、两个复合的门框、一个门楣和一个门槛，没有门牌。以地球的标准来看，这门平平无奇。

"绕后面看看。"席乔木建议。

走到后面，门就从视野中消失了。艾莉能看到埃达、维戈和席乔木，提毗站的位置更远点，但四人和她之间只有沙子。她走到一边，海水打湿了她的脚后跟。从这个位置，艾莉看到了一条深色的竖线，细得像是剃刀的刀刃。她决定不去碰这线条，而是重新走到门后。确定身前没有半点木门的踪影后，她向前走去。

"哇哦！"埃达惊叹。艾莉转过身，发现那扇关着的门又出现了。

"你看到什么了？"她问。

"一个漂亮的女人穿过了两厘米厚的木门。"

尽管少了香烟，但维戈的神色看起来还挺正常。

"你们开过门没？"艾莉问。

"还没。"席乔木说。

艾莉后退一步，端详着这个怪东西。

"它就像那个法国超现实主义画家的画，他叫什么来着？"维戈问。

"勒内·马格里特。"艾莉说，"他是比利时人。"

"我们现在都接受现实，承认这里不是真正的地球了。"提毗手一挥，把大海、沙滩和天空全都囊括在内。

"除非我们面前出现三千年前的波斯湾。众所周知，当时那里还有精灵。"艾莉笑道。

"这复刻的精度没有让你感到惊讶？"

“当然啦。”艾莉答道，“他们做得很好，我很欣赏。但那又怎么样？为什么要费心费力搞这些麻烦事？”

“也许他们只是想把事情做好。”

“或者为了向我们炫耀。”

“我不明白。”提毗说，“他们为什么这么了解我们世界的门。想想吧，一扇门的做法有多少种？他们怎么能做出我们熟悉的地球式房门？”

“应该是电视吧。”艾莉说，“织女星收到了来自地球的电视信号——让我算一下——那都是1974年的电视了。显然他们有办法把那些画面在很短的时间内传播到这里来。而1936到1974年之间的电视节目里，肯定出现了不少门。好吧，”艾莉继续说了下去，一副话题转变自然的模样，“如果打开门走进去，会发生些什么呢？”

“也许我们是来这儿准备接受考验的，”席乔木说，“而门的另一边就是考验。可能他们给我们每个人都准备了一个。”

他踌躇满志。艾莉希望自己也能这样。

离得最近的棕榈树在他们身边的沙滩上投下了影子。几人相顾无言。那四个人似乎都摩拳擦掌，迫不及待。唯独艾莉有些……迟疑。她问埃达要不要打头阵。我们也许该让最优秀的人先上，她想。

埃达脱下帽子，微微鞠躬，转身走向门口。艾莉跑过去在他的面颊上亲了两下，其他人也和他拥抱了一番。随后，埃达再次转身，打开门走进去，消失在了透明的空气里。他的脚先迈入门内，最后是手。透过半开的门，艾莉看到他的前方只有沙滩和海浪。接着，门关上了。艾莉绕到门后，但找不到埃达的踪影。

下个淡然进门的是席乔木。见大家就这么接受了来历不明的邀请，艾莉有些震惊。外星人本可以如实告诉我们，要把我们带去哪儿，这一切又是为了什么，她想。那可以是大消息的一部分，或者机器激活后要传达的信息。他们本可以告诉我们，十二面体会降落在一个模拟出来的地球沙滩上；本可以告诉我们，会有这么一扇门出现在沙滩上。没错，他们非常聪慧，但只有电视节目做指导，他们对英语的掌握未必完美无缺，对俄语、汉语、泰米尔语和豪萨语的了解只会更少。但他们已经在导读里发明了一种语言，为什么不干脆用上呢？是打算给人家个惊喜吗？

注意到艾莉紧盯着禁闭的门，维戈问她打不打算进去。

“谢谢，维戈，我确实在考虑。我知道这有点太疯狂了，可是我就是甩不掉这个念头：为什么要遵照命令，跳过他们准备的每一个铁环呢？假如我们不按照他们的要求去做呢？”

“这想法真够美国的，艾莉，可这话说到我心坎里了。我已经受够了听政府的命令去做事——更别说多数时候我别无选择。”他笑着转过身。

“别听那些沙皇贵族的胡说八道！”艾莉在他身后喊道。

天上飞过一只鸣叫着的海鸥。维戈走进门内。他的前方，依然只有沙滩。

“你还好么？”提毗问她。

“我没事。真的。我只是想静一静，一个人待会儿。”

“嘿，我以医生的身份问你。你感觉还好吗？”

“早上起床我有点头疼，还有，我做了些非常奇怪的梦。我没有刷牙，也搞不到黑咖啡，要是有晨报读就更好了。除了这些，我真的没问题。”

“听起来还蛮不错的。有那么一会儿，我觉得自己也有点头痛。你注意点自己，艾莉，哪里不舒服就记下来……下次见面的时候，你可以告诉我。”

“好的。”艾莉说。

她们相互吻了吻，祝彼此身体健康。接着，提毗跨过门槛消失不见。门在她身后关上。

艾莉拿盐水漱了漱口，用过椰奶早餐。她小心地刷去微型摄像机外壳上的沙子，检查了录像带，它们记录的事情可谓奇迹。和去玛士撒拉前一天在可可比奇做得一样，她把那片棕榈叶放在海水里冲刷了一番。

虽然还是早上，但天气已经挺暖和的了，她决定趁机去游个泳。她把脱下的衣服整整齐齐地叠放在那片棕榈叶上，然后大步走进海里。就算她保养得当，外星人也不太可能因为见到她赤身裸体就兴奋起来，艾莉想。这就跟哪个微生物学家因为看到草履虫有丝分裂，结果去激情犯罪一样，也太奇葩了。

艾莉懒洋洋地仰面浮在海面上，随着波浪上下起伏。她想象着数以千计的——箱庭，或者模拟世界？管它叫什么呢——都拷贝自某个文明的母星上最美好的部分。它们的天空、气候、海洋、地质和生物，都与母本毫无二致。这种做法似乎奢侈过了头，但也预示着五人此行很可能会有个令人满意的结果：如果你铁了心要毁掉诞生了这五个人的文明，那不管你有多少资源，都不会用在为他们创造这样规模的景观上面。

但是换个角度来讲……外星文明是动物园管理员，这种说法也已经不新鲜了。如果这个有着无数泊港和模拟环境的空间站，实际上是个动物园呢？“看，这就是那些野生动物的天然栖息地！”艾莉想象着一个蜗牛脑袋的家伙在大喊大叫。前来参观的游客们来自银河系各地，学校放假的时候尤其多。当动物园整修的时候，园长会暂时把小动物和游客们移到园区外，扫去沙滩上的脚印，在展出重新开始前，给新来的原始人半天的休息和娱乐时间。

可能这就是他们给星际动物园添加展览物种的办法吧。艾莉想起了那些被关在地球动物园里的动物，据说它们常常繁殖困难。她在水里翻了个跟头，向着岸边用力划了几下，同时又一次后悔起（这可是最近 24 小时里的第二次了）自己还没孩子。

周围空无一人，地平线上也不见船帆。几只海鸥在沙滩上鬼鬼祟祟地走着，显然在寻找螃蟹。艾莉希望自己能带点面包过来分享给它们。等到身上干得差不多了，她穿上衣服，又看了看木门。它依然在那里。也许是恐惧在作祟，艾莉始终鼓不起开门的勇气。

她望着门，一步步退开，来到一棵棕榈树下坐下，双膝托着下巴，望向那绵延不绝的白色沙滩。

过了一阵子，她伸了个懒腰，拿着自己的棕榈叶和微型摄像机起身走到门口，转动门把。透过微微张开的门缝，艾莉看到了海面上白色的浪花。她加点力推了一下，木门不声不响地敞开了。门的那一侧，海滩一如往常。艾莉摇了摇头，回到树下，恢复到刚刚沉思的姿势。

她想知道其他人的情况。他们现在是不是正在某个稀奇古怪的考场里做多选题？或者接受口试？考官是谁？她感到一阵不安。另一种智慧生物从某个环境未知的遥远世界进化而来，有着和人类截然不同的基因突变序列。这样的生物，别说认识了，她连想象都想象不到。如果这里真是个大考场，那这个主考官，会和人类彻彻底底不一样。艾莉一直难以接受昆虫、蛇类和星鼻鼹鼠这些生物。面对身体稍有残疾的人类时，她也会感到心悸。瘸子、罹患唐氏综合征的儿童，甚至得了老年痴呆症的人，都让她感到忍不住想逃走。她足够理智，能控制住自己的恐惧，但艾莉还是怀疑自己曾经无意间伤害过别人。这些事情，她以前没认真想过：她会感觉到心中的尴尬，接着下意识地转换思绪。

她担心自己可能会无法面对外星人，更别说代表人类去争取利益了。筛选测试的时候，审查委员会忘了询问参加者害不害怕耗子、侏儒或者火星人。他们完全忘了这茬事。太不应该了，艾莉想，从眼下的情况来看，这个问题绝对应该被纳入考量范围。

派艾莉参加远行，是个天大的错误。假如来提问的银河空间站站长头发如蛇，她的表现一定会令自己蒙羞——或者更糟，她会害得人类这个物种在某种说不清道不明的测试里被评定为不及格。艾莉又是恐惧，又是期待地看着那扇木门。现在正是潮起时分，木门门槛已经被海水淹没了。

几百米外的海滩上有个人影。艾莉以为那是维戈，他可能结束考试，要给她带几个好消息过来。可是来人没有穿项目配发的连体跳伞服，而且更年轻，更有活力。艾莉想端起摄像机用长焦镜头看，却不知怎么着犹豫了一下。她站在那里，一手遮住眼前的阳光。有那么一瞬间，这事情显得……完全不可能。他们不能这样拿她的弱点下手。

但她终究控住不住自己，沿着被海水打湿的硬沙向来人奔去，任由长长的秀发在脑后飘动。他的模样就和她前两天刚在照片上看到的一样，如此精力充沛，如此热情洋溢，而且胡子看来有整一天没刮过了。艾莉扑进他怀里，不住地抽泣。

“好啊，宝。”他伸出右手抚着她的后脑勺。

他的声音也和印象里一模一样。还有他的气味、他的步态、他的笑声。他的胡须刮擦着她的脸。这一切结合在一起，击碎了她的心防。艾莉能感觉到，一块巨大的墓石被撬开，一缕光阳洒入了几乎遭到彻底遗忘的古墓。

她咽了口唾沫，想要控制自己，然而数不尽的苦楚从她心中涌出，让她又一次哭出了声。他耐心地等着。艾莉想起来了，她第一次学着下楼梯的时候，他就是这样在楼梯底等着她的。这么多年来，她一直渴望能再见到他，但这种感情只能被深深地埋在心底，因为那只是痴心妄想。想到隔开两人的漫长岁月，艾莉不由得嚎啕大哭。

小时候她常常会做关于他的梦。梦里的他告诉艾莉，大家搞错了，他其实没死，一直活得好好的，然后会把她揽入怀里。可是等到醒来，艾莉总是心酸地发现，世界上早已没了他。尽管如此，她依旧珍惜着这些梦境。这些幻梦，是他留下来的全部。

然而现在他就在这里——既不是梦，也不是幽灵，而是有血有肉的人。

至少看起来如此。他在群星间呼唤着她，而她来了。

艾莉用尽全力拥抱着他。她清楚这只是外星人表演的一个魔术，一次重构，一个模拟，但他们逼真地重现了他。有那么一阵子，艾莉正面扶着他的肩膀，仔细端详。多么完美啊！就仿佛她多年前去世的爸爸上了天堂，而她终于——沿着一条不太符合常识的路——来到了他的身边。艾莉控制不住自己，重新投入他的怀抱。

又过去一分钟以后，她终于平静下来。如果来人是肯，她可能会觉得这是个巨大的玩笑。肯可以搭乘另一台十二面体机器——比如终于修好的苏联机器——在他们之后踏上从地球到银心的旅途。然而眼前的这个人完全否定了这种可能。他的遗体早就腐烂在湖边的墓地里。

艾莉抹了抹眼睛，露出带泪的笑。

“所以我眼前的这个幽灵，到底是机器人还是催眠后的幻觉？”

“我是机器人还是幻觉？哈，你就尽管乱想吧。”

“不到一个礼拜以前，我还在想我愿意付出一切，去换能和我爸共处的几分钟。”

“这个嘛，我就在这里。”他笑着举起手，转过半边身子，让艾莉看他的后背也是实实在在的。他是这么地年轻——肯定比艾莉还要年轻。他去世的时候只有三十六岁。

也许这就是他们平息人们恐惧的方式。如果确实如此，那他们……准备得十分周全。扶着“爸爸”的腰，艾莉把他领到自己带来的那几样东西跟前。他给人的感觉很真实，假如他皮下运行着马达和齿轮，那它们一定藏得很好。

“所以我们做得怎么样？”她的问题很含糊。“我是说——”

“我知道，那些消息在路上传了好多年，你们才收到。”

“你对速度和精度怎么看？”

“都不行。”

“你的意思是我们没能通过测试？”

他没有回答。

“讲给我听听吧。”艾莉有些沮丧地说，“我们中的一些人花了好几年才把信息解密，然后造出了这台机器。你不打算告诉我这到底是怎么一回事吗？”

“你长成个倔脾气的姑娘了。”听口吻，身边的人仿佛真是她爸爸，还在对比记忆里的那个小女孩和现在的她。问题是，远在三万光年外的他们，是怎么知道很久以前遥远的威斯康星州，爸爸那充满慈爱的动作的呢？她突然明白了。

“是梦。”她说，“昨天晚上，我们都在做梦。那其实是因为你们在我们的脑子里，对吗？你们抽走了我们知道的一切。”

“只是观察而已。我不认为你的大脑和记忆有任何改变。不过还是检查一下吧，如果少了什么就直说。”他咧嘴一笑，继续讲了下去。

“你们的电视节目透露的信息其实不多。是的，我们完全理解你们的技术水平，对你们的了解也日渐增长，但这远远不够。有很多事情我们没法进行间接的了解。我知道你可能觉得我们的做法侵犯了隐私——”

“你在开玩笑吧？”

“——但我们的时间太过有限。”

“你的意思是测试结束了？我们昨晚做的梦已经回答了你们所有想要的问题？结果呢？通过了还是没通过？”

“不是这样的。”他说，“这又不是六年级考试。”

爸爸去世的那年，她六年级。

“别把我们当成什么星际治安官，要把那些法外文明统统办了。你可以把我们想象成银河普查办公室，专职收集信息。我知道，你认为没有文明愿意向人类学习，因为人类的技术实在是太落后了。但是一个文明总是有其他的优点。”

“比如？”

“这个啊，音乐、仁爱（我喜欢这个词）、梦。人类非常擅长做梦，电视节目可表现不了这个。银河系里的所有文明都在交易梦境。”

“所以这是一种星际文化交流？这就是一切的意义？你不担心某个贪婪、嗜血的文明发展出星际航行技术吗？”

“我说了，我们推崇仁爱。”

“如果纳粹统治了我们的世界，又发展出星际飞行的技术，你们会介入其中么？”

“你也许没想到，这种事几乎不可能发生。从长远来看，具有侵略性的文明总是会自我毁灭。这是无可避免天性的。这种情况下，我们要做的就是别去管他们，同时确保没别人去管。他们的命运只能由自己决定。”

“那为什么不让我们继续过自己的？呃，没有抱怨的意思，我只是好奇银河普查办公室到底怎么干活的。你们了解到的第一个人类可是希特勒啊！既然如此，为什么还要接触我们？”

“那些画面，当然了，是个提醒。我们看得出你们有大麻烦了，然而你们的音乐传达出了别的东西。拿贝多芬的曲子来说，它让人觉得希望尚存。处理人类的极端案例，正是我们的专长。综合评定后，我们认为人类需要一点点帮助。确实，我们帮的不过举手之劳。你明白的，因果关系有一定的局限性。”

他蹲下身，把手伸进海里泡湿，又在裤子上擦干。

“昨天晚上，我们看了你的内心。你们五个人的内心。东西很多：感觉、记忆、本能、学习行为、洞察力、疯狂、梦境，还有爱。爱是种非常重要的情感。你们真是有趣的混合体。”

“这都是一夜之间完成的？”艾莉有点逗弄他的意思。

“我们必须动作快，因为日程很紧。”

“为什么？是不是有什么事情……”

“不，只是因为如果我们不去设计一个自洽的因果，它就会自行产生，那样就糟了。”

艾莉没明白他的意思。

“‘设计自洽的因果。’我爸不会这么说话。”

“可他就是这样的。你忘记他怎么跟你说话的了么？他博学多才，你还是个小姑娘的时候，他——我——就平等地对待你了。你不记得了？”

她记得。她想起了疗养院里的妈妈。

“好漂亮的挂坠。”他的语气慈祥。艾莉的想象里，如果爸爸能活着陪她度过青春期，就会这么个口吻。“谁送的？”

“哦，这个啊，”她摸着那挂坠，“其实是一个普通朋友送的。他想考验我的信仰。他……嘿，你明明知道的。”

他又咧着嘴笑了。

“我想知道你是怎么看待我们的。”她简短地说，“真正的看法。”

他的回答没有一刻犹豫。“好吧，我很惊讶你们居然能做到这一步。你们几乎没有任何社会组织理论，经济体系落后得吓人，对历史预测机制一无所知，对自身也毫无了解。考虑到你们的世界变化如此之快，却还没把自己炸成碎片，确实还挺出人意料的。这也是我们还把你们当回事的原因。你们人类有着一定的适应能力——至少目前是这样。”

“这就是问题所在，对不？”

“这只是问题之一。你可以看到，只要等上一段时间，那些短视的文明就会不复存在。这同样是他们自己选择的命运。”

艾莉想问问他对人类的真实感受。好奇？同情？或者这只是例行公事，他其实没有任何想法？在他的内心——或者功能类似的器官——深处，他会不会把她视为……蝼蚁？但艾莉不敢提出这个问题。她害怕他的回答。

艾莉想从他说话的语调，还有其他细微的地方，听出这个伪装成她爸爸的人到底是什么。

论与人类相处，艾莉经验充实，而这个空间站管理员只见识了不到一天。她难道不能感觉出对方在和蔼可亲的表象下面到底有什么样的本性吗？可惜，她真就感觉不出来。在这场对话里，他并不是她的爸爸，实际上，他也没有假装成她爸爸的意思。但除了这点，他和西奥多·F·艾罗维，那个生于1924年，死于1960年，开过五金店，既是充满爱的丈夫，又是慈祥的父亲的那个人，没有什么不同。要不是内心一直挣扎，艾莉知道她会接受这个……副本的。她一直想问问他，自从上了天堂，一切都还好吗？他对传说中的基督降临和信徒飞升有什么样的看法？千禧年到底有什么特殊之处？某些文化里，有福之人死后会在山巅、云层、山洞或者绿洲中长久生活，但她还真不知道哪个文化里，一个生前是个非常、非常好的人，死后会出现在一片沙滩上。

“不管接下来……会发生什么，我能问一两个问题么？”

“当然了。不过就一两个。”

“跟我讲讲你们的交通系统吧。”

“不止讲讲，”他说，“我可以演示给你看。站稳了。”

天空上好像冒出一只巨大的阿米巴虫，遮住了太阳和蓝天。

“这可真够厉害的。”艾莉喘着粗气说。

幸亏脚下的沙滩还是那片沙滩。艾莉把脚趾埋进了沙里。她的头顶……变成了宇宙。他们在银河系上方，俯瞰着下面的条条旋臂，又以不可思议的速度坠入其中。他在边上用艾莉熟悉的科学术语，解释着这个超大号风车的结构。他给她看了猎户座旋臂。在目前的纪元里，地球的太阳就位于这条旋臂中。按着它们在各种神话里的地位，艾莉又看到了人马臂、天鹅/盾牌臂、3-kpc 螺旋臂。

接下来出现的，是一张由直线构成的网络，形同巴黎地铁里的发光地图。它代表了他们所使用的交通系统。埃达是对的。艾莉想，每个空间站所在的星系，都有两个低质量的黑洞。她知道这些黑洞不可能是恒星坍缩，或者大质量恒星系自然演化的产物，因为它们太小了。也许它们是大爆炸时诞生的原始黑洞，被一些难以想象的星际飞船俘获，然后拖到了指定的地点。也有可能这些黑洞就是他们造出来的。她想问问这件事，但难以置信的景象已经又一次变幻……

只见一个发光的氢团围绕着银心旋转，它最外圈的分子云，正在冲向银河系的边缘。他向她展示了人马座B2这个巨大的复合分子云的规律动作。几十年来，艾莉和她的同僚们都把这里视为最有可能找到复杂有机分子的地方。靠近中心的地方，他们遇到了另一个巨大的分子云，然后是人马座A西星。她在阿尔戈斯进行观测的时候，总会留心那个强烈的射电源。

紧挨着人马座A西星的，就是银心。在那汹涌澎湃的引力潮中央，有一对硕大的黑洞，其中之一，质量比太阳大了500万倍。太阳系大小的气体河流源源不断地流进那个无底洞。这两个彼此绕转的超大黑洞，犹如——艾莉感到了地球语言的局限性——庞然巨兽。银心存在一个巨大黑洞，这个早就为人所知，至少，人们一直这么推测。但是有两个？它们难道不会在光谱上表现出多普勒位移吗？艾莉的想象里，其中一个黑洞上面挂了块门牌，写着“入口”，另一个挂着“出口”。但现在打开的只有入口，出口还闲在那儿。

接着他们来到中央总站，它就位于银心中央黑洞外一个安全的地方。这里的天空被附近数以百万计的年轻恒星照亮。这些星辰、气体和尘埃，正在被黑洞不断地吞噬。

“它们去了某个地方，对吧？”艾莉问。

“当然。”

“你能告诉我是哪儿么？”

“没问题。它们喷出来以后，形成了天鹅座 A。”

艾莉知道天鹅座 A。除了附近的仙后座超新星残骸，它是地球上所能接收到的最强射电源。她计算过，天鹅座 A 在 1 秒钟所产生的能量，比太阳发光发热 4 万年还要多。这个射电源远在 6 亿光年之外，不在银河系内，而是位于河外星系的国度之中。和许多河外射电源一样，那里有两股巨大的气体流向外喷射，速度接近光。它们与稀薄的星系间气体形成了复杂的兰金－于戈尼奥激波网络，这个过程中生成的电波信标，宇宙大部分地方都能接收到。这个巨大的结构宽达 50 万光年，但组成它的所有物质，都是从喷射流的中心，一个小到难以察觉的点里涌出的。

“是你们创造了天鹅座 A？”

她依稀记得小时候在密歇根度过的那个夏夜。当时她担心自己会掉到天上去。

“这个啊，不止我们。这是……很多星系合作的一个项目，也是我们主要从事的……工程。我们之中只有很少一部分人……在帮助新兴文明进行发展。”

他每停顿一下，艾莉都能感到脑袋里有种刺痛感，差不多是在左顶叶的位置。

“不同的星系之间有合作？”她问，“那么多的星系，每个都包含了数千亿恒星，而他们都有中央管理机构？这些机构还进行合作，把数百万个太阳丢进半人马座……不对，天鹅座 A？这……抱歉，我只是被这个规模吓到了。你们为什么要做这些事？理由？”

“你不能把宇宙视为一片荒野。几十亿年以前就不是这样了。”他说，

“它倒是更像……开垦地。”

刺痛。

“开垦？开垦什么？”

“我可以对最主要的问题做简单的解释，但别被这个规模给吓到了。不管怎么说，你是天文学家嘛。我们遇到的问题，是宇宙在不断膨胀，而我们没有足够的物质去阻止这一过程。再这样下去，宇宙就不会诞生新的星系，新的恒星，新的行星，以及新的生命形式——只剩老一套。一切都会走上下坡路，这样一来，事情会变得很无聊。所以，我们在天鹅座 A 测试新技术，想用它来造点新东西出来。这有点像你们对旧城进行改造，但我们尝试的方法不止一种。过段时间我们要封闭部分宇宙，阻止它随着岁月的流逝而变得越来越空荡荡。当然了，增加宇宙的局部密度是一种方法，这是份很实在的工作。”

就像在威斯康星州开一家五金店。

如果天鹅座 A 距离地球 6 亿光年，那么地球上的天文学家——或者银河系其他地方的天文学家——看到的都是 6 亿年前的景象。6 亿年前，据艾莉所知，地球上几乎没有任何像样的生物，海洋里的那些可能连个茎秆都没长出来。那可真是漫长的时间。

她现在站在一块沙滩上，如果是 6 亿年前……周围就不会存在螃蟹、海鸥和棕榈树了。可能会有什么原始的植物搁浅在海岸边，在水线之上某个地方勉强找到颤颤巍巍的立足点。与此同时，另一批生物正忙着做浩大的宇宙工程，试着去生成新的星系。

“过去 6 亿年，你们一直在往天鹅座 A 注入物质？”

“这个啊，你们通过射电天文学探测到的，只是早期可行性测试的一部分。现在我们已经走得更远了。”

再这样发展个几亿年，艾莉想，地球上的射电天文学家——如果那时还有的话——会发现天鹅座 A 周围的宇宙重建工作取得了实质性的进展。她下定决心去了解更多知识，不让自己被吓倒。目前看来，宇宙众生存在她根本想象不出的层级划分，但地球在里面肯定有什么意义，否则他们不会无缘无故地搞出这些事。

黑暗缩回天顶消失不见，太阳和蓝天又回来了。周围恢复到了之前的景象：海浪、沙滩、棕榈树、木门、微型摄像机、棕榈叶，还有……爸爸。

“银心附近那些移动的星云和环带，不是因为银心周期性的爆发而造成的吗？把站台建在这里，难道不危险么？”

“这些爆发断断续续，并不呈周期性，而且爆发的规模不大，和我们在天鹅座 A 做的完全不在一个档次上。另外，它是可控的。这么说吧，爆发要来的时候，我们会蹲下来防备好。要是真的很危险，那就去别的地方坐上一阵。都是些例行公事。你懂的。”

“当然。例行公事嘛。都是你们建的？我的意思是，那些地铁线路是你们和……其他星系的工程师一道建的？”

“哦不，我们什么也没建造。”

“我有些迷糊了。麻烦解释一下。”

“有些事情搁哪都一样。以我们为例，很久很久以前，我们就殖民了银河系里的许多星球。我们的先人发展了星际航行技术，后来偶然在一个中转站发现了通道。当然，我们不知道它是什么，甚至不确定它是不是人造的，直到后来，先人终于冒险进入了其中。”

“‘我们’具体指什么？你说的先人，是你们这个……物种的祖先？”

“不，不。我们是来自不同世界的不同物种。到后来，我们发现了许许多多的地下铁路——它们修建于不同年代，装潢风格也不同，虽然都遭到了废弃，但其中的大部分依然处于良好的工作状态。我们只是做了些修理和改进。”

"没有其他的遗物？没有死寂的城市？或者告诉你们到底发生了什么的记录？这些'地铁'的建造者，没有留存至今的吗？"

他摇了摇头。

"没有工业化的废弃行星？"

他再一次摇头。

"一个银河尺度的文明，除了这些地铁线路，还有站台，什么都没剩下？"

"差不多。其他河外星系也是一样。数十亿年前，他们都去了别的什么地方。至于是哪儿，我们一点头绪也没有。"

"但他们能去哪儿呢？"

他第三次摇头，不过这次动作很慢很慢。

"所以，你们不是……"

"不是。我们只是守护者。"他说，"也许有一天，他们会回来。"

"好吧，那我再提个问题。"艾莉竖起一根食指恳求道。这个动作，她大概两岁时候就会了。"就一个。"

"行。"他耐心地说，"不过，我们只剩下几分钟了。"

艾莉瞥了眼木门，克制住内心的激动。她看着一只几乎透明的小螃蟹从边上匆匆经过。

"跟我讲讲你们的神话，你们的宗教。你们敬畏什么？或者说，有没有那种超然物外，难以言喻的感受？"

"你这话就挺难以言喻的。不过我知道你想问什么。是的，我们能感受到。你明白，有些事情我很难与你沟通。但我可以给你举个例子。我的说法未必准确，但那是我能给出的……"他停顿了一下。艾莉又感到一阵刺痛，这次是在她的左枕叶。他在检索她的神经细胞，艾莉猜想。所以他昨晚遗漏了一些信息么？如果是这样，那还挺让人高兴的。这说明对方并不完美。

“……我们概念中，与此最接近的概念。它和圆周长及其直径的比值相关。当然，你清楚圆周率这个概念，而且你知道它永远算不到头。宇宙中各种生物，不管它们有多聪明，都无法计算出π的最后一位数——因为它无穷无尽。你们的数学家，已经很努力地把它计算到了……”

刺痛。

“……你们似乎还不知道……嗯，假设算到了第100亿位吧。有别的数学家算到了更精确的地步，这没什么稀奇的。那么，最后——假设在小数点后10的20次方的地方吧——发生了一些怪事。随机变化的数字消失了。除了0和1，什么都没有。”

他懒洋洋地用脚尖在沙滩上画出了一个圈。艾莉的心脏仿佛停跳了一下，然后才追问道：

“那些0和1最后停下来了吗？序列又重新变成随机数了吗？”见对方露出了鼓励的神情，她又问：“0和1一共有多少个？它们是质数的乘积吗？”

“是的。它们是11个质数的乘积。”

“你的意思是，在π的深处，藏着一条十一维的信息？宇宙中有人用……数学，在进行沟通？但是……对不起，我真的不太明白。数学并不是任意的。我的意思是，π无论出现在何处，数值都不会变化。你怎么能在π里藏信息？它被编织进了宇宙的基础结构啊！”

“没错。”

艾莉瞪着他。

“还不止如此，”他继续道，“只有在十进制的算术里，才会出现0和1的序列。虽然其他基数的算术，在同样的位段也能看到奇怪的数字啦。所以我们猜，第一个获得这个发现的物种有十根手指。有点明白了吗？这就好像几十亿年来，圆周率一直在等着拥有十根手指，而且会使用高速计算机的数学家出现。你看，这些信息，是留给我们的。”

“这只是个比喻，对吧？你说的π和10的20次方都是虚指，你的手指也不是十根。”

“不见得。”他又露出了那副笑容。

“好吧，看在老天的份上，那信息里说了什么？”

他等了一小会儿，然后伸出食指指向门。一小群人正从里面兴奋地冲出来。

看他们愉快的模样，好像这是场久违的郊游。陪着埃达的女子年轻漂亮，穿着色彩鲜艳的衬衫和裙子，缠着约鲁巴妇女常戴的头巾。能有这样的佳人陪伴，埃达显然十分开心。埃达以前给大家看过照片，艾莉认出那是他的妻子。和沙库瓦提牵着手的，是一个神情认真的年轻人，他的眼睛又大又深情；那大概就是苏林德·戈肖，提毗早已过世的医学生丈夫了。和席乔木交谈的人身材矮小、精神饱满、举止威严；下巴留着一撮垂下来的胡子，锦缎织成的华丽长袍金镶玉嵌。艾莉想象着很久很久以前，这人在亲自监督建造他的墓葬时，是怎么朝那些倾注水银的工匠发号施令的。

维戈领着一个十二岁的小姑娘，她金黄色的发辫边走边甩。

“这是我孙女妮娜……差不多算是吧。我们家的‘女公爵’。我应该在莫斯科就介绍给你的。”

艾莉抱了抱小姑娘。维戈没引出脱衣舞女米拉，真是让她松了口气。注意到维戈对妮娜的温柔态度，艾莉变得比以往更喜欢他了。想不到认识维戈这么多年，他一直把这个秘密藏在心底。

“对她妈妈来说，我这个外公不称职。”他说，“最近这些天我就没怎么见过妮娜。”

艾莉环顾四周。空间站的管理者为他们准备的礼物，只能用“他们最深沉的爱”来形容。也许这是为了让他们减轻与异种交流时的障碍。这么一想，没人在跟自己的镜像聊天，真是令人欣慰。

如果这件事发生在地球上呢？她好奇地想。如果我们真的放下所有伪装和虚荣，和这些我们最爱的人一起出现在公开场合呢？如果这成为地球文明社会话语的前提，那世道就得大变了。在她的想象里，一组男人包围着一个女人，或者一组女人包围着一个男人，当然，也可以不是一组，而是几队人。他们排成了圆圈、字母“H”或者“Q”，要不就是松垮垮的8字形。你只要观察几何图形的形状，就能一眼看出被测试的人用情有多深——这是一种应用于社会心理学的广义相对论。这样的安排肯定会带来不少困难，但谁也不能在爱情问题上撒谎了。

这些守护者彬彬有礼，但多少显得匆忙。看来已经不剩多少对话的时间了。现在，十二面体入口的气闸重新出现，差不多就在它之前降落的位置。由于对称性，或者某种维度间的守恒定律，木门消失了。

离开前，几人相互介绍。用英语向秦始皇解释爸爸是谁，让艾莉觉得自己很傻，但是席乔木尽职尽力地进行了翻译。接下来，几人一本正经地握了手，一副郊外的烧烤派对上结识新朋友的架势。艾莉注意到苏林德·戈肖偷瞥了埃达的漂亮妻子不止一次，但提毗对此似乎并不介意；她没准还很高兴呢：守护者们为她复现的爱人，居然那么真实可信。

“你进门以后，到了哪儿？”艾莉柔声问她。

“梅登霍尔街4—16号。”她答道。

艾莉一脸茫然。

“1973年的伦敦。苏林德也在那里。”

艾莉朝着他的方向点点头。“那是在他去世之前。”

艾莉有些好奇如果她跨过沙滩上的门槛，会出现在哪里。可能是50年代末的威斯康星州。但她没按着安排来，所以反而是他来找她了。还在威斯康星州的时候，这种事就发生了不止一次。

埃达也听说了超越数里隐藏着信息的事，但那不是π或者e——自然对数函数的底数，而是艾莉闻所未闻的一类数字。因为超越数无穷多，他们永远也无法确定回到地球以后，该去检查哪个数。

“我很想留下来进行研究。”他轻声说，“我感觉得到，他们在破译上碰到了问题，需要帮助。但我想，对他们来说，这可能是非常私人的事情，不希望和别人分享。往实际了说，还是我们不够聪明，帮不上忙。”

他们还没有解密π里的消息吗？这座巨型空间站的维护人、守护者、新星系的设计师，在银河旋转了两圈以后，依然没能弄明白眼皮底下的谜题？是信息的破解过于困难，还是他们……

“是时候回家了。”爸爸和蔼地说。

离别令人痛苦。她不想回去。她盯着自己带来的棕榈叶，一边提出更多的问题。

“‘回家’是什么意思？你是说我们会出现在太阳系里的某个地方吗？我们怎么才能回到地球？”

“你马上就知道了。”他说，“事情会很有趣。”

他搂着艾莉的腰，送她走向气闸。

这和小时候爸爸要她睡觉时一模一样。当然，你要是表现得可爱一点，提几个有趣的问题，他可能会让你晚点睡。艾莉以前这么干过，多少有点儿用。

“地球已经连接上了，对吧？如果我们能回家，你们也能一下子过去。你瞧，这让我有点紧张。能不能关闭通道呢？等我们一走，你们就可以这么做。”

“抱歉，宝。”听他的语气，现在已经过了八点，小艾莉却还是赖着不上床。他是在为时间不够抱歉吗？还是说他不会关闭通道？“至少在最近一段时间里，它只是个去地球的入境单向通道。”他说，“希望我们犯不着用它。”

艾莉希望地球能和织女星远远地隔开。她宁愿地球上的人们在做出什么对方难以接受的蠢事以后，能先过个52年再遭到惩处。而黑洞通道打破了这一点。对方可以瞬间抵达地球，也许出现在北海道，也许出现在什么别的地方。这就是哈登说的‘小规模干预’。不论对方做出什么样的保证，可以肯定的是，他们会更加密切地注意人类，再也不会是几百万年才一次的偶尔造访了。

这些想法令人不安，但她沿着这思路继续深入了下去。眼下的情况，几乎属于……神学范畴。现在人们已经确知，真的有生物住在天上。他们知识渊博、力量强大，不但关心人类的生存状况，还对人类的未来有所期望。虽然对方没说过要担当这样的角色，但以他们的能力，决定地球众生的奖与罚，甚至生与死，不过举手之劳。

这和旧时的宗教又有什么不同呢？艾莉问自己。她瞬间悟出了答案：这次是真的了。她的录像带和其他人所做的记录，都能证明站台和黑洞交通系统的存在，还有发生在这里的事。回去以后，他们不但会讲述五个彼此独立，又能相互佐证的故事，还能拿出第一手证据。这是事实，不是道听途说和忽悠人的把戏。

艾莉转向他，棕榈叶从手上掉下。他一言不发地拾起来，还给了她。

“你慷慨地回答了我提出的所有问题。那么，你有什么想问我的吗？”艾莉说。

“谢谢你的好意。不过昨晚上，你已经全回答了。”

“这就没了？没有要求？没有给乡巴佬的命令？”

“事情不是这么做的，宝。你已经长大了，独立了。”他歪过脑袋，咧嘴一笑。艾莉扑进他怀里，眼泪又一次落了下来。过了很久很久，艾莉才感到他轻轻推开了她的双臂。是时候睡觉了，艾莉想。她多么希望能竖起食指，再要一分钟。可她不想让他失望。

“再见，宝。”他说，“代我向你妈妈问好。”

“保重。”艾莉低声说。她最后看了眼这位于银河中心的海滨。一对海鸟，可能是海燕吧，借着上升气流悬停在空中，连翅膀都没扇。就在气闸口，艾莉转过身朝他喊道：

“你们收到的信息里写了什么？圆周率里那个。”

“不知道。”他向着她走了几步，有些沮丧地说，“也许只是统计上出了点意外。我们还在努力。”

微风吹过，又一次凌乱了她的头发。

“那好吧。等你搞清楚了，别忘了告诉我一声。”她说。

21.

因果关系

天神掌握着我们的命运，正像顽童捉到飞虫一样，为了戏弄的缘故而把我们杀害。

—— 威廉・莎士比亚，《李尔王》

全能者应敬畏一切。

—— 皮埃尔・高乃依，《西拿》（1640）

返程之旅的结束令人亢奋。他们高声欢呼，兴奋到头晕眼花。爬下座椅后，他们相互拥抱，拍着彼此的后背。每个人的眼里都饱含热泪。他们成功了——不单如此，还安全通过所有隧道，活着回来了。就在这时，背景的静电声中突然传来无线广播，开始报告机器状态。三个本泽尔都在减速。积蓄起来的电荷不断消散。从报告中可以看出，项目组人员并不清楚他们经历了什么。

艾莉想知道时间过去了多久。她看看表，发现几人离开了至少一天，现在已经进入了 2000 年。不错，她一边想，一边拍了拍存放几十段录像的盒子。等到我们把事情告诉他们，等到这些记录公开以后，世界会发生多大的变化啊！

本泽尔之间的空气再度加压，气闸打开了。电台开始询问他们的身体状况。

“我们好得很！”艾莉冲着自己的麦克风喊道，“让我们出去。你不会相信发生了什么的。”

离开气闸，五人向帮助建造和操作这台机器的工程师们热情地打招呼。日本技术人员向他们敬礼，项目人员蜂拥着冲向他们。

提毗悄声对艾莉说：“我看每个人穿的衣服都跟昨天一模一样。彼得·瓦莱里安还打着那条糟心的黄领带。”

“他总是穿些旧衣物。”艾莉说，“他老婆买给他的。”墙上时钟的读数是15:20。既然机器是昨天下午3点激活的，那他们离开的时间，刚刚超过了24小时……

“今天是几号？”她突然问。大家都一脸不解地看着她。有什么地方不对劲。

“彼得，看在老天份上，今天是几号？”

“你想问什么？”瓦莱里安说，“就是今天啊。1999年12月31号，周五，新年夜。为什么问这个？艾莉，你还好吗？”

维戈在跟阿尔汉格尔斯基提要求，他一定要先来支烟，才肯把整个事情讲一遍。项目人员和世界机器联盟的官员把他们团团包围。艾莉看到德·希尔从人群中挤出。

“那么，你们观察到了什么？”总算进入正题以后，她这么问道。

“什么也没有。本泽尔外部真空化，随后加速旋转，积累大量电荷，达到了规定的临界速度。再往后，这些过程反着来了一遍。”

“什么是‘反着来一遍’？”

“就是加压，本泽尔停下来，而你们就出来了。整个过程持续了约20分钟。本泽尔旋转的时候，我们联系被切断了。你们经历了什么？”

艾莉大笑起来。“肯，亲爱的，”她说，“我有个故事要讲给你听。”

为了庆祝机器启动和新千年的降临，项目人员举办了一场派对。但艾莉和她的旅伴们并未出席。电视台节目里，充斥着庆祝、游行、展览、历史回顾和领导人的讲话。内海住持也出现在了节目上，平静喜悦的神色一如往常，可惜艾莉只能匆匆一瞥，没工夫细看。项目指挥部从他们的只言片语里就已经推断出几人的经历非同小可，马上护送他们离开了政府和联盟的人群。出于审慎考虑，五人将分别接受调查。

德·希尔和瓦莱里安在一间小会议室里听了艾莉的汇报。在场的还有其他项目官员，包括维戈以前的学生阿纳托利·戈德曼。至于“警察”阮裴，他在这里，一定是因为他懂俄语，需要为美方代言。

他们认真地听了她的故事，彼得还时不时插两句话，让双方的交流更加顺畅。但他们显然不太明白到底发生了什么事。艾莉讲的好些事情，不知怎的让他们显得有些担心。她的兴奋显然没能传递到这些人身上。他们的视角中，十二面体并没有消失，20分钟都没有，更别说一天了。本泽尔外的摄像机记录下了机器运转全程，它们并未出现任何异常。瓦莱里安说他们所知的一切，就是本泽尔的旋转达到了规定的速度，几个用途不明的仪器上指针动了一下，然后本泽尔就减速停下，而五个人兴奋地冲出了门。他没有用‘胡言乱语’这个词，但艾莉能感觉到他的担忧。她猜得到他们的想法：这台机器唯一的功能，是在二十分钟里创造出一种令人难忘的幻觉，或者——有这个可能——把这五人逼疯。

艾莉找出那些微型录像带，放给他们看。每盒录像带上都小心地贴着标签，包括“织女星系环带”“织女星射电（？）设备”“五星星系”“银心星空背景”，还有一盒“沙滩”。她一盘一盘地播放它们，然而什么都没放出来。录像带里一片空白。她不明白怎么回事。她认真地学习过摄像机的操作方法，在机器启动前也进行过测试。离开织女星系后，她还检查过自己拍下的一些镜头。更沮丧的是，他们告诉艾莉，其他人的仪器也全都不知何故没能记录下任何信息。看得出来，彼得·瓦莱里安想相信她，德·希尔也一样，可就算他们心里有这意愿，也很难落到实处。五个人讲的故事超乎常理，而且完全没有物证支持，时间也对不上。他们只从人们的视野里离开了二十分钟。

事情的发展不太符合她的预期，但艾莉相信，所有麻烦最后都会迎刃而解。眼下她只能在自己的脑海里一遍遍地回放那些记忆，辅之以笔记记录。她要确保自己不忘掉任何东西。

尽管一股凛冽的冷空气正从勘察加半岛刮来，不过新年伊始，一些不定期航班抵达札幌国际机场的时候，天气依然热得反常。新上任的美国国防部部长迈克尔·凯兹，带着匆匆召集起的专家队伍，乘坐标着“美利坚合众国”的飞机降落在了机场上。直到这个消息在北海道传开以后，华盛顿方面才进行了证实。相关的简短新闻稿里说这只是一次例行访问，没有危机，没有危险，“札幌东北的机器组装设施里并没有任何异常发生”。另一架连夜从莫斯科起飞的图-120，载着包括斯蒂芬·巴鲁达和提摩菲·格斯茨里兹在内的俄方人员也来到了这里。很显然，这两组人都不愿意在新年假期离开家人，不过北海道的温度对他们来说是个惊喜：这里的天气非常暖和，甚至融化了札幌的冰雕。那座十二面体雕塑快要变成一坨认不出原形来的大冰块了，水滴不断地从冰块光滑的曲面处滴落，而那里曾经是五边形的棱角边缘。

不过两天以后，一场凶猛的暴风雪袭来，进入机器设施的交通路线全都停摆，哪怕四轮驱动的车辆也没辙。所有有线电视台都歇菜了，甚至连一些电台也无法收听。很显然，有哪个微波中继塔被吹坏了。如此一来，新一轮的问询中，大家和外界的联系方式都只剩下了电话。不过还有一个方式，艾莉想，就是搭乘十二面体。她幻想过自己偷偷溜进机器，而本泽尔转动起来的场面。她甚至为此在脑海中勾勒出了各种各样的机器细节。不过实际上谁也不知道机器还能不能再次工作，哪怕只是在隧道的这一端。按照他的说法，恐怕不能。艾莉又一次回忆起了那片沙滩和沙滩上的爸爸。不论接下来会发生什么，她内心深处的一道伤口正在愈合。她能感觉到伤口的组织逐渐交融。这肯定是世界上最贵的心理治疗了。这说明了很多问题，艾莉想。

席乔木和沙库瓦提向他们国家的代表提交了各自的简报。虽然尼日利亚在信息获取与机器建设方面没有发挥重要作用，埃达还是同尼日利亚的官员进行了长时间的对谈。当然，和项目人员巨细靡遗的问询相比，那些简报和谈话简直是敷衍了事。至于苏联和美国，他们派来的高级小组身负特殊使命，向维戈和艾莉询问内容更加详细。一开始，美苏两国都不想让别的国家知道谈话的内容，但在世界机器联盟提出正式抗议后，他们的态度终于有所软化，问询也变得国际化了起来。

负责听取她汇报的人是凯兹。考虑到他接到的通知一定很简短，他做出准备工作已经是惊人地全面。瓦莱里安和德·希尔时不时帮她说两句好话，又间或提几个尖锐的问题。但总的来说，这是凯兹的表演。

凯兹告诉艾莉，对于她要讲的故事，他会保持怀疑但客观的态度。他希望这样做能符合科学传统，希望艾莉不要把那些直接了当的问题误认为对她个人的敌意。他对她十分尊敬。反过来说，他的确一开始就反对机器项目，但不会允许自己受到先入之见的影响。艾莉听他一个人聒噪完了，这才讲述起自己的奇遇。

凯兹头天听得很认真，会问她一些细节问题，还为自己打断了她的话而道歉。不过第二天，礼貌的迹象就全不见了。

“所以尼日利亚人见到了他老婆，印度人碰上了她死去的丈夫，俄罗斯人找到了可爱的孙女，中国人和蒙古大汗聊天——”

“秦始皇不是蒙古人——”

“——而你呢，老天在上，你跟你去世多年的老爸团聚了。他告诉你说，他正和朋友忙着重建宇宙呢。老天爷啊！‘我们在天上的父……？’这可真是太直白了。直白的宗教。直白的文化人类学。直白的弗洛伊德学说。你没意识到吗？你不但在说你爸死而复生，还想让我们相信他创造了宇宙——"

"你误解了——"

"得了吧，艾罗维。别把我们当猴耍。你连一丁点证据都没有，还想让我们相信史上最荒唐的故事？你应该知道结果的。你是个聪明人。你以为自己能洗脱罪责？"

艾莉大声抗议。瓦莱里安也站起来反对凯兹。那台机器，他说，正在接受尖端物理仪器的测试，那才是判断她撒谎与否的关键。凯兹同意物证很重要，但他坚持说，看透艾罗维的故事的本质，你才能明白到底发生了什么事。

"艾罗维博士，你在天堂碰到你爸之类的事，是因为你在犹太－基督教文化里长大。你是五人里唯一一个拥有这种文化背景的人，也是唯一一个见到父亲的人。你的故事太想当然了，创意不够。"

这可比艾莉想象的还要糟糕。她感到了一阵恐慌——就像你的汽车不在它的泊位上，或者你明明记得昨晚锁了房门，今早却开了一样。

"你觉得这都是我们编出来的？"

"这个嘛，我来告诉你吧，艾罗维博士。我年轻的时候，在库克县检察官办公室工作。当他们打算控告某人时，会先问三个问题。"他掰着手指数道，"他有没有机会？他有没有方法？他有没有动机？"

"去做什么事？"

他厌恶地看着她。

"但我们的手表都显示，我们已经离开超过一天了。"艾莉争辩道。

"我不知道自己得多傻，才会觉得你驳倒了我。"凯兹说着拍了拍脑门，"是啊，你们可是绝对不会把手表拨快一天的呢。"

"你这是阴谋论。你认为席乔木也在骗人？你认为埃达也在骗人？

你——”

“我认为我们应该做些更重要的事情。你瞧，彼得——”凯兹转向瓦莱里安，“——我相信你是对的。明天早上，我们就能得到一份粗略的评估报告了。我们就不要把时间浪费在……故事上了。暂时休会吧，等明天再继续。”

德·希尔过了中午以后一个字也没说。他对她露出过意味不明的笑容，艾莉禁不住把那笑容和爸爸的进行对比。有的时候，肯似乎在催促她，恳求她，但她不知道他到底什么意思。可能是想让她改口。他知道艾莉对于童年的回忆，也知道她父亲的离去让她多么伤心难过。显然，他在权衡艾莉发疯的可能性。再进一步，他可能还在考虑其他人也都疯了的可能。集体癔症。分享性妄想。Folie à cinq[1]。

“好吧，都在这里了。”凯兹松开手，一厘米厚的报告砸在桌上，把几支铅笔震掉地面。“你会想看个明白的，艾罗维博士。不过先让我给你做个总结，怎么样？”

艾莉点点头。有流言说这份报告对五人所说的故事极为有利，艾莉希望它能尽早结束目前这毫无意义的局面。

“很显然，十二面体——”他的重音都放在了这个词上，“——曾经暴露在一个与本泽尔及其支撑结构截然不同的环境中。它受过巨大的拉力与压缩应力的影响，没有变成碎片，只能说是个奇迹。照这么说，你和其他人完好无损，也是一个奇迹。此外，它遭到过强烈的辐射，残留有低等级的感生放射性和宇宙射线痕迹，等等。能遭受这样的辐射而活下来，可以说你们创造了另一个奇迹。机器的部件没有发生任何的增加与减损。虽然你说它不断地撞击隧道壁，但五边形的各个顶点并没有侵蚀或者刮擦的

1.Folie à cinq：法语，意为五人的疯狂，指有五位患者的共享性精神病症。

痕迹。另外，机器表面也没有灼烧痕迹。如果它高速进入大气层，那多少会留下一点来。”

“这不都证明我讲的是实话么？迈克尔，仔细想想。拉伸压缩的应力——这种潮汐能——就是黑洞的典型特征。少说五十年前大家就知道这个了。我不清楚为什么我们毫发无伤，可能是因为十二面体的保护吧。至于那些强辐射痕迹，不光来自黑洞内部，还有银河系中心的强烈伽马射线。关于黑洞和银心，都有其他独立的研究证据，足以证明我们没有瞎编乱造。我不太明白为什么找不到任何刮擦的痕迹，但那毕竟是一种我们没太研究明白的材料，和另一种我们完全不明白的材料之间的相互作用。至于没有撞击和灼烧痕迹，我从来就没说我们穿过了大气层。在我看来，这些材料完全证实了我们所言不虚。有什么问题吗？”

“问题是你们很聪明。太聪明了。作为怀疑论者，让咱们退开一步，来看看整个大局吧。几个来自不同国家的聪明人，认为这个世界要不可避免地走向毁灭，所以他们谎称收到了太空电波。”

“什么？”

“让我继续说。他们解密了这条电波信息，要人们花几万亿美元去造台非常复杂的机器出来。世界局势很微妙，所有宗教都对即将来到的新千年摇摆不定，而这个时候，出乎所有人的意料，机器真的造出来了。虽然有一两个轻微的人员变化，但本质上，人还是这批——”

“根本不是同一批人。不是沙库瓦提，不是埃达，不是席乔木，还有——”

“让我继续说。反正就是这批人坐到了机器里。因为这个机器的特殊设计，它在启动以后，你是没法看到里面的人或者和他们进行交流的。按照设计，这机器在启动以后，至少二十分钟里你没办法让它停下来。那么好，二十分钟以后，机器自动关闭，而这些人欢天喜地地从机器里出来，开始讲一些什么进入黑洞，去了银河系中心又回了地球之类的狗屁故事。

现在假设你听说了这个故事，而你平时又是个特别谨慎的人，那么你就会要求他们拿证据出来。照片、录像，还有别的数据。你猜结果怎么着？都被擦掉了。这还真是方便。那么他们从位于银河系中心的高级文明地方带什么手工品回来了吗？没有。纪念品呢？没有。石碑[1]？没有。宠物？没有。什么都没有。唯一的物证，是机器受到了一丁点儿轻微的损坏。所以你问自己，这些既聪明、动机又明确的人，为什么不能让机器看起来受到了张力、压力还有辐射的影响呢？特别是在他们能花两万亿美元伪造证据的情况下？”

艾莉有些喘不过气来。她还记得上次有这种感觉是在什么时候。有人居然能怀着这么纯粹的恶意，去把她经历的这些事重新编排起来。她想知道凯兹到底怎么回事。他真的，真的很混账。

“我不认为有谁会相信你们的故事，”他继续说道，“这是有史以来最复杂，而且最昂贵的骗局。你和你的朋友想要欺骗美国总统，欺骗美国人民，还有世界上其他的政府机构。你们一定认为其他人都是蠢货。”

“迈克尔，这太疯狂了。为了截获电波，解码信息，还有建造机器，成千上万的人付出了他们的努力。这条信息存在世界各地天文台的磁带、打印纸和光盘上。你居然觉得全世界的射电天文学家、宇航员和赛博公司，还有其他好多人，会联合起来搞这么大的阴谋？”

“不，规模要不了那么大。你们只要往太空里扔一个发射器，让广播看起来像是织女星发来的就行了。我来告诉你，你们是怎么做的。你们准备好了信息，然后找一个人——找一个有能力发射航天器的人——把它送上去。名义上可能是其他航天任务的附带小任务之类的。你们给它安排的轨道，跟那颗恒星一模一样。可能你们往天上发射的卫星还不止一颗。然后呢，只要广播打开，你就可以坐在你那个漂漂亮亮的天文台里去接收信

1.石碑：可能出自电影《2001：太空漫游》。黑石碑是人类之外高级文明的象征。

号，做出重大发现，再告诉我们信息里写了点什么。”

这话说得太过分了，就连一直保持着沉默，瘫倒在椅子里的德·希尔都直起身开始抗议：“说真的，迈克——”不过他刚开口就被艾莉打断了。

“大部分解码工作不是我负责的。很多人都参与了进去，特别是德拉姆林。你知道的，他一开始也疑心重重，但数据一出来，戴夫就全信了。你没听说过他还有什么保留意见。”

“哦，是的，可怜的戴夫·德拉姆林，去世的戴夫·德拉姆林。你谋杀了他。因为这个教授从来不讨你喜欢。”

德·希尔在椅子里陷得更低了。艾莉突然怀疑他把自己在枕边说的那些话，都转述给了凯兹。她盯着德·希尔仔细看，但无法确定。

“解码信息的过程中，你什么都不能做。你要忙的事情太多了，所以你忘记了这事。德拉姆林呢，他老了，他担心以前的学生会让他颜面扫地，夺走所有荣誉。但是突然间，他明白了自己该怎么参与进去，该怎么发挥核心作用。你觉得他的自恋很有意思，就干脆引他上钩。再说了，如果他没能破解密码，你可以从中帮忙。如果情况再糟点，你甚至可以自己一层层解开加密，就像剥掉洋葱皮。”

“前提是我们有能力创造出这样的信息。真的，这可真是太抬举维戈和我了。我们根本做不到这样的事，它太难了。你随便找个靠谱的工程师来问问，他都会告诉你，制造机器组件的附属工业，和地球本土的完全不一样。你可以问问他们，四五个物理学家和射电天文学家能不能借着每年放假那几天，把它们发明出来。另外，就算我们知道信息是怎么编写的，要把它们创作出来，你猜需要多少时间？你可以看看里面有多少比特的数据。少说也得几年。”

“阿尔戈斯不是有好几年一事无成，差点破产了嘛。你应该还记得，这事情就是德拉姆林推动的。但你一收到信息，就再也没人讨论要不要关闭你的宝贝项目了。我认为，你跟那个俄国佬趁着项目空耗的时候编好了信息。所以，是的，你们有好几年呢！”

“真是疯了。”艾莉嘀咕。

瓦莱里安打断了大放厥词的凯兹。他说早在那时，自己就和艾罗维博士熟识了。她做了许多卓有成效的科学工作，没时间编造这样的骗局。尽管他很钦佩她，但也必须承认，信息和机器远远超过了她的能力范畴——实际上，是任何人的能力范畴。至少地球上没人能编出来。

可是凯兹并不买账。“这是我个人的判断，瓦莱里安博士。不同的人有不同的观点。你喜欢艾罗维博士，我明白的，我也喜欢她。你为她辩护，我完全可以理解。我不认为你做错了什么。但还有一件事，你至今还不知道呢，我现在就告诉你。”

他倾过身盯着艾莉，显然想知道她对于接下来的话做何反应。

“电波在机器激活的瞬间消失了。准确来说，是本泽尔达到临界速度的瞬间。精确到秒。全世界望着织女星的射电天文台都观察到了同样的现象。之所以没第一时间告诉你，是为了避免你在任务报告里分心。信息传到一半就戛然而止，真是太傻了。”

“我根本不知道这事，迈克尔。电波停了又怎么样呢？它的目的已经达到了。我们造出了机器，然后去了……他们想让我们去的地方。”

“这就让你们处在了一个很微妙的位置上。”他继续道。

艾莉突然明白了他的用意。她没有想到这一点。凯兹说的是阴谋论，她考虑的却是自己有没有发疯。如果凯兹没疯，那疯的是不是她？既然以人类的技术就能制造出致幻剂，那更发达的文明，凭什么做不出可以引发栩栩如生的集体幻觉的东西呢？有那么一瞬间，这解释似乎挺合理。

“假设现在是上周，”凯兹说，“那么，正在抵达地球的无线电波，应该是 26 年前从织女星发射的。它们要花整整 26 年，才能穿越太空，来到我们身边。可是26年前，艾罗维博士，还没有什么阿尔戈斯项目，你还跟瘾君子睡在一起，抱怨越战和水门事件呢。可笑啊，你们这些人这么聪明，却把光速忘掉了。启动机器是没法停止广播的，至少要到26年后才行——除非你的速度能快过光。但我们都知道，这是不可能的。我记得你抱怨过兰金和乔斯，因为这两个白痴不知道光速无法被超越。真没想到你们自己居然忘了这一出。”

“迈克尔，听我说。这就是为什么我们来去都没花时间。好吧，准确来说，20分钟。这应该是奇点的特性导致的。我不是这方面的专家。你应该跟埃达或者维戈谈谈。”

“谢谢你的建议。”他说，“我们已经这么做了。”

艾莉想象着维戈接受他老对手阿尔汉格尔斯基或者巴鲁达盘问的样子。巴鲁达曾经提议毁掉所有射电望远镜，销毁一切数据。那人的心态可能和凯兹差不多。她希望维戈那里能一切顺利。

“你明白的，艾罗维博士，我知道你肯定明白。但让我再解释一遍，也许你可以指出我的疏漏之处。26年前，那些电波脉冲朝着地球发出。现在想象一下，它们在织女星和地球之间的太空里飞行。一旦离开了织女星，就没人能赶上它们，更别说阻止它们了。即使织女星的广播电台——照你的说法，通过黑洞——第一时间收到了机器启动的消息，结束广播，最后的电波也得26年后才能抵达地球。你那些织女星人不可能在26年前就知道机器什么时候启动。你必须把一个信息发回到26年前，才能让地球收到的电波，在1999年12月31日停止。你明白我的意思，对吧？”

“是的，我明白。这是我们完全没研究过的领域。你知道的，时空连续体这名字可不是白叫的。既然他们能在空间里打出隧道，我想他们也能在时间里打出隧道。我们提前一天回来表明，他们对于时间旅行多少有了些理解。所以，也许在我们离开空间站之后，他们发了一条指令给了26

年前的电波发射台。谁知道呢！”

“电波停止发送对你们有多方便，你心里清楚得很。如果它还在广播，那么我们迟早能找到你的小卫星，把它拆开，找出里面的数据磁带。这样一来，你们的恶作剧就坐实了。当然了，你们不愿意冒这个险，所以编出了什么黑洞旅行的屁话，即使这会让你们很尴尬。”

他的神情很认真。

把一堆单纯的事实拼凑成错综复杂的阴谋，这种幻想应该偏执狂才有。当然了，整个事情确实很不寻常，当局有理由去检查各种各样的可能性，但凯兹的想法实在过于恶毒。艾莉甚至觉得凯兹其实是个精神受过重创、充满恐惧和痛苦的人。照这么分析，五人组得上集体幻觉的可能性倒是降低了，可如果凯兹没骗人，那电波的停止实在令人担心。

“接下来我问自己，艾罗维博士，你们这些科学家有智力去安排这一切，又有足够的动机，但你们有足够的能力吗？如果不是俄罗斯人帮你们发射了卫星，那还有半打国家的发射机构具备这个能力。但在调查之后，我们发现它们都没有往合适的轨道上发射自由飞行卫星。这样一来，怀疑目标就指向了同样具备发射能力的私人机构。其中最有趣的可能性，当属S·R·哈登先生。你认得他么？”

“别搞笑，迈克尔。我去玛士撒拉前就通知过你。”

“我只是想和你在基础的事实上达成一致。听听这个假设：你和那个俄国佬编造了整个计划，让哈登为早期计划提供资金——包括卫星设计、机器蓝图、信息加密、伪装辐射损伤等等。作为回报，机器项目运作以后，他可以从中获得两万亿美元的收益。哈登喜欢这个主意。有钱捞不说，从他以前的做事风格来看，他很想让政府难堪。而你呢？在解码过程中遇到了问题，比如找不到导读的时候，就可以去问他。他能告诉你该上哪里去找。要怪就怪你们太粗心大意了吧。如果全是你自己解读出来的岂不更好。”

“那这心粗得也太离谱了，” 德·希尔说，“不像是场骗局……”

“肯，你这就让我很吃惊了。知道么？你太过轻信别人了。就是因为很多人的想法和你一样，艾罗维才敢去找哈登，而且去得正大光明，让每个人都知道。”

凯兹重新转向艾莉。“艾罗维博士，试着从一个中立的观察者的角度来看……”

他继续说了下去，把各种事情按照全新的逻辑组合起来，完全重写了艾莉这些年来的生活。艾莉不认为凯兹是傻子，但也想不到他居然有这么丰富的创造力。也许有人给他提供了一些资料，不过做出这番幻想的人，只能是凯兹自己。

凯兹讲起这些来手舞足蹈，口若悬河，显然不仅仅把它当作了工作对待。这种盘问，这种对事实的重新诠释，激起了他心中的某种激情。过了一阵子，艾莉觉得自己大概明白那是什么了。五人组回来时，既没有带来新的军事科技，也不能提供新的政治资本，他们讲述的，只是一个非常、非常古怪的故事。但这个故事有某些明确的含义：凯兹现在掌管着世界上最恐怖的武器库，与此同时，守护者们却在创造新的星系。凯兹的工作职能，是美苏两国核对抗的产物，守护者来自不同世界，不同种族，却能无间合作。他们的存在，就是对凯兹的否定。隧道也许能从另一端激活，而凯兹对此无能为力。也许转瞬之间，守护者就会降临地球。这样的情况下，凯兹怎么才能保护合众国呢？他在机器建造过程中扮演的角色——看样子他很想改写这段历史——在一些人看来，也许得算成玩忽职守。凯兹该怎么向外星人交代他和他的前任们对这颗星球的管理工作呢？即使隧道里没有冲出复仇天使，只要五人的旅途真相大白于天下，世界也会发生改变。实际上，已经在改变了，而且这变化的幅度只会越来越大。

艾莉同情地看着凯兹。这个世界被比他更差劲的人统治了数百上千年，他只是在游戏规则改变时刚好撞枪口上了。

“……哪怕你真的相信这个故事里的每一个细节，”他说道，“难道不认为外星人对待你们的手段很下作么？他们变成你死去的爸爸，利用了你内心深处最容易触动的情感。他们对于自己做了些什么也没给你们解释。他们毁了你们所有的胶片，删除了全部的数据，甚至不会让你把那片傻了吧唧的棕榈叶留在那里。除了少了点吃的，你们列出的清单上，所有东西都跟出发时一模一样。除了身上沾着的两粒沙子，你们返程的时候，同样什么都没有带回来。所以那 20 分钟里，你们狼吞虎咽了一些吃的，还把装在口袋里的沙子撒了点出来。你们离开了一纳秒或者差不多的时间，然后就重新出现在了这个世界里。在任何中立的观察者看来，你们都根本没有离开过。

“如果外星人想要表明你们已经去了别的地方，会至少一天或者一个礼拜以后再把你们送回来，对吧？这段时间内，本泽尔里什么都没有，我们也就相信你们确实离开了。还有，假如他们想让你们轻松点，就不会停止信息的广播，对吧？因为那样一来会让事情变得很难堪，你已经有切身体会了。他们应该也清楚这点。那他们为什么还要这么对待你们呢？他们可以用别的方式来证明你们的故事嘛。他们完全可以给你们一些纪念品，或者让你们把录像带回来，这样就没人怀疑机器不过是个弥天大谎了。所以他们为什么不这么做呢？他们为什么不肯证实你们的故事呢？你们花了这么多年去寻找他们，他们难道一点儿也不感激吗？

“艾莉，你怎么肯定你的那些故事，都真的发生了呢？假如你说的话都发自真心，相信这一切并不是骗局，那它有没有可能只是……幻觉？我知道，这不太好受，没人愿意承认自己脑子不正常。但考虑到你承受的压力，这其实也没什么大不了的。如果剩下的另一种可能，只有犯罪……也许你应该仔细考虑下这件事。”

艾莉早就考虑过了。

那天晚些时候，艾莉和凯兹单独碰了面。凯兹实际上已经提出了一项交易，只是艾莉并不打算接受。不过凯兹早就为这种可能做好了准备。

“你打一开始就不喜欢我。”他说，“但放心，我做事依旧公平。

“我们已经发布了消息，说机器没能顺利启动。当然啦，我们还在找出到底哪儿出了问题。想想怀俄明和乌兹别克斯坦，没人会怀疑我们的。

“几周后，我们会宣布说，我们始终未能取得任何进展。我们已经尽力了，但这台机器实在太贵，没法继续一直维护下去。可能我们只是不够聪明，还搞不清楚其中的奥妙。再说了，它多少有点危险。这个也是老生常谈，像什么机器会爆炸之类的。总之，最好把机器项目取消——至少搁置一段时间。反正我们已经这么试过了。

“哈登和他的朋友们当然会反对，但他既然远离了我们……”

“虽然在天上，但他距离我们只有 300 公里。”艾莉说。

“哦？你没有听说哈登在机器启动的时候去世了？这件事挺有意思。抱歉，一直忘了把这事告诉你。我忘了你们……还挺亲近的。”

不知道凯兹有没有撒谎。哈登只有五十多，身体看起来很健康。她打算先保留这个疑问。

“如果事情照你说的方向发展，那我们会怎么样？”艾莉问道。

“我们？什么‘我们’？”

“我们。我们五个人。就是那几个坐进你说从来没启动的机器的人。”

“这个啊！再简单汇报一下情况，你们就可以离开了。我不认为你们当中有谁会蠢到把这种无稽之谈讲出去。但为了安全起见，我们正在准备你们的精神档案。放心，处理得很简单克制。你们总是有些叛逆，喜欢跟体制——不管是在哪种体制下长大的——对着干。这没什么。有点独立精神是好事。我们甚至还鼓励人们，特别是科学家们这么做。但最近几年，可能是有点放任过头了，我们在试着把规则收紧——只是尝试，没有逼迫的意思。艾罗维博士和卢那察尔斯基博士是我们的重点关照对象。他们收到信息，将它解码，又说服政府去建造机器。但机器在建造过程中遇到了很多问题，还遭到人为破坏，启动后又什么事情也没发生……这真是太让人难过了。他们辛勤的付出，却忘记了恰当的放松。科学家们总是过于紧张。如果机器项目的失败让你们的精神产生了那么点错乱，所有人都会表示同情和理解，不过没人会相信你们的故事。没人。如果你们表现得好，我们甚至用不着公开这些精神档案。

“至于机器，它当然还摆在这里。我们请了几家媒体的摄影师，等公路重新开放了就来拍照。他们会知道机器哪儿也没去。乘员们的想法？他们当然很失望，甚至沮丧。所以他们暂时不接受任何采访。

“你不觉得这是个绝妙的计划么？”凯兹笑了。

他想让艾莉承认这个计划的精妙。但艾莉没睬他。

“我们在那堆垃圾上扔了两万亿美元以后还能这样对你，难道不是仁尽义至？我们完全可以关你一辈子的，艾罗维。但我们决定放你自由，甚至连保释金都不用付。我想，这种表现完全称得上绅士。这就是千禧年精神，这就是机器道啊！”

22.
吉尔伽美什

生命之所以甜美，是因为它永不再来。

—— 艾米莉·狄金森，诗歌编号1741

在这个新时代的黎明，昂贵的太空葬礼并不鲜见。这门商业价值高、竞争激烈的生意吸引了好多有钱人惠顾。换作以前，他们会要求自己葬在家乡，或者挖到第一桶金的城市。不过现在，他们可以让遗体绕着地球飞到永远了——至少在一般的概念里，这个时间跟永远没什么差别。你只要在遗嘱里多加一条——当然啦，前提是你钱够多——那么等你去世以后，你的骨灰会压缩进一个小得简直像玩具的骨灰盒，上面刻着你的名字和出生死亡日期、一首短短的纪念诗，还有你可以选择的宗教符号（目前是三选一），和其他几百个差不多的骨灰盒一起被发射到合适的高度。这个高度，既可以避开拥挤的地球同步轨道，又不用担心掉进大气层里。就这样，你的骨灰会绕着你的出生行星，在范艾伦辐射带里不停地飞啊飞。范艾伦辐射带常年刮着粒子风暴，没有哪个脑子正常的人会把卫星轨道设置在那里，但骨灰不介意。

在这个高度上，地球已经被它精英阶层公民的遗骸给包围了。要是有哪个游客自遥远的异星而来，又没人对他解释怎么回事，他可能会怀疑自己发现了某个航天时代文明的墓场。这个墓地的危险位置，解释了为什么没有悲痛的死者亲属前来悼念。

S·R·哈登凝视着这画面，为这些大人物愿意以这么卑微的方式沾点不朽的光而感到震惊。所有的有机器官，包括大脑、心脏，以及其他标志着他们作为人类的一切，都随着火化过程而原子化了。火化之后什么也不剩，只有一把粉末状的骨灰，恐怕再先进的文明都没法让人从这种状态下复活。另外，位于范艾伦辐射带里，甚至你的骨灰也会被一点点销蚀掉。

把一些细胞保存下来，无疑是更好的选择。最好是真正的活细胞，DNA 完好无损。要是有这样一家公司，愿意以合理的费用冻结你的一小部分上皮组织，把它送到比范艾伦辐射带更高的轨道上就好了，也许可以比地球同步轨道更高。而且你完全没有必要等到死后再做这些事。趁着还记着这件事，赶紧去做吧！至少外星的分子生物学家——或者很久很久以后，掌握了这些科技的地球人——能够以此重建你的肉身，打造你的克隆体。你可能会揉揉眼睛，伸个懒腰，然后发现自己一觉睡了千万年。就算没发生这样的好事，你的多个基因组也始终存在。从本质上来说，你是活着的。无论哪种情况，你都可以说自己获得了永生。

不过换个角度想，这个计划还是太保守了。因为那不是真正的你，而是从你脚底刮下来的一丁点皮肤细胞。他们最多能重现你的肉身，可那和你并不一样。如果你要玩真的，那就得准备好家庭照片，一本细致入微的自传，所有你喜欢的书和电影，总之是那些能让人尽可能了解你的信息。包括你最喜欢的润肤膏牌子，或者，举个例子，健怡可乐。这种想法太过妄自尊大，哈登很清楚，可他就是喜欢。毕竟，这是个末世狂热泛滥的年代。当每个人都在思考物种和行星的消亡，或者获选升天的时候，你免不了联想到自己的终结。

不能指望外星人会讲英语。如果他们想把你重建出来，就得了解你的语言，所以你还得带上某种帮助翻译的东西。这几乎是和解密电波完全相反的行为，哈登很喜欢。

接下来，你必须有个结实的太空舱来摆放所有这些东西。不过既然做到这一步了，那干脆就别只保存部分组织样本了吧。只要能在死后快速冷冻，你不妨把自己整个人都送进去。这样好处多多。无论谁发现了你，有一具完整的身体做参考，都比从头重建一个要好得多。他们也许能直接让你复活——当然，是在处理好你的致死原因之后。不过要是你在冷冻之前，细胞就已经丧失了活力——比方说你的亲戚们没意识到你已经死了——那复活的希望就会大大降低。按照这个思路，更好的选择是在临死前就进行冷冻，这样能让复活的可能性大大增加，不过愿意接受这项服务的人，恐怕不太多。

但为什么要等到临死呢？假如你知道自己活不过一两年，那在身体垮掉前立即进行冷冻不是更好吗？想到这里，哈登不由得叹了口气。如果你身患不治之症，就算在冷冻状态下待了一整个地质年代，活过来以后依然可能死于黑素瘤或者心肌梗死，因为外星人对这种病症根本束手无策。

所以到头来，只有一种完美的办法：趁着身强体壮，就踏上通往群星的单程旅行。往好了想，这样你就不用受到岁月和疾病的折磨了。一旦离开太阳系核心区域，你的平均温度会降到绝对零度附近，无需进一步冷冻。啊！多么永恒的护理，还不要花钱。

根据这个逻辑，他得出了最终的结论：如果要几年时间，才能抵达寒冷的星空深处，那不妨再先清醒个几年，直到离开太阳系了再给自己来个速冻。这也会减少冷冻设备的负担。

按照官方的说法，哈登采取了一切合理的预防措施，以免在同步轨道上遭遇意料之外的病症，他甚至在踏进那座太空城堡前就用超声波分解了胆结石和肾结石。可叹的是，他最后死在了过敏性休克上。纳尼亚号飞船给他带去了一束小苍兰，那是他的崇拜者送的。哈登没想到花里还躲着一只蜜蜂。这本来是个小问题，但玛士撒拉巨大的医药储备里并没有对应的抗血清。这只虫子之所以一直没从花束里出来，要归因于纳尼亚号货仓的低温环境。现在，它小小的尸体已经被送到了法医昆虫学家那里。亿万富翁被一只蜜蜂击倒，这么讽刺的事情自然逃不过报纸社论和主日布道者的注意。

不过实际上，这只是一场骗局。根本没有什么蜜蜂、没有叮咬，也没有死亡。哈登的身体状况好得很。正相反，在新年钟声敲响之际，也就是机器激活的九小时之后，停靠在玛士撒拉上的一条大型太空梭点火了它的引擎，并且很快达到了地月系统的逃逸速度。哈登把它叫作吉尔伽美什。

终其一生，哈登始终在思考权力和时间。他发现，拥有的权力越多，就会越渴望权力。权力和时间是相互关联的，因为死亡面前众生平等。这就是为什么古代的帝王要为自己建造纪念碑，但随着纪念碑在岁月中慢慢销蚀，帝王的功业也随之雨打风吹去。更重要的是，他们本人也都死透了。但是，他找到了更优雅、更漂亮，也更令人满意的对策。他在时间之墙上开了一扇低矮的门。

如果向世界宣布他的计划，那么某些麻烦就会接踵而来。比如哈登在距离地球 100 亿公里的地方，被 4 开尔文的温度冻结，那他的个人状态，在法律上该怎么定义？谁来接手他的公司？不过这只是些小事。他留下的遗嘱和附录条目详尽，不但指明了继承人，还为一家新公司的成立做好了安排。这家擅长火箭发动机和低温技术的公司，将会被命名为“不朽”。这些琐事处理完成，哈登就把它们抛到了脑后。

吉尔伽美什没有装无线电。他不再想知道那五人遇上什么事情了。他不再想听到任何跟地球有关的消息了。不管是好消息，还是坏消息，对他来说都已经失去了意义。他需要的是独处、沉思和……安静。如果接下来几年里情况发生了糟糕的变化，他可以立刻启用吉尔伽美什的低温舱。但在休眠之前，他还可以看看船上的藏品，包括那些他最喜欢的音乐、文学作品和电影。他不会感到孤独的，实际上，他从未获得过多少陪伴。山岸考虑过与他同行，但最后选择了放弃。他说，如果没有他那些员工，他会不知所措。而哈登的计划对那些人来说无疑吸引力不够。饮食单调、娱乐种类匮乏可能会让许多人气馁，不过哈登怀着远大的梦想，这些小事情根本不重要。

两年后，这具飞行棺材会落入木星的引力井，在它的辐射带外转个弯，被引力弹弓甩入深空。从玛士撒拉看出去的景色已经够壮观的了，但假以时日，他还会看到更加惊人的景象——那是太阳系最大行星木星上的翻滚云彩。要是能选，哈登其实更愿意见到土星和土星环。他喜欢那个环带。但是土星距离地球的飞行时间得 4 年，有没有这个时机还不好说。如果你想追求永生，就得万般小心。

以这样的速度，哪怕是飞去最近的星系，也需要一万年。不过在接近绝对零度的情况下沉眠，你有的是时间。哈登相信，总有一天——尽管那可能是在 100 万年后——他会飞进另一个有文明的星系，或者还在深空飞着时，就被某个非常先进、非常有见地的文明截停。他们知道该怎么唤醒他。这种事，以前还从来没有地球人尝试过。从来没有。

这趟旅程，是他的终点，也是全新的起点，哈登心中默想。他闭上眼，双手交叉在胸前。这时引擎再次点火，不过比上一次短暂得多。它推着这条银光闪闪的飞船，踏上了通往群星的漫长旅程。

天知道几千年以后地球会变成什么样，他想。但这已经与他无关了。其实从来就没有多少关系。反正他会冻得严严实实的，在完好的保护下穿越星际。他会超越埃及法老，超越亚历山大，超越秦始皇。他会得到重生。

23.

重新编程

我们并不是随从乖巧捏造的虚言……乃是亲眼见过他的威荣。

—— 彼得后书 1:16

仰望，然后记住。仰望那天空；
仰望那深邃透明如海的天空，
仰望那无拘无束之地，仰望那祈祷所达的终点。
现在，张口说话。对着那神圣的穹顶说话。
你听见了什么？天空回应了什么？
天堂已被占据，那并非你家。

—— 卡尔·杰伊·夏皮罗[1]，《流亡者见闻录》

1.卡尔·杰伊·夏皮罗（1913—2000）：美国诗人。1946年获得美国国会图书馆第五个桂冠诗人头衔。

电话线路得到恢复，道路也被清理得干干净净。经过精心遴选的全球媒体终于进入设施内部，做了简要报道。少数记者和摄影师穿过三个本泽尔上的开口和气闸，看了看十二面体内部。电视节目一边播放着五人组坐过的座椅，一边讲述着他们激活机器的勇敢尝试，和令人惋惜的失败。

艾莉和她的同事们被远远地拍了几张照片，以此证明他们安然无恙，只是目前不接受采访。对于项目本身，人们正在进行盘点，考虑接下来该拿它怎么办。本州到北海道的海底隧道重新开通，然而从地球去织女星的隧道已经关上了。项目人员还没有去验证这件事——艾莉想知道等他们五人离开后，项目组会不会试着去启动本泽尔——不过她相信守护者说过的话：这台机器工作不起来了，地球上的生物无法再进入隧道。有了机器，人们依然能够在时空中制造出小小的褶皱，但如果对方不来对接，那纯粹是无用功。我们只是惊鸿一瞥，艾莉想，然后就不得不想办法自我拯救了。如果真能救下来的话。

分别前夕，五人终于得到允许，可以彼此交谈了。艾莉跟他们一个接一个地道了别。没有人因为那些空白的录像带而指责她。

“录像是通过磁畴记录在磁带上的。”维戈说，“本泽尔上积累着一个强电场，当然啦，它在不断移动。你知道麦克斯韦方程的，这样一个时变电场会形成磁场。在我看来，他们就这样擦掉了你磁带上的内容。这不是你的错。”

维戈遭受的盘查让他困惑不已。他们并没有直接指控他，而是暗示说他参与了一场涉及西方科学家的反苏阴谋。

“这么说吧，艾莉，我倒是觉得真正的问题是政治局里到底有没有智慧生命。”

“白宫方面也差不多。我不敢相信总统会让凯兹牵着鼻子走。她说过她会支持这个项目的。”

“统治这颗星球的是一群疯子，想想他们得做出什么才能得到今天的地位。他们视野太狭隘了，根本是……鼠目寸光。不过嘛，他们能享受这种特权的时间也就剩下几年，撑死几十年了。”

艾莉想到了天鹅座 A。

“不过，他们没法肯定我们在撒谎。他们没法证明这一点。反过来，我们可以说服他们。他们心底想的是‘这真的可能么’？也许还有人希望一切都是真的。只不过真相有风险，他们需要一些更加有说服力的东西……我们没准可以拿出来的东西。我们可以完善引力理论，可以进行新的天文观测，来验证新知——特别是和银心以及天鹅座 A 相关的那些。他们总不会阻止我们继续天文研究吧。还有，如果他们允许的话，我们可以分析一下十二面体。艾莉，我们会改变他们想法的。”

如果他们都疯了，就改不了，艾莉想。

“我看不出政府有什么办法说服大众这是场骗局。”她说。

“是吗？想一想他们还让人们相信了什么。他们已经说服大家，为了保证自身安全，我们应该把所有钱都花在能让地球片刻间毁灭的武器上了——而且这武器什么时候用，下决定的人还是政府。你看，这么疯狂的事情他们都已经做到了，就别说其他的了。不，艾莉，他们很擅长说服别人。何况这件事情上，他们只要说机器工作不了，我们有点疯疯癫癫就行。”

“如果咱们一起把这个事情说出去，就不会显得那么疯了。不过你可能是对的，我们最好先找到些证据。维戈，那个，你回去以后……会受影响吗？”

“他们能把我怎么着？流放去高尔基？我能挺过去的。沙滩上待过一天以后，我已经不一样了……我会没事的。何况咱们其实能保证对方的安全，艾莉。只要你还活着，他们就需要我，反过来说也一样。苏联方面肯定会考虑到如果这个故事是真的，那绝对不能少了我这个亲历者。国家政策决策者早晚也会插足进来。跟你们国家的人差不多，他们也想知道我们的所见所闻，能不能转化成军事和经济上的利益。

“他们要我们做什么都无关紧要。重要的是，我们得活下去，然后把我们的故事——我们五个人的故事——说出去。当然，这个过程必须小心翼翼。一开始，只告诉那些我们信得过的朋友。他们会把故事散播开。接下来，听到这些故事的人，又会告诉其他人，就这样不断口耳相传。或早或晚，政府会承认我们在十二面体里碰到的那些事的。不过在那之前，我们是彼此之间的保险。艾莉，我很高兴能遇上这些事。我这辈子从没这么值得过。”

“代我亲亲妮娜。”维戈启程飞往莫斯科前，艾莉对他说道。

用过早餐，她问席乔木失不失望。

“失望？你是说我在那边——”他瞅瞅天空，“——看到了他们，然后感到了失望？我是长征时的孤儿，我在长城下种了六年土豆和甜菜。我这辈子多的是灾难。我知道什么叫失望。

“你参加了一场豪华宴会，返回自己破落村子的时候，发现村民没庆祝你回来，你会感到失望吗？这不叫失望。我们只是在一场小小的遭遇战里落了下风，需要重新……检查部署。”

过几天，席乔木就要回中国了。他已经同意不对机器中发生的任何事情发表公开声明。回国以后，他会去西安继续监督考古挖掘工作。秦始皇的墓地还在等着他。他想知道始皇帝和隧道那一头模拟出来的人到底有多大区别。

“那个，不好意思，我知道这样子不礼貌，”过了一会儿，艾莉说，“咱们当中，只有你碰到了……你知道，他是你的最爱。难道你没有爱过别人吗？”

她真希望自己能好好组织一下语言。

“我爱过的每个人都离开了我，从我的生命里消失了。我看到20世纪里，那么多君王似的角色崛起又陨落。”他回答，“我渴望的是一个不会被扭曲，不会被吹捧，也不会被刻意遗忘的人。这样的人历史上并不多见。”

他盯着桌子，一边抚摸着他的茶匙。“我一生都奉献给了革命，对此我并不后悔。但我对我爸妈一无所知。我没有关于他们的记忆。你妈妈还在，你还记得你爸爸的事，你甚至和他见了面。你知道你有多幸运吗！”

提毗流露出的悲伤神情，艾莉从没注意过。她以为这是项目高层和政府态度不善所致，但提毗摇了摇头。

“他们相不相信对我来说无所谓。关键是我在中央总站碰到的事。艾莉，那都是真的。是真的。回到北海道的第一晚，我做了梦，梦到我们的经历才是梦。可它不是梦，不是。

“是的，我很伤心。我伤心的是……你知道的。这么多年来，我一直想再看一看苏林德的脸，这个愿望居然得到了满足。他和我印象里的一模一样。可是看到他，或者说看到这么完美的模拟时，我便知道这爱之所以珍贵，是因为它被夺走了。我为了嫁给他，放弃了那么多，但结局也不过如此。那男人是个傻瓜。我们迟早会离婚的。也许十年，也许只要五年。哎，我那时又年轻，又愚蠢。”

“我真的很抱歉。”艾莉说，“我不太懂得该怎么缅怀爱情。”

“艾莉，”她说，“你不明白。我缅怀的不是苏林德，而是我的家庭。我为他放弃掉的家庭。自从成年以来，我还是第一次有这种感觉。”

沙库瓦提几天后返回孟买。她会去拜访泰米尔纳德邦的一个村庄。那是她的老家。

“如果只是独自遭遇那些事，”她最后说，“那我们很容易说服自己，认为那只是场幻觉。每度过一天，机器的经历都会距离我们更加遥远，更加梦幻。他们明白其中的危险，所以才创造了那片沙滩，让我们待在一起以便强化彼此的记忆。那儿就像地球，是一个我们可以抓住的现实。记住，艾莉，那一切真的发生了。千万不要忘记，它不是一场梦。”

考虑到身处的环境，埃达的表现可谓十分轻松。艾莉很快就明白了原因。她和维戈在接受漫长的盘查时，埃达一直做着计算。

“我认为那些隧道是爱因斯坦－罗森桥。”他说，“广义相对论里有一类解，叫作虫洞，它们和黑洞差不多，但没有演化上的关系——和黑洞不一样，它们不能由恒星坍塌产生。而且正常情况下，虫洞一旦诞生，就会在任何东西来得及穿过它之前膨胀并坍塌。它的引力潮汐非常恐怖，一个物体穿越它——至少在虫洞里的观察者看来——需要无限的时间。”

艾莉没明白这其中意义何在，要埃达把话说得再清楚点儿。埃达解释说，关键在于如何让虫洞保持开放。他已经在自己的场方程里找到了一类解，它们暗示着存在一种宏观场，能够阻止虫洞彻底坍塌。这样的虫洞不会带来黑洞的那些问题；它的潮汐力更小，通道双向，在外部观察者看来，物体穿过隧道不费什么时间，也不存在毁灭性的内部辐射场。

“我不知道这样的隧道在遭到小规模干扰时能否保持稳定。”他说，“如果不能，那就必须要建立一个非常复杂的反馈机制去监管和平复那些扰动。对此我还不确定。但如果那些隧道是爱因斯坦－罗森桥，那他们说一切都是幻觉时，我们至少能给出些答案来反驳一下。”

埃达急着回拉各斯。艾莉看到尼日利亚航空公司的绿色机票从他的夹克口袋里探了个脑袋出来。旅途中的所见所闻启发了埃达，让他找到了新的物理学研究方向，可他不确定自己能不能胜任这艰巨的任务。埃达今年38岁，他说对搞高能物理的人来说，这个年纪已经太大了。不过更重要的是，他告诉艾莉，他急着去见自己的老婆孩子。

分别前，艾莉和埃达彼此拥抱。她说自己能为认识他而感到自豪。

“干吗这么正经？”埃达说，“咱们肯定还会再见面的。哦，对了，艾莉，”他一副总算记起来的模样，“你能帮我做些事么？就是仔仔细细地回想一遍，把发生的所有事情都记下来，然后发给我。我们的经验能算作实验数据。因为每个人的视角不同，可能会注意到其他人没发现的东西，想要对我们的旅程有深入的理解，这些部分可能是关键。记得把你的那一份发我。我已经让其他人也这么做了。”他挥挥手，拎起破公文包，坐进了等着他的项目组汽车。

五人各奔东西，让艾莉非常失落，就好像有人拆散了她的家。但这次的感觉和以往又有所不同。怎么可能会相同呢？她的心魔已经被祛除了。问题是现在的她，比过去任何时候都更能爱别人，能让她爱的人却全都不在身边。

搭乘直升机，艾莉低调地离开了项目所在地。她乘坐的政府飞机终点站是华盛顿。在漫长的旅途中，她沉沉地睡了一觉，直到被白宫工作人员轻轻摇醒。原来飞机刚刚降落在夏威夷希卡姆机场一条孤零零的跑道上，它要在这里稍事修整，然后再度起飞。

他们达成协议：艾莉可以回阿尔戈斯项目组，她将不再担任总负责人，但能够从事任何她喜欢的科学研究。如果她愿意，还能获得终身职位。

“我们不是不讲道理。”最后做出妥协时，凯兹是这么说的，“如果能拿出确凿证据证明你们讲的那些事，那么我们会和你一起对外宣布这个大发现。我们会说，之所以要保你们持沉默，是为了验证事情的真实性，确保没有搞错。反正你想从事的研究只要还在合理的范围内，我们都会支持。但假如现在就把故事说出去，别看一开始肯定引发轰动，接下来怀疑论者肯定要来吹毛求疵，这会让你我都很尴尬。如果可以，最好先收集证据，那样会好得多。”凯兹的态度发生了变化。这可能是总统的功劳，他自己未必喜欢这样的妥协。

作为交换代价，她必须只字不提乘坐机器时发生的那些事。标准的官方说辞是他们在十二面体里坐了下来，聊了一会儿天，然后就离开了。如果她敢说其他版本的内容，那份假精神档案就会被媒体捅出去，而她将遭到解雇。

艾莉想知道他们有没有试过封住彼得·瓦莱里安的嘴，或者维戈和埃达内马的。他们似乎没有办法——除非把五个国家和世界机器联盟小组派来听任务报告的人都毙了——让这个秘密永远保守下去，风声迟早会走漏。艾莉得出结论，这只是在争取时间。

说实话，这根本算不上什么威胁，即使五人违反了协定，也可能和凯兹无关。他很快就要退休了：一年以后，拉斯克政府的第二届任期就要结束，根据宪法规定，他必须卸任。他已经接受邀请准备去华盛顿当一家律师事务所的合伙人了。这家律师事务的客户包括了国防承包商，可以说大名鼎鼎。

艾莉认为凯兹还想搞别的动作。她说了那么多发生在银河系中央的事情，他却并不在乎。毫无疑问，他担心的是那条隧道：即使人们没有启动机器，那条隧道也可能再度张开。所以北海道的机器工厂很快就要废弃了吧，艾莉想。技术人员会回到他们各自的行业和大学里去，也不知道他们会对别人说些什么。至于机器本身，也许要搬到筑波科学城进行展出。再过上很长一段时间，等人们把注意力放到了别的事情上以后，他们大概会把机器工厂整个爆破掉——要是凯兹又发明了什么新说法，他们甚至可能动用核弹。核爆后产生的辐射刚好是把整片区域封闭起来的绝佳理由。这样一来，至少一般的好事者是没法接近了，隧道这端可能存在的喷嘴没准也因此松脱。不过考虑到日本人对核爆非常敏感，凯兹未必能用核武，即使是在地下引爆也不行。这样一来，他就只能使用常规炸药。他们可能会把它伪装成发生在北海道的一系列矿难。但不管怎么说，想用这种办法让地球脱离隧道的连接，都不太靠谱。

当然，也可能凯兹根本没想那么多，是艾莉把他贬得太低了。不管怎么说，他也受到了机器道的影响。他肯定也有家庭、友人，有心爱的人。他一定多少能感受到一点。

第二天在白宫的公开授勋仪式上，艾莉获得了一枚总统自由勋章。白色大理石墙的壁炉里，木头噼啪地燃烧着。政府在机器项目里，投进的可不只单纯的资金，还有巨大的政治资本，所以总统必须在全国和全世界面前做出最令人满意的表现。她说，美国和其他国家对这台机器的投资，获得了丰厚的回报。新技术、新产业蓬勃发展，机器所带来的好处，至少和托马斯·爱迪生的发明一样多。我们还发现自己并不孤单，宇宙中存在比人类先进得多的文明，他们彻底地改变了人类对自我的认知。就她自己而言——总统说她相信对大多数美国人来说同样如此——她对上帝的信仰，比以往更坚定。现在看来，他在许多不同的世界都创造了生命。这样一个答案，显然有助于不同宗教的和谐相处。不过机器的最大好处，是它带给地球众生的一种精神：在时间与空间之中，我们都不过是踏上危险旅途的乘客。这种意识促进了人类社会内部的相互理解，也有助于整个世界走向联合。这种意识，这种精神，便是世界各地人们口中的机器道。

当着媒体和电视台摄像机的面，总统向世界介绍了艾莉，称赞她在这整整十二载里的不懈坚持、解码电波的智慧以及坐上机器的勇气。没有人知道机器会去哪里。艾罗维博士需要冒上生命危险。机器激活时什么都没有发生，并非艾罗维博士的错。她已经尽了她的全力。她值得全美国人民、全世界人民的敬仰。艾莉是个非常注重隐私的人，尽管天性寡淡，但在需要的时候，她还是扛起了破译电波、解码机器蓝图的重担。她对于媒体的耐心，总统尤为欣赏。现在，是时候还给艾罗维博士一些真正的隐私空间，让她恢复到科学研究中去了。接下来有新闻发布会、简报会，以及对部长凯兹和科学顾问德·希尔的采访。总统希望媒体能够尊重艾罗维博士的意愿，不要去打扰她。当然了，拍照的机会还是有的。

离开华盛顿时，艾莉依然不确定总统到底明白了多少。

他们派联合空军空运司令部一架小巧干净的飞机把艾莉送了回去，途中在简斯维尔稍事停留。妈妈穿着那件旧棉袍，有人在她脸上略微补了点妆，让她的气色看起来不错。艾莉把脸埋在了妈妈身边的枕头里。除了能结结巴巴地讲话，老妇人还恢复了右手的活动能力。她轻轻拍了拍艾莉的肩膀。

“妈，有些事我得跟你说。是不得了的事情。不过，你首先得冷静。我不想让你心烦。妈……我见到爸爸了。我见到他了。他向你问好。”

“是的。”老妇人缓缓点头，“他昨天才来过这里。”

约翰·斯托顿，艾莉知道，他前一天来过疗养院。斯托顿告诉艾莉，他今天有事来不了，当然，更可能是他不想打扰到母女两人。可是艾莉发现自己还是有些恼怒：“不，不是他。我说的是爸爸。”

“告诉他……”老妇人吃力地说，“告诉他，雪纺连衣裙，从店里回家的路上……去洗衣店取一下。”

毫无疑问，在妈妈的世界里，爸爸依旧经营着五金店。艾莉的世界里，同样如此。

飓风防护栏从一侧的地平线延伸到另一侧的地平线，切开了这片灌木丛生的沙漠。眼下，它一点用场也派不上。能回到这里建立一个新的，虽然规模要小得多的研究项目，让艾莉感到很高兴。

杰克·希伯特当上阿尔戈斯项目组的代理主任，帮她卸下了行政担子。织女星电波停止以后，望远镜阵列可供其他天文项目使用的时间多了不少，十多个因为长期搞不到资料而萎靡的射电天文学分支学科一下子振奋了起来。看同事们的表现，他们似乎完全没听说过凯兹那个一切都是骗局的扯淡理论。艾莉想知道德·希尔和瓦莱里安是怎么跟朋友和同事们讲信息和机器的故事的。

艾莉不知道凯兹有没有对外界透露过这件事。他的办公室位于五角大楼深处，艾莉曾经去过一次。一个身侧别着手枪皮套的海军士兵双手扣在背后，僵硬地站在岗位上。他的职责大概是盯着同心圆走廊，免得突然冒出个屈服于非理性冲动的人。

威利把她的雷鸟从怀俄明开到这里，所以艾莉抵达的时候，爱车早就在等着她了。按照协议，她只能在阿尔戈斯里面开车。这地方很大，足够兜风，只是她再也不能飙车去享受得克萨斯西部风光，受到兔子仪仗队的夹道欢迎了，或者去南方看星星了。在这片荒郊野外，这是她唯一的遗憾。当然，眼下还是冬天，本来就见不到兔子。

起初，还有一大群记者在附近出没，向她高声提问，或者用长焦镜头偷拍。不过新来的公共关系员工很负责，甚至有些冷酷无情。毕竟，让艾罗维博士保持隐私是总统的要求。

过了几个星期，接着是个把月。记者们的队伍终于从一个连缩编成了一个排。剩下的都是些最坚定的人。他们主要来自《全息世界》和其他那些地方杂志小报，都是些千禧福音说信奉者，喜欢编耸人听闻的消息。还有一个家伙自称是出版物《科学与上帝》的代表，没有人知道那刊物属于哪个教派，他自己也没说。

机器的故事已经路人皆知。那个故事说的是十二年的努力工作以后，人们终于成功解密了电波，开始建造机器。可惜的是，这个项目虽然万众瞩目，却以失败而收场。机器哪里也没去。他们推测艾罗维博士十分失望沮丧。

不少社论家说这种停滞十分必要。高速的科学发展、对哲学和宗教的重新评估已经带来了一团混乱，是时候收紧一下脚步，耐心地审视一下自身了。也许地球还没做好与外星文明接触的准备。有的社会学家说，仅是存在比我们更发达的地外智能生命这件事，就够几代人慢慢咀嚼适应的了。人类的自尊心遭到了重创。他们说，餐盘里的食物已经太多，是时候慢慢消化了。再过几十年，我们才能更好地理解这台机器背后的原理，发现犯下的错误，也许还会笑着说，想不到 1999 年一个那么微不足道的错误，延缓了全面审判的到来。

一些宗教评论家相信机器运行失败，是对人类骄傲之罪的惩罚。比利·乔·兰金在全国电视讲话里说，电波实际上来自叫作"织女星"的地狱，这进一步巩固了他之前的姿态。

信息和机器，他说，是当代的巴比伦通天塔。可悲而愚蠢的人类妄图用这种方式接触到上帝的宝座。数千年前的巴比伦，是一座渎神和行淫之城，所以遭到了上帝的毁灭。到了这个时代，又出现另一座同名的城市。而献身于上帝圣言的人，同样在那里完成了他赋予的使命。信息和机器是邪恶对正义和敬畏上帝之人的又一场攻击，不过恶魔的努力再度失败——怀俄明的意外便是天启；不信神的俄罗斯，共产主义的科学家们被神恩所惑，也未能完成机器的兴建。

尽管上帝给出了这么明确的警告，兰金继续说道，但人类第三次尝试了机器的建造。这一次，上帝先是听之任之，然后用轻巧、温和的手段使得机器失灵。他不但挫败了邪灵的意图，还又一次展现了他对地球上那些任性、有罪的孩子们的关心。说实话，这些孩子并不值得他温柔以待。是时候从我们的罪恶和愚行中吸取教训，在真正的千禧年——他说那是 2001 年 1 月 1 日——开始之前，重新把我们的星球，还有我们自己，奉献给上帝了。

应该销毁这些机器，还有它们的每一个部件。想通过机器，而不是净化心灵而站到上帝身旁是痴心妄想，人们必须在一切都太迟之前，放弃这种邪念。

艾莉窝在她的小公寓里。她听够了兰金的演讲，于是关掉电视，继续工作。

她能打出去的外线电话，只通威斯康星简斯维尔的那家养老院。而从外面打进来的电话，除了养老院的，也都被挡回去了。他们会为此礼貌地道歉。德·希尔、瓦莱里安，还有她大学老同学贝姬·埃伦伯根发来的电报，她一眼也没看。邮政服务也送过来一些信件，包括了南卡罗来纳发来的，以及帕尔默·乔斯写的。相比电报，她更愿意读这些，不过她并没有去读。她给帕尔默写了封简信，只有一行字“亲爱的帕尔默，别着急。艾莉”她没有留回信地址，也不知道这封信到底能不能送到。

一档电视节目未经艾莉允许就把她描写成了隐士，比尼尔·阿姆斯特朗[1]，甚至葛丽泰·嘉宝[2]还要深居简出。艾莉平静而愉快地接受了这个设定。她还有别的事情要忙。实际上，她忙得昏天黑地。

1.尼尔·阿姆斯特朗（1930—2012）：人类历史上第一个踏上月球的宇航员，退休后低调生活。

2.葛丽泰·嘉宝（1905—1990）：瑞典女演员，奥斯卡终身成就奖得主，1941年宣布息影后，私人生活极度神秘。

与外界交流的禁令并没有扩展到纯粹的科学合作领域。她和维戈在公开的非同步网络上建立起了一个长期研究项目。他们观察对象的重点位于银心附近的人马座 A，以及银河系外的超级射电源天鹅座 A。阿尔戈斯的望远镜阵列和苏联在撒马尔罕的望远镜阵列串联在一起，组成了巨大的相控阵。美苏两国的联手协作，就像组合成了一个地球大小的望远镜。它们以几厘米的波长工作，能够检测到银心附近的射电源，就仿佛它们位于太阳系内部。

但艾莉担心这样不够。那两个绕轨飞行的黑洞显然比那还要小。尽管如此，持续的监测依然可能有所发现。他们真正需要的，艾莉想，是让太空船把射电望远镜送到太阳的另一边，让它和地球上的望远镜协同工作，等于造出一个地球轨道大小的望远镜。艾莉算过，有了它，他们可以找到银心附近地球大小的东西，甚至和中央总站一般大的东西。

她把大部分的时间都花在了编写和修改克雷 21 型电脑的程序上，还列出了一张清单，上面尽可能详细地记载了机器启动后，也即地球时间 20 分钟里所发生的一切。写到一半，她意识到这份东西可以被分类进地下出版物。它们用的还是落伍的打印机和复写纸技术。艾莉把清单的正本和两个副本放进她的保险柜里——边上是那分日渐发黄的《哈登议定书》，第三个副本则塞到了 49 号望远镜电子设备区一块松动的板子后面，然后烧掉了复写纸，看它们在辛辣的黑烟里化作飞灰。六个星期以后，她完成了重新编程，正想着帕尔默·乔斯，后者突然来到了阿尔戈斯项目组的大门口。

一位特别助理给总统打了几个电话，为乔斯的到来扫清道路。当然，乔斯和总统相识多年也是重要的原因之一。西南部的人们不习惯穿正装，然而乔斯的打扮还是一如往常：夹克上衣，白衬衫，系领带。艾莉把那片棕榈叶递给了他，感谢他送的挂饰。尽管凯兹再三告诫艾莉不要把自己的妄想跟别人讲，她还是马上把所有事情都一五一十地告诉了他。

两人借用他们苏联同行的办法，但凡有什么政治上不合适的话要讲，就快步向前。乔斯时不时地会停下脚步，假如有人在远远地观察，会发现他向着艾莉倾过了身。每一次，艾莉都会挽起他的胳膊，继续向前走。

他面带同情，听得全神贯注。考虑到艾莉说的话其实挑战了他信仰的底线，乔斯的举动不可谓不高尚。这个收到电波之初就明确表示了反对的人，最后却成了她把阿尔戈斯项目的一切都和盘托出的对象。他如此友好，让艾莉感到很高兴。她遗憾上一次在华盛顿碰到乔斯的时候，没多抽出些时间和他聊聊。

很显然，他们随便选中了49号望远镜，沿着狭窄的金属舷梯向上走去。130个射电望远镜阵列的壮观景象——它们中的绝大多数有自己的转动轨迹——地球上绝无仅有。在电子设备区，艾莉从板子后面拿出一个写着乔斯名字的大信封。他把信强塞进衬衣口袋，结果胸口鼓起了一大块。

艾莉把他们观察人马座A和天鹅座A的计划也告诉了乔斯，还有她编完的计算机程序。

“就算有克雷，计算到10的20次方也是一件需要花很长时间的事。而且我们不确定要找的是不是π。也可能是e——这是他们告诉维戈的超越数，或者别的什么数字。所以用这种简单的方法，我是说，用蛮力计算超越数，纯粹是浪费时间。但我们在阿尔戈斯已经有非常复杂的解密算法。它能用来发现电波的规律，或者在任何看起来非随机的东西里提取规律。所以，我重写了程序……”

看乔斯的神色，艾莉担心自己没讲明白，于是略微转换了说法。

“……我们要做的，不是计算π这样的数字，然后把它打出来仔细检查。我们没那么多时间。相反，这个程序会自动过滤π的数字，只有在出现异常的0和1序列时才会停下。明白我的意思吗？非随机的东西。当然了，我们本来就会碰到一些0和1，十个阿拉伯数字里，出现0的概率是百分之十，出现 1 的概率也是百分之十。这是平均概率。我们跑的数字越长，出现的 0 和 1 就越多。这个程序能从统计学上进行分析，找出长到不正常的 0 和 1，而且它分析的范围，还不仅限于十进制。”

“我没弄明白。如果随机数无穷无尽，那不是能在里面找到任何你想要的数字组合吗？”

“是啊，但你可以算算这概率有多大。如果你计算某个常数不久，就看到了一条非常复杂的信息，那它不可能是自然形成的。每天早上，我们都会留出几个钟头来计算常数，只是迄今为止还没做出什么成绩。在计算机得出 π 后精确数字的同时，程序会观察数字的变化。除非真的有所发现，或者受到人为干扰，否则程序不会产生特殊反应，只是默默运行。计算机是一种完全以它们自己为中心而存在的东西。”

“看在上帝的份上，我不是数学家。你可以给我举个例子吗？”

“当然。”她在连衣裤的口袋里摸了摸，想找张纸出来，可是没找到。她想掏出乔斯衣袋里的信封，在上面画图示意，但这么做太危险了。过了一小会儿，乔斯明白了她的意思，拿出了他的随身小笔记本。

“谢了。圆周率的开始部分是 3.1415926……你可以看出来，数字的变化非常随机。好，这个数字段里，1 出现了两次，但你只要统计上一段时间，就会发现 0、1、2、3、4、5、6、7、8、9 每一个数，出现的概率都无限趋近于百分之十。这个数列到后面，你偶尔能见到一些连续的数字——打个比方，4444——但它并不会导致统计学上的变化。现在，假设你快乐地浏览着这些平平无奇的数字，突然间，你发现了 100 个 4 连在了一起。它们不能提供什么信息，但绝不可能是统计学上的偶然。你可以一直算 π 的值，直到宇宙终结，但如果这些数字真是完全随机的，那以概率角度来说，你不可能见到一百个连在一起的 4。”

“就像你用这些射电望远镜来搜索信息的方法一样。”

“是的，不论电波还是常数，我们都是在无序中寻找有序，或者说，寻找一些不可能自然产生的东西。”

“但它不一定是 100 个 4，对吧？而且它怎么传递消息？”

“当然了。想象一下，假如我们得到了一长串只有 0 和 1 的序列，那么，就像对人消息做的那样，我们可以从中拼出一幅画来——前提是它真的是一幅画。你知道的，它也可能是别的东西。”

“你是说，你可以破译藏在圆周率的一幅画，而它又能转化成一大堆希伯来字母？”

“是的。刻在石头上的黑色大字。”

他疑惑地看着她。

“对不起，埃莉诺，可你不觉得你的做法有点太……被动了吗？你又不是恪守戒律、保持沉默的修女，为什么不把你的故事告诉大家呢？”

“帕尔默，我要是有证据早就说了。但我一点也拿不出来。我要是说出去了，凯兹那种人会骂我是骗子，或者产生幻觉了。这就是为什么那份手稿会塞在你的口袋里。你要把它加上封印，写明日期，做好公证，再锁进保险箱。要是我出了什么不测，你就把它拿出来公之于众，或者想怎么做就怎么做。一切随你。”

“要是你什么事情也没发生呢？”

“要是我什么事情也没发生？那么等找到了足够的证据，这份手稿就能证明我们的故事是真的。如果我们发现银河系中心存在两个黑洞、天鹅座 A 有巨型人工建筑，或者 π 里暗含隐藏信息，那么——”艾莉轻轻拍了拍他的胸口“——我会对外宣布我们的故事，而这就是证据。别把它弄丢了。”

“我还是不明白。”乔斯坦白，“我知道宇宙有它的运行法则，比如万有引力定律什么的。但你到底在说什么？就算 π 里面出现了有序的数字，那又怎么样？”

“你没明白？这不一样。这不仅仅是用一组明确的数学定律来启动整个宇宙，同时给我们的物理和化学下定义。它还是一条信息。不论谁创造了宇宙，他都把信息藏在了超越数里，等着150亿年后的智慧生物去发现。我记得咱们第一次见面的时候，我批评你和兰金不理解这一点。‘如果上帝想让我们知道他的存在，为什么不给我们一条明确的信息呢？’还记得吗？”

“我记得很清楚。你认为上帝是个数学家。”

“差不多那么个意思。前提是他们告诉我的是真的，前提是我们没有白费力气，前提是真有信息藏在π，而不是无穷无尽的其他超越数里。前提很多。”

“你希望在数学上寻找启示，可我有更好的方法。”

“帕尔默，这是唯一的办法。要说服怀疑论者，你找不出别的方式。想象一下，我们真的找到了什么东西。它不需要多么复杂，只要比π算出来的随机数字更有序就行了。我们只需要这一点。然后全世界的数学家都会进行验证，而他们都能在同样的地方找到完全相同的数列、信息，或者别的能被证明出来的东西。那样一来，就再也不会有什么宗派纠纷了。所有人都会开始阅读同样的经典，也没人敢说这个新宗教里的某个关键性奇迹不过是骗人的戏法，或者遭到篡改的记录，或者我们歇斯底里的妄想，又或者我们长大后心里虚构的父母形象了。每个人都会成为信徒。”

“你无法保证你真能有所发现。你可以躲在这里，等计算机永无止境地运行下去。也可以站出来，让全世界都知道你的故事。你迟早得做出选择。”

“但愿我不用做选择，帕尔默。先证据，再公开。还有……你看不出我们有多脆弱么？我说的不是自己，而是……”

他难以察觉地摇了摇头，嘴角浮上一抹微笑。他察觉到了他们的处境颇有讽刺的意味。

“为什么这么急着要我把这个故事说出去？”艾莉问。

乔斯可能把这话当成了反问句。见他没有反应，艾莉继续说下去。

“你不觉得我们的立场发生了奇怪的……逆转吗？现在轮到我有说不清道不明的宗教体验了——真的，帕尔默，我不太理解发生的那些事。而你呢，却站到了怀疑论者的立场上，不过态度比我当初要好得多。”

“不，埃莉诺，”他说，“我不怀疑你。我相信你。”

“真的？我讲的这个故事可没有天谴和赐福，也不能和降临、飞升完全对上号，更是没一个字提到耶稣。我想说的是，我们并不是宇宙的中心。发生在我身上的事让我们显得很渺小。”

“是的。但它同时证明了上帝的伟大。”

艾莉瞟了他一眼，快步向前。

“你知道的，日心说出来的时候，这个世界——不管是宗教政权，还是世俗政权——都假装地球不会动。他们的力量很强大，至少假装很强大。但真相让他们觉得自己太渺小了。他们被真相吓坏了。这等于变相削弱他们的力量，所以他们想要压制真相。对他们来说，真相即危险。相信我意味着什么，你真的明白了吗？”

“这么多年来，我一直在寻找真相，埃莉诺。相信我，当我见到真相时，我能认出它来。任何崇拜真理、想努力认识上帝的信仰，都必须有接纳整个宇宙的勇气。我说的是真正的宇宙。跨越那么多光年，容纳那么多世界的宇宙。你那个宇宙的广度，造物主在其中所拥有的机会，都让我震惊到无法呼吸。这比把他关在一个小世界里要好得多。我从来不觉得地球是上帝的后花园，这也甜得太过分了，就像童话故事……或者安慰剂。但你描述的那个宇宙，有足够的空间和时间来容纳我所信仰的上帝。

“我的意思是你并不需要更多证据，手头的这些已经完全足够。天鹅座A和其他那些是为了说服科学家准备的。至于大众。你认为他们很难相信你说的真心话，我却觉得这不过小事一桩。你认为你的故事过于古怪，有违常理，但类似的话语我以前就听过。我很了解。我打赌你也一样。”

他闭上眼，背诵道：

梦见一个梯子立在地上，梯子的头顶着天，有神的使者在梯子上上去下来……耶和华真在这里，我竟不知道……这不是别的，乃是神的殿，也是天的门。[1]

他有点忘乎所以，仿佛自己是在大教堂的讲台上对信徒讲道。等到睁开眼，他露出了谦和的笑。他们走在宽阔的道路上，左右两侧都是昂首向天的巨大白色射电望远镜。过了一会儿，他用更随和的语气说道：

“你的故事早有预言。同样的事情以前就发生过。你内心深处的某个地方肯定明白这点。当然，《创世纪》里找不出你那个故事中的细节。怎么可能找得到呢？《创世纪》是雅各那个时代的天启，而你获得的启示，对应着我们这个时代。

“人们会相信你的，埃莉诺。他们遍布全球，数以百万计。这我敢打包票。”

艾莉摇摇头，又和他默默地走了一段路。

“好吧，我知道了。”乔斯说，“你要花多少时间，就花多少时间吧。但如果有什么办法能加快速度，那就看在我的份上尽量加快。我们离新千年只剩不到一年了。”

“我理解。再给我几个月吧。如果我们还是没在π里获得任何发现，

1.引用自《创世纪》28：12–17节。

那我会考虑在 1 月 1 日前把这件事公之于众。没准埃达他们也愿意站出来。怎么样？”

他们沉默地向阿尔戈斯行政大楼走去。路边洒水器朝着稀疏的草坪浇水，在地上形成了一个水坑。在这片干燥的土地上，水坑显得格格不入。

“你结婚了没？”他突然问。

“一直没有。可能我太忙了。”

“爱情呢？”他问得非常直白。

“得有五六次半途而废了吧。不过——”她瞥了眼最近的望远镜，“——噪音太多，很难找到信号。你呢？”

“从来没有。”他直截了当地说，然后又微微暂停了一下，露出一抹笑容。“可是我有信心[1]。”

他这话说得模棱两可，但艾莉不打算立刻就搞明白他的意思。他们爬上一段短短的楼梯，去检查阿尔戈斯的核心计算机。

1.信心：原文为faith，可以理解为信心，也可以理解为宗教信念。

24.
艺术家的签名

我如今把一件奥秘的事告诉你们：我们不是都要睡觉，乃是都要改变。

—— 哥林多前书 15:51

宇宙的秩序，似乎……是造物主以他的先见之明和智慧，用和谐的数字安排的；那些范式固定不变，就如同一张草图，由造物主思想中的先验数字决定。

—— 杰拉什的尼科马库斯，《算数导论》（约前100年）

她冲上养老院的台阶。新粉刷过的绿色门廊上摆放着一张张均匀隔开的空摇椅。约翰·斯托顿僵立在那里，耷拉着肩膀。他右手拎着的购物袋里有半透明的浴帽、彩花装饰的化妆盒，还有一双带了粉色绒球的拖鞋。

“她已经走了。”他抬起眼，“别进去了。”他恳求道，“别去看她了。她肯定不希望你看到她现在的模样。你知道的，她很在意自己的外表。更何况她已经不在那里了。”

因为两人长期不对付，加上仍有怨气未消，艾莉条件反射似的想要冲进屋里。但时至如今，她还能恪守原则对他不理不睬吗？说起来，她遵守的到底又是条怎样的原则呢？从他哀伤的表情来看，斯托顿的痛苦发自内心。他确实爱着她的妈妈。也许比我爱得更深，艾莉想。她感到深深的自责。她还记得在斯托顿寄给她的照片里，妈妈是有多么健康漂亮，但妈妈卧病在床这么久，什么情况她其实清楚得很。为了今天这一刻，她在心中已经排练了许多次，然而当这一刻真的来临时，还是忍不住嚎啕大哭起来。

斯托顿没料到她会这般表现，想过来安慰，但艾莉费尽气力举起一只手劝阻了他。即使现在，她也不愿意拥抱他。他们只是被一具尸体联系到一起的陌生人而已。艾莉其实清楚这么做不对，但她总是下意识地把爸爸的死归咎于斯托顿。

“我有些东西要给你。”斯托顿一边说，一边在购物袋里笨拙地摸索。

袋里的东西随着他的动作上下翻动，其中包括了妈妈的人造革钱包和塑料假牙盒。她逼自己移开目光。终于，斯托顿站直身子，举起一封信。

这封信看起来很有些年月，上面写着“给埃莉诺”。认出妈妈的笔迹，艾莉快步向前。斯托顿有些吃惊地后退了一步，把信挡在面前，好像以为艾莉要揍他。

“等等，”他说，“等等。我知道我们从没有好好相处过，但求你帮我个忙，这封信你晚上再读，好不好？”

因为悲痛，他似乎一下子老了十岁。

“为什么？”她问。

“你最喜欢问为什么。就帮我这个忙吧。我提的要求太多了吗？”

“你说得没错。”她说，“我问得太多了。抱歉。”

斯托顿正视着她。

“不论机器里发生了什么事情，”他说，“它可能真的改变了你。”

“但愿吧，约翰。”

艾莉打电话给乔斯，问他愿不愿意主持葬礼仪式。“我不用再讲一遍我不信教了，但我妈信。而那么多人里我愿意请的人只有你一个。我相信我继父也会同意这个决定的。”乔斯保证他下一班飞机就赶过去。

早早吃过晚饭，艾莉回到旅馆房间里，轻轻地摩挲信封上的每一处褶皱和擦痕。妈妈一定早在几年前就写好了这封信，把它放进皮包夹层，考虑着到底要不要交给艾莉。它没有最近重新封装的痕迹，斯托顿大概没有看过。艾莉渴望打开信封，但心里又有些忐忑。她蜷缩在发霉的扶手椅里，膝盖顶着下巴，就这么过了好久。

这时嘀嘀的提示音响起，是她箱子里那台并不十分安静的笔记本电脑。这台电脑的网络连接着阿尔戈斯的计算机，总是让艾莉想起旧时光，不过这一次，她不必急匆匆地查看。反正无论计算机发现了什么，这些信息都不会消失。π 又不是专门为地球特制的。如果里面暗藏着信息，那无论何时查看都行。

她听着提示音继续，把注意力移回了信封上。如果要让超越数里含有信息，那只有从太初起就把它构建到了宇宙的几何学基础之中。所以，她的新课题既是实验神学，又是彻头彻尾的科学。

“请稍候。”屏幕上显示出计算机状态。

她想到了爸爸……准确来说，爸爸的那个幻象……那个引领着他们穿过隧道、跨越银河的守护者。守护者们目睹了数百万世界生命的源起和发展壮大，也许还介入其中。他们创造星系，闭合部分宇宙，还能进行也许受限的时间旅行。他们的能力，早已超越了所有宗教，至少所有西方宗教，对神明最虔敬的想象。但即使是他们也有做不到的事情。他们无法修建隧道；他们无法在超验数里留下信息，甚至连读都读不懂。隧道的建造者和在 π 里留言的另有其人，但那些人不在这里，也没有留下转寄地址。隧道的建造者离开后，艾莉想，那些最终成为守护者的人，就成了被抛弃的孩子。就像她，就像她。

她想到了埃达的假设：隧道是虫洞，散落在不同星系的无数星辰之间。它们很像黑洞，但有着不同的性质和起源。虫洞并非完全没有质量，因为她在织女星系见到过它们在环带里留下的引力尾迹。通过这张网络，各式各样的生命和星舰穿越期间，连接起了整片银河。

这就是虫洞。用理论物理学的方式打比方，可以说宇宙就是苹果，有谁在里面挖了纵横交错，形同网络的蛀洞。对生活在表皮的细菌来说，这些洞穴无疑是奇迹，但对站在一边观察苹果的人来说，可能就没那么惊讶了。从这个角度来讲，这些挖出了隧道的只是些恼人的小虫。但如果隧道挖掘者只是蛀虫，她想，那我们又算什么呢？

阿尔戈斯计算机对 π 的挖掘深度已经超过了地球上的任何人和机器，但还远远没抵达守护者提及的程度。这也太快了，她想，不可能是西奥多·艾罗维在那片未知沙滩上告诉她的未解消息。也许这只是一个提醒，提醒更深处有东西。它在鼓励人们进一步探索，不要丧失信心。无论铃声意味着什么，都不可能是守护者们正在苦思的信息。也可能信息不止一条，它们被分成了简单的和困难的，藏在不同的超越数里，而阿尔戈斯的计算机——在守护者的帮助下——找到了最简单的那一条。

总站的经历让艾莉对谦卑有了更深的理解。她明白，地球居民懂得的东西其实很少。人类和许多先进文明之间的差距，可能不比蚂蚁和人类小，我们在他们面前，甚至还没到病毒的档次。但这并不让她沮丧。正相反，它们激起了她强烈的好奇心。有那么多东西值得期待。

这种感觉就像离开高中迈进大学校园。学习知识从毫不费力，变成了只有持之以恒才能有所收获。高中那会儿，艾莉比绝大多数同学学得更快，而在大学里，她发现有许多人比她更强。当她开始读研后，困难和挑战越发增多，当上专业天文学家后更是如此。每进入一个新的阶段，她都会发现有更多人取得了比她更大的成就。每一个阶段，都比上一个更令人兴奋。来吧，新知，她望着电脑屏幕想。我已经准备好了。

“传输错误。信噪比 <10。请稍候。”

笔记本电脑通过通讯卫星德夫康阿尔法与阿尔戈斯的计算机相连，也许卫星的姿态控制出了点问题，也许是程序错误。艾莉没来得及细想，就发现自己已经打开了信封。

信头部分的“艾罗维五金店”，用了经典皇家字体。那是爸爸在结算商店经营业务和个人账户时用的。信纸的右上角写着“1963 年，6 月 13 日”。那年她十五岁。所以这封信不可能是爸爸写的，当时他已经去世几年了。艾莉扫了眼正文，发现果然是妈妈纤细干净的字迹。

艾莉小甜心：

看到这封信的时候，我已经死了，希望你能原谅我。我知道我伤害了你，而且伤害的不只是你。如果你了解真相，不知道会多恨我。所以活着的时候，我鼓不起勇气告诉你。我知道你爱特德·艾罗维，我也爱他，而且至今依然爱。但他并不是你的亲生父亲。你的生父是约翰·斯托顿。我知道我犯下了大错，有些事不该发生。可如果不是这样，你也不会来到这个世界上，所以拜托了，在想起这些事的时候多原谅我一些吧！特德知道这事情，他原谅了我，还跟我约好永远不把真相告诉你。可现在我从窗口望出去，看到了后院的你。你坐在那里，想着星星和那些我永远无法理解的事情。我为你骄傲。你喜欢追寻真相，我认为你也想要了解自己的真相。我是说，你是怎么来到这世界上的。

如果约翰还活着，他会把这封信给你。我知道他会的。他的品格比你认为的更好，艾莉。能再找到他是我的福气。你这么恨他，没准是因为你内心深处隐约感觉到了真相，不过主要是因为，他不是西奥多·艾罗维。我知道的。

你还坐在那儿。自从我开始写这封信，你就没挪过窝。你在专心致志地想些什么。无论你想寻找什么，我都祝愿你能得偿所愿。原谅我。我只是普通人。

爱你的，妈妈

艾莉一口气读完了信，马上又读了一遍。她感到难以呼吸，掌心全是汗。那个冒名顶替的家伙居然是真货，所以她这辈子大部分时间都在排斥亲生父亲，她对自己的作为一无所知。青春期那会儿，她还跟斯托顿吵架，说他不是她爸爸，无权来管教她。斯托顿这样也沉得住气，性格该有多坚忍啊！

笔记本又响了两声。现在，她可以摁回车键来进行响应。但她不想这么做。在让它等会儿吧。她想起了她爸爸……西奥多·艾罗维、约翰·斯托顿，还有她妈妈。他们为她牺牲了那么多，可她那么自私，甚至都没注意到。她真希望帕尔默能陪伴在她身旁。

笔记本电脑再次发出嘀嘀声，还有进度条试探似的往前动了一点。她编写的先进电脑程序运行起来一丝不苟，只要在π里发现了异样，就会一直尝试引起她的注意。但艾莉正忙着对生活进行解构和重构。在脑海里，她看到妈妈坐在楼上大卧室的窗边，不知该如何落笔写这封信，直到目光落在了窗外十五岁的艾莉——那个行为乖张、思想叛逆、满腹怨恨的小姑娘——身上。

这是妈妈给她的另一份大礼。借着这封信，艾莉仿佛回到了许多年以前。那时候，她已经学到了许多东西，但是还有更多的东西要学。

桌上除了她那台聒噪的笔记本电脑，还摆着一面镜子。她在镜子里看到了一个既算不上年轻，也称不上年老的女人。她既不是母亲，也不是女儿。他们隐瞒真相是对的。以前的她没有能力去接受这个消息，更别说理解它了。工作中，她一直试图与最最遥远、最最陌生的异族进行接触，生活中却几乎不与人产生联系。她致力于拆穿其他人的创世神话，却不知道她生活的核心亦是谎言；她一辈子都在研究宇宙，却忽略了其中最清晰的信息：宇宙的浩瀚，对于我们这种渺小的生物来说，只有用爱才能承受。

阿尔戈斯的计算机还在试图联系埃莉诺·艾罗维。它表现得如此坚持不懈，几乎让人怀疑它也有了意志，迫切地想与人分享它的发现。

这种异常在11进制的数学中表现得最为明显。11进制的数学，同样可以以0和1两个数字进行表述。和织女星电波相比，这信息只能用简单来形容，但它在统计学上的意义非凡。计算机程序将这些数字组成一个高宽等长的正方形矩阵。从左至右读，矩阵的第一行由不间断的0组成。而第二行的中间出现了一个孤零零的1，它的上下左右都是0。再看接下来几行，一个由1组成的圆弧逐渐成型。再接下来，一个简单的几何图形逐行显现，似有深意。到倒数第二行，数字终于变回了正中央夹带一个1的一排0，它的下一行则是纯粹的0，形同矩阵的框体。

在这个超越数的深处，隐藏在那些数字之下的，是一个完美的圆。一片代表虚无的符号0中间，出现了由1组成的几何体。

这个圆告诉我们，宇宙的存在有它的目的。无论你身处哪个星系，取一个圆的周长，再除以它的直径，只要算得够仔细，你都会发现这个奇迹：在小数点后绵延长达几公里的数字处，出现了另一个圆。而在更深的地方，一定有更多的信息。你属于什么种族、由什么物质组成、来自何方都无关紧要。只要你生活在这个宇宙里，只要你稍有数学能力，就迟早会发现它。它一直在那里，一直藏在万事万物里，你甚至不必离开母星就能寻获。它存在于时空与物质的本质之中，就像一件伟大的艺术作品里藏着艺术家小小的签名。在人类、诸神、魔鬼、守护者和隧道建筑者之上，有智慧先于这个宇宙而存在。

圆环闭合。

她终于找到自己一直在追寻的东西。

（全文完）

后记

我笔下的人物虽然多少受到了现实的影响，但书里没有哪个角色可以和真人对上号。不过，本书的诞生很大程度上要归功于世界 SETI 组织——他们由我们这个小小行星上的一小群科学家组成，这些人彼此合作（有时候还要克服巨大的困难），倾听着来自天空的信号。

我要特别感谢 SETI 的先驱弗兰克·德雷克、菲利浦·莫里森，以及已故的 I·S·什克洛夫斯基。对外星智能生命的探索如今进入了一个新的阶段。有两个主要的项目已经展开：一个是在总部位于帕萨迪纳的行星协会[1]的赞助下，哈佛大学建立的 800 MHz 频段 META 分析项目和定点调查项目（8-million-channel META/Sentinel survey）；另 个项目由美国国家航空航天局赞助，更为复杂。我对本书最殷切的期待，是随着真正的科学发展，它们能遭到淘汰[2]。

几个朋友和同事热心地读了我的草稿，他们的评论和建议影响了这本书最终的成稿。我非常感激弗兰克·德雷克、珀尔·德鲁、莱斯特·格林斯潘、欧文·格鲁伯、乔恩·隆伯格、菲利浦·莫里森、南希·帕尔默、威尔·普罗文、斯图亚特·夏皮罗、史蒂文·索托，和凯普·索恩所作的贡献。索恩教授花了许多功夫帮我设计书中描述的星系传输系统，在相关的引力物

1.行星协会：知名非政府、非营利大型机构，主要是进行与天文学相关的研究。卡尔·萨根本人是行星协会的创始者之一。

2.哈佛大学的META在1995年升级为BETA，萨根在辞世之前见证了此事。

理学中推导了整整五十行方程式。斯科特·梅雷迪思、迈克尔·科达、约翰·赫尔曼、格雷戈里·韦伯、克利夫顿·法迪曼和果实的希欧多尔·斯特金对本书内容和风格提出了有益的建议；本书的编写经历了许多阶段，雪莉·雅顿为它所做的工作始终完美无缺。我十分感谢她和凯尔·雅顿的付出。约书亚·莱德伯格是另一个我必须致谢的对象，多年以前他半开玩笑似地向我提道：如果银河系中心存在高级形式的智慧生命会怎样？这个想法古已有之，最早可追溯至托马斯·赖特，他在1750年左右明确地表示，银河系可能存在一个中心。

1980—1981年间，安·德鲁彦[1]和我合写了一部电影的脚本，本书便是在此基础上扩充而得。琳达·奥布斯特和金特里·李促成了本书雏形。在写作本书的每个阶段——从最早的情节构思、角色设计，到最终的初版付梓印刷——安·德鲁彦都使我获益匪浅。此书创作过程中，我最珍贵的收获，便是从她身上学到的东西。

1.安·德鲁彦(1949—)：美国作家和电影监制，于1981年和卡尔·萨根结婚，也是以本书为原著的电影《超时空接触》的制片人。

作者

卡尔 · 萨根

卡尔 · 萨根曾担任康奈尔大学天文学和空间科学大卫 · 邓肯教授一职，也是行星研究实验室主任。他在“水手号”、“海盗号”、“旅行者号”和“伽利略号”系列太空航天器的深空探索中发挥了领导作用，并因此两次获得美国国家航空航天局（NASA）颁发的杰出科学成就奖章和一次杰出公共服务奖章。

他的系列电视纪录片《宇宙》获得了艾美奖和皮博迪奖，创下了美国公共电视收看纪录，伴随纪录片出版的书籍《宇宙》，成为英语出版界最畅销的科普图书之一。由于他在科学、文学、教育和环境保护上的突出贡献，萨根博士获得了普利策奖、奥斯特奖和其他许多奖项，还有美国各所高校大学颁发的二十个荣誉学位。萨根博士去世后，美国国家科学基金会追授他最高荣誉奖，称“他的研究改变了行星科学……他给予人类的礼物价值无可估量。”

萨根博士于 1996 年 12 月 20 日逝世。

译者

虞北冥

浙江舟山人，青年译者。先后毕业于北京师范大学和英国埃塞克斯大学，主修汉语言文学专业和英语文学专业。

曾任《科幻世界》杂志译文版编辑，深耕科幻、科普领域多年。

译著有《接触》《暗影之年》《信使》《玩家一号》等。

科学顾问

于浩然

北京师范大学天体物理学博士，厦门大学天文系副教授，博士生导师。

主要研究领域为宇宙学，宇宙大尺度结构的数值模拟。在我国天河二号超级计算机上进行的中微子宇宙学模拟获得 2017 年中国天文十大科技进展。

接触

作者 _ [美] 卡尔 · 萨根　　译者 _ 虞北冥

产品经理 _ 李晴 白东旭　　装帧设计 _ 郑力珲　　产品监制 _ 黄圆苑
技术编辑 _ 陈皮　　执行印制 _ 梁拥军　　出品人 _ 于桐

果麦
www.guomai.cc

以 微 小 的 力 量 推 动 文 明

图书在版编目（CIP）数据

接触 /（美）卡尔·萨根著；虞北冥译．-- 上海：上海科学技术文献出版社，2022（2023.11 重印）

ISBN 978-7-5439-8485-1

Ⅰ．①接… Ⅱ．①卡… ②虞… Ⅲ．①幻想小说－美国－现代 Ⅳ．① I712.45

中国版本图书馆 CIP 数据核字 (2021) 第 253546 号

图字：09-2021-0945

责任编辑：苏密娅
封面设计：郑力珲

接触
JIECHU
〔美〕卡尔·萨根 著　　虞北冥 译

出版发行：上海科学技术文献出版社
地　　址：上海市长乐路 746 号
邮政编码：200040
经　　销：全国新华书店
印　　刷：河北鹏润印刷有限公司
开　　本：880mm × 1230mm　1/32
印　　张：12.25
字　　数：320 千
版　　次：2022 年 1 月第 1 版　2023 年 11 月第 4 次印刷
书　　号：ISBN 978-7-5439-8485-1
定　　价：68.00 元
http://www.sstlp.com